KB098183

익명의 전화

ANONYMOUS CALL

ANONYMOUS CALL

익명의 전화

ANONYMOUS CALL

야쿠마루 가쿠 장편소설 | 최재호 옮김

ANONYMOUS CALL

"저는 지금 당신 딸을 데리고 있습니다!
지금부터 진짜 거래를 시작하시죠."

❖ 일러두기

1. 원화환율은 1:10의 비율로 환산하여 표기하였습니다.

2. 본문 속의 각주는 모두 역자의 주석입니다.

1

누군가 아사쿠라 신지의 몸을 흔들었다. 그 바람에 게슴츠레 눈을 뜬 아사쿠라는 순간 얼굴이 멍으로 뒤덮인 남자와 마주쳐 당황하지 않을 수 없었다.

"미안한데…, 수건과 물 좀 빌려도 될까? 온몸이 쑤셔서 견딜 수가 없어." 남자가 아사쿠라에게 부탁했다.

잠이 덜 깬 아사쿠라는 현재 상황을 곰곰이 생각해 본다. 살풍경한 8평짜리 원룸이 시야에 들어왔다. 틀림없이 자신의 집이다.

"수건은 화장실 앞에 있는 선반에 있어. 물은 냉장고에서 꺼내 써."

아사쿠라가 주방과 화장실이 있는 쪽을 가리키며 그렇게 말하자, 남자가 고통 때문인지 얼굴을 일그러트리며 일어났다.

비틀거리며 주방으로 들어가는 것을 바라보면서, 아사쿠라는 이 남자가 왜 자신의 집에 있는지 생각해 봤다.

이 남자는 아마도 '토다'라는 이름의 청년일 것이다. 어젯밤 들어갔던 술집에서 만난 남자이다. 각자 혼자서 술을 마시고 있었는데, 서로 낯이 익었다. 토다는 아사쿠라가 일하는 사카도 공장에 새로 들어온 알바생이었던 것이다.

어젯밤 술집에서 토다는 뒷자리 일행을 향해 혀를 끌끌 찼다. 그들은 외모부터가 불량스러워 보였다. 싸움이 벌어질 것 같은 분위기를 느끼고 아사쿠라가 가게 주인에게 계산을 부탁했을 때, 토다가 "시끄러워서 마실 수가 없네."라며 먼저 그들에게 시비를 걸었다. 그 말에 화가 난 남자들이 토다를 가게 밖으로 끌고 나갔다.

아사쿠라는 끼어들어서 좋을 것 없다고 생각하면서도 밖에서 들리는 소리를 외면할 수 없었다. 결국 밖으로 나가 토다를 걷어차고 있던 남자들에게 "그쯤 해둬."라고 말했다.

물론 순순히 말을 들을 녀석들이 아니었다. 그들은 아사쿠라의 주먹 맛을 보고 나서야 그 자리를 떴다.

그들이 가고 나서, 토다가 별일 아니라는 듯 가게 안으로 들어가며 말했다.

"도와주었으니, 내가 답례를 해야지."

토다는 아사쿠라를 억지로 가게 안으로 데리고 들어갔다.

그 후 잠시 동안 둘이 함께 술을 마신 기억은 있지만 그 이후의 기억은 없었다.

아사쿠라는 무거운 몸을 일으켜 침대에서 일어났다. 주방에 들어가자 싱크대 앞에 서 있는 토다의 뒷모습이 보였다.

"네가 왜 여기에 있는 거야?"

아사쿠라의 물음에 토다가 아사쿠라 쪽을 돌아보며 말했다.

"당신이 여기서 자고 가라고 했잖아!"

토다가 얼음물에 적신 수건을 얼굴에 갖다 대면서 말했다.

"내가?"

설령 취했다고 해도 아직 서먹서먹한 사람을 집에서 자게 했을 것 같지는 않았다.

"그래! 내가 오토바이를 타고 돌아가려고 하니까 여기서 자고 가라고…."

그 말에 간신히 기억의 퍼즐이 맞춰진다. 토다는 술집이 끝나자

2차를 가자고 매달렸다. 돈이 없다고 거절하자, 타고 온 오토바이로 돌아가겠다고 했다.

그런데 토다가 사는 집은 술집에서 상당히 멀리 떨어진 오가와마치에 있다고 했다. 택시나 지하철을 이용하라고 설득했지만, 오토바이를 몰고 갈 거라며 고집을 피웠다.

결국 교통사고가 우려되어 아사쿠라의 집에서 자고 가라고 했던 것이다.

"대접할 생각이었는데, 오히려 대접을 받아버렸네."

토다가 테이블을 보며 말했다.

테이블 위에는 빈 컵 두 개와 과자 봉지가 놓여 있었다. 바닥에 굴러다니는 페트병 소주가 얼마 남지 않은 것으로 보아 여기 와서도 꽤나 마신 듯했다.

"이거, 당신 아내와 아이야?"

그 말에 아사쿠라는 액자 쪽으로 고개를 홱 돌렸다. 토다가 서랍장 앞에 앉아서 액자를 들고 있다.

"함부로 만지지 마."

아사쿠라가 노려봤지만, 토다는 아무렇지도 않게 웃고는 액자를 다시 서랍장 위에 올려놓는다.

"가족은 없다고 했잖아?"

그 말에 아사쿠라가 얼굴을 찌푸린다.

'술에 취해서 그런 이야기까지 한 건가.'

"혹시…, 내가 아픈 상처를 건드렸나?" 토다가 미안하다는 듯 말했다.

처자식이 이미 사망했다고 생각한 듯하다.

"신경 쓰지 마. 이혼했을 뿐이야."

"그렇군. 난 가족이 없어서 그런 거엔 둔감하거든."

"가족이 없다고?"

"말 안 했나? 어릴 때부터 고아원에서 자랐어."

그러고 보니 그런 말을 들었던 것도 같다.

"그런데…, 내가 또 무슨 이야기를 했지?" 아사쿠라가 물었다.

"딱히 없었어. 어째서 그렇게 힘이 세냐고 물었더니 유도를 했다고 했을 뿐이야."

"그거뿐이야?"

"그래. 당신은 비밀이 무척 많은 사람 같았어. 뭘 물어봐도 이야기해주지 않았지. 하긴 그런 면이 공장 다른 아저씨들과 다른 당신의 매력일지도. 앞으로 나랑 잘 지낼 수 있을 것 같아."

"비밀로 할 만한 건 없어. 단지 처자식한테 버림받은 외로운 중년일 뿐이야."

"그래서 오늘같이 모처럼 쉬는 날 혼자라는 거군. 그럼 같이 밥이라도 먹으러 가자." 토다가 벽시계를 보며 말했다.

오후 3시가 넘었다.

"혼자 사는 처지지만 나도 해야 할 일이 있어. 그 수건은 가져가도 좋으니까 이제 돌아가 줘."

"뭐야, 너무하네. 모처럼 친구가 되었는데…."

"너같이 술버릇 나쁜 녀석과 친구가 된 기억은 없는데…."

아사쿠라의 말에 토다가 웃었다.

"술이 고프면 언제든지 연락 줘. 나도 연락할 테니까."

토다가 바지 주머니에서 핸드폰을 꺼내 흔들며 현관으로 걸어갔다.

"나 같은 아저씨 말고 비슷한 또래 애들이랑 마셔. 공장에도 많이 있잖아?"

토다는 대답 없이 신발을 신고 집에서 나갔다.

문이 닫히자 아사쿠라는 테이블 위에 있는 핸드폰을 집어 든다. 어느새 '토다 준페이'라는 이름과 전화번호, 메일 주소가 핸드폰 연락처에 저장되어 있었다.

아사쿠라는 화면을 바라보며 한숨을 내쉰다. 이제껏 다른 사람과 엮이지 않으려고 그토록 노력하면서 살았는데, 귀찮은 녀석과 친해져버린 것 같았다.

아사쿠라는 현관으로 가서 문을 잠근 뒤 다시 냉장고로 향했다. 캔 맥주를 꺼내 그 자리에서 뚜껑을 땄다. 맥주를 벌컥벌컥 들이켠 뒤, 빈 캔을 싱크대에 버리고 다시 캔 맥주 2개를 더 꺼내 침대로 갔다.

해장하는 의미로 캔 맥주 3개를 더 마셨더니 머리는 더 멍멍했다.

다시 침대에 누워 이불을 뒤집어썼을 때 핸드폰 벨소리가 울렸다. 토다가 건 전화일 거라 생각하니 짜증이 몰려왔다.

거절할 말을 생각하면서 이불을 박차고 일어나 핸드폰을 손에 쥐었다. 하지만 발신자로 뜬 상대는 토다가 아니었다. 화면에는 한 번도 본 적이 없는 번호가 표시되고 있다.

"여보세요…?" 아사쿠라는 조심스럽게 전화를 받았다.

아무런 대답이 없었다.

"여보세요…, 여보세요…?"

반복해서 말했지만 여전히 대답이 없었다.

전화를 끊으려다가 어떤 소리가 들린 것 같아 다시 말했다.

"여보세요…, 아사쿠라입니다. 누구시죠?"

그때 전화가 끊어졌다.

아사쿠라는 다시 핸드폰 화면을 바라보았다.

'아빠…?'

수화기 너머에서 여자아이가 그런 말을 한 것 같아 아사쿠라는 가슴이 철렁 내려앉았다.

2

"나오미 씨는 여기서 일한 지 얼마나 되었죠?"

명랑하면서도 상냥한 음성이 욕실 내에 울려 퍼졌다.

"이제 2년 반이에요."

야스모토 나오미가 이노우에 할머니의 등 뒤에 서서 대답했다.

"그렇군요. 여기에 오기 전에는 어디서 일했어요?"

이노우에는 가슴을 씻은 다음 등을 닦으려고 했지만, 늘 그랬듯 손이 등에 닿지 않았다.

"등만 제가 닦을까요?"

나오미가 그렇게 제안하자, 이노우에가 나오미를 보며 웃었다.

"그래주면 고맙죠. 일단 매일 시도는 하고 있는데 잘 안 되네…."

나오미는 웃으면서 수건을 건네받아 그 자리에 앉는다.

"역시 다른 사람이 해주면 편해요."

나오미가 이노우에의 등을 쓰다듬듯 닦아주자, 이노우에가 기분이 좋은 듯 숨을 내쉰다.

"하지만 잊지 마세요. 스스로 노력을 하지 않으면 점점 몸이 굳어진답니다."

"알았어요. 그런데 아까 무슨 말을 하다 말았더라…?"

"저한테 여기에 오기 전엔 무슨 일을 했냐고 물으셨는데, 사실 요양원은 여기가 처음이에요."

"그래요? 아주 익숙한 것처럼 보여서 다른 요양원에서 일하다

온 줄 알았어요."

칭찬은 누구에게 들어도 좋지만, 이곳에서 특별히 친하게 지내는 이노우에가 그런 말을 해주니 더 좋았다.

이노우에 할머니는 이 요양원에 온 사람들 중에서 가장 최근에 들어온 사람인데도 나오미가 그녀에게 가장 강한 친근감을 느끼는 이유는 아마도 이노우에가 2년 전 돌아가신 나오미의 친정 엄마와 닮았기 때문이리라.

"모처럼 친해졌는데 그만두시면 안 돼요." 이노우에가 갑자기 그렇게 말했다.

"마흔이 넘어서 취업하기는 너무 어려워서 쉽게 그만둘 일은 없을 것 같네요. 자, 등은 다 닦았습니다. 이제 스스로 하실 수 있으시죠?"

나오미는 그렇게 말하며 수건을 다시 이노우에에게 건넸다.

"그러면 다행이구요…. 전에 있던 요양원에선 친했던 사람들이 점점 그만두고 없어지더라고요."

이노우에가 스스로 다리를 닦으며 씁쓸하게 말했다.

"아, 그러셨군요…."

나오미는 그 이유를 대충 알 것 같았지만 굳이 말하지는 않았다. 요양원 일은 상당히 힘든 데다가 박봉이다. 나오미가 마흔에 가까운 나이에 이 직종을 선택한 것도 나이나 경력에 상관없이 일할 수 있다는 단순한 이유 때문이었다.

나오미는 이노우에가 목욕실에서 나와 옷을 갈아입는 것을 지켜보고 나서야 직원 탈의실로 향했다.

"나오미 씨, 퇴근시간이에요. 수고하셨어요."

동료의 말에 나오미는 벽시계를 보았다. 4시 반이 넘었다.

"여러분, 전 이만 퇴근하겠습니다. 수고하셨습니다."

나오미는 탈의실에 있던 사람들에게 인사를 하고 사무실로 향했다.

사무실 문을 노크하고 안으로 들어가자, 책상에서 서류를 보고 있던 스기시타가 고개를 들었다.

"어머, 나오미 씨. 근무 끝나셨나요?"

"네. 수고하셨습니다."

"오늘 스터디하는 거 어때요?" 스기시타가 웃으며 물었다.

나오미는 스기시타의 도움을 받아 사회복지사 자격시험을 준비하고 있다.

"안 그래도 오늘 좀 부탁드리려고 했었어요."

"전 좋아요. 그런데 오늘은 일요일 저녁이니까 따님과 시간을 보내는 것도 나쁘지 않을 것 같긴 한데요…?"

이곳은 새벽, 아침, 저녁, 밤 4교대 체제라 나오미의 딸 아즈사가 등교하지 않는 주말에 일찍 끝나는 경우가 드물다. 그런 점에서 오늘은 딸과 함께 보내라는 스기시타의 말도 일리가 있었다.

"그렇긴 한데요…, 오늘은 아즈사가 친구들과 디즈니랜드에 갔어요."

아즈사의 반 친구들 4명이 그 중 1명의 어머니와 함께 놀이공원에 놀러 갔다.

"그렇군요. 그럼 오늘 스터디를 하도록 하죠."

나오미는 스기시타와 마주 앉는다. 그리고 가방에서 참고서를 꺼내 책상 위에 올려놓았다.

"이 부분 말인데요…, 잘 이해가 되지 않아서요." 나오미가 참고서를 가리키며 말했다.

"아아, 여기 말이죠…?"

스기시타는 시간이 될 때마다 나오미가 공부하다가 모르는 부분을 알려주고 있다. 필기 시험을 치르려면 3년 이상의 실무 경력이 필요해서 내년이 되어야만 시험을 치를 수 있지만, 반년 전부터 대비를 하고 있는 것이다.

따라서 이곳의 부족한 대우에 불만만 늘어놓을 수 없었다. 사회복지사 자격증을 따면 지금보다는 급여가 오를 것이다. 이제 초등학교 5학년인 아즈사 때문에 앞으로는 더 많은 돈이 필요할 것이다.

그때 나오미의 가방 속에서 핸드폰이 진동했다. 문자메시지가 온 것이 아니라 전화가 걸려온 것 같았다.

"받아도 돼요."

스기시타의 허락에 나오미는 미안하다는 표정을 지으면서 핸드폰을 가방에서 꺼냈다.

아사쿠라 신지…, 라는 이름을 보고 나오미는 반사적으로 핸드폰을 가방 속으로 다시 던져 버렸다.

"안 받으세요?"

스기시타의 물음에 나오미가 고개를 저었다.

"혹시 무슨 일이 있으시면 오늘 스터디는 그만할까요?"

나오미의 표정을 보고 심상치 않음을 느꼈는지 스기시타가 자리에서 일어나려고 했다.

"아니에요, 괜찮아요. 별거 아니에요. 계속하시죠." 나오미가 마음을 다잡으며 말했다.

나오미는 요양원을 나와 바로 핸드폰을 꺼냈다.

사무실에서 스터디를 하는 동안 핸드폰이 계속 진동했다. 그 소리 때문에 도저히 집중을 할 수가 없어서 결국 도중에 스터디를 그만두기로 했다.

부재중통화 내역을 보니, 전부 아사쿠라가 건 전화였다.

무슨 일인지 신경이 쓰였지만 나오미가 먼저 그에게 전화를 걸 마음은 들지 않았다.

핸드폰을 만지작거리며 갈등하고 있을 때 다시 핸드폰이 진동했다. 나오미는 긴장하지 않을 수 없었다. 역시 아사쿠라가 건 전화였다.

전화를 일부러 안 받고 있자니, 마치 자신이 아사쿠라가 무서워 피하는 느낌이 들어서 결국 전화를 받았다.

"여보세요…."

"난데…, 갑자기 전화해서 미안해." 성마른 목소리가 들렸다.

"뭐가요?" 나오미가 차갑게 말했다.

"한 가지 묻고 싶은 게 있는데…, 그…, 아즈사는 같이 있어?"

갑자기 아즈사 이야기를 꺼내자 나오미는 더 이상했다.

"여기 없어요."

"아즈사는 핸드폰을 가지고 다니나?"

"네."

"혹시 이 번호 맞아?"

아사쿠라가 말해준 번호를 듣고 더욱더 이상했다.

"대체 무슨 일이에요?"

"오후 3시 넘어서 나에게 이 번호로 전화가 왔었어. 전화는 바로 끊어졌는데 여자아이가 '아빠!'라고 한 것 같았어. 다시 걸어봤지만 받지 않더라고. 술에 취해서 헛것을 들은 것인지도 모르겠지만 자꾸 신경이 쓰여서….”

“잘못 들은 걸 거예요.”

낮부터 술에 취해 있었다는 말을 듣자, 나오미의 말투가 더 날카로워졌다.

“그럼 다행이야. 아무튼 아까 그 번호는 아닌 거지?”

“아즈사 번호가 맞긴 해요. 하지만 그렇게 걱정할 필요 없어요. 오늘 노느라 정신이 팔려 전화를 받지 않았거나 배터리가 나갔을 거예요.”

“아즈사가 지금 어디에 있는데?”

“친구들과 디즈니랜드에 갔어요.”

“그건 확실한가?”

“네.”

“그렇군…. 마지막으로 한 가지 부탁 좀 할게.”

“뭔데요?”

“아즈사가 돌아오면 나에게 알려줘. 문자메시지라도 상관없어. 당신한테는 불쾌한 부탁일지도 모르겠지만 꼭 좀 부탁해.”

‘나에겐 가족 따윈 거추장스런 존재일 뿐이야….’

갑자기 3년 전과는 다른 사람이 된 듯한 말투였다.

“알았어요.”

나오미가 차가운 목소리로 전화를 끊었다. 핸드폰을 다시 가방에 집어넣으려다가 혹시 몰라 디즈니랜드에 따라간 토모미의 엄마 노자키에게 전화를 걸었다. 언제 돌아오는지 물어보고 저녁 식사를 차릴 요량이었다.

“여보세요…, 나오미 씨?” 노자키가 전화를 받았다.

“지금 통화 괜찮으신가요?”

"네. 아이들은 놀이기구를 타고 있고 전 밖에서 쉬고 있어요. 하루 종일 아이들과 있으니까 좀 지치네요…."

"오늘 수고가 많으세요."

"오늘은 아쉽게 아즈사랑 같이 가지 못했지만, 나중에 같이 갈 기회가 분명 또 있을 거라고 아즈사에게 전해주세요." 노자키가 말했다.

"네? 같이 가지 못했다니요…?" 나오미가 고개를 갸우뚱거렸다.

"오늘 아즈사가 열이 나는 바람에 못 갔잖아요?"

노자키 어머니의 말에 나오미는 괴성을 지르고 말았다.

"모르셨어요?"

"네…, 어떻게 된 거죠?"

"아침에 38도 가까이 열이 나서 못 간다고 토모미에게 문자메시지가 왔어요. 어머니에게도 연락했으니 걱정 말라고 하면서, 자기가 없어도 잘 놀다 오라고요."

하지만 6시에 나오미가 출근한 이후 지금까지 아즈사에게서는 아무 연락도 없었다. 토모미에게는 그런 문자메시지를 보냈는데 나오미에게는 아무런 연락이 없다? 나오미가 걱정하지 않도록 말을 안 한 건가?

나오미는 노자키와 몇 마디 이야기를 더 나누고 자전거를 세워둔 곳으로 향했다.

원래는 저녁 요깃거리로 젤리나 요구르트 등을 사려고 했지만 조금이라도 빨리 집으로 가기 위해 서둘렀다. 아즈사가 아사쿠라의 전화를 받지 않은 것을 보면, 핸드폰 배터리가 나갔을 수도 있다.

"엄마 왔다."

문을 열자마자 집 안을 향해 말했지만, 집 안은 어둡고 아무 소리도 나지 않았다. 아즈사가 집 안에서 자고 있나 싶어 현관 전등 스위치를 켰다.

나오미는 크게 놀라지 않을 수 없었다. 현관에는 아즈사가 평소에 신고 다니는 신발이 없었다.

지하철 개찰구에서 나오는 인파 속에 아사쿠라가 보였다. 아사쿠라도 나오미를 발견한 듯 나오미에게 달려왔다.

"어땠어?"

아사쿠라가 입을 연 순간 알코올과 커피 찐내가 풍긴다.

"집 주변에 있는 병원에 연락을 해봤지만 아즈사가 실려 온 적은 없대요. 그건 그렇고 낮부터 많이도 마셨군요." 나오미가 혐오감을 드러내며 말했다.

스터디 직후 아사쿠라의 전화를 받고 다시는 그와 통화를 하고 싶지 않았지만, 아즈사로부터 다시 연락이 왔을까 봐 다시 전화를 걸어 물어보았다.

"아즈사가 디즈니랜드에 갔다고 해서 당신이랑 통화한 이후에는 안심하고 잊어버렸어."

아사쿠라는 더 이상 자신에게 연락은 없었다고 했다.

아즈사가 열이 나서 디즈니랜드에 못 가겠다는 문자메시지를 친구에게 보냈다는 사실과, 지금 아즈사가 집에 없다는 사실을 말해주자, 아사쿠라는 걱정이 되니 집 주변을 같이 찾아보자고 했다. 그래서 지하철을 타고 여기로 오게 된 것이다.

"당신이 전화를 받았을 때 아즈사가 다른 말은 안 했어요?"

"응. 다만 아까도 말했지만 난 취해 있었고, 잘못 걸린 전화인

줄 알고 끊으려고 했기 때문에, 잘못 들었을 수도 있어. 내가 말을 하니까 전화가 바로 끊어지기도 했고…."

아즈사는 왜 아사쿠라에게 전화를 건 걸까.

"요즘 친정 쪽은 어때?" 아사쿠라가 묻는다.

"2개월 전에 집을 팔아서 아버지는 지금 호도가야에 있는 연립주택에 살고 계세요. 아버지는 어제부터 동창회 때문에 하코네에 가셔서 집에 없어요."

"장모님은?"

"2년 전에 돌아가셨어요."

그 말을 듣자 아사쿠라의 눈빛이 어두워졌다.

"장례식에 못 가서 미안해."

"내가 일부러 알리지 않은 거예요."

친정아버지가 아사쿠라의 얼굴을 보면 슬픔이 더 깊어질 것 같아서 일부러 알리지 않았다.

"아무튼 그보다 이제-."

"내가 이런 말 할 자격은 없지만, 아즈사는 요즘 어땠어?" 아사쿠라가 나오미의 말을 자르며 물었다.

"어떠냐니…?"

"슬슬 사춘기잖아. 게다가 아빠는 이 모양이고."

"불량스러운 행동을 하냐는 거예요?"

아사쿠라가 고개를 끄덕였다.

"그런 느낌은 없었는데…, 하지만 솔직히 모르겠어요. 저도 일 때문에 계속 아즈사와 함께 있던 것도 아니었고."

"무슨 일을 하는데?"

"요양원에서 일해요. 야근이나 당직도 있으니까 밤에 같이 있지 못할 때도 많아요."

"당신이 지금 살고 있는 곳이나 아즈사의 학교, 도서관 같은 장소를 모두 알려줘. 그 주변과 역 앞에 있는 번화가를 찾아보자."

"알았어요."

놀이터를 둘러보고 나왔을 때 아사쿠라에게서 다시 전화가 왔다.

"여보세요…, 어때요?" 나오미가 물었다.

"없어. 역 주변 오락실이나 패스트푸드점을 둘러봤지만 없었어. 그쪽은 어때?"

"여기도 아직…."

2시간가량 집과 학교 주변을 돌아다녔다.

"일단 당신은 집에 돌아가는 게 어때? 아즈사가 와 있을지도 모르잖아."

"아까 집 전화로 전화를 걸어봤는데 받지 않았어요."

"그렇군. 아무래도 집에 어떤 연락이 올 가능성이 커. 당신은 어서 들어 가. 난 좀 더 이 근방을 돌아볼게."

"무슨 연락이 올지도 모른다는 게 무슨 소리예요?"

나오미는 유괴라는 최악의 시나리오가 떠올랐다.

"호들갑 떨지 마. 친구들을 떼어놓고 혼자서 어디에 놀러갔을 수도 있잖아. 돌아갈 돈은 없는데 핸드폰 배터리마저 떨어져서 연락을 못하고 있을 수도 있고. 그러다가 집 전화로 전화를 걸 수도 있겠지."

"그, 그럴 수도 있겠네요…."

나오미는 전화를 끊고 서둘러 집으로 돌아왔다.

그 사이 아즈사가 집에 돌아왔기를 바라면서 집 안으로 들어갔지만 여전히 아무도 없었다.

나오미는 현기증을 느끼며 소파에 털썩 주저앉았다. 꼼짝도 하지 않은 채 거실에 있는 액자를 보았다. 작년 여름 바다에 놀러가 둘이서 찍은 사진이었다.

그때 집 전화가 울렸다. 나오미는 자리에서 벌떡 일어나 전화기를 향해 달려갔다. 발신자 번호가 뜨는 화면에는 공중전화 번호인 듯한 숫자가 떠 있었다.

"아즈사!"

나오미가 전화기를 들고 외쳤다.

"야스모토 나오미 씨인가요?"

그 목소리를 듣고 등골이 서늘해졌다. 기계로 가공된 목소리였다.

"야스모토 나오미 씨인가요?"

상대방은 같은 말을 반복했다.

"네…."

나오미는 어떻게든 말을 쥐어짜냈다.

"연락이 늦어져 죄송합니다."

"당신은…."

"따님을 유괴했습니다."

그 말을 듣고 심장이 철렁 내려앉았다.

"아즈사는…, 딸은 무사한가요!" 나오미는 전화기에 대고 외쳤다.

"아직 무사합니다. 다만, 당신이 하기에 따라 앞으로 어떻게 될지는 모릅니다."

온몸이 떨렸지만 한걸음, 한걸음 조용히 소파로 가서 핸드폰을 꺼냈다. 녹음기 앱을 켜고 핸드폰을 집 전화 스피커에 갖다댔다.

"이제부터 하는 말을 잘 들어주세요. 1억 원을 준비하세요."

"1억…, 그런 돈은 없어요! 무슨 이유로 제 딸을 납치했는지 모르겠지만 저희 집엔 그런 큰돈이 없어요." 나오미가 호소했다.

"당신에겐 없겠지만 친정아버님께 부탁드리면 되잖습니까?"

"…무, 무슨 소리죠?"

"2개월 전에 집을 파셨잖아요. 건물이 낡아서 건물값은 얼마 되지 않지만 땅값만으로도 충분히 큰돈이 될 겁니다."

'어떻게 그걸 알고 있지?'

어머니와의 추억을 간직한 집에서 계속 사는 것이 괴롭다면서 아버지는 고민 끝에 그동안 살던 집을 팔았다. 아버지는 나오미와 아즈사를 데리고 함께 살 집을 찾을 때 집 판 돈을 보태 쓰겠다고 했다.

"물론 노후 자금으로 쓰시려는 돈일 테니, 그 전부를 달라는 건 아닙니다. 그 중에 일부, 1억이면 충분합니다."

나오미는 말문이 막혔다.

"모레 정오까지 준비해주세요. 또 연락하겠습니다."

"모레…."

"네. 내일은 출근하셔도 괜찮습니다. 이 정도 일로 업무에 지장을 받으시는 것은 원치 않습니다. 다만 내일은 당직이시잖아요? 그러니까 출근 전까지 아버님과 이야기를 나누시는 게 좋을 겁니다."

상대는 나오미의 근무 일정까지 꿰뚫고 있었다.

"그럼 잘 부탁합니다. 전 이만…."

"저기! 잠깐만요…!"

나오미의 말을 끝까지 듣지 않고 전화가 툭 끊어졌다.

'삐-' 소리를 들으며 나오미는 그 자리에 털썩 주저앉아버렸다.

그때 핸드폰이 진동했다. 흠칫 놀라 쳐다보니, 아사쿠라가 전화를 걸어왔다.

"여보세요…, 지금 당장 여기로 와요!" 나오미가 외쳤다.

"무슨 일이야?" 아사쿠라가 놀라 물었다.

"직접 만나서 이야기해요. 빨리 여기로 와요…!"

오열을 참으며 집 주소를 말하자 아사쿠라가 알았다면서 황급히 전화를 끊었다.

20분 정도 지나 초인종이 울렸다.

나오미가 문을 열자 심각한 표정의 아사쿠라가 서 있었다. 상황이 심상치 않음을 느낀 듯했다. 아사쿠라가 곧바로 현관 안으로 들어와서 문을 닫았다.

"대체 무슨 일이야?" 아사쿠라가 물었다.

"아즈사가…, 아즈사가 유괴를 당했어요!"

아사쿠라는 크게 놀랐다.

"아까…, 아즈사를 유괴했다는 전화를 받았어요. 모레 정오까지 1억 원을 준비하라면서…"

아사쿠라가 멍하니 나오미를 바라본다.

"여보, 어쩌면 좋아…, 어쩌면 좋아요?"

나오미가 아사쿠라의 멱살을 잡고 세게 흔들었다. 그제서야 아사쿠라가 겨우 정신을 차린 듯 나오미를 쳐다본다.

"어떤 사람이었어?" 아사쿠라가 묻는다.

“음성 변조를 해서 전혀 알 수가 없었어요. 하지만 핸드폰으로 녹음해 뒀어요.”

“들려줘.”

아사쿠라가 신발을 벗고 거실로 들어온다.

나오미는 거실에 들어가 아사쿠라를 소파에 앉히고, 녹음한 대화를 들려준다.

아사쿠라는 테이블 위에 있는 핸드폰을 보면서 상대가 하는 말 한마디 한마디에 눈을 깜빡였다. 골똘히 생각에 빠지면 자주 하던 버릇이었다.

“아버님이 집을 팔았다는 건 누가 알고 있지?”

녹음한 대화를 듣고 나서 아사쿠라가 나오미를 보며 물었다.

“아버지가 이사하시면서 몇몇 친한 사람들에게 말씀하신 걸로 알고 있어요. 저도 직장에서 몇 명에게 말을 했고요. 아무튼 이제라도 경찰에 빨리 알려-.”

늦게나마 그런 생각을 하고 나오미가 핸드폰을 집어든 순간, 아사쿠라가 말을 끊었다.

“안 돼!”

아사쿠라가 그렇게 외치면서 핸드폰을 든 나오미의 손을 잡았다.

“경찰에 알려서는 안 돼!”

나오미는 아사쿠라를 쏘아 보았다.

“경찰에 알리면 안 된다니…, 여보, 그게 대체 무슨 소리예요?” 나오미가 영문을 모르겠다는 듯 물어본다.

아사쿠라는 아무 말 없이 계속 나오미를 바라볼 뿐이다.

“신고해야죠!” 나오미가 아사쿠라의 손을 뿌리치고 일어났다.

그리고 다시 1, 1, 2…, 번호를 누르고 발신버튼을 누르려고 했다.

"안 돼!"

아사쿠라가 일어나 나오미에게서 핸드폰을 빼앗았다.

"무슨 짓이에요!"

나오미는 아사쿠라에게서 다시 핸드폰을 빼앗으려 손을 내밀었다.

"경찰에게 알리면 아즈사가 위험해질 수도 있어!"

그 말에 나오미도 내민 손을 일단 멈추었다.

"하지만…, 하지만 경찰에 신고하지 않고 어쩌려고요? 지금 아즈사가 유괴를 당한 상태라고요!"

"진정해."

아사쿠라가 나오미의 어깨에 손을 얹었다.

"이런 상황에서 어떻게 진정하라는 거예요?"

나오미는 지금까지 필사적으로 참아왔던 눈물이 터져 나오려고 한다.

"제발 부탁이야. 좀 냉정해져봐."

나오미를 바라보던 아사쿠라의 시선이 다른 곳으로 향한다. 그리고 지긋이 무언가를 바라본다. 거실에 걸린 액자를 보고 있다.

"아까 전부터 마음에 걸리던 게 있어."

그 말에 나오미가 다시 아사쿠라를 본다.

"뭐예요?"

아사쿠라도 액자에서 눈을 거둬 나오미에게로 시선을 돌린다.

"아즈사한테 내 번호를 알려주었어?" 아사쿠라가 묻는다.

"그럴 리가 없잖아요!"

"그렇다면 어떻게 아즈사가 내 번호로 연락을 한 거지?"

"몰라요. 제 핸드폰 주소록을 훔쳐보고 당신 번호를 알아냈나 보죠. 누군가에게 납치를 당했다고 생각해서 당신에게 도움을 청하러 전화를 건 게 아닐까요?"

"그런데 왜 당신이 아니라 나한테 걸었을까?"

"누군가에게 전화를 걸려다가…, 뭐 별 생각 없이 그냥 핸드폰을 꺼냈는데, 주소록 맨 위에 있던 이름이 당신이었을 수도 있죠."

'아사쿠라'라는 이름이기에(일본어의 'あ'는 국어의 '가'에 해당 - 역자 주) 주소록 맨 위에 있어도 이상하지는 않다.

"지금 그게 뭐 그리 중요해요?" 나오미는 화가 나서 말했다.

"안 중요할 수도 있지. 하지만 그렇지 않을 수도 있어."

"무슨 소리예요?"

나오미는 대체 아사쿠라가 무슨 말을 하고 싶은지 모르겠다.

"당신이나 나나 둘 다 은퇴한 경찰이야. 유괴범이 아무 여자애나 유괴했다고 한다면 부모의 과거 직업 따윈 모를 수도 있지만, 범인은 분명 당신 아버님이 집을 팔아서 돈이 있다는 것까지 알고 있었어. 게다가 당신의 현재 직업까지도 파악하고 있었지."

"그래서 뭐요?"

"범인은 당신과 내가 경찰 관계자라는 걸 알고, 경찰의 딸이라서 아즈사를 유괴했을 가능성이 높아. 범인은 매우 치밀한 녀석인 것 같아."

"치밀하다니…?"

"모든 가능성을 고려해서 행동하고 있다는 뜻이야. 나에게 온 전화도 아즈사가 직접 건 것이 아니라 범인이 우리한테 보낸 어떤 메시지일지도 몰라."

그 말을 듣고도 나오미는 아사쿠라가 하는 말을 선뜻 이해하기 힘들었다.

"어쩌면 지금도 우리를 감시하고 있지 않을까?"

나오미는 그 말에 놀라서 거실 창문을 본다. 커튼이 활짝 열려 있었다. 나오미는 얼른 거실에 가서 커튼을 닫았다.

"녀석은 장인어른이 집을 팔았다는 사실이나 현재 당신 직업도 알고 있었어. 그렇다면 내가 당신이나 아즈사와 따로 살고 있다는 것도 알고 있었을 거야. 그렇게 된 과정까지 알고 있다면, 아즈사가 제 아빠의 핸드폰 번호를 모른다는 것도 눈치챘겠지. 범인이 그걸 알고 내 핸드폰 번호를 미리 조사해 뒀다면…."

"범인이 우리들의 정보나 움직임을 이미 모두 파악하고 있다는 건가요?"

아사쿠라가 애매하게 고개를 끄덕인다.

"그럴지도 모른다는 거야. 만약 그렇다면 경찰은 아무리 사복으로 변장해도 범인에게 들킬 우려가 있어."

"그럼…, 어떻게 하자는 거예요!"

"모르겠어. 하지만 경찰에 신고하는 건 좋지 않아." 아사쿠라가 팔짱을 끼고 생각에 빠진다.

"경찰에 알리지 않고 순순히 몸값을 건네주라는 건가요?"

"이야기를 들어보니 범인은 전문적인 유괴범이 아닐까 싶어. 프로 중에 프로인 거지. 어쩌면 그래서 장인어른이 집을 판 돈 중에서도 딱 1억 원만 달라고 한 것인지도 몰라. 매우 현실적인 금액을 제시한 셈이지. 혹시 그 돈만 순순히 넘기면 무사히 아즈사를 돌려주지 않을까…."

"하지만 그러리란 보장이 없어요! 1억 원을 빼앗고 나서 더 많은 몸값을 요구할지도 몰라요. 또, 그 이후에 아즈사를 무사히 돌려주지 않을지도 모르고요…."

"그렇긴 해."

무슨 반론이라도 펼칠 줄 알았는데, 쉽게 수긍해버리는 아사쿠라를 보고 한심함이 몰려온다.

"범인이 무슨 생각을 하고 있는 건지 모르겠어. 아즈사가 지금…."

아사쿠라는 그 이상 말을 잇지 못하고 입을 다문다. 괴로운 듯 얼굴을 찡그린 뒤, 이어 말한다.

"하지만 믿을 수밖에 없어. 아즈사는 살아있어. 우리들이 범인의 요구사항을 들어주면 무사히 돌려줄 거라고 믿을 수밖에 없어."

"하지만…."

나오미는 마냥 고개를 끄덕일 수 없었다.

아사쿠라의 말을 완전히 부정하는 것은 아니다. 가장 소중한 것은 아즈사의 목숨이다. 아즈사가 무사히 돌아오면 그뿐이다. 그 사실은 잘 알고 있지만, 그렇다고 경찰에 신고도 하지 않는 것이 옳은 결정일까.

"내가 몸값을 준비할 수 있으면 문제가 없는데…, 안타깝게도 그런 돈은 없어. 하루 벌어 하루 사는 상황이라 모아둔 돈도 거의 없어."

"저도 그래요. 1억 원 같은 큰돈을 어떻게…."

"장인어른께 어떻게든 빌릴 수 없을까? 부탁드려 줄 수 있나? 내가 이런 말할 처지가 아니란 것은 잘 알고 있어. 하지만 방법이 없잖아. 당장은 무리라도 그 돈은 시간을 두고 반드시 갚을게."

"경찰에 신고하지 않고 범인에게 몸값을 넘기다니, 그런 방법을…, 아버지가 납득하실 리 없어요."

"장인어른께는 아즈사가 유괴당한 사실을 알리면 안 돼. 장인어른은 무조건 경찰에 신고하자고 하실 테니까."

"그 이야기를 하지 않고 어떻게 1억 원이라는 큰돈을 빌리라는 거예요?"

나오미가 친정아버지에게 갑자기 1억 원을 빌려달라고 하면 왜 그런 돈이 필요한지 물어보실 것이 뻔하다.

"어떻게든 이유를 대서 빌릴 수 없어? 아즈사가 무사히 돌아오면 사실대로 이야기하고 경찰에 신고하자. 난 범인이 잡히든 말든 상관없어. 그냥 아즈사가 무사히 돌아오기만 하면 돼."

'후회하고 싶지 않아. 날 전혀 믿을 수 없겠지만 이번만큼은 날 믿고 따라줘.'

아사쿠라는 진지한 눈빛으로 이렇게 호소하는 것 같았다.

나오미는 깊게 고개를 숙인 아사쿠라를 본다. 아사쿠라를 완전히 믿을 수는 없었다. 하지만 아즈사가 아사쿠라의 피를 이어받은 소중한 딸이라는 사실은 명백했다. 그렇다면 믿어도 되지 않을까.

"알았어요. 내일 아버지께 말씀드려볼게요."

그제서야 아사쿠라는 천천히 고개를 들었다.

"하지만 몸값을 준비하지 못하면 끝이에요. 제 말을 아버지가 믿어주지 않는다면 사실대로 이야기하겠어요."

아사쿠라가 간절한 눈빛으로 나오미를 쳐다보지만, 나오미는 아사쿠라의 마음을 헤아릴 수 없었다.

나오미는 시선을 주방으로 돌렸다.

"커피라도 끓일게요."

뭔가를 마실 기분은 아니지만 가만히 있는 것도 견디기 힘들었다.

"괜찮아. 이제 돌아가야 하니까."

"돌아가요?"

"그래. 머릿속이 너무 혼란스러워서 혼자서 생각을 좀 해봐야겠어."

"생각?"

나오미는 아사쿠라의 말이 의아해서 되물었다.

딸이 유괴되었는데 혼자 생각할 것이 대체 뭐란 말인가.

"당신, 내일은 당직이라고 했는데, 몇 시부터 몇 시까지 근무야?" 아사쿠라가 물었다.

"밤 10시부터 다음 날 오전 10시예요."

나오미는 아사쿠라가 왜 갑자기 그런 것을 묻는지 이상해 하면서도 대답은 했다.

"범인은 모레 정오까지 몸값을 준비하라고 했잖아. 당직을 마치고 힘들어서 판단력이 흐려졌을 때를 노려서 몸값을 받을 속셈일 수도 있어. 조금이라도 쉬도록 해."

나오미는 거실에서 나가는 아사쿠라를 따라간다.

"내일 연락할게."

아사쿠라가 나가고 문이 닫히자, 나오미는 갑자기 마음이 약해져서 자리에 주저앉을 뻔했다. 떨리는 손으로 잠금장치를 건 뒤, 긴장된 발걸음으로 거실로 돌아와 소파에 쓰러졌다.

왜 아즈사가 유괴된 걸까? 범인은 왜 하필 아즈사를 노린 걸까? 아무리 친정아버지가 집을 팔아 돈을 가지고 있다고 해도 가난하게 살고 있는 모녀 둘을 표적으로 할 필요가 있었을까?

정말 이래도 될까? 경찰에게 신고하지 않고 정말 아즈사를 구출할 수 있을까? 아사쿠라는 그렇게 주장했지만, 역시 경찰에 신고하는 것이 옳지 않을까?

나오미는 핸드폰을 들고 1, 1, 2를 눌렀다. 통화 버튼을 누르려고 했을 때 아사쿠라의 얼굴이 떠올라 핸드폰에서 다시 손을 뗐다. 친정아버지를 설득시키지 못하면 사실대로 이야기할 거라고 했을 때 아사쿠라는 간절한 눈빛으로 나오미를 바라봤다.

아사쿠라를 안 지 15년 이상 지났지만 그런 절박한 눈빛을 본 적이 없다.

경찰에 신고하면 생길 수 있는 위험에 대해 그토록 강하게 확신하고 있는 걸까? 오랜 세월 형사로 지낸 사람이 가진 촉일까? 그건 그렇다고 치고 친정아버지에게 아즈사가 유괴당한 것을 숨긴 채 1억 원이라는 거금을 부탁하는 것도 쉽지 않다.

무슨 좋은 방법은 없을까 필사적으로 생각을 하다보니 한 여성이 떠올랐다. 반 년 전에 직장을 그만둔 '무라오카 치사토'라는 여성이었다.

3

연립주택 입구를 나서자 다리가 후들거렸다.

아즈사가 유괴당했다….

그 사실을 알게 된 이상 아사쿠라는 한 걸음도 앞으로 내디딜 수 없었다.

유괴범에게 연락을 받았다고 나오미가 말했을 때부터 여러 시나리오가 머릿속을 스쳤다. 아즈사의 핸드폰으로 가장 먼저 연락했던 사람이 자신인 것을 고려하면, 그 중 한 가지 시나리오가 부각되었다.

'혹시 범인의 목표는 나와 연락이 닿는 것이 아닐까…?'

하지만 나오미가 녹음한 범인과의 대화를 듣고 그 가능성이 높지는 않다는 것을 깨달았다. 다행히 아즈사의 유괴에 아사쿠라가 가장 두려워하는 존재가 관여한 것 같지는 않았기 때문이다.

이제 아즈사가 유괴된 것은 부정할 수 없는 현실이다. 유괴가 평범한 가정에서 일어났다면 바로 경찰에 신고했을 것이다.

하지만 아사쿠라는 그러지 않았다. 유괴 사건이 발생했다고 하면, 경찰 내 특수수사팀이 수사를 맡게 될 것이고, 그런 썩은 조직에게 아즈사의 목숨을 맡길 수는 없기 때문이다.

나오미는 경찰에 신고하지 말라는 아사쿠라의 주장을 수긍하지 못하는 것 같았다. 물론 그럴 수 있다. 아사쿠라는 나오미에게 3년 전에 일어난 일을 비밀에 부쳤기 때문이다. 아사쿠라가 왜 경찰을 그만두었는지를 모른다면, 경찰에 신고하지 말아달라는 아사쿠라의 부탁을 이해하지 못하는 것이 당연하다.

나오미가 말한 대로 유괴범에게 몸값을 지불하더라도 아즈사가 무사히 돌아온다는 보장이 없다. 1억 원을 빼앗은 범인이 다른 요구를 해올 가능성도 있다. 게다가 아버지가 평생 경찰 조직에 몸 바쳐 쌓아 올린 자산을 유괴범에게 갖다 바치는 것도 못할 짓이다.

'경찰의 힘을 빌리지 않고 내 힘으로 유괴범을 잡을 순 없을까. 매우 어려운 일일 테지만 그래도 그렇게 해야만 해.'

아사쿠라는 쇳덩이처럼 무거운 발걸음을 옮기며 생각했다.

토즈카역을 지나칠 무렵에는 밤 11시가 넘었다. 지하철 차창 밖에 펼쳐진 어둠을 노려보며 생각을 거듭해 보았지만 뾰족한 수는 떠오르지 않았다.

계속 창밖을 바라보다가 다음 역에서 황급히 지하철을 내렸다. 3년 전까지 아사쿠라가 일했던 경찰서로 가려면 지하철을 갈아타야 했기 때문이다. 오랜 시간 형사로 일해 왔던 곳에 가면 혹시 그때의 감각이 되살아나지 않을까 하는 기대감이 작용했다.

사쿠라기거리역 출구를 나오자 유흥가가 이어졌다. 두 번 다시 발을 들이지 않을 거라고 다짐했던 곳이지만, 번쩍거리는 간판을 보니 수사를 위해 이곳을 뛰어다녔던 기억이 되살아났다.

경찰에 신고하지는 않을 계획이지만, 그렇다고 범인에게 순순히 몸값을 건네줄 마음은 없다. 아사쿠라는 스스로 범인을 잡기로 결심했다.

유괴범과 나오미의 대화를 듣고 나니, 상당히 숙련된 유괴범이라는 느낌을 받았다. 공범의 존재까지는 모르겠지만 치밀한 계획을 세운 뒤에 유괴를 한 것 같았다.

유괴범이라면 경찰에 신고할 가능성을 염두에 두고 있을 것이다. 그렇다면 범인은 나오미에게 처음 나오라는 장소에서 돈을 가로채지 않고, 여러 장소를 이동시켜서 경찰의 빈틈을 노릴 것으로 추측되었다.

결국 아사쿠라 혼자서 경찰 대신 범인을 잡는 것은 어려울 것 같았다. 아사쿠라를 도울 동료가 필요했다. 하지만 아사쿠라는 경찰 시절의 동료 말고는 친구가 없었다. 게다가 경찰 동료들은 아사쿠라를 친구라고 생각하지도 않을 것이었다.

정처 없이 유흥가를 배회하다가 문득 한 남자가 떠올랐다.

키시타니 유우지….

키시타니는 7년 전까지 요코스카에서 심부름센터를 운영했다. 따라서 미행을 해본 경험이나 노하우를 가지고 있을 것이다. 경찰의 조직력에는 미치지 못할 테지만, 나오미를 미행해서 유괴범을 잡는 데에 도움을 줄 수 있는 녀석임에는 틀림없었다.

'하지만 키시타니가 경찰이었던 나를 도와줄까?'

키시타니는 7년 전에 공갈죄로 구속된 적이 있었다. 심부름센터는 위장용으로 개설해둔 것이었고, 실제로는 그 과정에서 얻은 정보로 도리어 의뢰인을 협박해 돈을 갈취했기 때문이다.

구속된 것은 그때가 처음이었지만, 키시타니는 오랜 세월 동안 어둠의 세계에서 해킹이나 공문서 위조, 불법취업 알선 등 각종 범죄를 저질러왔다. 그러면서도 교묘하게 법망을 빠져나갔었다.

'정말 당해낼 수 없는 미꾸라지 같은 녀석….'

그게 키시타니에 대한 아사쿠라의 기억이다.

그래도 지금 도움을 청해볼 만한 존재는 키시타니뿐이다.

아사쿠라는 손목시계를 보았다. 이제 곧 자정이었다.

'모레 정오까지 준비해주세요. 또 연락하겠습니다….'

이제 36시간밖에 남지 않았다. 아사쿠라는 초조함을 느끼며 과거 자신이 근거지로 활동하였던 요코스카에 가기 위해 택시를 잡아탔다.

요코스카에 도착하자마자, 7년 전 기억을 되살리며 키시타니가 자주 들락거리던 가게를 찾아갔다.

전직 경찰이라는 걸 들키지 않도록 키시타니의 지인을 사칭해서 새벽까지 술집을 전전했다. 하지만 키시타니가 구속된 이후의 소식을 아는 사람은 없었다.

이제 대부분의 술집들은 문을 닫아서, 주위를 비추던 간판의 불빛도 거의 꺼졌다. 어렴풋이 동이 트고 있었다.

그때 건너편 빌딩 3층에 있는 조그만 술집 간판에 아직까지 불이 켜져 있는 것을 발견했다. 7년 전 수사 때는 없었던 가게였지만 지푸라기라도 잡는 심정으로 들어갔다.

문을 열자 카운터 안쪽에 있는 바텐더와 눈이 마주쳤다.

"아직도 영업 중인가?"

아사쿠라가 묻자 20대로 보이는 젊은 바텐더가 고개를 끄덕였다.

기다란 카운터 자리와 테이블 하나가 있는 조그만 술집이었다. 카운터 자리에는 이미 손님이 없었고, 테이블에만 남자 손님 하나가 취한 듯 엎어져 있었다.

아사쿠라는 맥주를 주문한 뒤, 곧바로 키시타니란 사람을 아는지 물었다. 하지만 바텐더는 모른다고 했다.

어쩔 수 없이 반쯤 남은 맥주를 남겨둔 채 계산을 하고 일어서려는 순간, 테이블에 엎어져 있던 남자가 물을 달라고 소리치며 일어나는 듯했다.

알고 보니, 그는 요코스카 경찰서에서 일했을 때 동료인 카타기리였다. 아사쿠라보다 4, 5살 어렸지만 아사쿠라를 잘 따르던 동료였다. 아사쿠라는 얼굴을 돌려 외면했지만, 이미 카타기리의 시선이 느껴졌다.

"계산!"

아사쿠라가 카타기리에게 물을 가져다주고 카운터로 돌아온 바텐더에게 말했다.

아사쿠라가 바지춤에서 지갑을 꺼냈을 때, 의자를 밀치는 소리가 들렸다.

"아니, 아사쿠라 형사님 아닙니까?"

어쩔 수 없이 고개를 돌리자, 카타기리가 놀란 듯 비틀거리며 다가왔다.

"그래."

아사쿠라가 고개를 끄덕이자, 카타기리는 과거와 달리 거들먹거리는 태도로 옆에 앉는다. 아사쿠라는 곧바로 그곳을 떠나고 싶었지만, 물어보고 싶은 것이 있어서 참기로 했다.

"자네, 아직도 요코스카 경찰서에서 일하나?"

"아니에요. 1년 전에 카나가와 경찰서로 발령이 났어요. 내일은 비번이라 단골 술집에 온 거고요."

"그렇군."

"설마 이런 곳에서 다시 만날 줄이야. 어쩌다가 요코스카 관할 구역까지 오셨어요?"

카타기리가 경멸과 적대감을 담은 미소를 지으며 아사쿠라의 어깨를 툭툭 친다.

"그렇게 되었지."

아사쿠라는 키시타니를 체포하고 반 년 정도 지났을 때 다른 경찰서로 발령이 났지만, 아사쿠라의 행적은 이미 동료들에게 널리 퍼졌을 것이다.

"사실은 말이에요, 옛날에는 나도 당신을 존경하고 있었어요…, 사회성이 부족해서 출세하긴 글렀다고 생각했지만, 일에 대한 집념과 정의감은 누구보다 강했으니까요. 그건 저뿐만 아니라 다른 후배들도 그랬을 거예요. 당신은 그런 우리들의 마음을 짓밟은 거예요."

아사쿠라는 카타기리의 이야기를 들으면서 남은 맥주를 들이켰다.

"이 사람은 말이죠, 경찰 명예에 먹칠을 했어요. 세금 도둑이죠. 그래서 마음껏 등쳐먹어도 돼요. 내가 허락하죠."

카타기리가 바텐더를 향해 아사쿠라를 비웃듯이 말하자, 바텐더는 당황스러움과 호기심 어린 눈빛으로 아사쿠라를 본다.

"이 녀석 말대로야. 지금 내 지갑에 있는 걸 다 빼앗아 가도 상관없어."

아사쿠라가 아무 저항도 하지 않자, 카타기리가 재미없다는 듯 코웃음을 쳤다.

"쳇. 그건 그렇고…, 당신 요즘 뭐 하고 지내요?" 카타기리가 물었다.

"시시한 인생을 살고 있다." 상대가 만족할 만한 대답을 했다. "다시 만난 기념으로 나도 질문 하나만 하지."

"뭔데요?"

이제 카타기리도 취기에서 완전히 벗어났는지 눈빛에는 차가운 적대감만 남아 있는 듯했다.

"키시타니 유우지라는 녀석 기억하나?"

"키시타니?"

카타기리가 고개를 갸우뚱거렸다.

"그래. 7년 전에 공갈죄로 구속된 놈이야. 요코스카에서 심부름센터를 운영했었지…."

그렇게 말하자 카타기리가 그제야 기억이 났다는 듯 고개를 끄덕였다.

"키시타니가 지금 어디에 있는지 아나?"

아사쿠라가 묻자, 카타기리의 표정이 순간적으로 험악해졌다.

"왜 그런 걸?" 카타기리가 수상하다는 듯이 물었다.

"꼭 만나야 할 용건이 있어. 그래서 수치를 무릅쓰고 요코스카 관할구역까지 온 거야."

"그런 범죄자를 만나고 싶다니, 당신, 또 이상한 짓을…?"

"그런 게 아냐. 중요한 일이야. 알고 있다면 옛 정을 생각해서 좀 알려줘. 부탁해."

아사쿠라는 카타기리를 향해 깊이 고개를 숙였다.

"확실한 건 몰라요."

그 소리에 아사쿠라는 다시 고개를 들었다.

"전 지금은 방화범 쪽을 담당하고 있거든요. 하지만 얼마 전에 키시타니에 관한 소문을 들었어요."

"어떤 소문이지?"

아사쿠라가 몸을 앞으로 내밀었다.

"1년 전에 만기 출소해서 카와사키에 있다고…."

"카와사키에서 뭘 하고 있지? 또 심부름센터라도 열었나?"

"어느 술집에서 지배인을 하고 있대요. 물론 그가 정말 술집을 하고 있다고는 아무도 믿지 않을 테지만…."

"가게 이름은?"

"몰라요." 카타기리가 단호하게 대답했다.

"그런가."

"카와사키 경찰서에 연락하면 알 수도 있겠지만, 내가 당신을 위해 그렇게까지 하고 싶지는 않네요."

"고마워."

아사쿠라는 계산을 하고 자리에서 일어나 가게를 나선다.

"어이! 오늘 아주 기분 나쁜 아침이니, 입가심으로 한 잔만 더 줘!"

아사쿠라의 등 뒤로 카타기리의 목소리가 들렸다.

4

나오미는 핸드폰 주소록을 열고, 무라오카 치사토의 전화번호를 검색했다.

조금이라도 빨리 상황을 알고 싶었지만 한밤중이나 이른 새벽부터 전화를 걸기는 미안했기 때문에 아침 9시까지 기다렸다.

치사토에게 전화를 걸자마자 그녀가 밝은 목소리로 인사를 했다.

"여보세요···? 나오미 씨, 오랜만이에요."

"오랜만입니다. 잘 지내고 계시죠?"

나오미가 최대한 아무 일 없다는 듯 대답했다.

"네, 변함없이 잘 지내요. 장소는 달라졌지만 파트 타임으로 일하는 건 바뀌지 않았으니까요. 나오미 씨는요?"

"저도 변함없어요. 다들 잘 지내고 있답니다."

"그렇군요. 다행이에요."

치사토는 반 년 전쯤 남편의 전근을 계기로 요양원을 그만두고 토즈카를 떠났다. 전근한 곳은 사이타마의 쿠키라는 곳이었다. 남편이 거기까지 통근하기 어려워서 토즈카에 소유하고 있던 연립주택을 남겨두고 쿠키에서 월세를 살고 있다.

토즈카에 있는 집을 팔고 싶지만 월세를 놓을 생각은 없다고 한 말이 떠올랐기 때문에 전화를 건 것이다.

"그런데 무슨 일이에요?"

이렇게 아침 일찍 불쑥 전화를 건 이유가 궁금한 모양이었다.

"물어보고 싶은 게 있는데요…. 토즈카에 있는 집은 이미 매매하셨나요?"

언제인지 정확하게 기억나지는 않지만, 치사토가 나오미에게 그 연립주택을 사지 않겠냐며 농담처럼 이야기했던 적이 있었다. 그때는 그 집을 살 돈이 없다고 거절했었다.

"그게…, 아직 팔리지 않았어요."

"그렇군요. 임대는요?"

"내놓지 않았어요. 왜요?"

"그게…, 실은 저희 아버지가 이 근처에서 연립주택을 찾고 계신데…, 전에 어머니랑 살던 츠루미에 있는 집을 최근에 파셨거든요. 그래서 저희랑 같이 살 집을 찾고 계세요."

"그래요?"

치사토의 목소리가 밝아진 것이 느껴지자, 앞으로 하려는 일에 대한 죄책감이 몰려온다.

"전에 그 집에 방문했을 때 맘에 들었거든요. 그래서 아버지께도 집을 보여드리고 싶은데…." 나오미는 속내를 숨기며 말했다.

"그럼 꼭 보러 오세요."

"아버지가 다른 곳도 알아보고 계셔서 결정하시기 전에 가능한 한 빨리 보여드리고 싶어요."

"네. 토즈카역 앞에 있는 부동산에 중개를 부탁해 뒀으니까 언제 보셔도 좋아요."

"그런데…, 한 가지 부탁이 있어요…." 너무나 이상한 요구라 말을 꺼내기가 망설여졌다.

"뭔데요?"

"가능하면 부동산 업자가 없는 상태에서 집을 보고 싶어요."

"나오미 씨와 아버님 두 분만요?"

"네. 저희 아버지는 뭐랄까, 좀 예민하셔서…, 영업하시는 분이 같이 있으면 살 마음이 없어지실지도 몰라서요."

"아, 상관없습니다. 전혀 모르는 사람이면 좀 그렇지만, 나오미 씨니까 괜찮아요."

"감사합니다."

이것으로 곧바로 아즈사의 몸값을 마련하게 된 것은 아니지만, 일단 첫 단추는 잘 꿴 것 같아 안도의 한숨을 내쉬었다.

"아버지가 여행을 가셨다가 오늘 밤에 돌아오시기 때문에, 방을 보러 가더라도 아마 부동산이 문 닫고 난 이후 시간이 될 것 같아요."

"그러면 지금 바로 부동산에 연락해서 알려둘게요. 열쇠는 내일 돌려주시면 되니까 밤에라도 보러 오세요. 거기 발코니에서 보이는 야경이 정말 좋아요. 아즈사도 좋아할 거예요."

아즈사의 모습을 떠올리고 마음이 찢어지는 듯했다.

"잘 부탁합니다."

전화를 끊고 깊은 한숨을 내쉬며, 곧바로 아버지에게 전화를 걸었다.

지하철 개찰구 앞에서 기다리고 있자, 아버지가 가방과 종이봉투를 양손에 들고 나타났다.

아버지는 나오미를 알아보고 미소를 지으며 조금 빠른 걸음으로 다가왔다.

"어서 오세요."

나오미는 최대한 미소를 지으며 아버지를 맞이했다.

"아즈사는?"

아버지가 주위를 둘러보며 물었다.

"오늘은 친구 집에서 자고 와요."

나오미는 그렇게 말하며 밀려오는 북받침을 필사적으로 억눌렀다.

"그렇군. 모처럼 여기까지 왔으니 같이 식사라도 하려고 했는데. 이거는…, 선물이다." 아버지가 종이봉투를 건네주었다.

"저도 좀 있다가 일하러 가야 해요."

"꽤 바쁘구나. 그건 그렇고 제대로 쉬고는 있니? 얼굴이 영 아니다."

"네…, 어젯밤에 친구가 전화로 고민 상담을 해와서 잠을 좀 못 잤을 뿐이에요, 괜찮아요."

나오미는 그렇게 말하며 택시를 타러 갔다. 아버지와 택시를 탄 뒤, 운전수에게 목적지를 말했다.

"그건 그렇고 굳이 이런 야심한 밤에 집을 보러 갈 필요가 있니? 너도 좀 있으면 일하러 간다면서."

"좀 사정이 있어요."

문자메시지로 여행에서 돌아오면 근처에 있는 연립주택을 보러 가자고 아버지에게 말했다. 이것저것 많이 쓰면 거짓말이 들통날까 봐 두려웠다.

경찰 생활을 오래 한 아버지는 사람들의 거짓말을 잘 알아차렸고, 나오미가 거짓말을 해도 바로 들통이 나는 경우가 많았다. 오늘만큼은 거짓말을 절대 들키지 말아야 한다.

"무슨 사정인데?" 아버지가 물었다.

"그 집 주인이 제 친구인데, 남편이 사업을 하고 있어요."

"사업?"

"저도 자세히는 모르지만 영상 관련 일이라고 했어요. 직원도 몇 명 있고요. 하지만 거래처가 법정관리 신청을 해버려서 그 남편 회사도 도산 위기에 빠졌대요. 며칠 내로 1억 원 가까운 돈을 구하지 못하면 파산할 거라고 해서…."

"그래서 집을 팔려고 하는 건가?"

"원래부터 팔 계획이 있어서 내부 인테리어를 한 뒤에 빈 집으로 놔뒀던 집이에요. 하지만 본인이 희망하는 금액으로 사려는 사람이 나타나지 않아서…, 그런데 회사가 그런 상황에 빠지는 바람에, 조건만 맞으면 원래 팔려던 가격보다 1억 원을 깎아준다고 했어요. 예전에 본 기억으로는 정말 좋은 집이었거든요. 그런 집을 그 가격에 살 수 있다는 건 우리에게도 좋을 거 같아서 아버지에게 연락을 한 거예요."

"대체 그 맞춰달라는 조건이 뭐지?"

"오늘 중으로 구입할지를 정하는 것과 내일 정오까지 현금으로 1억 원을 준비하는 것이에요."

"정말 갑작스럽구나." 관심 없다는 듯한 말투였다.

"그러니까 파격적이죠. 원래 가격은 3억 8100만 원이고, 그걸 2억 4800만 원으로 해준대요. 그 금액이면 아버지 도움 없이도 저 혼자 대출을 받아서 살 수도 있을 거예요."

택시에서 내려 나오미와 아버지는 연립주택 입구로 향했다.

"아직 깨끗하군." 아버지가 입구에 들어서며 말했다.

"이제 지은 지 3년 되었다고 해요."

잠금장치를 열고 엘리베이터로 최상층인 8층으로 향했다. 자물쇠를 열고 집 안에 들어가 두꺼비집을 올렸다. 전기를 켜자 새롭게 인테리어가 꾸며진 복도가 보였다. 양 옆으로 방 3개가 있고 정면에는 거실이 있었다.

"이런 정도 집이 2억 5000만 원도 안 되는 가격이라면 확실히 싸긴 하군."

각 방을 둘러보던 아버지가 거실에 와서 말했다.

"그렇죠. 그리고 여름이 되면 거기 발코니에서 불꽃놀이도 볼 수 있어요. 아즈사도 좋아할 거예요."

눈물로 가슴이 메이는 것을 겨우 참으며 마지막 멘트도 덧붙였다.

아버지가 발코니로 이어지는 문을 열어보았다. 잠시 밖을 바라보더니, 나오미에게 말했다.

"그 친구에겐 미안하지만 이 집은 안 사는 게 좋겠다."

"어째서요?" 나오미가 놀라서 물었다.

아버지를 보면서 자신의 거짓말이 들켰나 노심초사했다.

"너무 좁지 않니?"

"3명이서 살기엔 충분해요." 나오미가 답했다.

"너도 새로운 가족이 생길 수 있잖니?"

나오미는 그런 것까지 고려해주는 아버지를 속이는 자신이 부끄러웠다. 하지만 여기서 물러설 수는 없다.

"그런 일은 없어요."

"사람 일은 모르는 거야. 그 녀석 때문에 네가 불행하게 살지 않길 바란다. 나도 너희와 같이 살고 싶지만 결국 나도 네 엄마처럼 너보다 먼저 죽을 거다. 게다가 계속 혼자 살면서 아즈사를 키우기는 힘들잖아. 아즈사를 키우는 데도 이제 계속 돈이 더 들거야. 집을 살 거라면 네가 대출을 얻게 하기보다는 내가 전부 부담

할 생각이었지. 심사숙고해서 좀 더 넓은 곳을 사는 게 어떠니?"
아버지가 온화한 미소로 말했다.
"전 불행하지 않아요, 아즈사와 아버지가 있으니까 행복해요. 그 이상의 행복은 바라지도 않아요. 그리고…, 물론 가격 때문이기도 하지만 그 친구를 돕고 싶어요. 제가 지금 아버지를 의지해야 하는 입장이니 강하게 주장할 순 없지만, 저는 그 친구에게 옛날부터 신세를 많이 졌으니까 도움이 되고 싶어요. 두 번 다시 이렇게 억지 부리지 않을 테니까 이번만큼은 제 부탁을 들어주세요."
그렇게 말하자, 나오미의 눈에 눈물이 고였다.
"넌 네 엄마를 닮아서 다른 사람들의 어려움을 외면하지 못했지."
눈물의 의미를 착각한 아버지의 말에 더 눈물이 났다.
"어쩔 수 없지. 현금을 준비해놓을 테니 사렴."
"억지 부려서 죄송해요…."
나오미는 양손으로 얼굴을 가리며 오열을 참았다.
아즈사가 무사히 돌아오면 아버지에게 솔직하게 전후 사정을 말한 뒤에 진심으로 사과할 생각이었다.

5

가게 문을 연 순간 심장이 요동쳤다.

"여기는 회원제인데요."

점원으로 보이는 중년 남성이 아사쿠라를 보며 귀찮다는 듯 말했다. 아사쿠라는 남자의 말을 무시하고 가게 안에 들어갔다.

카운터 자리가 6개뿐인 작은 술집이다. 남자 뒤에 있는 선반에는 같은 종류의 위스키가 10병 정도 있을 뿐이다. 술을 제공할 뿐이지 진짜 술 장사를 하는 곳은 아니라는 사실을 쉽게 알아챌 수 있었다.

"어떻게 해야 회원이 될 수 있습니까?" 아사쿠라는 카운터에 다가가며 말했다.

구속되었을 때보다 흰머리가 늘었고 주름이 늘었지만, 눈앞에 있는 사람은 틀림없는 키시타니였다. 이 남자는 지금 본 모습을 숨기고 있다. 다만, 키시타니가 아사쿠라를 알아본 것인지는 아직 알 수 없었다.

"맥주를 부탁합니다."

카운터 자리에 앉으며 말하자, 키시타니가 뒤를 돌아 냉장고에서 캔 맥주를 꺼내 아사쿠라 앞에 내놓았다.

"맥주가 마시고 싶다면 상관없지만, 우리 가게는 좀 비싸. 특히 경찰에겐 가차 없지."

키시타니는 역시 아사쿠라가 들어왔을 때부터 눈치챈 듯했다.

"난 전직 경찰일 뿐이야." 아사쿠라가 대답하며 맥주를 들이켰다.

"그런가보네. 하지만 나에겐 그놈이 그놈이야."

"그래? 난 내가 꽤 추락했다고 생각했는데, 현직인 애들과 같은 취급을 해주니 영광이군."

"어제부터 나를 찾아다녔다고 하던데, 대체 무슨 일이야?"

키시타니가 의심의 눈초리로 아사쿠라를 보았다.

"여전히 돈 냄새는 잘 맡는군."

"대체 무슨 소리야?" 키시타니가 시치미를 뗐다.

"돈 될 이야기를 가져왔다."

그렇게 말하자 키시타니의 눈이 잠시 번뜩였다.

"일에 착수하는 것은 몇 시간 뒤야. 네 몫은 천만 원! 나 혼자서 하고 싶은 일거리지만 혼자선 무리야. 그래서 네가 가진 특수한 능력이 필요해!"

키시타니가 비웃듯 웃는다.

"별로 마시지도 않았는데 벌써 맛이 갔군. 대체 무슨 소리를 지껄이는지 모르겠네. 난 고작 술집 지배인 나부랭이야!"

"그럼 알기 쉽게 설명해주지."

아사쿠라가 카운터 위에 팔꿈치를 대고 몸을 앞으로 내밀자, 키시타니가 호기심과 의심 섞인 눈초리로 아사쿠라를 바라보았다.

"어떤 인물한테서 의뢰를 받았어. 그 사람은 누군가에게 협박을 당하고 있지. 협박하고 있는 녀석을 잡아서 좀 혼내주면 돈을 주기로 했어. 그게 당신 특기잖아."

이 남자의 힘을 빌려야 하지만 그렇다고 해서 완전히 신뢰할 수 있는 인물은 아니었다. 유괴범을 잡기 위해 협력해달라고 순순히 말할 수가 없는 이유였다.

“어떤 인물이란 게 누구길래? 당신과 무슨 관계야?” 키시타니가 물었다.

“어떤 계기로 알게 된 여자야.”

“무슨 일로 협박당하고 있는데?”

“자세한 건 말 못해. 당신 힘을 빌리고 싶지만, 당신 전과를 생각하면 모든 걸 공개할 수는 없어.” 적당히 둘러댔다.

“전후사정을 알면 내가 그 녀석 대신 그 여자를 협박이라도 할 거라는 거야?”

“그 가능성을 부정할 수는 없잖아?”

키시타니가 흥미가 없다는 듯 등을 돌렸다. 그러더니 뒤에 있는 선반에서 위스키를 꺼냈다. 잔에 위스키를 따르더니 다시 아사쿠라 앞으로 다가왔다.

키시타니의 표정을 살폈지만 무슨 생각을 하고 있는 것인지 알 수 없었다.

“기분 나쁠 수 있지만 이건 비즈니스야.”

“비즈니스…?” 카시타니가 살짝 미소를 머금은 채 위스키를 홀짝거리며 반문했다.

“난 경찰을 그만둔 다음, 약간 떳떳하지 못한 일을 처리해주는 해결사 노릇을 하며 돈을 벌고 있어. 정식으로 간판을 걸고 일하는 게 아니야. 입소문으로 먹고 살고 있지. 고객의 신용을 잃으면 그대로 모든 걸 잃는 거야.”

“한때는 내 동료들이 당신을 두려워했었는데, 지금은 고작 그런 생활을 하고 있다니….” 키시타니는 아사쿠라를 지긋이 보며 말했다.

"잘린 형사가 할 만한 게 없더군. 하루 일해서 천만 원이면 그리 나쁜 조건은 아닐 텐데…."

천만 원이면 1년 동안 필사적으로 일해야만 장인어른에게 갚을 돈이다.

"너무 믿기 힘든 이야기야." 키시타니가 코웃음을 쳤다.

"전직 형사를 믿을 수 없는 건가?"

"난 그 누구도 믿지 않아. 날 믿게 하고 싶으면 당신도 정보를 더 오픈해!"

"뭘 더 알고 싶나?"

"그 여자의 정체, 그리고 뭣 때문에 협박당하는지에 대해서."

"'나오미'라는 이름의 여자야. 다른 사람에게 소개받은 거라 나도 자세히는 모르지만 무슨 사업을 하고 있다더군."

형사 시절을 떠올리며 그럴 듯한 이야기를 지어냈다.

"여사장이란 건가?"

"그렇지. 질펀하게 놀다가 어떤 유부남이랑 불륜을 저질렀는데, 그 증거 사진으로 협박당하고 있지."

"사진을 갖고 있는 놈은 얼마를 요구하고 있나?"

"1억 원이다."

키시타니의 동공이 흔들렸다. 커다란 액수에 흥미를 느낀 듯 그는 상반신을 앞으로 내밀었다.

"꽤 큰 금액이군. 그냥 불륜의 증거 사진일 뿐인데…, 또다른 사정이라도 있나?"

"불륜 상대는 별것 아니지만, 불륜 상대의 아내가 문제야."

"무슨 문제?"

"그 아내도 사업을 하고 있는데, 나오미란 여자의 회사에 많은 자금을 투자하고 있대."

"불륜을 들키면 투자금도 회수당해서, 나오미란 여자의 회사가 망한다는 건가?"

"대충 그래."

"바보 같은 여자로군. 하지만 흔히 있는 일이지." 키시타니가 비웃듯 말했다.

자신이 구속된 계기가 된 공갈 사건을 떠올리는 듯했다. 그에 맞춰서 적절히 지어낸 이야기이다.

"그래. 어느 시기나 비슷한 일거리는 굴러다니는 법이지."

"협박하는 녀석은 그런 사정을 속속들이 알고 있다는 거군. 여자가 운영하는 회사 관계자인가?"

"그럴 가능성도 있지만 확실하진 않아."

"여자는 이미 1억 원을 마련해서 갖고 있나?"

"상대는 내일 정오까지 돈을 마련하라고 했다는군. 그래서 여사장이 여기저기 돈을 빌리러 다니고 있다는데, 솔직히 그때까지 마련할지는 나도 모르겠어. 그런데 만약 그 돈을 건네줘도 상대가 약속대로 그 사진을 돌려줄지는 모르잖아. 그래서 어떻게든 놈을 잡으려는 거지."

"어떻게 잡을 건데?"

"놈을 잡을 수 있는 시점은 돈을 넘기는 순간밖에 없잖아. 나와 당신 둘이서 나오미라는 여자를 지켜보다가, 상대가 나타나는 순간을 포착하는 거지."

"현금을 들고 나오라고 하지 않고, 돈을 은행계좌에 입금하라고 할지도 모르잖아."

"그렇게 되면 신분을 들킬 우려가 있으니, 그렇게 하지는 않겠지."

"공갈 협박을 전문으로 하는 녀석이야. 대포통장 같은 차명계좌 정도는 가지고 있지 않을까?"

"경찰이 개입하면 은행에서 돈을 빼려는 순간 계좌가 동결돼. 금액이 크니까 여사장이 경찰에 신고하지 않을 거라는 확신이 없을 거야. 실제로 당신도 그렇게 잡혔잖아."

아사쿠라의 말에 키시타니가 웃었다.

"그래, 그건 정말 대박이었지. 설마 경찰이 그때 나타날 줄은 몰랐어."

"이번엔 잡히는 게 아니라 잡는 쪽이야. 상대를 혼내주는 건 내가 하지. 당신은 그 녀석을 잡는 데에 협력만 해주면 돼. 법적으로 아무 문제도 없어. 합법적인 비즈니스야."

키시타니가 위스키를 마시며 다시 생각에 잠기는 듯했다.

"어때?"

아사쿠라가 재촉하자, 키시타니가 잔에서 입을 떼고 아사쿠라를 바라보았다.

"그 여자는 당신한테 얼마나 주기로 했지?"

"2천만 원. 그래서 나와 당신이 천만 원씩 나누는 거야."

"거짓말하지 마. 협박 때문에 1억 원이나 준비하는 여자야. 사례금이 좀 더 많을 거 아냐?"

"진짜야."

"그럼 그 여자에게 총 3천만 원을 달라고 하면 되잖아." 키시타니가 웃으며 말했다.

"무슨 소리야?"

"그렇게 한 뒤에 나와 당신이 1500만 원씩 나누는 거지. 이 가게가 이래봬도 꽤 잘 나가거든. 하루 문을 닫는데, 천만 원 받는 거로는 수지타산이 맞지 않아."

아사쿠라 입장에선 지금 당장 1500만 원을 마련하는 것이 쉽지 않았다. 하지만 어떻게든 키시타니의 협조를 구해야만 했다.

"1500만 원이면 협력하겠다는 건가?"

"생각해보지."

"알겠어. 여사장한테 이야기해볼게."

"그리고 또 하나…, 당신 오토바이 탈 줄 알아?"

아사쿠라는 고개를 가로저었다.

"그렇군. 만약 상대가 경찰의 개입이 두려워 나름의 준비를 했다면 둘이서 잡는 건 무리야. 적어도 한 명이 더 필요해."

하긴 상대는 유괴라는 엄청난 범죄를 꾸민 놈이다. 몸값을 받을 장소에 경찰이 있을 것을 대비해 여러 준비를 해놓았을 가능성이 컸다.

"오토바이를 탈 줄 아는 녀석이 필요하다는 건가?"

"오토바이는 자동차와 달리 기동력이 있으니까."

"당신이 아는 사람은 없나? 옛날에 심부름센터를 했을 때 사람을 썼을 거 아냐?"

"그때 녀석들과는 더 이상 연락하지 않아. 이 가게 손님은 밤손님들뿐이거든."

밤손님이란 도둑이라는 의미였다. 그 말을 듣고 이 가게가 무슨 목적으로 존재하는지 눈치챘다. 키시타니는 이 가게에서 장물아비 노릇을 하며 돈세탁을 해주고 있는 것이었다.

"당신은 아는 사람 없어?"

키시타니가 그렇게 묻자 아사쿠라는 잠시 생각에 잠겼다.

아사쿠라는 자신의 과거와 단절하고 다른 사람과 거리를 두고 살아왔다. 그런 자신에게 도움을 줄 사람이 없다고 생각하던 찰나에 딱 한 남자가 떠올랐다.

"한 명 아는 사람이 있긴 하다." 토다를 떠올리며 아사쿠라가 말했다.

"그럼 잘됐네. 그 녀석을 설득해서 데려와."

"꼭 데려올 테니 당신도 바로 준비해줘. 9시까지는 다시 여기 올 테니까."

아사쿠라는 그렇게 말하며 손목시계를 보았다. 새벽 1시를 지나고 있었다. 유괴범이 몸값을 가져오라고 한 정오 12시까지는 이제 11시간도 채 남지 않았다. 빨리 토다에게 연락을 취해 봐야겠다고 생각하며 의자에서 일어났다.

"얼마지?"

"할인해서 10만 원이야."

아사쿠라는 카운터 위에 5만 원짜리 지폐 두 장를 올려놓고 가게를 나섰다.

"저기!"

키시타니가 다시 불러세우는 바람에 아사쿠라는 뒤를 돌아보았다.

"나오미라는 여자는…, 당신에게 소중한 사람이야?" 키시타니가 진지한 눈빛으로 물었다.

"그냥 고객이야."

"그 말을 들으니 한결 낫군." 키시타니가 웃었다.

"무슨 뜻이지?"

"그렇다면 그 여자가 어떻게 되든 당신 신용만 떨어트리지 않으면 된다는 거잖아. 아까 말한 대로 1500만 원을 가지고, 오토바이 탈 줄 아는 동료 한 명만 데려오면, 이번 건은 깔끔하게 해결해주지."

공갈범을 잡은 후에 나오미에게 위해를 가할 뭔가를 꾸미는 것은 아닐까. 몸값을 건네주는 순간에 이상한 짓을 하면 안 되는데….

"부탁해…."

아사쿠라는 일말의 불안감을 떨치고 가게를 나섰다.

그리고 빌딩 계단을 내려오면서 핸드폰을 꺼냈다. 키시타니를 찾는 것에 정신이 팔려 잊고 있었지만, 초저녁부터 나오미가 몇 차례 부재중통화를 남겨놨었다.

그리고 나오미의 음성메시지도 남아있었다. 왜 전화를 받지 않냐면서 날카로운 말투로 아사쿠라를 책망하는 내용이었다. 1억 원을 마련했는지에 대해서는 전혀 언급이 없었다.

나오미의 핸드폰으로 전화를 걸었지만 나오미 역시 받지 않았다. 자동응답메시지를 들으며, 오늘은 나오미가 당직을 한다는 사실을 떠올렸다.

'나야. 전화 못 받아서 미안해. 이걸 듣는 대로 연락해줘.'

그렇게 음성메시지를 남기고 전화를 다시 끊었다. 그리고 곧바로 토다에게 전화를 걸었다. 토다도 전화를 받지 않았다.

"여보세요, 나야…, 아사쿠라야. 잠깐 할 이야기가 있어. 이 메시지를 들으면 바로 나한테 연락해줘."

전화를 끊고 지갑을 확인했다. 어제부터 여러 가게를 들러 키시타니를 찾아다니느라 거의 돈이 남아 있지 않았다. 하지만 이미 지하철도 끊겨 택시를 타고 사카도로 돌아가야 했다.

아사쿠라는 편의점에 들어가 현금자동인출기에서 이제껏 모아 둔 300만 원을 전부 인출했다.

가게에서 나오자 주머니에서 진동이 느껴졌다. 핸드폰을 꺼내서 화면을 보자 나오미가 건 전화였다.

"왜 전화를 받지 않는 거예요!"

전화를 받자마자 비명 같은 목소리가 귀에 울려퍼진다.

"미안해. 나도 여러 가지 할 일이 있었어."

"뭐예요, 그게…, 이런 때에 무슨 할 일이에요?"

화난 목소리가 이제는 의심스럽다는 목소리로 바뀐 것 같았다.

"이런 때니까 해야 할 일이 있는 거야. 그보다 몸값은 준비했어?"

"아버지를 설득해서 준비했어요."

"아즈사가 유괴된 사실은?"

"일단 말하진 않았어요…."

말투에서 망설임이 느껴졌다.

"그렇군. 절대 경찰에 알려서는 안 돼." 아사쿠라가 다시 강조했다.

"저기…, 정말로 이래도 돼요? 난…."

힘이 빠진 나오미의 목소리에서 당장이라도 무너져 내릴 것 같은 절박함이 느껴졌다.

"날 믿어줘. 오전 11시까지 그쪽으로 갈게."

"당직 근무가 끝나고 아버지를 만나 돈을 받을 거니까, 집에 도착하는 건 11시 반이 될 거예요."

"알았어."

아사쿠라는 전화를 끊고 택시를 탔다.

사카도로 향하는 택시 안에서 다시 수차례 토다에게 전화를 걸었지만 역시 받지 않았다. 모처럼 몸값까지 준비했는데 토다의 도움을 받지 못하면 모든 게 끝장이었다.

초조함이 정점에 달할 무렵 핸드폰이 울렸다. 토다로부터 온 전화였다.

"아사쿠라 씨? 무슨 일이야~?"

전화를 받자마자 혀가 꼬인 목소리가 들렸다. 이미 상당히 마신 모양이었다.

"갑자기 전화해서 미안하다. 어디서 마시고 있나?" 아사쿠라가 물었다.

"응, 그때 그 가게. 아사쿠라 씨, 무단결근했지? 공장 사람들이 화가 났던데…."

토다의 말에 어제가 근무일이었다는 사실이 떠올랐다.

"무슨 일 있어?"

"너한테 부탁할 게 있어."

"뭔데?"

"난 앞으로 30분 후에 우리 집에 도착하니까, 너도 거기로 올 수 있나? 중요한 이야기니까 술 좀 깨고 와줘."

"알았어~."

토다의 느긋한 목소리를 들으며 아사쿠라는 전화를 끊었다.

택시를 내려 연립주택 공동 현관에 다가가자, 계단에 앉아서 쓰러져 있는 한 남자가 있었다. 술을 깨고 있으라고 했는데, 토다는 한 손에 캔 맥주를 들고 있었다.

"토다!"

아사쿠라가 토다의 이름을 불렀지만, 토다는 완전히 취해버린 듯 반응이 없었다.

"야, 토다…, 일어나…!"

몇 차례 어깨를 흔들자 토다가 고개를 들더니, 몽롱한 눈으로 아사쿠라를 바라보았다. 하지만 일어나지는 못하는 모양이었다.

"일단 들어가자."

아사쿠라는 토다를 부축해서 집으로 들어갔다.

방에 들어가 신발을 벗겨주자, 토다는 비틀거리며 안쪽으로 들어갔다. 침대 쪽으로 향하는 듯했지만 그 전에 쓰러져 코를 골아댄다.

아사쿠라는 토다를 보며 한숨을 내쉬었다. 강제로 깨워도 이야기할 수 있는 상황이 아닐 것이다.

시계를 보니 새벽 3시가 넘었다. 3시간 정도를 재운 뒤에 이야기를 하기로 계획을 바꾼 뒤, 침대에서 이불을 가져와 토다를 덮어주었다.

아사쿠라도 이틀간 제대로 잠을 자지 못했다. 앞으로 있을 일을 생각하면 조금이라도 쉬는 게 좋을 거라고 생각해 침대로 향했다. 하지만 액자 하나가 눈에 들어와 발길을 멈추었다.

아즈사와 나오미와 함께 찍은 마지막 사진이었다. 평소 아사쿠라는 일 때문에 아즈사와 함께 휴일을 보내는 일도 드물었다. 그래서 아즈사는 함께 놀이공원을 갈 때면 차 안에서부터 좋아했다. 놀이공원에 도착해서도 오랜만에 가족끼리 보내는 시간이 너무 기뻐서 하루 종일 웃으며 뛰어다녔다. 불꽃놀이가 시작될 때에는 지쳤는지 아사쿠라가 사준 인형을 안고 이미 잠들어 있었다.

아사쿠라는 아즈사가 자는 모습을 보며 기회가 되면 또 오자고 생각했지만, 그 이후로 그런 기회는 다시 찾아오지 않았다.

'아즈사는 지금 어떤 상황일까.'

사진 속 아즈사의 미소를 보며 가슴이 미어졌다.

'지금부터 내가 하려는 일은 정말 옳은 것일까. 나오미에게는 경찰에 신고하면 안 된다고 했지만, 아즈사의 안전을 생각한다면 역시 경찰에 맡기는 게 좋지 않을까.'

그동안 경찰이 아사쿠라에게 달라고 한 정보를 순순히 건네준다면, 경찰도 이번 아즈사 일에 명운을 걸고 유괴범을 잡아줄지 모른다.

마음이 약해졌지만 그렇게 하는 것은 옳지 않은 것 같았다. 경찰 조직을 믿을 수 없기 때문이다.

3년 전, 경찰은 아사쿠라에게 누명을 씌워 체포했다. 아무리 무죄를 주장해도 들어주지 않았고, 취조를 담당했던 수사관은 황당한 조건을 제시했다. 당시 아사쿠라가 파헤치고 있던 사건의 제보자를 밝혀주면, 아사쿠라가 누명쓴 사건에 대해 증거불충분으로 석방시켜주겠다는 것이었다. 그 교환 조건을 듣고서야 자신이 왜 누명을 쓰게 되었는지 알아차렸다.

모든 일의 발단은 요코하마 시내에서 3년 전에 일어난 교통사고였다. 이제 막 개발된 뉴타운에 들어선 유치원 근처에서 차가 돌진하는 바람에 발생한 사고였다. 그로 인해 5명의 아이와 유치원 교사 2명이 그 자리에서 즉사하고 4명의 아이가 중경상을 입었다. 차를 운전하고 있던 '아라이 토시히코'라는 25세 청년도 사망했다.

경찰이 발표한 바에 따르면, 가해자 아라이 토시히코가 마약을 복용한 채로 운전을 한 것이 사고의 원인이라고 했다.

아사쿠라는 관할 경찰서에 근무하던 것도 아니었지만, 당시 우연히 알고 지내던 '카스가'라는 제보자의 말을 듣고 그 사건을 파헤치기 시작했다.

'아라이는 경찰이 죽인 것이다….'

제보자는 아라이의 지인에게 들었다면서 아사쿠라에게 그렇게 이야기했었다. 처음에는 도저히 믿을 수 없는 이야기였다. 하지만 헛소리라고 단정지을 수도 없었다.

제보 내용에 따르면, 아라이가 12살이 되던 해에 마약중독자였던 아라이의 엄마가 아라이와 아라이의 여동생을 칼로 찔렀다고 한다. 그로 인해 여동생은 사망했고, 아라이도 등을 찔려 중상을 입었다. 아라이의 엄마는 수감되었고, 아라이는 고아원에 맡겨졌다. 그런 일을 겪은 아라이가 마약에 손을 댔을 가능성은 거의 없다고 했다.

그리고 무엇보다 사고가 나기 전날까지 아라이의 지인이 아라이와 함께 지냈는데, 아라이가 마약을 하는 모습은 전혀 보지 못했다고 주장했다. 만약 아라이가 마약을 하지 않은 것이라면, 경찰이 허위 사실을 발표한 것이었다.

그것 역시 말이 안 된다고 생각했지만, 틈틈이 조사해 본 결과는 수상한 점이 한두 가지가 아니었다. 일단 아라이는 마약 전과가 없었고, 사고를 일으키기 2개월 전부터 원래 살던 집을 정리하고 어디론가 떠난 사실이 밝혀졌다. 또, 가해자인 아라이의 사망으로 공소기각이 되었음에도 경찰이 그때까지 아라이의 인간관계를 조사하고 다닌 점도 이상했다.

교통사고 현장을 탐문해본 결과는 더 충격적이었다. 인근 주민에 따르면, 교통사고 직전에 몇 번의 파열음이 들렸다고 했다. 이를 경찰서에서 증언했음에도 사건 기록에는 남아있지 않다고도 했다.

이렇게 아사쿠라가 아라이 사건을 근무 시간 외에 독자적으로 파헤치던 중 갑자기 아사쿠라에게 인사발령이 내려졌다.

여러 가지 수상한 정황 때문에 아사쿠라는 사고 차량을 찾아 폐차장까지 가보았다. 차에는 오른쪽 뒷바퀴에 구멍이 나 있었는데, 인근 주민이 말했던 파열음은 아마도 타이어에 구멍이 나면서 난 소리 같았다. 다만, 차량 앞쪽은 형체를 알아볼 수 없을 만큼 구겨져 앞바퀴에도 구멍이 났었는지는 알 수 없었다. 여러 타이어가 동시에 펑크가 날 수 있을까 의문이 들던 차에, 차량 뒤쪽에서 동그란 구멍이 발견되었다. 총격에 의한 탄흔이었다.

바로 그 다음날, 감찰부서에서 나온 수사관이 아사쿠라를 체포했다. 아사쿠라가 불법도박장 운영자로부터 뇌물을 받고 수사정보를 넘겨주었다는 얼토당토않은 혐의였다.

아사쿠라는 취조실에 끌려가 취조를 받았지만, 담당 수사관은 뇌물 이야기보다 아라이에 관한 정보를 제공한 제보자가 누구인지 끈질기게 물었다.

'그 사건의 배후에는 경찰이 은폐하려는 무언가가 있다….'

아사쿠라는 자신이 체포된 순간 그 사실을 직감했다.

만약 아라이에 대한 정보를 제공한 제보자가 누구인지 알려주면 그 인물이 위험해질 수 있다. 그리고 그 사건을 파헤쳤던 자신이 해코지를 당할 수도 있을 것이다. 어쩌면 아사쿠라의 소중한 가족까지도 위험에 빠질 수 있었다.

아사쿠라는 수사관의 어떠한 회유에도 굴하지 않고 끝까지 제보자가 누구인지 밝히지 않았다. 그 결과, 아사쿠라는 결국 뇌물죄로 기소되어 경찰복을 벗게 되었다.

하지만 그 이후에도 경찰 조직은 아사쿠라를 감시하는 듯했고, 아사쿠라는 도망치듯 연고가 없는 사이타마 현으로 이주했다. 그리고 가족에게 피해가 가는 것을 막기 위해 소중한 가족을 포함해 모든 것을 버린 채 은둔 생활을 하기 시작했다. 이때부터 사카도에 있는 작은 공장에서 일하게 된 것이다.

'경찰은 아직도 나에게서 정보를 얻기 위해 호시탐탐 기회를 엿보고 있을 거야.'

아즈사가 유괴당한 사실을 경찰에 신고하면, 경찰은 아사쿠라를 어떤 방식으로든 회유할지도 모른다. 여전히 경찰을 신뢰할 수 없었다.

아사쿠라는 잠깐이라도 눈을 붙이기로 했다. 나오미는 거의 한숨도 못 잔 몽롱한 상태로 몸값을 건네주게 될 것이었다. 자신이라도 냉정한 판단을 할 수 있으려면 수면이 필요했다. 눈을 감아도 쉽사리 잠이 오지는 않았지만. 생각할수록 암담한 광경만 그려졌다.

그때 인기척이 느껴져 아사쿠라는 눈을 떴다. 어느새 창문에 빛이 새어 들어오고 있었다. 주방 쪽을 보니 바닥에서 자고 있던 토다가 없어졌다. 화장실에 갔나보다.

수면을 포기하고 침대에서 일어나자, 토다가 화장실 안에서 구토를 하고 있었다.

"괜찮나?"

잠시 후 화장실 문이 열리더니 토다가 나왔다.

"왜 내가 아사쿠라 씨 집에 있는 거지…? 어제 같이 마셨나?"

토다가 괴로운 듯 얼굴을 찡그리며 말했다.

"내가 널 여기로 불렀어. 기억 안 나?"

아사쿠라가 묻자 토다가 고개를 끄덕였다.

"커피라도 한 잔 마시지."

"괜찮아. 속이 안 좋아서 못 마셔. 몇 시야?"

"6시쯤이야."

"이 상태론 공장에 출근은 못 하겠네. 좀 더 자게 해줘."

비틀거리며 이불 속으로 들어가려는 토다의 어깨를 잡았다.

"부탁이 있어서 부른 거야."

"알았으니까, 일단 자게 해달라고."

토다가 졸린 듯 눈을 감았다.

"시간이 없어."

그렇게 말하면서 다시 토다의 어깨를 잡은 손에 힘을 주자, 토다가 의아하다는 듯이 아사쿠라를 쳐다보았다.

"무슨 일이야, 대체…?" 토다가 귀찮은 듯 말했다.

"부탁하고 싶은 일이 있어."

"일?"

"그래. 일당 100만 원짜리 일이야."

그 말에 토다는 잠기운이 조금이나마 달아난 듯했다.

아사쿠라는 토다의 어깨를 잡은 손을 내려놓고 커피 포트에 커피를 끓일 준비를 했다.

"일당 100만 원짜리 일이라니, 대체 뭔데?" 토다가 궁금한 듯 물었다.

"일단 커피를 마시고 술 좀 깨."

아사쿠라가 머그컵에 커피를 담아 토다에게 건넸다.

토다가 테이블 앞에 앉아 커피를 마셨다. 위가 쓰린지 토다는 입을 찡그린 채 이야기를 들었다.

"일당 100만 원이라니…, 위험한 일이지?" 테이블에 컵을 내려놓으며 토다가 아사쿠라에게 물었다.

"그렇게 위험하진 않아. 실은 내가 아는 여자가 누군가에게 협박을 당하고 있어."

아사쿠라가 이야기를 시작하자, 토다는 도통 무슨 소리인지 모르겠다는 듯 고개를 갸우뚱거렸다.

"그래서 협박하는 녀석을 잡으려고 해. 네가 도와줄 수 있겠나?"

"도와달라니…?"

"그 녀석은 오늘 정오까지 돈을 가져오라고 했어."

"그런 건 경찰에 신고하면 되잖아. 왜 아사쿠라 씨가 그런 일을 직접…."

"세상에 드러나면 안 되는 일로 협박당하고 있어서 그래. 그래서 나한테 부탁을 해온 거지."

"말하자면, 그 여성의 뒤를 미행해서 협박한 녀석이 돈을 받는 순간을 둘이서 잡자는 거야?"

"대충 그런 셈이야. 도와줄 사람은 한 명 더 있어. 그리고 놈을 잡을 필요는 없어."

"왜?"

"놈이 돈을 받고 나면, 오토바이로 쫓아가서 놈이 어디에 사는지 알아내야 하니까. 그러면 내가 그 놈과 담판을 짓도록 하지."

아사쿠라의 이야기가 이상하다고 느껴졌는지 토다는 더 이상 묻지 않았다.

"어때, 도와줄 수 있어? 괜찮은 돈벌이잖아?"

"난 아사쿠라 씨한테 빚진 것도 있으니까 도와줄게. 어차피 경찰에 잡힐 만한 불법적인 일도 아닌 것 같고…." 토다가 주저하며 말했다.

"단언하지. 너에게 불법적인 일은 시키지 않을 거야. 여자를 미행한 뒤에, 돈을 가로채간 녀석을 미행해주면 돼. 오토바이는 어디에 있지?"

"그때 그 가게 근처에 있어."

"예비 헬멧은 있나?"

"집에 있어."

"아침 9시까지 카와사키로 가야 해. 예비 헬멧을 가지고 여기로 와주겠어?"

토다가 고개를 끄덕이고 일어났다.

키시타니의 가게에 도착하자 문에는 'CLOSE'라는 푯말이 걸려 있었다. 노크를 했지만 반응이 없어 문을 열고 들어가니, 카운터에 앉아있던 키시타니가 아사쿠라를 돌아본다.

"어때?"

토다를 데리고 가게에 들어간 아사쿠라가 키시타니에게 물었다.

"일단 준비는 했어."

카운터 위에는 몇 가지 장치가 놓여 있었다. 마이크가 달린 핸드폰 1대, 라이터 크기의 상자 하나와 리모컨, 그리고 소형 카메라가 있었다.

"저 애송이가 당신이 말한 녀석이야?" 키시타니가 토다를 가리키며 말했다.

"그래. 토다라고 해. 잘 부탁해."

애송이라고 불린 것이 마음에 들지 않았는지, 토다가 퉁명스러운 표정으로 주머니에 손을 찔러 넣고 입을 다문다.

"꽤 술에 취한 듯한데 괜찮나?"

"여기까지 오토바이를 타고 함께 왔어. 운전 기술은 상당히 좋아."

"그래?"

키시타니가 이제 토다에게 흥미를 잃은 듯 테이블 위에 올라가 있는 기계들을 쳐다보았다.

"시간이 별로 없어. 작전 회의를 시작하지."

"먼저 둘 다 핸드폰을 꺼내줘."

키시타니가 그렇게 말하자, 토다가 반항적인 말투로 "왜?"하고 묻는다.

"GPS 위치추적기를 설치할 거야." 키시타니가 라이터 크기의 상자 하나를 들어올렸다.

"그게 GPS 위치추적기야?"

아사쿠라가 묻자 키시타니가 고개를 끄덕였다.

"핸드폰 앱으로 GPS 위치추적기가 달려 있는 곳의 위치를 알 수 있지. 돈을 넣는 가방에 이 녀석을 넣어둬."

키시타니가 그렇게 말하며, 아사쿠라에게 GPS 위치추적기 상자를 건넸다.

"알았어."

이어서 키시타니는 마이크가 달린 핸드폰 1대를 손에 들었다.

"그 핸드폰은?" 아사쿠라가 물었다.

"이건 여사장에게 주는 거야. 마이크가 보이지 않게끔 품속에 넣어두고, 당신 핸드폰이랑 계속 통화중으로 만들어 놔. 이 핸드폰을 통해 공갈범이 여사장과 통화하는 소리를 당신 핸드폰으로 바로 들을 수 있게 만들어 두는 거야."

"그렇게 하면 범인에게 들킬 수도 있잖아."

"그럴 위험이 있을 때는 이 리모컨을 누르면 당신 핸드폰과 통화하던 것을 종료할 수 있지. 그리고 당신은 협박범과 여사장의 통화 내용을 듣고 있다가, 여사장이 다음으로 가야 할 장소를 듣게 되면, 당신과 나, 이 토다란 녀석이 있는 단톡방에 그 위치를 써 줘."

"단톡방?"

"당신, 카카오톡도 몰라?" 키시타니가 황당하다는 듯 말했다.

"단톡방에 써야 여럿이 동시에 이야기를 할 수 있잖아." 토다도 공감하는 듯했다.

"그래. 우리들의 대화는 전부 단톡방을 통해서 한다. 주위 사람들 모두가 핸드폰을 보고 있을 테니, 협박범이 혹시 우리를 보더라도 수상하게 여기지는 않을 거야."

"이쪽에서 여사장에게 메시지를 전하려면 어떻게 해야 하지?"

"이 핸드폰에 마이크 외에 이어폰도 달아둘 수 있지만, 좋은 방법은 아닌 거 같아."

"왜?"

"공갈범은 어디선가 여사장을 보고 있을 가능성이 높아. 그런데 여사장이 이어폰을 하고 있으면 경찰이 움직이고 있다고 경계할 수도 있어."

아사쿠라는 나오미에게 메시지를 전달할 수 없다는 사실이 불안했다.

“이제 우리가 어떻게 움직일지 정해야 하는데, 애송이는 오토바이를 타고 거리를 돌아다니고, 나와 아사쿠라 중에 누가 그 여사장 곁에 있을지를 정해야 하는데….”

“그건 네가 맡아줬으면 해. 난 그 여자와 아는 사이니까 공갈범이 나도 알아볼 가능성이 있기 때문이야.”

가족 관계를 모두 조사한 놈이었다. 유괴범은 아사쿠라의 얼굴을 알고 있을 가능성이 높았다.

“하지만 난 녀석을 때려눕힐 자신이 없어. 그 녀석이 나타나도 혼자서 놈을 잡을 수 없어.”

“잡지 않아도 돼. 여자가 돈을 건네면 아무 행동도 하지 말고 그대로 내버려둬. GPS 위치추적기로 놈이 어디에 가는지 알아낼 거야.”

몸값을 건네받은 사람을 잡는 것만으로는 아무것도 해결되지 않는다. 반드시 아즈사가 감금당한 장소를 알아내야만 한다.

“여자의 집은 토즈카에 있어. 정오까지 토즈카역 근처에 있어줘.”

아사쿠라는 두 사람을 번갈아 보면서 말했다.

6

사무소에 들어가자 책상에 앉아있던 스기시타가 고개를 들었다.

"나오미 씨, 괜찮아요?" 스기시타가 어두운 표정으로 물었다.

정말 나오미의 얼굴이 말이 아닌 모양이다.

"네…, 어제부터 몸이 좀 안 좋아서. 죄송합니다만 오늘은 이대로 조퇴할게요."

"병원에 한번 가보세요."

걱정스러운 목소리로 말하는 스기시타에게 나오미는 고개를 숙이고 탈의실로 향했다.

유괴범과 만나기로 약속한 정오까지는 이제 2시간도 채 남지 않았다. 극도의 피로감 때문에 쓰러질 것 같았지만 어떻게든 옷을 갈아입었다.

요양원에서 나오자 눈부신 햇빛에 현기증이 났다. 밤새도록 겨우겨우 참고 버텼기 때문이었다.

주변을 지나는 사람들을 살폈다. 범인이 어디선가 나오미를 지켜볼 수도 있었다. 나오미를 지켜보는 사람은 없는 듯했다.

나오미는 가방에서 핸드폰을 꺼내 친정아버지에게 전화를 걸었다.

카페에 들어가자 가장 안쪽 자리에 아버지가 계셨다.

나오미를 알아본 아버지가 고개를 들었다. 눈이 마주치자 아까 전 스기시타처럼 표정이 어두워졌다.

"왜 그래…, 얼굴이 영 아닌데…."

"당직한 다음 날엔 항상 이래요." 나오미는 그렇게 말하며 아버지와 마주 앉았다.

"항상 그렇다니…, 그 얼굴색은 정상이 아니야."

"괜찮다고요. 좀 쉬면 돼요. 그것보다…."

아버지가 가방을 소중하게 안고 계셨다. 이내 아버지가 그 안에서 현금 다발이 든 종이봉투를 꺼내 나오미 앞에 내려놓았다.

종업원이 주문을 받으러 오자, 나오미는 서둘러 종이봉투를 자신의 가방에 옮겨 담았다.

"죄송합니다. 곧 나가야 해서요."

나오미의 말에 종업원은 다시 돌아갔다.

"고마워요, 아버지…. 그런데 곧바로 친구를 만나러 가야 해서요."

나오미는 아버지에게 고개를 숙이고 일어났다.

"나도 같이 가자. 그런 얼굴색으로 큰돈을 운반하는 게 여간 걱정되는 게 아니구나."

"괜찮아요. 아버지랑 같이 가면 친구가 불편할 테니까." 자리에서 일어서는 아버지에게 말했다.

"난 밖에서 기다리고 있으마."

"괜찮다고요! 제 말 좀 들으세요!"

나오미가 갑자기 소리를 꽥 지르는 바람에, 아버지는 놀란 듯 나오미를 쳐다보았다.

"죄송해요. 정말로 바빠서요…, 죄송해요."

나오미는 가방을 들고 아버지로부터 도망치듯 서둘러 카페를 나섰다.

나오미는 공동 현관을 들어온 뒤, 초조한 마음으로 서둘러 엘리베이터 버튼을 눌렀다.

"나오미!"

그 소리에 놀라 뒤를 돌아보자 모자를 눌러쓴 아사쿠라가 서 있었다.

"일단 집으로 들어가서 얘기하지."

나오미는 고개를 끄덕이고 둘은 엘리베이터를 탔다. 2층에서 내리자마자 아사쿠라는 몸을 낮춰 건물 바깥에서 보이지 않게 하면서 나오미를 따라 붙었다.

"지금 대체 뭘 하는 거예요?"

"이쪽을 보지 마! 지금 놈이 어디선가 우리를 지켜보고 있을지도 몰라."

나오미가 집 안으로 들어가자, 아사쿠라가 미끄러지듯 따라 들어왔다.

거실에 들어가자 아사쿠라는 등에 메고 있던 가방을 내려놓았다. 그 안에는 마이크선이 연결된 핸드폰 하나와 리모컨, 그리고 작은 상자가 들어있었다.

"이게 다 뭐예요…?"

아사쿠라가 핸드폰과 리모컨을 나오미에게 건넸다.

"이 선 끝에 마이크가 붙어 있어. 핸드폰하고 이 선은 옷 안으로 숨기고, 마이크만 가슴 밖에 달도록 해."

"마이크…?"

나오미는 아사쿠라가 하는 말을 이해할 수 없었다.

"그래. 범인은 어떤 형태로든 당신한테 지령을 내릴 거야. 장소를 이동하라고 하든가, 특정 장소에 몸값을 두고 가라든가 그런 거 말이야. 범인한테 지시를 받으면 손에 쥐고 있던 리모컨으로 통화 버튼을 누른 다음에 10초 정도 지나면 마이크에 대고 말해. 그러면 내 핸드폰으로 전화가 걸리게 되어 있으니까, 당신이 하는 말을 내가 들을 수 있어. 놈이랑 대화가 끝나고 리모컨으로 종료 버튼을 누르면 나한테 걸려있던 전화도 꺼지게 돼. 범인이 어디서든 당신을 보고 있을 가능성이 높으니까 반드시 주위 사람들이 알아볼 수 없게 하고."

나오미는 여전히 어안이 벙벙한 표정이었다. 아사쿠라는 이제 테이블 위에 올려두었던 작은 상자를 집어들었다.

"이건 GPS 위치추적기야. 돈을 넣어둔 가방 안에 이걸 넣어놔. 그러면 내 핸드폰으로 이 가방이 있는 곳의 위치를 알 수 있어."

아사쿠라가 차례차례 가져온 기계들에 대해 설명했지만 나오미는 아사쿠라가 왜 이런 것들을 가져온 것인지 이해할 수 없었다.

"이런 걸 왜…?"

나오미가 그렇게 중얼거리자, 아사쿠라가 나오미를 보며 말했다.

"내가 범인을 잡을 거야."

"뭐라고요?"

의외의 말에 당황한 나오미는 말문이 막혀버렸다.

"말 그대로야. 당신이 나한테 전해주는 말과 돈을 넣어둔 가방 속 GPS를 토대로 유괴범을 잡을 거야. 그리고 아즈사를 구하고 몸값도 되찾을 거고."

그제서야 상황을 이해한 나오미는 갑자기 화가 치밀어 올랐다.

"웃기지 말아요! 당신 혼자서 어떻게 범인을 잡겠다는 거예요!"

"혼자가 아니야. 다른 동료도 있어."

"그렇다 해도 마찬가지예요! 유괴범을 잡는 것은 일반인이 할 수 있는 게 아니잖아요! 범인한테 이런 일을 꾸민 사실을 들키면 아즈사가 위험해지잖아요!"

"절대 들키지 않을 거야." 아사쿠라가 단언했다.

"그렇지 않아요…, 이건 너무 무모해요."

아사쿠라는 예전에 경찰에 몸담고 있을 때에도 유괴 사건을 다뤄본 경험이 없으니까 유괴범을 잡는 것이 얼마나 어려운 일인지 몰라서 이런 말을 하는 것일 수도 있다.

"달리 방법이 없어."

"대체 왜 처음부터 경찰에 신고하지 않은 거예요?"

거기까지 말했을 때 집 전화가 울리는 바람에 나오미의 심장은 요동치기 시작했다.

"여보세요…, 나오미입니다."

나오미는 그렇게 대답을 하면서 상대방의 말을 아사쿠라와 공유하기 위해 스피커폰 버튼을 눌렀다.

"몸값은 준비하셨나요?"

기계로 가공된 목소리가 집 안에 울려 퍼진다.

"네…, 약속대로 준비했습니다. 아즈사는…, 아즈사는 무사한가요?"

"안심하셔도 됩니다. 따님은 무사합니다."

"목소리를…, 아즈사의 목소리를 들려주세요."

"지금 옆에 없어서 그건 좀 어렵습니다. 다만, 따님이 무사하다는 건 나중에 증명해드리죠."

"그건 언제인가요?"

"곧 그렇게 할 것입니다."

"지금 당장 증명해주세요. 그러면 당신이 하라는 대로 모두 다 하겠습니다. 몸값도 이미 준비했고요."

"그럼 지금 바로 토즈카 거리 공원으로 나와주세요. 어딘지는 알고 계시죠?"

"이 동네 놀이터 맞은편에 있는 공원 말이죠?"

"맞습니다. 공원 입구 쪽에 공중전화가 있습니다. 그 전화기 밑을 살펴보세요."

"전화기 밑?"

"지금부터 20분 내로 오시지 않으면 이 거래는 끝입니다."

전화가 툭 끊겼다.

나오미가 수화기를 내려놓고 아사쿠라를 보니, 핸드폰으로 어디론가 문자메시지를 보내는 것 같았다. 이런 긴박한 상황에서 대체 뭘 하고 있는 것인지 한 대 때려주고 싶은 충동이 느껴졌지만 그럴 시간도 없었다.

나오미가 그대로 가방을 들고 거실을 나가려고 하자, 아사쿠라가 어깨를 잡았다.

"잠깐만!"

"무슨 짓이에요!"

"마이크를 붙이고 가라고 했잖아! 그렇지 않으면 내가 아무것도 할 수가 없어."

"아직도 그런 소리를 해요! 그럴 시간이 없어요."

"이제 와서 경찰에 신고할 수도 없어. 놈이 몸값을 받고도 아즈사를 무사히 돌려주지 않을 수도 있어. 이 마이크는 아즈사의 목숨줄이나 마찬가지야. 부탁해…."

나오미는 아사쿠라를 노려보면서 핸드폰과 리모컨을 잡아채듯 건네받았다. 그리고 화장실로 가서 세면대 위 선반 안에서 반창고를 꺼낸 뒤, 그것으로 가슴 언저리에 마이크를 붙였다.

"작동하는지 확인하고 싶어. 리모컨으로 통화버튼을 누르고 말 좀 해봐."

아사쿠라가 화장실 바깥에서 그렇게 말하는 소리가 들렸다. 나오미는 어쩔 수 없이 리모컨 버튼을 눌러 보았다.

"아즈사한테 무슨 일이 생기면 평생 용서하지 않을 거예요!"

나오미는 마이크에 대고 그렇게 말한 뒤 화장실에서 나왔다.

"괜찮아. 잘 들렸어."

나오미는 다시 아사쿠라를 째려본다.

"이것도 가져가."

나오미는 아사쿠라가 건넨 GPS 위치추적기를 잡아채고는 신발장에서 달리기 쉬운 신발을 꺼내 신는다.

"앞으로 12분 남았어."

아사쿠라의 말에 나오미는 손목시계를 보았다. 현재 시각을 염두에 두면서 집 밖으로 나갔다.

'내가 범인을 잡을 거야.' 아사쿠라가 한 말이다.

역시 그때 바로 경찰에 신고했어야 했다. 나오미는 후회가 물밀듯이 밀려왔다.

앞으로 일이 어떻게 될지 아무것도 알 수 없다.

나오미는 유괴 수사를 직접 해본 적은 없지만 그런 수사가 얼마나 치밀함을 요구하는지 아사쿠라보다 잘 알고 있다. 여경 시절 유괴 사건 수사본부에서 파견된 적도 있고, 합동 훈련을 했던 적도 있기 때문이다. 수백 명의 수사관이 동원되고, 특수수사팀이 사건을 맡아도 작은 실수가 있으면 인질의 목숨이 위태롭다. 그런데 현재 일반인에 불과한 아사쿠라가 대체 뭘 할 수 있다는 건가. 나오미는 아사쿠라의 말을 따른 것이 점점 더 후회스러웠다.

눈앞에 공원이 보이자 나오미는 일단 시간을 확인했다. 이제 약속시간까지 1분이 남았다. 겨우 시간에 맞춰 도착했다.

이제 공중전화부스에 들어가서 전화기 밑을 살핀다. 무언가가 테이프로 고정되어 있었다. 테이프를 떼어서 꺼내보니 핸드폰이었다.

그때 갑자기 그 핸드폰이 진동하기 시작해서 소름이 돋았다.

문자메시지가 온 것이다. '시간에 딱 맞춰 오셨군요.'라는 문구를 보고 나오미는 얼른 주위를 둘러보았다. 아마도 어디선가 자신을 지켜보고 있는 것 같은데, 어디서도 그런 기척은 느껴지지 않았다.

'앞으로 이 핸드폰으로 지시를 내리겠습니다. 제 지시에 따르면, 사진대로 따님은 무사히 돌아갈 겁니다. 다음은 1시 30분까지 오오모리역 중앙개찰구에 있는 화장실 앞까지 와주세요.'

나오미는 문자메시지에 첨부된 사진을 열어보았다.

걱정스런 눈빛으로 카메라를 바라보는 아즈사 사진을 보니 눈물이 나올 것 같았다. 그런데 사진을 자세히 보니 아즈사 뒤에 TV가 있었다. 사진을 확대해보니 예능 프로그램을 방송 중이었는데, 유명연예인이 마약 소지로 체포되었다는 자막이 떠 있었다. 그리고 TV화면 구석에 PM 12:16이라는 시간도 표시되어 있었다.

그러고 보니, 오늘 아침식사 때 요양원에 있는 노인 분이 이 사건에 대해 이야기를 했었다. 대략 어젯밤이나 오늘 새벽에 체포된 것 같았다. 그렇다면 이 사진은 그 보도가 이루어진 후에 찍은 것일 테니까, 12시 16분이라면 방금 전에 찍은 사진이란 말인가. 아직까지는 아즈사가 무사한 것 같아 천만다행이었다.

나오미는 주머니에 있는 리모컨으로 통화버튼을 눌렀다.

"토즈카역 공원 앞 공중전화부스에 핸드폰이 있었어요. 범인은 1시 30분까지 오오모리역 중앙개찰구 화장실 앞으로 오라고 했어요. 아즈사는 아직 무사해요…."

나오미는 마이크에 대고 그렇게 말한 뒤, 리모컨으로 통화종료 버튼을 다시 누르고 공중전화부스를 빠져나왔다.

나오미는 오오모리역에서 내려 중앙개찰구로 향했다. 화장실 앞에서 다시 시계를 보았다. 1시 17분이었다.

불안감에 입술을 깨물며 연락을 기다리고 있자, 1시 30분 즈음에 문자메시지가 왔다.

'장애인용 화장실 세면대 밑을 살펴주세요. 거기 있는 열쇠로 동전사물함을 열고 그 안에 있는 가방에 몸값을 넣은 뒤, 그 가방을 갖고 2시까지 도쿄 모노레일 오오이경마장역 개찰구까지 오세요.'

나오미는 지시대로 장애인용 화장실 안으로 들어갔다. 세면대 밑을 찾아보니 역시 테이프로 붙여놓은 열쇠가 있었다.

'어느 사물함 열쇠인지에 대해서는 언급이 없었는데, 화장실 맞은편에 있는 동전사물함 열쇠인가?'

어쩔 수 없이 화장실을 나와 바로 화장실 맞은편에 있는 동전사물함 쪽으로 향했다. 열쇠고리에 있는 번호와 같은 번호의 사물함에 열쇠를 찔러넣고 돌려보았다.

다행히 문이 열리고, 그 안에는 검은색 여행용 손가방이 있었다.

일단 그 가방을 꺼낸 뒤 개찰구로 다시 가려고 했을 때, 머리 위에 설치된 CCTV가 눈에 들어왔다. 만약 경찰에 신고했다면, 애초에 저 사물함 안에 가방을 넣은 인물이 누구인지 알아낼 수도 있을 것이었다.

"다시 도쿄 모노레일 오오이경마장역 개찰구로 2시까지 오라고 지시가 왔어요. 범인이 말한 동전사물함 안에는 여행용 손가방이 있었는데, 거기에 몸값을 넣어서 가지고 오라고 했어요…"

나오미는 통화버튼을 누르고 아사쿠라에게 그렇게 보고한 뒤, 개찰구를 빠져나왔다.

범인으로부터 온 지시사항에는 택시를 타지 말라고 쓰여 있지는 않았다. 그래서 역 출구로 나와 역 앞에서 택시를 타고 다음 약속장소로 이동하기로 결심했다.

택시를 잡아타려는 순간, 택시 바로 앞에 교통경찰이 서 있었다. 나오미는 멈칫하지 않을 수 없었다. 비록 교통경찰이기는 하지만, 경찰을 보니 사물함 위에 설치되어 있던 CCTV가 뇌리를 스쳤기 때문이다.

지금이라도 늦지 않았다. 경찰에 유괴 사실을 신고하고, CCTV 영상을 분석하게 하면 사물함에 가방을 넣은 인물을 알아낼 수 있지 않을까.

그 인물은 틀림없이 이 유괴사건과 관련된 인물일 것이다. 비록 하수인이나 공범에 불과할지라도 아즈사를 구출하기 위한 중요한 단서가 될 수도 있었다.

주위를 오가는 사람들의 기척에 나오미는 교통경찰을 보던 시선을 다시 거두었다. 범인이 어디선가 자신을 계속 지켜보고 있을지 모른다. 그렇다면 이 시점에서 경찰에 신고하는 것은 아즈사의 목숨을 위태롭게 할 수도 있다. 게다가 지금 이 상황에서는 경찰한테 자초지종을 이야기할 충분한 시간도 없었다.

나오미는 결국 생각을 바꾸어 택시를 잡아탔다. 운전기사에게 오오이경마장역으로 가달라고 했다.

나오미는 자신이 가져온 핸드백에서 1억 원이 있는 종이봉투를 꺼냈다. 그것을 다시 동전사물함 안에 있던 여행용 손가방 속에 집어넣으려는 순간, 가방 안에서 카드 같은 것을 발견했다.

그것을 꺼내서 자세히 살펴보니, IC칩이 박힌 교통카드였다. 유괴범의 의도는 그 카드를 사용해서 이동하라는 것인가 싶어 잠시 카드를 살펴보다가, 더 중요한 사실이 떠올라 카드를 다시 가방 속에 떨어뜨려버렸다.

'교통카드에는 범인의 지문이 남아있을지도 몰라.'

손수건을 꺼내 카드를 감싼 뒤, 조심스레 그것을 핸드백 속에 집어넣었다. 그리고 1억 원이 있는 종이봉투를 여행용 손가방에 넣고 가방을 잠그려고 했을 때, 아사쿠라가 준 GPS 위치추적기가 떠올랐다. 아사쿠라는 몸값을 넣어둘 가방에 GPS 위치추적기를 넣어두라고 했지만, 정말 그렇게까지 해야 할까 고민이 되었다.

'만약 이걸 들키면 아즈사의 목숨은 더욱 위험해질 거야.'

하지만 아사쿠라가 말한 대로 몸값을 주어도 범인이 아즈사를 돌려준다는 보장이 없었다. 경찰 수사에 의지하지 않는 지금 상황을 감안하면 이 GPS 위치추적기가 범인과의 연결고리를 만들어줄 유일한 수단이었다. 그렇게 생각하니 GPS 위치추적기는 아즈사의 생명줄이나 다름없었다.

고작 이렇게 작은 기계 나부랭이에 아즈사의 운명을 맡겨야 하다니, 극도의 불안감이 엄습했다. 하지만 달리 뾰족한 방법이 없어, GPS 위치추적기를 여행용 손가방 속에 넣을 수밖에 없었다.

다만, 쉽게 들키지 않도록 하기 위해 나오미는 핸드백에서 평소 갖고 다니던 휴대용 봉제 세트를 꺼냈다. GSP 위치추적기를 여행용 손가방의 겉면 가죽과 속 가죽 사이에 숨기기 위함이었다.

택시 뒷좌석에 앉아 봉제 세트 안에 있는 작은 가위로 손가방의 실밥을 조심스레 뜯어보니 속 가죽 안에는 약간의 솜이 들어 있었다. 그 속에 GPS 위치추적기를 넣으려고 솜을 끄집어내자 딱딱한 무언가가 손에 잡혔다. 꺼내보니 그것은 놀랍게도 핸드폰이었다.

'어째서 이 안에 핸드폰이 있는 걸까….'

핸드폰의 화면을 보니 통화중이었다. 즉, 이쪽의 소리가 유괴범에게 전달되게끔 되어 있다.

아마도 유괴범은 GPS 위치추적기 대신 위치추적 및 도청 용도로 핸드폰을 넣어둔 것 같았다. 즉, 나오미가 현재 어디에 있으며, 누구와 대화하는지 파악하기 위해서.

"도착했습니다. 목적지는 역 반대편인데, 저기 육교를 건너시면 돼요."

택시 운전기사의 목소리에 퍼뜩 정신을 차린 나오미는 운전석을 바라보았다.

여유 시간이 있다면, 범인이 넣어둔 핸드폰과 아사쿠라가 준 GPS 위치추적기를 모두 여행용 손가방 겉 가죽과 속 가죽 속에 다시 넣어 꿰매놓겠지만, 약속 시간까지는 이제 고작 3분밖에 남아있지 않았다. 나오미는 아까 꺼낸 솜과 핸드폰, 그리고 GPS 위치추적기를 그냥 대충 가죽 사이에 찔러넣고 택시비를 지불했다. 어쩔 수 없이 꿰매놓는 것까지는 포기한 것이었다.

그리고 택시를 내려 서둘러 육교를 올랐다.

나오미는 공장과 운하밖에 없는 한산한 경치를 바라보면서 육교 위를 천천히 건너갔다. 지금까지 상황을 정리해 보니 갑자기 심장이 덜컥 내려앉았다.

'지금까지 난 아사쿠라가 준 마이크에 대고 범인의 메시지를 아사쿠라에게 전달했어. 그렇다면 유괴범은 자기가 넣어둔 핸드폰을 통해 그 말까지 들었다는 뜻이잖아!'

조마조마한 마음을 뒤로 한 채 오오이경마장역 개찰구에 도착하여 시계를 보니 1시 59분이었다. 또다시 아슬아슬하게 약속시간에 맞춰 도착했다.

범인이 나타나거나 연락을 해오기를 기다렸지만, 개찰구 앞에는 나오미밖에 없었다. 육교에서 본 풍경을 생각하니, 경마 시합이 있는 날이 아니면 거의 사람들의 왕래가 없는 역인 것 같았다.

하지만 분명 범인은 어디선가 나오미를 보고 있을 것이다.

1분이라는 시간이 이렇게 길었나 하는 생각 속에서 다시 시계를 보니 이미 2시를 넘긴 2시 5분이었다.

'어째서 연락이 없는 거지? 설마 아까 내가 누군가와 통화하는 목소리를 경찰이랑 이야기하는 것이라고 생각해서 연락을 하지 않는 건가?'

그때 손에 든 핸드폰이 울렸다. 서둘러 화면을 확인했다.

'2시 30분까지 신바시역 히비야 입구 SL스퀘어로 와주세요.'

문자메시지를 보고 그나마 안도할 수 있어 그 자리에서 주저앉을 뺀했다. 다시 마음을 다잡고 개찰구에 들어갔다.

다음 지하철이 2시 9분이라는 사실을 확인하고 핸드폰을 꺼내 앱으로 인터넷에 접속했다. 지하철을 갈아타는 데 걸리는 시간을 조사했다. 2시 9분 지하철을 타면 2시 25분에 신바시에 도착한다. 다음에 오는 2시 13분 지하철을 타도 2시 29분에 신바시에 도착할 수 있기에 약속시간에 맞출 수 있다.

두 번째 지하철을 탄다면 화장실로 들어가서 여행용 손가방의 겉 가죽과 속 가죽을 꿰매 놓을 수 있지만, 신바시에 가기 전에 아사쿠라에게 범인의 다음 지시사항을 알리는 것이 우선이므로 어쩔 수 없이 첫 번째로 오는 지하철을 타기로 했다.

나오미는 일단 화장실에 들어가 비어있는 칸으로 들어갔다. 여행용 손가방만 바닥에 내려놓고 변기 물을 내리면서 재빨리 나온 뒤, 리모컨으로 통화버튼을 눌렀다. 물소리 때문에 범인은 나오미가 용변을 보는 중이라 생각할 것이다.

"다음 요구는 2시 30분까지 신바시역 히비야 입구 SL스퀘어…, 몸값을 넣으라고 했던 여행용 손가방 안쪽에 범인이 숨겨놓은 핸드폰이 켜진 채 들어 있었어요." 나오미가 마이크에 대고 조용히 말했다.

다시 여행용 손가방을 내려둔 칸으로 들어가 가방을 들고 나온 뒤, 화장실을 빠져나와 대합실로 향했다.

때마침 도착한 전동차에 재빨리 탑승했다.

전동차 안을 둘러보고 빈자리를 찾아 앉는다. 언제라도 여행용 손가방을 어딘가 두고 떠나라는 요구가 있을지 몰랐다. 그렇다면 가능한 한 빨리 가방을 꿰매 놓아야 하는데, 이 열차 안에 유괴범이 숨어 있을 수도 있었다.

나오미는 열차 내 승객들의 모습을 하나하나 머릿속에 새기고 창밖을 바라보았다. 하지만 도시의 황량한 풍경이 나오미의 마음을 더욱 불안하게 만들어 창문에서 시선을 거두었다.

그때 옆 차량으로 이어지는 문이 열려 있어 문득 그쪽을 쳐다보게 되었다. 야구 모자를 쓴 중년 남성이 나오미를 바라보며 문 근처 자리에 앉아있었다.

어디선가 본 적이 있는 것 같아서 눈을 마주치지 않는 선에서 그를 쳐다보자, 중년 남성은 가방에서 신문을 꺼내 읽는다.

나오미는 남성에게서 시선을 거두어 다시 창 쪽으로 시선을 돌린 뒤, 그가 누구인지 머릿속에서 기억을 끄집어내려고 해보았다.

토즈카역에서 오오모리역으로 향하는 지하철 안에도 비슷한 인물이 있었던 것 같았다. 하지만 저런 모자도 아니었고, 입고 있는 옷도 기억과 달랐다.

열차가 하마마츠거리역에 도착해 나오미는 자리에서 일어났다. 지하철을 갈아타야 했기 때문이다.

7

'지금 어디야?'

아사쿠라가 핸드폰 화면을 보니, 키시타니가 보낸 카카오톡 메시지였다.

'신바시역 앞이다.'

아사쿠라는 답장을 쓰고 보내기 버튼을 눌렀다.

'벌써? 꽤 빠르군.'

'이번엔 예상대로 되었어.'

아까 나오미로부터 신바시역으로 간다는 연락을 받았을 때, 아사쿠라는 이미 그쪽 방면으로 향하는 열차 안에 있었다. 범인의 다음 지시가 오오이경마장역에서 어디로 가라는 것일지 알 수 없었지만, 아마도 하마마츠거리역 방면이 아닐까 예상했기 때문에 신바시역에 예상보다 일찍 와 있을 수 있었던 것이다.

'넌 어디에 있지?'

아사쿠라는 주위를 살피며 키시타니에게 메시지를 보냈다.

SL스퀘어는 많은 인파로 북적대고 있다. 대부분 양복을 입은 회사원들이었다.

"여사장은 지금 하마마츠거리역 승강장에서 지하철을 갈아타기 위해 기다리고 있어. 난 이제 곧 여사장과 같은 열차를 탈거야. 여사장은 방금 하마마츠거리역에서 가방을 사서 입고 있던 외투와 소지품을 거기에 전부 넣었어." 키시타니가 말했다.

'범인에게 자기 목소리가 들리지 않게 하려는 건가.'

나오미가 범인이 이용하라고 한 여행용 손가방 안에 핸드폰이 있다고 했을 때 그 말이 무슨 의미인지 정확히 이해할 수 없었다. 그런데 키시타니와 단톡방 대화를 통해 추측해보니, 범인이 위치 추적과 도청 용도로 핸드폰을 넣어놓은 것이라는 사실을 깨달았다. 범인은 역시 치밀한 녀석이었다.

'바람 피는 현장을 찍혀서 협박당하고 있는 여자라고 해서 얼빠진 여자인 줄 알았는데, 의외로 머리가 잘 돌아가는군. 게다가 꽤 미인이잖아. 이거 일이 다 끝난 후가 기대되는군.'

아사쿠라는 키시타니의 메시지를 읽고 혀를 끌끌 찼다. 역시 이번 건이 해결되면 허튼 짓을 하려는 게 뻔했다.

'여사장이 격투기를 했었다고 하니, 이상한 짓은 하지 않는 게 좋아.' 아사쿠라가 메시지를 보냈다.

'거짓말 마! 저렇게 가냘픈 여자가 무슨.'

거짓말이 아니다. 나오미는 학생 때부터 유도 대표로 전국체전에 나간 적이 있었다. 경찰이 된 후에는 유도뿐만 아니라 개인적으로 킥복싱도 했었다.

'그건 그렇고, 지금까지는 아직 여사장 근처에 수상한 녀석이 없군. 여사장 입장에서 보자면, 아마 내가 제일 수상할 거야.'

아사쿠라도 아까 전부터 계속 주위를 체크하고 있지만 주변에 범인이 숨어있을지는 전혀 알 수 없었다. 범인은 대체 어디서 어떻게 몸값이 들어있는 가방을 가로채려는 걸까.

'애송이는 지금 어디에 있어?'

키시타니의 메시지에 아사쿠라는 광장 너머에 있는 빌딩을 바라보았다. 그 앞에 토다가 오토바이를 세워놓고 대기하고 있었다.

'근처에 있어.'

'OK. 우리도 슬슬 신바시역에 도착한다.'

아사쿠라는 핸드폰을 주머니에 찔러넣고 흡연실로 들어갔다. 담뱃불을 붙이고 개찰구 쪽을 보니, 나오미가 걸어나오고 있었다. 발걸음은 떨리는 듯했고, 표정도 피곤한 기색이었다.

아사쿠라는 선글라스 너머로 주위를 둘러보며 다가오는 나오미와 눈이 마주쳤다. 아사쿠라는 나오미의 집을 나오자마자 옷을 갈아입고 수염도 붙였는데, 나오미는 바로 아사쿠라를 알아보았다.

나오미는 표정을 살짝 풀고 아사쿠라가 있던 흡연실과는 다른 곳으로 향하더니, 불안한 듯 주위를 두리번거렸다.

잠시 뒤 나오미가 주머니에서 핸드폰을 꺼냈다.

곧이어 아사쿠라의 이어폰에서 착신음이 들려, 주머니에 손을 넣어 리모컨으로 통화버튼을 눌렀다. 나오미가 전화를 건 모양이었다.

"도쿄돔 근처에 있는 장외마권판매장에 3시…."

그 말을 들은 아사쿠라는 핸드폰을 꺼내 단톡창을 열었다.

'또 다시 3시까지 세 번째 약속장소로 이동해야 한다!'

단톡방에 나오미가 말한 위치와 장소를 남기고 다시 나오미를 보았다. 나오미는 역 개찰구가 아닌 택시 정류장으로 걸어갔다. 나오미는 또 다시 택시를 타려는 모양이었다.

택시를 타면 길이 막혀서 약속시간인 3시까지 도착하지 못할 우려가 있다고 말하고 싶었지만, 그 말을 전할 방법이 없었다.

이윽고 나오미가 탄 택시가 출발했지만 바로 역 앞 신호에 걸려 정차하고 말았다. 길이 막히지 않을 것을 기도하는 수밖에 없었다.

이제 아사쿠라는 자신의 오토바이에 올라타 지도를 확인하고 있는 토다에게 뛰어갔다. 그리고 오토바이에 있던 예비 헬멧을 쓴 뒤, 뒷좌석에 올라탔다.

"도쿄돔 근처 장외마권판매장으로 가야 해. 서두르자!" 아사쿠라는 토다를 재촉했다.

"잠깐 기다려 봐! 내가 그쪽 지리는 잘 모르니까 확인하고 나서 출발해야 해."

어쩔 수 없지만 초조함이 밀려왔다.

드디어 길을 확인했는지 토다가 엔진에 시동을 걸었다. 달리기 시작한 오토바이는 좌로 우로 차선을 바꿔가며, 앞에 있는 차들을 추월해갔다.

전방 신호등이 빨간불로 바뀌자 차들이 멈춰 섰다. 서행하며 차 사이를 빠져나가다 보니, 바로 앞에 나오미가 탄 택시가 나타났다.

창문 너머로 뒷좌석에 탄 사람을 보니, 정말로 나오미였다.

자신들보다 먼저 출발했는데 아직도 여기에 있는 것을 보니, 역시 도로 사정이 여의치 않은 것 같았다.

"저 택시 옆에 잠깐 세워줘." 아사쿠라가 토다의 어깨를 가볍게 두들기며 말했다.

오토바이가 택시 바로 옆에서 멈추자, 아사쿠라는 차 안을 바라보았다.

나오미가 고개를 숙인 채 무언가를 보고 있다. 좀 더 몸을 앞으로 내밀어 가까이서 보자 나오미의 손이 보였다. 바늘로 뭔가를 꿰매고 있는 듯했다.

이 바쁜 순간에 무엇을 하고 있는 것인지 걱정이 되었지만, 꿰매고 있는 게 여행용 손가방인 것을 보고 아사쿠라도 알아차렸다.

아사쿠라가 건넨 GPS 위치추적기를 범인한테 들키지 않도록 하기 위해 그것을 여행용 손가방 안쪽에 숨길 생각인 것 같았다. 그와 동시에 나오미가 지하철이 아닌 택시를 탄 이유도 깨달았다. 지하철 안에서는 어딘가에서 범인이 나오미를 보고 있을 수도 있기 때문이었다.

나오미도 인기척을 느끼고 고개를 돌려 창밖을 보니 오토바이 뒷좌석에 아사쿠라가 있었다. 나오미는 아사쿠라와 눈이 마주치자 무척 놀라 입이 벌어졌지만, 이내 다시 입을 닫았다.

나오미는 재빨리 옆에 둔 자신의 핸드백 안을 뒤졌다. 거기서 핸드폰을 꺼내서 화면을 창문 너머로 비췄다.

잘 보이지 않아 아사쿠라가 선글라스를 벗자, 화면 속에 여자아이 모습이 있었다. 그 여자아이가 누구인지 깨달은 순간 가슴이 찢어지듯 아팠다.

아사쿠라가 마지막으로 아즈사를 본 것이 초등학교 2학년 때였다.

그때 아즈사와 무슨 이야기를 했는지 잘 기억이 나지 않았다. 아마도 학교에서 있었던 이야기를 했을 것이지만, 아사쿠라는 신문을 읽으며 아즈사의 말을 한귀로 흘려들으며 대충 맞장구를 쳤다. 그리고 그날 출근한 다음부터 아즈사를 만나지 못했다.

커버린 아즈사의 모습을 보고 3년이란 세월을 실감했다.

신호가 파란 불로 바뀌자 오토바이가 다시 출발했다.

“저 여사장, 핸드폰 화면을 이쪽으로 보여주었는데 뭐였어?” 토다가 외치듯 물었다.

"별거 아냐."

아사쿠라는 그렇게 말하며, 가슴속으로 끓어오르는 분노를 억눌렀다.

무슨 일이 있어도, 아니, 무슨 짓을 해서라도 아즈사를 구해야 한다.

8

신호가 파란불로 바뀌자 아사쿠라를 태운 오토바이가 출발하더니, 저 멀리 달아났다. 나오미를 태운 택시는 신호등마다 정차하여 얼마 가지도 못했는데, 시계를 보니 이미 2시 45분이었다.

"3시까지 도쿄돔에 도착할 수 있나요?" 초조해진 나오미가 물었다.

"글쎄요…, 어디서 공사라도 하는지 오늘은 특히 밀리네요."

"여기서 가장 가까운 역이 어디예요?"

"가장 가까운 역은 오오테마치역이죠. 하지만 거기까지도 걸어서 가면 시간이 꽤 걸릴 테고, 지하철을 타고나서도 다시 갈아타야 하니까, 지금 여기서 내리셔도 그 시간까지는 못 가실 거예요."

운전수의 말에 더 불안해졌지만 이미 주사위는 던져졌다. 나오미는 마음을 다잡고 무릎 위에 올려놓은 여행용 손가방을 보았다. 범인이 자신의 핸드폰을 넣어둔 쪽 속 가죽은 이미 다시 꿰매어 놓았다. 이제 아사쿠라에게 받은 GPS 위치추적기를 반대편 속 가죽에 꿰매야 한다. 그래야만 유괴범이 자기 핸드폰을 수거할 때 GPS 위치추적기를 숨겨둔 사실을 들키지 않을 수 있었다.

그건 그렇고, 아사쿠라가 타고 있던 오토바이를 운전하고 있던 사람은 누굴까. 아사쿠라가 자신을 도와줄 동료도 준비되어 있다고 했던 말이 떠올랐다. 보아하니 20대 초반밖에 안 되어 보이는 청년이었다. 고작 그런 애송이 같은 친구들로 유괴범을 잡고 아즈사를 구할 수 있을까.

나오미는 아사쿠라가 직접 유괴범을 잡겠다고 나선 이유에 대해서도 곰곰이 생각해보았다. 아마도 아사쿠라가 과거에 저지른 죄로 인해 경찰이 제대로 수사를 해주지 않을 것이라고 우려하는 듯했다. 당시 아사쿠라는 조직범죄대책반 형사로 마약범죄나 불법도박죄를 적발했었다.

이미 구속된 불법도박장 운영자가 뇌물을 주고 아사쿠라로부터 수사 정보를 받았다고 증언하는 바람에 아사쿠라가 기소되었다. 아사쿠라는 경찰과 검찰 단계에서 혐의를 완강히 부인했지만, 이상하게도 기소 후 재판 단계에서는 혐의를 인정해버렸다.

아사쿠라가 재판에서 죄를 인정할 때까지 나오미와 그녀의 친정아버지는 모든 비난을 감내하면서도 아사쿠라의 결백을 믿었다. 특히 경찰서장이었던 아버지는 사위가 기소된 사실로 인해 입장이 난처해졌다. 그래서 아사쿠라가 죄를 인정한 순간 실망이 더 클 수밖에 없었다.

나오미는 아사쿠라가 일하는 모습을 직접 본 적이 없다. 둘 다 경찰이었지만 나오미와 아사쿠라가 몸담고 있는 경찰서가 달랐기 때문이다. 두 사람이 만난 계기는 나오미의 친정아버지가 자신의 부하인 아사쿠라를 집에 초대한 것이었다.

나오미의 친정아버지는 말단에서부터 시작해서 당시 조직범죄대책반 과장까지 오른 입지전적 인물이었다. 나오미는 그런 아버지를 존경했기 때문에 경찰이 된 것이었다. 그리고 그런 아버지가 가장 신뢰하는 부하가 아사쿠라였다.

아사쿠라의 첫인상은 무뚝뚝했지만 정의감과 직업정신이 투철해 보였다. 아사쿠라와 결혼해 아즈사가 태어나자 그런 믿음은 더 커졌다. 그랬기에 아사쿠라가 자신의 이익과 욕망을 위해 뇌물을 받았다는 사실에 경악할 수밖에 없었다.

아사쿠라에겐 징역 2년 6개월, 집행유예 4년이 내려졌다. 그 후, 아사쿠라는 나오미를 카페로 불러내더니, 다짜고짜 이혼서류를 내밀고 사인해 달라고 했다. 무엇 때문에 그런 범죄를 저질렀냐고 묻자 당연히 돈 때문이라고 말했다.

"목숨을 걸고 일해도 원하는 만큼 급여가 나오지 않아. 게다가 처자식이라는 짐도 있으니까 뇌물이라도 받지 않을 수 없었어. 나란 놈한테 가족 따위는 방해가 될 뿐이야. 이혼하고 자유의 몸이 되고 싶어."

그 말을 듣고 나오미는 어안이 벙벙했다.

그러고 나서 다시 아사쿠라를 만난 것은 그저께가 처음이다. 어디서 뭘 하면서 살고 있는지도 알 수 없었다. 아사쿠라는 가정을 버렸다. 뿐만이 아니라 경찰로서 그리고 인간으로서 가장 소중한 긍지도 버린 것이다.

그렇다면 경찰 조직 내 모든 사람들이 아사쿠라를 증오하고 있다는 사실 때문에 딸의 유괴사실을 경찰에 신고하지 않는 것이 아닐까.

생각이 거기까지 다다랐을 때, 창문 두들기는 소리가 들려 나오미는 흠칫 놀라 옆으로 고개를 돌렸다.

신호대기 상황을 틈타 오토바이를 탄 남자가 나오미가 탄 택시 창문을 두들기고 있었다. 아까 전 아사쿠라를 태우고 있던 젊은 남자였다.

남자가 창문을 열라는 손짓을 했다. 그리고 여행용 손가방을 가리키면서 무슨 제스처를 취하고 있었다.

"대체 무슨 일이죠?" 택시 운전수가 뒷좌석을 보면서 말했다.

남자가 자신의 입을 가리키고 있는 것으로 보아 무슨 할 말이 있는 듯했다.

"일단 창문을 열어볼게요."

택시 운전수에게 양해를 구하고 창문을 열자, 남자가 손을 내밀고 말했다.

"여행용 손가방을 이리 줘."

남자의 말에 나오미가 고개를 젓자, 남자가 다시 말한다.

"아사쿠라 씨가 나한테 부탁했어요. 이대로는 약속 시간에 맞출 수 없다고. 내가 먼저 가방만 가져갈게요."

"그렇지만 그렇게 했다가는…"

만약 유괴범이 다음 약속장소에서 기다리고 있다면 나오미가 오지 않은 사실을 바로 알아챌 것이다. 게다가 이 광경도 범인이 어디선가 보고 있을지도 모른다.

"자세한 건 나도 몰라요! 그냥 도박이라고 했어요. 어서 빨리…!"

남자가 나오미에게 재촉했지만 나오미는 망설여졌다. 아무리 아사쿠라의 지인이라고 하지만, 선뜻 1억 원이 든 돈가방을 넘길 수 없었기 때문이었다.

결국 나오미는 고민 끝에 그 젊은 청년에게 가방 대신 핸드폰만 주기로 결심했다. 그래서 여행용 손가방 안쪽에 재봉한 실을 다시 뜯어 범인이 몰래 넣어둔 핸드폰을 꺼냈다. 유괴범은 그 핸드폰으로 나오미의 위치를 추적하고 있는 것 같았기 때문이다.

나오미가 남자에게 그 핸드폰을 건네주면서 이제 가라고 눈짓을 했더니, 갑자기 남자는 등에 메고 있던 백팩을 내려놓고, 외투와 장갑을 벗기 시작했다. 그러더니 나오미에게 건네받은 그 핸드폰을 벗은 장갑 안에 넣고, 다시 외투로 감싸 여행용 손가방 속에 집어넣었다. 아마도 범인이 몰래 넣어둔 그 핸드폰에 오토바이 소리가 들어가지 않도록 하기 위함인 것 같았다. 그 핸드폰이 도청용도로도 쓰이기 때문이리라.

다시 오토바이가 앞으로 조금씩 나아가더니, 신호가 파란불로 바뀌자마자 전속력으로 튀어나갔다.

"이제야 좀 풀리기 시작하네요."

운전수의 말대로 주변의 교통 흐름이 조금씩 나아가고 있었다.

나오미는 이제부터 택시 이용을 하지 않기로 결심했다.

나오미는 주머니에서 범인의 지시에 따라 갖게 된 핸드폰을 다시금 꺼내본다. 이것은 첫 번째 약속장소였던 공중전화 밑에 붙어 있던 핸드폰이었다. 분명 범인은 자신의 신분을 노출시킬 수 있는 이 핸드폰을 여행용 손가방을 회수하는 마지막 순간에 다시 넣게 해서 회수하려고 들 것이다.

나오미는 핸드폰 설정 모드로 들어가서 핸드폰 번호를 확인했다. 그것을 메모한 뒤, 유심USIM카드도 꺼내 번호를 적었다. 핸드폰을 개통하는 과정에 범인이 관여했을 수 있기 때문이다.

도쿄돔 장외마권매장 근처에 다다라 나오미는 택시를 내렸다. 기사에게 잔돈은 가지라고 한 뒤, 숨가쁘게 뛰어가면서 손목시계를 확인했다.

2시 58분! 아슬아슬했다.

나오미가 장외마권매장 앞에 도착하여 주위를 둘러보자, 평일 오후임에도 많은 사람들이 마권을 사기 위해 모니터를 보고 있었다.

나오미는 조금 떨어진 곳에서 아사쿠라를 발견했다. 경마신문을 보면서 주위를 살피고 있었다. 그리고 햄버거 가게 앞에서 햄버거를 먹고 있는 젊은 남자를 발견했다. 헬멧을 쓰고 있었기에 얼굴을 알아볼 수는 없었지만 체격으로 보아 아까 전에 오토바이에 타고 있던 남자가 틀림없었다.

그때 주머니 속에 있는 핸드폰이 진동했다. 범인이 공중전화 밑에 붙여둔 핸드폰이었다.

"아키츠역 남쪽 개찰구에 4시까지 와주세요. 여행용 손가방에 있던 IC교통카드에 10만 원이 충전되어 있으니 사용하셔도 좋습니다."

그런 말을 하는 걸 보니, 여행용 손가방에 넣어두었던 핸드폰을 오토바이를 탄 남자에게 건넨 사실은 들키지 않은 모양이었다. 범인에게는 알았다고 하고 전화를 끊었다.

"아키츠역 남쪽 개찰구에 4시…."

리모컨에 있는 통화버튼을 누르고 그렇게 말하자, 아사쿠라가 신문을 접고 걸어나가기 시작했다.

"핸드폰은…."

나오미는 오토바이를 탄 남자에게 건네준 핸드폰을 회수해야 해서 그렇게 말했지만 아사쿠라는 아무 반응 없이 계속 걸어갔다.

그때 오토바이를 타던 남자가 햄버거 포장지를 들고 다가왔다. 남자는 쓰레기통에 그 햄버거 포장지를 버리려는 듯 훅 던져버렸다. 의도대로 쓰레기통에 들어가지 않고 나오미 앞에 떨어졌다. 남자는 개의치 않고 그대로 가버렸다.

나오미가 땅에 떨어진 햄버거 봉투를 열어보니, 그 안에 핸드폰이 들어있다. 그것을 재빨리 주머니에 넣고 다시 쓰레기를 버리는 척한 뒤 걸어갔다.

나오미가 아키츠역으로 가기 위해 승강장으로 뛰어 내려가던 순간, 정차하고 있던 전동차가 출발하려 했다. 어떻게든 열차에 탑승하기 위해 뛰어가다가 나오미는 발목을 접질렸다. 곧바로 일어났지만 발목에서 통증이 느껴졌다.

출발을 알리는 안내방송을 들으며 문이 닫히기 직전에 겨우겨우 열차에 탑승했지만, 열차 안에는 빈 좌석이 없었다. 발목이 아프지만 어쩔 수 없이 손잡이를 잡고 문에 등을 기댔다.

12시부터 3시간 이상 이곳저곳을 돌아다니고 있었다. 유괴범은 경찰이 주위를 감시하고 있는 것이 아닌지 확인하고, 나오미를 완전히 피로에 지치게 한 뒤, 빈틈을 노려 여행용 가방을 회수하려는 것인지도 몰랐다.

나오미는 아키츠역에서 내려 발을 질질 끌면서 개찰구로 향했다. 주위를 둘러보았지만 아사쿠라도 오토바이를 타던 젊은 남자도 없었다.

안내판을 보자 이곳은 환승역이었다. 또 다시 다른 지하철로 갈아타게 하려는 것인지도 모르겠다는 생각이 들 무렵 핸드폰이 진동했다.

'5시에 이케부쿠로역 안에 있는 루벤이라는 카페에서 대기할 것!'

메시지를 보고 나오미는 화가 나서 입술을 깨물었다.

나오미가 자기 뜻대로 움직이니까 우쭐했는지 갑자기 명령조가 되어버렸다. 게다가 급하게 여기까지 오게 했으면서 또 다시 이케부쿠로역으로 가라니 정말 어이없는 지령이었다.

"5시에 이케부쿠로…, 역사 내에 있는 '루벤'이라는 카페에서 기다리라고…."

나오미는 아사쿠라에게 그렇게 전달하고 다시 지하철 개찰구로 들어갔다.

4시 30분이 지나 이케부쿠로역에 도착한 나오미는 화장실 안으로 들어갔다. 오토바이를 탄 남자에게서 건네받은 핸드폰을 다시 여행용 손가방 안에 넣은 뒤, 택시 안에서 뜯어버린 실밥을 다시 꿰매야 했기 때문이었다.

화장실을 나와 살펴보니, '루벤'이라는 카페는 토부백화점 지하 연결통로 근처에 있었다. 유괴범과의 약속시간인 5시까지는 아직 시간이 남아 있었지만 나오미는 카페에 들어가 있기로 했다.

창가 쪽 자리에 앉아 커피를 주문하고 밖을 바라보았다. 아직 퇴근시간 전인데도 많은 사람들로 북적이고 있었다.

'이 사람들 중에 아즈사를 유괴한 범인이 있는 건가.'

오가는 사람들을 바라보면서 나오미는 마른 침을 삼켰다.

안경을 끼고 큰 가방을 멘 중년 남자가 나오미를 힐끔 쳐다보고 어디론가 가버렸다.

복장은 다르지만 토즈카역에서 오오모리역으로 향하던 중 열차 안에서 봤던 인물이 분명했다.

그때 또다시 핸드폰이 진동하는 바람에 나오미는 흠칫 놀라며 그것을 꺼냈다.

'북쪽 개찰구를 나오자마자 바로 오른쪽에 있는 동전사물함으로 가서 IC교통카드를 이용해 짐을 맡길 것!'

나오미는 핸드폰 화면을 보며 고개를 갸우뚱거렸다.

'짐이라는 건 몸값을 말하는 건가? 그리고 IC교통카드로 사물함을?'

하지만 많은 사람들이 오가는 그런 장소에 있는 동전사물함에 몸값을 넣어두라는 것을 도저히 이해할 수 없었다.

'범인은 어떻게 몸값이 든 가방을 회수할 셈이지?'

"북쪽 개찰구를 나와 바로 오른쪽에 있는 동전사물함 속에 몸값을 넣어두라고 했어요…."

아사쿠라에게 그렇게 전했을 때 주문한 커피가 나왔다.

나오미는 커피를 마시지 않고 영수증을 들고 일어섰다. 계산을 마친 뒤 가게를 나와 북쪽 개찰구 앞으로 이동했다.

정말로 북쪽 개찰구 바로 옆에 IC교통카드로 이용할 수 있는 동전사물함이 있었다.

'범인이 여행용 손가방에 IC교통카드를 넣어둔 것은 바로 이때를 위해서였단 말인가.'

나오미가 사물함에 다가가자 다시 핸드폰이 진동했다.

'동전사물함 바로 옆에 가판대 안쪽에 IC교통카드를 둘 것! 그리고 곧바로 야마노테선을 타고 타마치역으로 출발해 그 역에 도착하는 즉시 역 표지판을 사진으로 찍어 보낼 것! 그런 다음 야마노테선을 두 바퀴 돌면 다음 지시를 내리겠다!'

나오미는 메시지가 품은 속내를 추측할 수 없어 혼란스러웠다. 물론 야마노테선을 타고 타마치역까지 가서 그 역 표지판을 찍어 보내라는 말의 의미는 이해할 수 있었다. 나오미가 이 근처를 완전히 떠났다는 사실을 확인한 뒤, 사물함에 넣어둔 몸값을 가져가려는 심산일 것이었다.

하지만 그것은 이 근처에 경찰이 남아 있을 가능성을 전혀 고려하지 않은 행동이었다. 나오미의 이때까지의 행동을 감시한 결과, 경찰이 없다고 확신한 걸까. 물론 그 동전사물함 주변에는 CCTV가 없지만 그렇다 해도 그런 방식은 이해하기 힘들었다. 설마 유괴범이 나오미가 생각하는 만큼 주도면밀한 인물이 아니라 그냥 주먹구구식으로 행동하는 얼빠진 인간일까.

조심스레 주위를 살폈지만 아사쿠라의 모습은 없었다.

9

"지시한 대로 짐을 동전사물함에 넣어 두었다…."

아사쿠라가 낀 이어폰에서 나오미가 범인에게 말하는 목소리가 들렸다.

아사쿠라는 지금 키시타니와 함께 휴대용 모니터 하나를 지켜보고 있다.

"IC교통카드는 동전사물함 바로 옆에 있는 가판대 안쪽에 두라고 했어요."

아사쿠라는 지금 키시타니가 준비한 소형 카메라를 동전사물함이 보이는 공중전화부스 전화기 밑에 설치한 뒤, 모니터로 그 모습을 확인하고 있는 중이다.

"그리고 야마노테선을 타고 타마치역까지 가서 그 역 표지판을 찍어서 보낸 뒤, 야마노테선을 두 바퀴 돌면 그 다음 지시를 내리겠다고 했고…."

나오미의 말을 듣고 아사쿠라도 고개를 갸우뚱거렸다.

'범인이 이곳으로 몸값을 가지러 올 생각인가. 경찰이 잠복해 있을지도 모르는데….'

"저…, 이제 경찰에 신고할게요." 나오미가 말했다.

그 말을 듣고 있던 아사쿠라가 당황한 나머지 키시타니를 보았다. 키시타니는 왜 그러냐는 듯한 눈빛을 보냈다.

"동전사물함에 몸값을 넣어두었으니 이제 범인은 반드시 그것을 가지러 오겠죠. 제가 이 근처를 떠난 것을 확인하면 말이죠. 그때 범인을 잡으면 되겠어요…."

거기서 전화가 툭 끊겼다.

"잠깐 실례하지."

아사쿠라는 그렇게 말하고 키시타니 곁을 떠나 나오미의 핸드폰에 전화를 걸었다.

받지 않았다. 전화를 끊고 다시 걸었다. 또 받지 않았다. 계속 걸었지만 받지 않았다.

어쩔 수 없이 다시 키시타니에게 가는 중에 핸드폰이 진동했다. 나오미에게서 온 전화다.

"지금 어디에 있지?" 전화를 받자마자 나오미에게 물었다.

"파출소를 찾고 있어요."

"경찰에 알리면 절대 안 돼. 동전사물함에 들어있는 몸값을 범인이 정말로 가지러 올 거라고 생각해? 우리들을 시험하고 있는 거야!"

"그게 무슨 소리예요?"

"당신이 경찰에 알리려고 하는지 아닌지를 확인하기 위해서 지금도 범인이 감시하고 있는 거라고. 아마 당신이 경찰에 신고하지 않는다는 걸 확인하면 비로소 새로운 지시를 내리겠지. 반대로 누군가 그 몸값을 가지러 오는 녀석이 있다고 해도 그건 가짜야."

"가짜요?"

"그래. 어딘가에서 고용한 하수인인 거지. 그놈을 잡아도 범인이 누군지 알아낼 수 없을 거야. 범인은 그놈이 경찰에 잡힐지를 시험하고 있는 거야. 아즈사가 걱정 돼서 초조해지는 건 알겠지만 일단 범인이 하라는 대로 해. 여기서 실수하면 범인은 거래를 중지할 거야. 평생 후회하게 될 거라고!"

"하지만 만약 범인이 이대로 몸값을 가져가면 어떻게 해요! 막지 않으면 돈을 그냥 빼앗기는 거라고요!"

"그건 걱정 마. 동전사물함 근처에 내가 소형 카메라를 설치해서 감시하고 있어. 몸값을 가지러 오는 녀석이 있으면 미행해서 아즈사를 납치한 범인을 알아낼 거야. 날 믿어줘."

"어떻게 당신을 믿으라는 거예요…? 아즈사나 나를 불필요한 존재라고 했던 사람을 어떻게 믿으라는 거예요?"

나오미의 말에 아사쿠라는 가슴이 찢어지듯 아팠다.

"어쨌든 아즈사를 생각한다면 시키는 대로 해줘. 알았지?"

아사쿠라는 나오미를 그렇게 설득하고 전화를 끊은 뒤, 키시타니에게 돌아왔다.

"어디에 갔던 거야?" 키시타니가 물었다.

"화장실. 공갈범은 여사장을 타마치역까지 보내서 역 표지판을 사진에 찍어서 보내라고 지시했대."

"그 사이에 돈가방을 가지러 오겠다는 거군."

아사쿠라가 애매하게 고개를 끄덕였다.

분명 놈은 그 몸값을 가지러 오지 않을 것이다. 불륜 증거로 협박하는 공갈범이면 그럴 수 있어도, 상대는 흉악한 범죄인 유괴를 저지른 놈이니까.

아마도 나오미가 경찰에 신고하는지를 확인한 뒤, 나오미를 다시 여기로 오게 해서 몸값을 다른 장소로 옮기게 할 것이다.

그때 키시타니가 가져온 휴대용 모니터 안에서 한손에 헬멧을 든 남자가 가판대 앞에서 멈추었다.

이 각도로는 무슨 행동을 하는지 알 수 없었지만, 잠시 뒤 그 자리를 벗어나 옆에 있는 동전사물함으로 향했다. 그러더니 가판대에 있던 IC교통카드를 이용해 아까 전에 나오미가 넣은 사물함 문을 열었다.

"가자!"

키시타니의 말에 아사쿠라는 이상하게 생각하면서도 사물함으로 향했다.

사물함 앞에 도착하자 이미 그 남자는 사라졌다. 재빨리 개찰구 방향으로 이동하자 오가는 사람들 속에서 그 남자를 발견했다. 남자는 어깨에 검은색 가방을 둘러멘 채 오른손에는 헬멧, 왼손에는 몸값이 든 여행용 손가방을 들고 있었다.

아사쿠라는 상대에게 들키지 않을 적당한 거리를 유지하면서 키시타니와 함께 남자를 따라갔다.

동쪽 입구를 향해 가던 남자가 화장실로 들어가는 것을 보고 아사쿠라는 키시타니를 쳐다보았다.

아사쿠라의 의도를 알아차리고 키시타니가 화장실로 들어갔다.

화장실에 들어가는 키시타니를 보면서 아사쿠라는 주머니에서 핸드폰을 꺼냈다. 글자를 쓰는 것도 귀찮아서 그냥 토다에게 전화를 걸었다.

"지금 어디 있지?"

토다가 전화를 받자 아사쿠라가 물었다.

"난 지금 니시구치 공원 앞! 누가 사물함에 있는 돈을 가지러 왔어?"

"그래. 헬멧을 들고 있는 것으로 보아 오토바이를 탈 생각인가 봐. 동쪽 입구로 나갈 가능성이 크니까 이쪽으로 와줘. 사물함에 왔던 남자는 위아래로 흑색과 흰색 가죽 재킷을 입고 은색 헬멧을 들고 있어."

"알았어."

아사쿠라는 전화를 끊고, 근처에 떨어져 있던 전단지 한 장을 주웠다. 그것을 보는 척하면서 화장실 입구를 지켜보았다.

잠시 뒤 그 남자가 다시 화장실에서 나왔다. 하지만 여행용 손가방은 없었다.

몸값을 어깨에 걸친 가방 속에 옮겨넣었는지 아니면 화장실에 있던 다른 동료에게 전달했는지 알 수 없었다.

아사쿠라가 핸드폰으로 단톡방 화면을 보면서 앞으로 어떻게 해야 할지 생각하고 있을 때 키시타니로부터 메시지가 왔다.

'여행용 손가방은 헬멧을 든 남자가 그대로 가지고 있다.'

키시타니의 메시지로 볼 때, 여행용 손가방을 어깨에 멘 가방 속에 집어 넣은 모양이었다.

아사쿠라는 '알았다.'라고 메시지를 써서 보냈다.

남자는 지하철 출구 계단을 올라 이케부쿠로역을 빠져나온 뒤, 횡단보도로 향했다. 그러고는 근처에 세워둔 대형 오토바이를 타고 핸드폰을 꺼내 귀에 댔다.

아사쿠라는 그 남자의 모습을 지켜보면서 토다를 찾아 두리번거렸다. 그리고는 남자가 있는 곳보다 앞선 곳에 오토바이를 세워둔 토다를 향해 걸어갔다.

"50미터 뒤에 있는 오토바이를 탄 채 핸드폰을 귀에 대고 있는 남자를 따라 가자!"

아사쿠라가 오토바이 뒷좌석에 올라타면서 그렇게 말하자, 토다가 백미러로 놈을 쳐다보았다.

"상대에게 들키면 안 돼. 어색하게 보려고 하지 마!"

토다가 고개를 끄덕이며 헬멧을 고쳐쓴다. 아사쿠라도 헬멧을 쓰고 핸드폰 앱으로 지도를 띄웠다.

오토바이 시동을 거는 동시에 놈이 토다의 오토바이 옆을 지나쳐갔다. 토다도 오토바이를 움직여 남자 뒤를 쫓기 시작한다.

'저 남자는 분명 단순 하수인이지 유괴범이나 그 공범이 아닐 것이다.'

사물함에서 몸값을 꺼낸 남자는 주위를 경계하지도 않았다. 지금도 딱히 차선을 바꾸지 않고 일정한 속도로 오토바이를 운전하고 있다. 역시 어딘가에서 그냥 짐을 가져오라고 고용된 하수인일 것이다.

하지만 아사쿠라는 불안했다.

'도대체 유괴범은 어떻게 저 몸값을 받을 생각일까?'

핸드폰의 지도를 보자 혼고에 도착했다. 아까 전에 왔던 도쿄돔 근처였다.

'상대는 이 주변을 잘 아는 게 아닐까. 도저히 생각하지 못할 장소에 몸값을 두게 한 뒤, 아무도 상상할 수 없는 방법으로 그것을 회수하려는 것은 아닐까?'

그때 남자가 탄 오토바이가 교차로에서 우회전 차선에 들어섰다. 한편 아사쿠라가 탄 오토바이 앞에 있던 차량이 직진해버리는 바람에, 아사쿠라와 토다는 남자가 탄 오토바이 바로 뒤에 서게 되었다.

이 교차로에서 우회전을 하면 다리가 나오고, 그 다리를 건너면 오차노미즈역이 있다.

우회전 신호가 켜지고 남자가 탄 오토바이가 다시 출발했다. 토다의 오토바이도 따라서 출발했다.

그런데 우회전을 하자마자 앞에 있던 오토바이는 브레이크 불빛이 켜지면서 급정지하더니, 다리 중간쯤에 멈추어 버렸다.

"어쩌지?" 토다가 물었다.

"일단 추월해서 다음 교차로 신호등에서 멈추자."

아사쿠라와 토다는 오챠노미즈역 앞 교차로를 통과한 뒤, 오토바이를 세웠다. 어쩔 수 없이 아사쿠라만 오토바이에서 내려 헬멧을 벗고 오챠노미즈역을 향해 걷기 시작했다.

그때 역 바로 앞으로 다시 이동한 그 남자의 오토바이가 보였다. 남자는 헬멧을 쓴 채 오토바이 위에 앉아 있었다. 헬멧을 올리고 주위를 오가는 사람들을 관찰하고 있었다.

'설마 우리들의 존재를 눈치채고 주위를 살피고 있는 건가?'

아사쿠라가 사람들 틈에 숨어서 감시를 하고 있자, 다리 건너편에서 갑자기 어떤 남자가 오토바이 앞으로 걸어와 멈추었다.

검은색 양복에 안경을 쓴 남자였다. 그 남자는 오토바이를 탄 남자에게 말을 걸고 있었다. 오토바이를 탄 남자는 어깨에 멘 가방에서 검은색 여행용 손가방을 꺼내 양복 입은 남자에게 건네주었다. 반면, 양복을 입은 남자는 양복 안주머니에서 편지 봉투 같은 것을 꺼내 오토바이를 탄 남자에게 건네주었다.

그리고는 양복을 입은 남자는 오토바이를 탄 남자로부터 받은 여행용 손가방을 자신의 가방 속에 넣고 아사쿠라가 있는 쪽으로 걸어오기 시작했다.

아사쿠라는 시계를 보며 마치 사람을 기다리는 듯한 시늉을 취했다. 남자가 아사쿠라 곁을 지나쳤을 때 곧바로 시선을 딴 데로 돌렸지만 그 특징은 확실히 파악했다.

키는 180센티미터로 30대 후반이다. 머리를 올백으로 넘겨서 언뜻 보면 회사원 같았지만, 그 안에 숨겨진 어깨 폭과 가슴 근육, 그리고 안경 너머로 보이는 날카로운 눈빛을 보니 조폭 같기도 했다.

양복 입은 남자는 아사쿠라 옆을 지나쳐 다시 오챠노미즈역 안으로 들어갔다. 승강장으로 가는 것 같았다.

아사쿠라도 개찰구를 통과하여 승강장으로 향하면서 단톡방에 메시지를 썼다.

'여행용 손가방을 건네받은 남자가 오챠노미즈역 안으로 들어갔다. 난 이대로 미행하겠다.'

잠시 뒤, 토다가 '그럼 난 어떻게 하지?'라고 메시지를 보냈다.

'다음 지시까지 거기에 머물러 줘.'

승강장에 들어서니, 역시나 양복 입은 남자가 보였다.

아사쿠라는 남자와 함께 도착한 지하철을 타자마자 '남자는 신주쿠 방면으로 향하고 있다.'라고 단톡방에 썼다.

'난 이케부쿠로에 있어. 일단 신주쿠로 이동하는 게 좋겠군.' 키시타니가 메시지를 보냈다.

'그렇게 해줘.'

아사쿠라는 핸드폰을 주머니에 넣고 열차 안에 있는 광고를 보는 척하며 양복 입은 남자를 시선 끝에 두었다. 양복 입은 남자는 오른손으로 손잡이를 잡고, 다른 한 손으로 가방을 든 채 창밖을 보고 있었다. 아까 전의 오토바이를 탄 남자와 마찬가지로 주위를 경계하고 있지 않았다. 아이를 유괴해서 빼앗은 1억 원을 들고 있는데, 아무렇지도 않은 듯 당당한 태도였다.

신주쿠역에서 양복 입은 남자가 내렸다. 그러더니 계단을 내려가 다른 승강장으로 올라가 야마노테선으로 갈아탔다.

양복 입은 남자는 신주쿠 다음 역에서 내린 뒤, 근처에 있는 화장실로 들어갔다. 아사쿠라는 남자를 따라 화장실에 들어갈지 망설였지만 그냥 개찰구 앞에서 멈춰 서서 광고를 보는 척했다.

"지금부터 내가 대신 미행해주지."

문득 뒤에서 어떤 남자의 목소리가 들려 놀란 아사쿠라가 뒤를 돌아보았다.

키시타니가 서 있었다.

'GPS 위치추적기를 이용해서 위치를 확인한 뒤 여기까지 온 건가.'

"화장실 안에 있어?" 키시타니가 물었다.

"그래."

"남자의 특징은?"

"검은 양복에 키는 180센티미터 정도. 안경을 쓰고 있고, 머리는 올백. 보면 바로 알아챌 수 있을 거야."

"알았어. 일단 넌 어디 들어가서 옷을 갈아입고 대기하고 있어."

아사쿠라는 키시타니의 말에 고개를 끄덕이고 역을 빠져나왔다.

아사쿠라는 역 앞에 있는 번화가를 보며 빠르게 옷을 갈아입을 만한 장소를 찾았다. 바로 코앞에 햄버거 가게가 있는 것을 보고 들어갔다. 주문하지 않은 채 그대로 2층으로 올라가 화장실에 들어갔다.

등에 메고 있던 백팩을 벗은 뒤 그 안에서 옷을 꺼냈다. 외투와 셔츠를 벗고 새로운 옷으로 갈아입었다. 안경을 벗고 대신 야구모자를 눌러쓴 뒤 화장실을 나왔다. 핸드폰을 보니 단톡방에 키시타니가 보낸 메시지가 있었다.

"남자는 지하철을 다시 타더니 토야마역 개찰구 앞에 있는 동전사물함에 여행용 손가방을 넣었다. 그 열쇠를 옆에 있는 자판기 밑에 숨겼다. 난 남자를 계속 미행하겠다."

아사쿠라는 휴대폰으로 지하철 노선도를 보면서 토야마역으로 향했다.

토야마역에 도착해 개찰구 앞을 보니 정말로 그쪽에 동전사물함과 자판기가 보였다.

아사쿠라는 일단 동전사물함 맞은편에 있는 편의점 안으로 들어갔다. 잡지 코너에서 아무거나 집어 그것을 손에 들고 펼치면서 반대쪽에 있는 동전사물함을 보았다.

GPS 위치추적기가 가리키고 있는 장소는 분명 동전사물함 안이었다.

'그렇다면 또 다른 사람이 몸값을 가지러 온다는 건가. 저 동전사물함에서 눈을 떼서는 안 돼.'

아사쿠라는 휴대폰을 꺼내 단톡방에 현재 자신이 있는 위치를 알리고, 토다에게 이곳으로 오도록 지시했다.

30분 정도 기다리자, 문이 열리는 소리가 들렸다. 토다가 온 것이었다.

'저 사물함이야.' 아사쿠라처럼 몸을 낮춘 토다에게 눈짓으로 알렸다.

"다른 녀석이 또 가지러 올까?"

"아마도 그렇겠지."

10

"다음 정차역은 우에노, 우에노…."

초조한 마음으로 입술을 깨물면서 창밖의 어둠을 바라보는 순간 핸드폰이 진동했다. 나오미는 바로 메시지를 확인했다. 유괴범으로부터 온 메시지였다.

'돈은 잘 받았다. 원하는 것은 토야마역 개찰구 밖에 있는 동전 사물함에 넣어두었다. 열쇠는 그 옆에 있는 자판기 밑에 붙여두었다.'

나오미는 야마노테선을 두 바퀴째 돌다가, 그 메시지를 보고 고개를 갸우뚱거렸다.

'사물함에 몸값을 넣어둔 사실을 왜 나한테 알려주지? 아즈사를 감금한 장소가 쓰여 있는 메모지라도 들어 있는 건가?'

나오미는 자리에서 일어나 승객이 적은 칸으로 이동해 리모컨으로 통화버튼을 눌렀다.

"방금 범인으로부터 메시지를 받았어요. 원하는 것은 토야마역 개찰구 밖에 있는 사물함에 있대요. 사물함 옆에 있는 자판기 밑에 열쇠를 붙여두었다고…."

마이크에 대고 그렇게 말한 다음 통화종료 버튼을 누르고 다시 빈자리에 앉았다. 초조한 마음으로 차창 밖에 깔린 칠흑 같은 어둠을 쳐다보았다.

토야마역에 도착해 열차 문이 열리자마자, 나오미는 승강장에서 대기하고 있던 사람들을 밀치고 열차에서 내렸다. 아직 아픈

다리를 이끌고 개찰구를 향해 달렸다.

눈앞에 동전사물함이 보인 순간 긴장감과 안도감이 몰려왔다.

동전사물함 앞에서 멈춰 서서 몇 차례 심호흡을 한 뒤, 사물함 옆에 있는 자판기로 발걸음을 옮겼다. 주위를 둘러보고 근처에 사람이 없다는 사실을 확인한 뒤, 자판기 밑으로 손을 넣었다. 그 밑에 있던 열쇠에는 '15'라는 번호가 써 있었다.

15번 사물함을 열자 여행용 손가방이 들어 있었다. 이케부쿠로 역에서 넣었던 것과 똑같은 것이다.

혹시 이 속에 아즈사의 위치를 알 수 있는 메모지가 있을까 하는 마음에 재빨리 가방으로 손을 뻗었다. 그때 갑자기 주머니가 진동했다. 또다시 범인이 준 핸드폰이 울린 것이다.

너무나 완벽한 타이밍이라 주위를 살피며 핸드폰을 꺼냈다. 진동은 한 번이 아니라 계속 이어지고 있다. 문자메시지가 아니라 전화였다.

나오미는 리모컨으로 통화버튼을 누름과 동시에, 범인으로부터 온 전화도 받았다.

"하루 종일 수고하셨습니다."

기계로 가공된 목소리가 귀에 울려퍼졌다.

"이 가방 속에…, 그러니까 이 여행용 손가방 속에 아즈사의 위치를 알 수 있는 무언가가 들어 있는 건가요?"

"안타깝게도 그렇지는 않습니다."

상대의 말에 나오미는 당황했다.

"무슨 소리예요? 당신은 몸값을 이미 받은 것 아닌가요? 그럼 아즈사를 돌려줘야죠!" 나오미가 외쳤다.

"언젠가는 돌려드릴 것입니다."

"당신 말대로 전 유괴 사실을 경찰에 신고하지도 않았어요. 아니, 아즈사를 무사히 돌려준다면 앞으로도 영원히 경찰에 신고하지 않을게요. 드린 돈도 마음대로 쓰세…."

"아직 거래는 끝나지 않았습니다." 유괴범이 나오미의 말을 자르며 말했다.

"거래가 끝나지 않았다는 건 무슨 뜻이죠!? 몸값을 더 달라는 건가요?"

"아닙니다. 다만, 아즈사는 조금만 더 맡아두겠습니다."

"너무해요…."

나오미는 현기증을 느끼며 주저앉듯이 사물함에 손을 짚었다.

"안심해도 됩니다. 제 지시사항을 잘 따르면 약속대로 아즈사는 무사히 집으로 돌아갈 것입니다. 다만, 아즈사의 건강한 모습을 다시 보고 싶으시다면 몇 가지 충고를 따라 주십시오."

나오미는 귀에 거슬리는 범인의 목소리를 들으며 다시금 입술을 깨물었다.

"첫 번째는 앞으로도 경찰에 신고하지 말아야 한다는 것입니다. 이건 매우 중요합니다. 경찰에 신고하는 순간 아즈사를 다시 볼 생각은 내려놓으세요."

"두 번째는 뭐죠…?"

"남편…, 아니 실례했습니다. 이혼한 전 남편 분을 믿고 기다리라는 것입니다."

전혀 예상하지 못한 말에 나오미는 고개를 갸우뚱거리지 않을 수 없었다. 당최 무슨 의미인지 이해할 수 없었다. 아직 거래가 끝나지 않았다는 말과 결합하여 생각해 볼 때, 설마 아즈사와 교환하는 조건으로 아사쿠라에게 어떤 일을 시키려는 건가.

“마지막으로, 아즈사가 무사히 돌아올 때까지 전 남편과 연락을 취하지 말아야 합니다. 전 남편의 소지품에 제가 숨겨둔 도청기가 들어 있습니다. 따라서 당신이나 당신의 의사를 전달해주려는 인물이 전 남편에게 어떤 연락을 취하면, 저는 그 사실을 바로 알 수 있습니다. 그 시점에서 거래는 끝입니다. 이 3가지를 지켜주실 수 있나요?”

“알겠습니다….” 나오미는 고개를 숙이며 말했다.

“사실 오늘도 당신은 이동하면서 누군가와 연락을 취했죠?”

그 말에 나오미는 긴장했다.

‘역시 들켰나.’

“보나마나 가슴팍에 붙여둔 마이크를 통해 핸드폰으로 제 지시사항을 누군가에게 전한 것이겠죠? 경찰인가요?”

“아닙니다….”

“그럼 누구죠?”

나오미는 말문이 막혔다.

“전 남편이시죠?”

계속 대답을 하지 못하자 웃음소리가 들렸다.

“역시 그렇군요. 이제 전 남편과의 연락에 사용한 핸드폰과 마이크를 사물함에 넣어주세요. 더 이상 허튼 짓은 마시고요.”

나오미는 어쩔 수 없이 셔츠 첫 단추를 풀고 반창고로 고정한 마이크를 꺼냈다. 그리고 아사쿠라가 준 핸드폰과 함께 그것들을 사물함 속에 넣었다.

“넣으셨나요?”

“네.” 나오미가 답했다.

“그 다음 당신이 평소 사용했던 핸드폰도 그 속에 넣어주세요.”

나오미는 핸드백에서 자신의 핸드폰을 꺼내 그것도 사물함 속에 집어넣었다.

"이제 마지막 지시사항입니다. 지금 저와 통화하는 데 쓰고 있는 이 핸드폰도 사물함에 넣고 잠근 다음, 열쇠를 다시 자판기 밑에 숨기고 그 자리를 떠나 주세요. 그러고 나서 바로 집에 돌아가 평소처럼 생활하세요. 따님을 생각한다면 부디 아까 말한 세 가지를 지켜주시고요."

"부탁이에요! 제발 아즈사를 돌려주세요!"

나오미의 외침과 동시에 전화가 툭 끊겼다.

11

아사쿠라는 동전사물함 앞에서 누군가와 전화하는 나오미를 보며 초조함에 입술을 깨물었다.

'대체 범인과 무슨 이야기를 저리 길게 하는 거지?'

가까스로 '거래가 끝나지 않았다는 건 무슨 뜻이죠?'라고 한 말만 언뜻 들은 것 같았다.

그리고 나오미는 갑자기 자신의 셔츠의 앞 단추를 풀러 가슴에 붙여놓았던 마이크와 핸드폰을 사물함 속에 집어넣어 버렸다. 아사쿠라와 연락을 취한 사실을 범인에게 들켜버린 것이 틀림없었다. 아사쿠라는 혀를 끌끌 찼다.

나오미는 사물함을 잠그고 옆에 있는 자판기 앞에 쭈그리고 앉아 있었다. 그러더니 다시 일어나서 역 출구로 향하는 듯했다. 그렇다고 나오미의 손에 사물함에 들어 있던 여행용 손가방이 들려 있지도 않았다. 대체 일이 어떻게 된 거지?

"아사쿠라 씨…, 저 여사장은 대체 누구야!"

토다가 아사쿠라의 어깨를 잡아채는 바람에 아사쿠라는 어쩔 수 없이 토다 쪽을 바라보았다.

"아까부터 계속 신경 쓰였는데…, 저 여사장은 아사쿠라 씨 전 아내잖아! 맞지?"

아사쿠라는 아무 말도 없이 토다를 쳐다보았다.

"택시에 타고 있던 여사장에게 여행용 손가방을 받으러 갔을 때 어디서 본 듯한 얼굴이었어. 그때는 바로 생각나지 않았는데,

곰곰이 생각해보니 아사쿠라 씨 집에 있던 그 사진 속 여성인 거 같더라고. 대체 뭣 때문에 협박받고 있는 거야?"

"내 딸 아즈사가 유괴당했어."

토다는 크게 놀랐다.

"내 처는 불륜 때문에 협박당해서 돈을 준 게 아니라, 딸의 몸값을 준 거야."

"그 말은…, 지금까지 우리가 유괴범 잡는 일을 도와주고 있었다는 거야?"

"그래."

"당신, 미친 거 아냐…?" 토다가 하늘을 올려다보며 말했다.

"누가 봐도 미친 것처럼 보일 테지."

"우리들에게 이런 일을 시키는 건, 설마 경찰에 아직도 신고를…."

"그래, 신고하지 않았다."

"어째서?"

"경찰을 믿을 수 없기 때문이야."

"허, 참. 그럼 나나 저 아저씨는 믿을 수 있어? 저 아저씨와 당신이랑 무슨 관계인지 모르겠지만, 난 그냥 하룻밤 술을 같이 마신 직장 동료일 뿐이잖아." 토다가 코웃음 치며 말했다.

"경찰보다는 믿을 수 있다고 생각해서 부탁한 거야."

"왜 처음부터 사실대로 이야기하지 않았지?"

"그렇게 말했다면 네가 날 도와 줬을까?"

아사쿠라가 그렇게 말하자 토다가 입을 다물었다.

"안타깝게도 내가 믿을 수 있는 사람이 얼마 없어. 전과자인 키시타니와, 아무에게나 시비를 거는 술주정뱅이 애송이뿐이야. 하지만 딸의 목숨을 구하기 위해서 어쩔 수 없었어."

"그 1억 원은 당신 돈이야?"

"전처의 아버지가 준비한 돈이야."

"일당 100만 원이라고 하길래 높이 쳐준 것인 줄 알았는데, 이제 보니 완전 헐값에 일하고 있었던 거군."

"그런 셈이지. 지금까지 속여서 미안하다. 이제부터 여기서 빠져도 불만은 없어."

"내가 빠지면 좋겠어?"

아사쿠라가 토다의 눈을 보며 고개를 저었다.

"그렇다면 조건이 2가지 있어."

"뭐지?" 아사쿠라가 물었다.

"보수는 500만 원이야. 그 정도면 그 빌어먹을 공장을 그만두고 다른 일을 찾아볼 수 있을 테지."

"좋아. 다른 하나는?"

"딸이 어떻게 되더라도 날 원망하지 마."

아사쿠라는 고개를 끄덕였다. 만에 하나 아즈사에게 무슨 일이 생겨도 원망할 상대는 어차피 자신뿐이다.

"범인의 다음 지시사항은 뭐야?"

토다가 그렇게 묻자, 그것은 자기도 모르겠다며 고개를 절레절레 흔들었다. 그러고는 다시 사물함 쪽을 바라보았다.

나오미는 아사쿠라와 연락하던 핸드폰을 사물함에 넣었다. 범인의 다음 지시를 알 방도가 없다.

'범인은 경찰이 나오미 주위에 있다고 생각한 나머지 거래를 중지한 걸까. 지금 저 사물함 안에는 돈이 있을 것이다. 그렇다면 유괴범은 그냥 돈을 포기하려는 건가.'

"지금 단톡방에 메시지가 왔어!"

토다가 핸드폰을 들어 아사쿠라에게 보여주자, 단톡방에는 '양복 입은 남자는 오오쿠보에 있는 빌딩에 들어갔다.'고 쓰여 있었다. 메시지 밑에 빌딩 주소와 이름이 있었다.

"어떻게 하지?"

토다의 물음에 아사쿠라는 곰곰이 생각해 보았다.

범인은 경찰을 경계해 돈을 회수하는 것을 포기했는지도 모르지만, 양복을 입었던 남자가 유괴범의 끄나풀이라는 점만큼은 분명했다. 분명 무슨 연결고리가 있을 것이다.

"난 키시타니한테 가볼게. 넌 여기 남아서 그대로 저 사물함을 감시해줘."

"알았어."

"그러다가 누가 동전사물함으로 접근하면 그 즉시 알려줘."

오오쿠보의 인적 드문 골목을 지나자, 무인주차장 앞에서 담배를 피는 키시타니가 보였다. 키시타니가 말한 6층 높이의 빌딩은 전층이 술집이나 음식점으로 채워져 있었다.

"양복을 입은 남자는 4층에 있는 유흥업소에 들어갔어. 주위에 좀 물어보니, 그 가게는 지금 휴업중이라는군."

"휴업중?" 아사쿠라가 키시타니에게 되물었다.

"그래. 지금은 업소 여성들이 출근을 안 했다면서 입장을 거절하더군."

"그런 이유로 영업을 안 하는 건 아무래도 이상하잖아?"

"그렇지…, 아마도 저 가게 간판은 위장으로 붙여둔 것 같고, 다른 비즈니스를 하고 있는 것일 수도…."

아사쿠라는 키시타니가 말한 빌딩의 4층 간판 부근을 보았다.

"그런데 사물함 안에 들어 있던 돈은 어떻게 되었어?"

"지금까지는 아직 아무도 거기에 접근하지 않았어. 그 대신 공갈범은 여사장을 다시 거기로 오게 했어."

"대체 그게 무슨 소리야?"

아사쿠라는 아까의 상황을 간단히 설명했다.

"우리들이 감시하고 있는 걸 들켰다는 뜻인가. 쉽지 않은 상대로군. 이제 어쩌지?"

아사쿠라는 핸드폰을 꺼내 인터넷에 접속했다.

"뭐 하는 거야?" 키시타니가 물었다.

"이 근처에서 가장 가까운 렌트카 회사를 찾고 있어."

양복 입은 남자가 빌딩을 나오는 것이 보였다.

아사쿠라는 주위를 살피면서 남자 뒤로 다가갔다.

"잠깐만요, 뭘 떨어트리셨는데요?"

근처에 사람이 없음을 확인한 아사쿠라가 그에게 말을 걸었다.

남자가 돌아본 순간 아사쿠라는 주먹으로 턱을 올려쳤다. 그리고 기절한 나머지 쓰러지려는 남자를 부축하듯 끌어안았다.

"괜찮습니까? 많이 취하신 모양이에요."

그때 근처에 대기하고 있던 검은색 승합차가 다가와 아사쿠라 옆에 멈춰 섰다. 아사쿠라는 남자를 뒷좌석에 태우고 자신도 타면서 승합차 뒷문을 닫았다.

운전석에서 운전하고 있던 키시타니는 승합차를 곧바로 출발시켰다.

아사쿠라는 남자의 양손을 검테이프로 둘둘 말았다. 입과 눈에도 검테이프를 붙였다.

"저쪽에 세워줘!"

아사쿠라가 그렇게 말하자 키시타니가 차를 세웠다.

"넌 이제 여기서 내려." 아사쿠라가 키시타니에게 말했다.

"뭐야, 난 고문쇼를 보면 안 되는 거야?" 키시타니가 불만스럽게 말했다.

"넌 꼭 해야 할 일이 있어. 아까 그 가게 안에 이 녀석의 패거리가 얼마나 있나 알고 싶어. 엘리베이터가 보이는 곳에 카메라를 설치해서 알아봐 줘."

아사쿠라는 거기까지 말하고 승합차 뒷문을 열고 차에서 내렸다. 키시타니도 운전석에서 내린 뒤, 가방을 꺼내 아사쿠라에게 물건 하나를 건넸다. 전기 충격기였다.

"이걸 빌려주지. 재밌게 즐겨."

아사쿠라는 전기 충격기를 들고 운전석에 올라타 차를 출발시켰다.

차를 운전하면서 인적이 드문 장소를 찾다가, 은행 주차장이 보여 그곳으로 차를 몰고 들어갔다. 이 시간에 그런 곳에는 차도 사람도 없었다.

아사쿠라는 도로나 인도에서 차가 보이지 않도록 주차장 안쪽에 차를 세웠다. 그러고는 운전석에서 내려 뒷좌석으로 갔다. 기절한 남자 옆에서 그의 주머니를 뒤졌다. 지갑과 핸드폰 2대가 있었다. 실내등을 켜고 지갑 속에 들어있는 면허증에서 이름을 확인했다.

쿠도 류지…, 1975년 생 38세.

아사쿠라는 그에게 온 핸드폰 메시지도 확인했다.

'돈은 잘 받았다. 원하는 것은 토야마역 개찰구 밖에 있는 동전

사물함에 넣어두었다. 열쇠는 그 옆에 있는 자판기 밑에 붙여두었다.'

가장 최근 메시지를 읽은 다음 그 다음 메시지도 확인해 보았다.

'동전사물함 바로 옆에 가판대 안쪽에 IC교통카드를 둘 것! 그리고 곧바로 야마노테선을 타고 타마치역으로 출발해 그 역에 도착하는 즉시 역 표지판을 사진으로 찍어 보낼 것! 그런 다음 야마노테선을 두 바퀴 돌면 다음 지시를 내리겠다!'

이 둘은 쿠도 류지가 나오미에게 보낸 메시지가 틀림없었다.

그때 남자의 신음소리가 들려 아사쿠라는 눈을 돌렸다. 눈을 뜬 남자가 아사쿠라를 발견하더니, 발길질을 하려고 했다. 아사쿠라는 남자의 턱을 부여잡고 문 쪽으로 밀어붙였다.

"험한 일을 하고 싶지 않아. 하지만 내 질문에 제대로 답하지 않으면 좀 많이 아플 거다. 알았나?"

아사쿠라가 전기 충격기를 들이밀며 말하자 쿠도가 얌전히 고개를 끄덕였다.

"아즈사는 지금 어디에 있지?"

아사쿠라가 쿠도의 입에 붙여놓은 검테이프를 떼어내며 물었다.

"아즈사? 어디 여자야?"

"모른 척하지 마. 아즈사. 초등학교 5학년 여자아이야."

"난 로리타 취향이 아니야. 그런 어린애에겐 관심 없어. 돈을 받아도 안 해."

아사쿠라는 전기 충격기 전원을 켜 쿠도에게 들이 밀었다. 쿠도의 목에 푸른 섬광이 번쩍 하더니, 쿠도는 괴로워하면서 기절해버렸다. 아사쿠라는 곧바로 쿠도를 한 대 때려서 다시 깨웠다.

"네가 유괴한 여자애 말이야! 네 놈이 나한테 죽여달라고 애원할 때까지 고통을 줘보지. 물론 마지막에는 소원대로 죽여주겠지만 쉽게 죽이지 않을 거야! 솔직히 말해! 아즈사는 어디에 있어!"

"몰라!"

그렇게 외치는 쿠도의 입에 전기 충격기를 다시 들이밀고 스위치를 켰다. 쿠도가 비명을 지르며 다시 기절해버렸다.

"자는 건 아직 일러!"

아사쿠라는 쿠도의 얼굴을 다시 두들겨서 깨웠다. 쿠도는 고통스런 표정을 지으면서 입 주변이 마비되었는지 침을 흘리고 있다.

"아즈사는 어디에 있냐고! 아까 그 유흥업소에 감금해놓았나! 너희들의 패거리는 몇 명이야!"

"모른다고! 정말로 그런 여자는 몰라! 대체 무슨 소리야, 유괴라니…, 그런 짓은 하지 않았어!"

아사쿠라는 쿠도의 눈에 붙인 검테이프를 떼어내 핸드폰 화면을 보여주었다.

"그럼 이 메시지는 뭐야? 네놈이 여자아이의 엄마에게 보낸 메시지잖아. 1억 원이라는 몸값을 받을 위치를 지정한 메시지잖아!"

쿠도는 불안한 시선으로 메시지를 읽으려고 노력하면서 눈의 초점을 잡아 갔다.

"당신은 큰 착각을 하고 있는 거야." 쿠도가 아사쿠라를 보면서 말했다.

"무슨 소리야?"

"내가 이 메시지를 보낸 상대로부터 1억 원을 받은 건 사실이야. 어떤 물건하고 교환하는 조건으로!"

"그게 뭔데?"

아사쿠라의 물음에 쿠도가 시선을 피했다.

"놈이 원하던 물건은 놈과 약속한 대로 동전사물함 안에 넣어 뒀다고! 젠장! 그런데 내가 왜 이런 꼴을 당해야 하는 거야!"

"그럼 네가 오토바이 탄 남자랑 교환한 돈가방은 어딨어? 1억이 들어 있는 검은색 여행용손가방 말이야!"

"그건 아까 우리 사무실에 잠깐 들렀을 때 거기 놔뒀지."

"오토바이를 탄 남자는 뭐야?"

"그냥 자금 운반책일 뿐이야."

"혹시 돈이랑 교환한 물건이 마약이야?"

쿠도는 입을 다물었다.

"그 거래를 하자고 한 상대는 대체 누구야?" 아사쿠라가 물었다.

"몰라. 서로 얼굴도 정체도 알리지 않는 게 업계 룰이야."

"1억 원을 거래하면서 서로의 정체도 모른단 말이야?"

"그래. 물론 처음부터 이렇게 큰 거래를 하지는 않아. 전에 거래했을 때는 이번 물건의 10분의 1 가격짜리였지만 우리가 제시한 금액보다 20%나 많은 돈을 주었지. 앞으로도 잘 부탁한다는 메모와 함께 말이야."

쿠도의 말을 들으며 아사쿠라는 머릿속이 혼란스러웠다. 돈도 잃어버리고, 진범의 단서도 잡지 못했기 때문이다.

아사쿠라는 쿠도의 핸드폰을 들고 다시 메시지를 확인해 보았다.

정말로 쿠도의 말대로 쿠도가 소지하고 있던 핸드폰에는 '5시에 이케부쿠로역 안에 있는 루벤이라는 카페에서 대기할 것!'이라는 메시지까지밖에 없었다.

그 메시지는 나오미가 아키츠역에 있을 때 받은 메시지였다. 하지만 보낸메시지함을 살펴봐도 그 이전에 범인이 나오미에게 보낸 메시지는 전혀 없었다.

'나오미가 아키츠역에 갔을 때 메시지를 보낸 사람이 진범에서 쿠도로 바뀌었다는 뜻인가? 아즈사를 유괴한 범인이 대체 왜 그런 짓을 한 거지? 돈을 마약으로 바꾸면 다시 돈으로 바꾸기 힘들 텐데….'

"왜 그래…?"

그 말에 정신을 차리고 아사쿠라는 다시 쿠도를 보았다.

쿠도가 아사쿠라를 보면서 희미하게 웃고 있었다.

"당신, 얼굴이 창백해 보이네. 아까까지의 위세는 어디로 간 거야? 내가 당신 얼굴을 봤으니까 당신 입장에선 지금 날 죽이는 게 좋을 거야."

아사쿠라가 자신을 죽일 수 없다는 것을 알고 비웃는 듯한 말투다.

"안 그러면 당신이 죽여 달라고 할때까지 내가 괴롭힐 거야. 언젠가…."

그 증오에 찬 눈빛을 보고 아사쿠라는 다시 쿠도의 목에 충격을 가해 기절시켰다.

아사쿠라는 토야마역 개찰구 맞은편에 있는 편의점 앞에 차를 세우고 동전사물함 앞으로 다가갔다. 몸을 숙여 자판기 아래를 손으로 뒤졌다. 테이프로 고정되어 있는 열쇠를 꺼내 옆에 있는 사물함을 열었다. 거기에는 여행용 손가방과 핸드폰 3대가 들어 있었다.

그때 그 중 하나의 핸드폰이 진동했다.

아사쿠라는 그 핸드폰을 들고 통화버튼을 눌러 전화를 받았다.

"처음 뵙겠습니다, 아사쿠라 신지 씨."

기계로 가공된 목소리가 울려퍼졌다.

"네 놈이…."

'아즈사를 유괴한 범인이냐….'

"맞습니다. 이제 진짜 거래를 시작하시죠."

아사쿠라는 그 말이 무슨 뜻인지 곰곰이 생각해 보았다.

'진짜 거래? 유괴범은 대체 뭘 요구하려는 거지?'

아사쿠라는 핸드폰을 귀에 댄 채 다른 한 손으로 사물함 안을 뒤져보았다. 여행용 손가방을 열고 그 안에 손을 넣어보니 비닐 봉투가 하나 들어 있었다. 그 안에는 무슨 분말 가루 같은 것이 있었다.

아사쿠라는 손끝으로 그 일부를 꺼내 혀에 갖다 대보고 곧바로 침을 뱉었다.

"몸에 좋지 않으니 그런 짓은 하지 마세요."

그 말에 아사쿠라는 다시 주위를 둘러보았다. 범인은 지금 아사쿠라를 보고 있는 것이 분명했다. 하지만 주위에는 아무도 없었다.

"아무리 두리번거려도 소용없습니다. 당신은 절 볼 수 없어요. 전 당신이 잘 보이지만 말이죠."

"진짜 거래라는 것은 무슨 소리야?" 아사쿠라가 물었다.

"지금처럼 눈에 띄는 장소에서 이야기하는 것은 불편하니, 장소를 조금 옮기시죠. 어디 보자, 어디가 좋을까. 일단 사물함 안에 있는 짐을 모두 꺼내시고 가지고 온 차로 돌아가 주세요. 또 연락 드리죠."

아사쿠라가 대답도 하기 전에 전화가 툭 끊겼다.

아사쿠라는 먼저 핸드폰 3대를 전부 주머니에 넣은 뒤, 여행용 손가방을 꺼내 사물함을 잠그고 차로 돌아왔다.

그때 다시 핸드폰이 진동하여 전화를 받았다.

"이제 천천히 이야기를 나눌 수 있겠네요."

다시 기계로 가공된 목소리가 울려퍼졌다.

"오늘 계속 날 관찰해 왔나?"

"계속은 아닙니다. 당신의 모습을 처음 확인한 건 이케부쿠로역 안입니다. 마약 공급책이 제게 보낸 문자메시지를 제가 조금 시간 차를 두고 아내 분, 아니 실례했습니다…, 이혼한 전 아내 분이 가지고 있는 핸드폰으로 전달했습니다. 마약 공급책이 동전사물함에 돈을 넣어두라고 저에게 지시를 했기 때문에 저는 나오미 씨에게 거기에 여행용 손가방을 넣어두라고 한 겁니다. 바로 근처에 소형 카메라도 설치해 두었고요. 당신들이 거기에 카메라를 설치하기 직전에 말입니다."

이 말로 미루어 볼 때, 어쩌면 아사쿠라의 지금 모습도 어딘가에 설치한 카메라를 통해 지켜보고 있을지도 모른다.

"어째서 1억 원이라는 돈을 이딴 마약으로 바꾼 거지?" 아사쿠라가 물었다.

"당신이라면 잘 아실 텐데요?"

"우리들이 경찰에 신고했는지 아닌지를 시험한 건가?"

"맞습니다."

'그렇군.'

아까 전부터 이상하게 생각했던 유괴범의 행동이 서서히 이해가 가기 시작했다.

유괴범에게 있어서 가장 어려운 문제는 어떻게 몸값을 받을 것인가 하는 문제이다. 이 유괴범은 경찰에 신고할 가능성을 미리 고려해 그것을 확인할 미끼로 마약 공급책에게 1억 원짜리 거래를 제안한 것이다.

유괴범은 오늘 저녁에 돈과 마약을 교환할 약속을 미리 해둔 후에, 나오미에게 메시지로 지시를 내리며 이곳저곳으로 이동시켰다. 하지만 유괴범은 그때까지 몸값을 회수할 생각이 없었다. 쿠도가 돈과 마약을 교환할 방법을 정해서 연락해오자, 나오미에게 쿠도의 메시지를 그대로 전달해 동전사물함 근처에 카메라를 설치한 뒤, 그 모습을 지켜보고 있던 것이다. 만약 나오미가 경찰에 신고를 했다면 쿠도 일당이 유괴범 대신 체포되었을 것이다.

마약을 넣어둔 장소는 쿠도가 돈을 받은 뒤에 알려줄 것이고, 여행용 손가방 안에 몰래 넣어둔 핸드폰을 통해 위치추적을 해도 알 수 있었을 것이다. 결국 유괴범은 경찰이 감시하지 않는다면 1억 원의 가치가 있는 마약을 손에 넣을 수도 있었다. 쿠도가 유괴범과 이미 과거에 천만 원짜리 거래를 했다고 말했으니 마약을 다시 돈으로 바꿀 수 있는 능력도 있을 것이다. 무서울 정도로 용의주도한 녀석이다.

하지만 여전히 한 가지 이해할 수 없는 사실이 있었다.

"그런데 왜 마약을 가지러 오지 않았지?"

아사쿠라가 물었지만 상대는 아무 말도 하지 않았다.

"당신은 이걸 손에 넣으면 목적을 달성한 거잖아. 경찰은 어디에도 없어. 난 이걸 다시 사물함에 넣어주고 물러날 테니, 제발 빨리 아즈사를 돌려줘!"
"그런 것에 관심은 없습니다."
아사쿠라는 고개를 갸우뚱하지 않을 수 없었다.
"뭐라고?"
"저는 1억 원이나 그런 마약에는 전혀 관심이 없습니다."
"그럼, 왜…?"
"저는 당신이 경찰에 신고하는지 아닌지를 확인하고 싶었을 뿐입니다." 유괴범이 아사쿠라의 말을 자르며 말했다.
무슨 의미인지 생각하자 다시 한번 소름이 돋았다.
"소중한 따님이 유괴되었는데 당신들은 왜 경찰에 신고하지 않은 거죠? 저는 처음 전화나 두 번째 전화에서 경찰에 신고하지 말라는 말을 한 번도 하지 않았습니다. 두 분은 전직 경찰이고, 게다가 전 아내 분은 유괴 수사를 담당한 적도 있었습니다. 왜 옛 경찰 동료들의 도움을 구하지 않은 것인지 알 수 없군요."
아사쿠라는 아무 말도 할 수 없었다.
"경찰에 신고하지 않은 건 전 아내 분의 의사가 아니라 당신의 의사겠죠. 아닙니까?"
그 질문이 아사쿠라가 생각하는 최악의 가설을 점점 확신에 차게 만들었다.
'그렇다면 설마, 범인은…?'
"아즈사의 목숨이 위험해질까 봐 경찰에 신고하지 않은 것뿐이야. 부모로서 당연한 선택이잖아."
아사쿠라가 마음을 다잡고 적당한 핑계를 대자, 다시 기계음이 들려왔다. 비웃는 듯했다.
"따님의 목숨이 위험해질까 봐 경찰에 신고하지 않았는데, 당신은 경찰 흉내를 내면서 스스로 절 잡으려고 한 겁니까? 정말 무모하시군요. 당신이 전 아내를 미행하고 있다는 사실은 바로 알아챌 수 있었습니다. 아무리 둔한 유괴범이라도 그 정도는 눈치채겠지요. 그러면 그때 이미 따님의 목숨은 없는 거나 다름없습니다. 생각이 얕은 아버님 때문에요."

그 말이 가슴을 옥죄어 왔다.

"설마 아즈사를…!" 아사쿠라가 핸드폰을 향해 외쳤다.

"따님은 아직 살아있습니다."

그 말을 듣고 안도했지만 그래도 가슴속 답답함은 사라지지 않았다.

"다만, 안심하시긴 이릅니다. 당신과 진짜 거래를 할 수 있다고 생각해서 살려두고 있을 뿐이지, 그렇지 않다면 바로 처리하겠습니다. 아까 전에 말씀드린 대로 전 돈 때문에 따님을 유괴한 것은 아니니까요."

"진짜 거래라니…, 대체 나더러 뭘 어떻게 하라는 거야?"

"간단합니다. 당신이 가지고 있는 정보를 넘겨주세요."

"정보?"

"3년 전, 당신이 '아라이 토시히코'를 조사하게 된 계기를 준 제보자 말입니다."

그 이름을 듣고 심장이 요동치기 시작했다.

"따님의 목숨은 그 정보를 제게 주느냐에 달려있습니다."

몸값을 빼앗는 것이 목적이 아니라, 그 정보를 받으려는 목적으로 아즈사를 유괴해서 아사쿠라와 나오미를 감시하고 있던 건가.

"아라이 토시히코…, 그건 대체 누구야?"

아사쿠라는 3년 전처럼 둘러댈 수밖에 없었다.

"당신의 인생을 완전히 바꾸어버린 인물의 이름을 벌써 잊으셨습니까?"

"무슨 말인지 이해할 수 없군. 당신이 이름을 착각한 것 아닌가?"

"요코하마 시내에서 유치원생들을 차로 치어 7명을 사망케 하고, 자신도 사망해버린 당시 25세 남성입니다. 경찰 수사 결과, 그 사고는 아라이의 마약 복용으로 인한 정신착란이 원인이라고 했습니다. 하지만 당신은 경찰의 수사가 끝났음에도 혼자서 그 사고를 조사했지요. 당신의 담당 직무와는 전혀 관계가 없었는데도 말이죠. 왜 그렇게 하신 겁니까? 누군가가 당신에게 그 사고 속에 숨겨진 비밀이 있다고 밀고했기 때문이 아닙니까?"

"그러고 보니 그런 사고가 있긴 했지. 하지만 당신이 말하는 밀고자나 제보자는 없어. 난 마약 관련 수사를 했을 뿐이야. 그러다 보니 그 사고를 조사했던 것뿐이야."

"경찰한테서 감사를 받을 때도 그렇게 둘러댔나요?"

"진짜야. 그 사고에 당신이 말한 비밀 같은 건 숨어있지 않아. 불법적으로 마약에 손을 댄 남자가 마약에 취해 사고를 냈을 뿐이야. 많은 사람들이 죽은 불행한 사고지만, 나와는 아무 관계도 없어. 어째서 그런 것 때문에 아즈사를 유괴한 거야!"

"그럼 어째서 따님이 유괴되었을 때 경찰에 신고하지 않으신 겁니까? 그 이유는 당신이 경찰 조직을 신뢰하지 않기 때문 아닙니까? 경찰에 수사를 맡기면 3년 전에 누명을 썼을 때와 마찬가지로 경찰이 따님을 구해주는 대가로 당신이 가진 정보를 달라고 할까 봐 두려웠기 때문이 아닙니까?"

"헛다리 짚은 거야."

"3년 전에는 자신이 뇌물죄 누명을 쓰는 대신 그 정보를 끝까지 숨겼지만, 유괴 수사가 시작되면 그럴 수 없겠죠. 그 정보를 끝까지 숨겼다가는 경찰이 유괴범을 잡아주지 않을 테고, 그러면 결국 따님의 목숨이 위태로우니까요. 그래서 스스로의 힘으로 유괴범을 잡으려고 한 것 아닙니까?"

정확히 그렇다.

아사쿠라가 제보자를 넘기면 그 인물이 위험해질 수도 있는 데다가, 아사쿠라가 그 사고에 숨겨진 비밀을 알고 있다는 것이 드러나면 아사쿠라 역시 위험해질 수 있다고 생각했다.

"난 죄를 지었기 때문에 잡힌 거야. 그것뿐이야. 경찰에 신고하지 않은 것은 내가 경찰 조직의 명예를 크게 실추시켰기에 내 딸의 유괴 사건을 경찰이 제대로 수사해주지 않을 것 같았기 때문이고."

"그렇습니까. 알겠습니다…."

잠시 침묵이 흘렀다.

상대가 아사쿠라의 말을 믿어주기를 바라고 있는데, 주머니가 다시 진동했다. 핸드폰을 꺼내 화면을 보고 아사쿠라는 마른 침을 삼키지 않을 수 없었다. 화면에 뜬 발신번호 표시에 '아즈사'라고 쓰여 있었다.

"여보세요…, 아즈사니?"

아사쿠라가 핸드폰을 귀에 대고 말하자, 가녀린 목소리가 들렸다.

"아빠?"

"그래. 몸은 어때…, 다친 데는 없니?"

"응. 하지만 손이 묶여있고 안대도 끼고 있어서 아무것도 안 보여요…. 아빠, 나 유괴당한 거 맞지? 이대로 죽는 걸까…?"

아즈사의 목소리를 듣고 아사쿠라는 눈물이 날 뻔했다.

"그렇지 않아. 곧 집에 갈 거야. 괜찮아."

"정말이야?"

그때 다른 쪽 손에 들려있는 핸드폰에서 다시 말소리가 들려 아사쿠라는 그 핸드폰을 귀에 댔다.

"당신이 정말 아무것도 모른다면 따님은 이제 쓸모가 없다고 봐야겠군요."

"네가 그러고도 사람이냐!" 아사쿠라가 분노를 담아 외쳤다.

"아빠…?"

아즈사의 당황한 목소리가 들려와, 아사쿠라는 재빨리 아즈사로부터 걸려온 핸드폰의 마이크 부분을 손가락으로 막았다.

"사람이 아닐지도 모르죠. 한번 시험해 볼까요?"

"네 놈은 지옥에 떨어질 거다."

"그런 걸 무서워해서야 유괴를 하겠습니까? 10초 동안 시간을 드리죠. 모든 걸 솔직히 털어놓으세요. 그 시간이 지나면 따님을 붙잡아 두고 있는 사람에게 바로 연락하겠습니다. 마지막으로 따님의 단말마 정도는 들려드리죠. 10…, 9…, 8…, 7…, 6…, 5…, 4…, 3…."

"알았어! 사실은 당신이 말한 대로야!"

아사쿠라가 결국 진실을 숨기는 것을 포기하고 그렇게 말하자, 놈은 카운트다운을 멈췄다.

"3년 전 당신은 어떤 정보를 손에 넣었습니까?"

이제 놈은 만족스런 말투로 물었지만, 아사쿠라는 역시 답하기를 주저했다.

"말해주세요."

"아라이가 사고를 낸 것이 아니라 누군가로부터 살해당했다는…, 그런 이야기를 들었어."

아사쿠라는 어쩔 수 없이 당시 조사한 진실을 이야기했다.

"살해당했다? 누구에게 살해당한 겁니까?"

"그건 듣지 못했어. 아니, 나한테 그 말을 해준 사람도 거기까지는 말하지 않았어."

거짓말이었다.

"경찰이 죽였다는 것이겠죠?"

역시 아무 말도 할 수 없었다.

"당신은 그래서 아라이와 그 사고에 대해 조사하신 거군요?"

"전혀 신빙성 없는 이야기라고는 생각했지만 신경이 쓰였기 때문이야."

만약 그때 진실을 파헤치기 위해 조사하지 않았다면 누명을 쓰는 일도, 소중한 가족과 떨어져 사는 일도, 그리고 이렇게 아즈사가 유괴당하는 일도 벌어지지 않았을 것이다. 엄청난 후회가 몰려왔다.

"지금 당신은 어떻게 생각하십니까? 아라이가 정말 누군가에게 살해당했다고 생각하시나요?"

"모르겠어. 아라이를 조사하기 시작하고 나서 얼마 되지 않아 난 뇌물죄로 기소됐으니까."

하지만 마음속으로는 적어도 아라이가 마약으로 인한 정신착란 때문에 사고를 낸 것은 아니라고 확신하고 있었다.

"누가 당신에게 그런 이야기를 했습니까?"

"나와 연락을 취하고 지내던 어떤 제보자야."

"그 사람은 아라이와 친했습니까?"

"그 사람 또한 아라이와는 면식이 없어."

"그 이야기는 또 다른 어떤 인물이 그 사람에게 이야기해 줬다는 거군요. 그 또 다른 인물의 이름은요?"

"몰라."

"그럼 당신과 연락을 취하고 지내던 제보자의 이름은?"

'카스가'라는 남자다.

"말할 수 없어."

"당신은 아직 당신이 처한 상황을 잘 이해하지 못하고 있나보군요."

"잠깐만 기다려. 지금은 말할 수 없다는 뜻이야. 게다가 지금 그걸 말해줘도 당신이 아즈사를 무사히 돌려준다는 보장도 없잖아."

"그렇군요, 알았습니다. 당신에게 48시간을 드리죠. 모레 이 시간에 다시 연락드리겠습니다."

아사쿠라는 손목시계를 보았다. 밤 11시가 조금 넘은 시각이다.

"그때까지 그 제보자를 찾아서, 제보자에게 아라이를 죽였다고 말해준 인물을 알아내 주세요."

"그 인물의 이름과 아즈사를 교환하자는 건가?" 아사쿠라가 물었다.

"그건 다시 연락드린 후에 말씀드리죠." 비웃는 듯한 말투였다.

"이것만큼은 명확히 해두지."

"뭐죠?"

"만약 아즈사에게 무슨 일이 생긴다면, 반드시 너희들을 찾아내서 죽여버릴 거다."

"이거 무척 겁이 나는군요. 당신의 의욕을 북돋아주기 위해 선물을 준비했습니다."

"선물?"

"아까 전에 열쇠를 숨긴 자판기 옆에 즉석사진기가 있었죠? 그 밑에 열쇠를 숨겨두었습니다. 앞으로 혼자서 저와의 거래를 완수하셔야 하는 당신을 위한 간단한 선물입니다. 따님이 곁에 있다고 생각하시면서 열심히 해주세요."

놈이 거기까지 말하고 전화를 끊자, 아사쿠라는 다른 손에 쥐고 있던 핸드폰을 바라보았다. 아직 전화가 이어지고 있었다.

"여보세요…, 아빠야. 들리니?"

아사쿠라가 묻자, 아즈사가 조그만 목소리로 대답했다.

"응…."

"아무것도 걱정하지 마. 아빠가 반드시 구해줄게. 기다리-."

그 시점에서 전화가 툭 끊겼다.

아사쿠라는 핸드폰을 귀에서 뗐다가 곧바로 귀에 갖다 댔다. 그렇게라도 하면 조금이라도 아즈사의 숨결을 느낄 수 있지 않을까 싶었기 때문이다. 하지만 들리는 것은 자신이 격하게 이를 가는 소리뿐이었다.

아사쿠라는 핸드폰을 주머니에 넣고 차에서 내려 사물함 쪽으로 갔다.

즉석사진기 앞에 앉아 밑을 확인해 보니, 정말로 '8'이라는 번호가 쓰여 있는 열쇠가 있었다.

그 열쇠를 꺼내, 사물함을 연 순간 숨이 막힐 뻔했다.

옛날, 아즈사에게 사주었던 토끼 인형이 있었다. 이것이 여기에 있다는 것은 유괴 당시에도 아즈사가 인형을 지니고 있었다는 뜻이었다.

'3년 간 아즈사를 위해 아무것도 해주지 못했는데….'

아사쿠라는 토끼 인형을 꺼내 차로 향했다.

그러다가 문득 발걸음을 멈춰 다시 사물함과 자판기가 있던 곳으로 돌아가 주변을 살폈다. 하지만 카메라 같은 것이 설치되어 있지는 않았다.

주위를 둘러보니, 사물함 대각선 위치에 편의점이 있었다. 아까 들어갔던 편의점이다. 편의점 옆에 있는 쓰레기통도 확인했지만 카메라는 없었다. 하지만 쓰레기통 옆에 공중전화부스 안을 확인해 보자, 거기에 테이프로 고정시킨 무언가가 있었다. 자신들이 설치한 것과 비슷한 소형 카메라였다. 그 소형 카메라를 꺼내려다 퍼뜩 한 가지 생각이 떠올라 그냥 놔두기로 했다.

차로 돌아와 문을 열려던 찰나에 "뭘 하고 있는 거야!"라는 소리가 들렸다. 고개를 돌리자 토다가 다가오고 있었다.

"양복 입은 남자는 어떻게 됐어?"

"이야기는 나중에 하고 일단 타!"

아사쿠라는 그렇게 말하며 운전석에 올라타, 계기판 위에 조그만 토끼 인형을 놓았다. 토다는 조수석에 탔다.

토다는 기절해 있는 남자가 뒷좌석에 있는 것을 보고 놀라서 움찔했다.

"저 녀석은 뭐야?" 토다가 물었다.

"아까 그 사물함에 여행용 손가방을 넣은 남자야."

"그럼 이 녀석이 유괴범이야…?"

"아니야."

토다가 아사쿠라를 보며 고개를 갸우뚱거렸다.

"그냥 마약 공급책이야. 유괴범은 이 녀석한테 우리가 준비한 1억 원으로 마약을 사겠다고 제안한 다음, 1억 원은 놈이 가져가게 하고 그 대신 마약을 사물함에 넣어두게 한 거야."

토다가 여행용 손가방을 보고 말했다.

"유괴범이 왜 그런 짓을…?"

"우리가 경찰에 신고를 하는지 확인하고 싶었던 거지."

"그럼 이제 우리가 이 마약을 유괴범에게 전달하면 되는 거야?"

아사쿠라는 고개를 가로저으며 시동을 걸었다. 그리고 잠시 이동하여 인적이 드문 공원에서 차를 세웠다.

"토다! 나 좀 도와줘!"

아사쿠라는 승합차 운전석에서 내려 뒷좌석 문을 열었다. 토다와 둘이서 쿠도를 끄집어 낸 뒤, 쿠도의 손을 묶은 검테이프를 벗기고 쿠도를 풀어주었다.

다시 차로 돌아와 여행용 손가방을 꺼내 배수로로 향했다.

그러고 나서 여행용 손가방을 열어 핸드폰과 GPS를 꺼냈다. GPS만 주머니에 넣은 뒤, 핸드폰은 땅에 떨어뜨린 다음 힘껏 밟았다.

가방에서 마약이 든 봉투도 꺼내 봉투를 찢어버린 다음 내용물을 배수로에 흘려버렸다.

아사쿠라는 차로 돌아와 토다의 가방을 꺼냈다. 그 안에서 키시타니에게 받은 쌍안경을 꺼낸 다음 토다에게 가방을 던졌다.

"여기서 헤어지자."

아사쿠라의 말에 토다가 어리둥절한 표정을 지었다.

"미안하지만 너에게 보수를 줄 수 없게 되었어. 그 돈을 마련하는 데 시간이 얼마나 걸릴지 모르겠지만 꼭 갚을게. 하지만 지금 당장은 무리야."

"무슨 소리야?" 토다가 황당하다는 듯이 물었다.

"넌 이제 그냥 집으로 가란 뜻이야."

"딸이 유괴 당했다면서? 그건 해결이 된 거야?"

"그래." 아사쿠라가 토다의 시선을 피하며 말했다.

"거짓말 마! 며칠 같이 있었을 뿐이지만 지금 하는 말이 거짓말이라는 것쯤은 나도 알아. 아사쿠라 씨, 얼굴이 창백해. 범인의 다음 요구는 뭐야? 아까 걸려온 전화는 범인의 전화지?"

"이제 다 필요 없으니까 넌 그만 돌아가!" 아사쿠라는 토다를 향해 거칠게 말했다.

"갑자기 왜 그래…? 당신을 이해할 수가 없네. 아까는 도와달라고 했잖아."

"갑자기 소리 질러서 미안해. 하지만 이걸로 끝이야."

아사쿠라의 갑작스러운 태도 변화는 아즈사를 인질로 잡고 있는 유괴범이 단순히 돈을 요구하는 유괴범이 아니라는 것을 눈치챘기 때문이었다. 아사쿠라의 추측대로라면 상대는 엄청난 힘을 가진 권력 집단이었다. 토다까지 그런 집단이 꾸민 위험에 빠트릴 수는 없었다.

아사쿠라는 주머니에서 지갑을 꺼내 5만 원짜리 지폐 두 장을 꺼냈다.

"기름 값도 안 되겠지만, 이거라도…."

그렇게 말하며 10만 원을 토다에게 건넸지만, 토다는 필요 없다면서 뿌리쳤다.

아사쿠라는 혼자 승합차 운전석에 타 시동을 걸었다. 토다를 거리에 남겨둔 채 다시 이동하여 아까 전까지 감시했던 비상계단이 있는 빌딩 앞에 차를 세웠다.

그리고 키시타니에게 전화를 걸까 하다가 다시 망설였다.

'토다뿐만 아니라 키시타니도 끌어들일 수 없는데….'

용의주도한 유괴범이 아사쿠라의 예상대로 움직일 것 같지 않았다. 하지만 지푸라기라도 잡고 싶은 지금 키시타니의 도움마저 거부할 수는 없었다. 아사쿠라는 한참을 고민하다가 끝내 키시타니에게 전화를 걸었다.

"여보세요, 나야…, 이쪽으로 와줄 수 있나?"

빌딩 주소와 이름을 전한 뒤 전화를 끊었다. 토끼 인형은 다시 여행용 손가방 안에 넣었다.

30분 정도 후, 아사쿠라가 탄 승합차 앞에 택시 한 대가 멈춰 섰다. 키시타니가 택시에서 내려 이쪽으로 걸어왔다.

"애송이는?" 키시타니가 조수석에 올라타면서 물었다.

"그 녀석은 이제 필요 없으니 돌려보냈어."

"그 말은 이제 사건이 다 해결되었다는 뜻이군."

"아니, 아직이야."

"무슨 소리야?"

키시타니가 고개를 갸우뚱거리며 묻자, 아사쿠라는 적당히 둘러댔다.

"아까 양복 입은 남자를 심문해 봤는데 그냥 하수인에 불과했어. 자신은 인터넷에서 알바로 고용되었을 뿐이라더군. 양복 입은 남자는 아까 지하철 속에서 또 다른 남자에게 이미 돈을 건넸다고 했어."

"그걸 못 봤단 말이야?"

"사람이 많았고 좀 떨어진 곳에 있었으니까…, 내 실수야."

"하지만 양복 입은 남자는 사물함에 여행용 손가방을 넣었잖아?"

"여행용 손가방에는 추가로 돈을 요구하는 편지가 있었다고 여사장이 말했어."

아사쿠라의 말에 키시타니는 크게 한숨을 쉬었다.

"뭐…? 1억 원을 받아처먹고 또 돈을 요구했다고? 여사장도 참 재수가 없구만."

"내 실수 때문이야. 지금 문제는 그보다 협박범을 잡지 않으면 여사장한테 받을 우리들 수입이 없다는 사실이야. 좀 더 협력해 주겠나?" 아사쿠라는 죄책감을 느끼며 물었다.

"여사장이 협박범한테 다음 돈을 건네는 시점에서 다시 잡자는 거지?"

"아니, 그때까지 기다릴 순 없지. 협박범을 쫓을 한 가지 단서가 있거든."

"그게 뭔데?" 키시타니가 흥미로운 듯 물었다.

"저기 있는 사물함 대각선 방향에 편의점이 있잖아. 거기 앞에 있는 공중전화기 밑에 우리가 설치한 것과 비슷한 소형 카메라가 설치되어 있었어."

"협박범이 그런 걸 왜 설치한 거지?" 키시타니가 이상하다는 듯 말했다.

"모르지. 여사장이 편지를 보고 경악하는 모습이라도 보고 싶었나보지. 심성이 아주 고약한 녀석이야…. 어쨌든 그 카메라는 협박범이 설치했을 것이 분명하잖아."

"카메라를 회수하러 왔을 때 잡자는 거군."

"물론 상대가 어떤 녀석인지 모르니 놈이 올지 안 올지는 정확히 몰라. 게다가 그 카메라에는 우리들 모습도 찍혀 있을 테니, 너무 깊숙이 개입하자는 얘기는 아니야. 다만, 그냥 뭐든 단서를 모아보자는 것뿐이야. 넌 이 근처에서 잠복하고 있다가, 놈이 올 때까지 기다려보라는 거야. 괜찮겠어?"

"3천만 원이다." 키시타니가 말했다.

아사쿠라가 마지못한 표정으로 고개를 끄덕였다.

"미안하지만 난 이제 여사장을 만나러 가야 해."

"알았어. 무슨 일이 있으면 연락해." 키시타니가 승합차에서 내리며 말했다.

아사쿠라는 문을 닫으려는 키시타니를 불러세웠다.

"너무 깊숙이 개입하지는 마."

키시타니는 고개를 끄덕이며 승합차 문을 닫은 뒤, 편의점을 향해 걸어갔다.

12

눈을 뜨자 아즈사가 자신을 보며 웃고 있었다.

'엄마, 어서와….'

나오미는 깜짝 놀라 몸을 일으켰지만 그것이 액자 속 사진이라는 사실을 깨닫고 다시 자리에 주저앉았다.

동시에 시끄러운 소리가 귓가에 울렸는데, 정신을 차려보니 초인종 소리였다.

'아사쿠라가 아즈사를 데리고 온 건 아닐까.'

나오미는 그런 희망을 품고 무거운 몸을 일으켜 소파에서 일어났다. 아픈 다리를 질질 끌면서 인터폰으로 가서 수화기를 들었다.

"나다…."

친정아버지의 목소리에 나오미는 말문이 막혀 그 자리에 주저앉을 뻔했다. 대답이 없자, 아버지의 절박한 목소리가 들렸다.

"왜 그래…, 나오미니? 아니면 아즈사니?"

"저…, 나오미예요. 무슨 일이에요?" 나오미는 어떻게든 말을 쥐어짜냈다.

"몇 번이나 핸드폰과 집에 전화를 걸었는데, 전혀 받지 않아서 걱정이 돼서 왔다."

그 말을 듣고 집 전화를 보니, 정말로 부재중 전화가 왔다는 램프가 깜빡이고 있었다.

"외출했었는데, 핸드폰 배터리가 다 돼서 지금 막 돌아왔어요."

"안에 들어가도 되니?"

나오미의 지금 모습을 보시면 뭔가를 알아차리실까 봐 만나고 싶지 않았지만, 이대로 돌려보내면 더 수상해하실 것이다.

나오미는 현관으로 가면서 아버지를 빨리 되돌려 보낼 핑계거리를 필사적으로 떠올려 보았다. 문을 열자 아버지가 서 계셨다.

"이런 밤중에 오면 아즈사가 깰 수도 있지만, 오늘 낮에 본 네 모습이 좀 이상해서 와 봤단다."

자신을 뚫어지게 쳐다보는 아버지의 눈빛에 나오미는 고개를 떨구었다.

"좀 지쳤을 뿐이에요. 미안해요, 오늘은…."

아버지는 나오미의 다음 말을 듣지 않고 신발을 벗고 집 안으로 들어오셨다.

"바로 돌아갈 거다."

거실로 들어온 아버지는 소파 앞에 있는 탁자에 시선을 멈추었다. 평소에는 나오미의 화장대 위에 있는 아즈사의 사진 액자가 거실 탁자에 있는 것이 이상했기 때문이다.

"아즈사는 집에 없니?" 아버지가 물었다.

"네…. 친구 집에서 자고 와요."

"어제도 잤었잖니?"

"사이가 좋은 친구예요."

아버지 옆에 있는 것이 괴로워 나오미는 주방으로 들어갔다.

"아무것도 필요 없다. 이야기 좀 하고 싶으니 이쪽으로 오렴."

아버지가 소파에 앉으라고 하는 바람에 나오미는 어쩔 수 없이 아버지 옆에 앉았다.

"집은 어떻게 되었니?"

"네…, 무사히 현금을 건넸어요. 어려운 회사 사정도 어떻게든 풀릴 것 같다고 친구도 좋아했고요."

"그렇군. 언제쯤이면 입주할 수 있니?"

"어디 보자, 바로 입주할 수 있긴 한데, 거긴 다다미방이 없었죠? 아빠 다다미방을 좋아하시잖아요? 내부 인테리어 공사를 좀 하려고 하니까 시간이 걸릴지도 몰라요."

"나오미…, 익숙하지 않은 일은 하지 말거라."

나오미는 아버지의 말 뜻을 이해할 수 없어 고개를 갸우뚱거렸다.

"넌 거짓말을 잘 못하잖니."

"네? 거짓말이라뇨…?"

그 이상 말을 잇지 못했다.

"오늘 네 모습이 너무 미심쩍어서 말이야, 카페를 나온 다음 바로 부동산업자를 찾아가서 그 집을 확인했단다."

아버지는 그 이상 말을 하지 않았지만, 나오미가 거짓말로 1억 원을 요구한 것을 이미 알고 계셨던 것이다. 하지만 아버지의 표정은 조금도 나오미를 야단치려는 표정이 아니라 온화한 표정이었다.

"화 안 나세요?"

나오미가 그렇게 묻자 아버지가 고개를 끄덕였다.

"그냥 걱정이 되었을 뿐이야. 네가 어떤 이유에서든 돈이 필요해서 달라고 한 것은 전혀 상관없다. 하지만 네가 필요한 것을 위해 거짓말을, 그것도 네게 가장 소중한 아즈사 핑계를 대면서 할 사람이 아니란 것을 잘 알고 있단다. 그래서 걱정이 된 것뿐이야."

그 말에 눈물이 밀려왔지만 나오미는 억지로 참았다.

"솔직하게 이야기해줘."

나오미가 고개를 가로젓자, 아버지는 자리에서 일어났다. 그러고는 탁자 위에 있는 액자를 들고 나오미를 바라보았다.

"나보다 아즈사가 너를 더 걱정하고 있을 거다."

아즈사를 생각하자, 더 이상 눈물을 참을 수 없었다. 눈물이 눈에서 투두둑 떨어졌다.

"전…, 제가 원하는 것을 위해서 아버지를 속였어요…, 어떻게든 지켜야만 했으니까요."

손으로 얼굴을 감싼 채 흐느껴 울자, 나오미의 어깨에 온기가 느껴졌다. 나오미는 어깨를 잡은 아버지의 손을 쥐고 애원하듯 다시 고개를 들었다.

"아즈사를…, 아즈사를 지켜야만 했어요."

눈물로 흐려진 시야 속에서도 아버지의 표정이 바뀐 것을 알 수 있었다.

"아즈사를 지켜야만 했다니…, 그게 무슨 소리니?"

아버지의 날카로운 목소리가 귀에 꽂혔다.

"아즈사가…, 아즈사가 유괴 당했어요."

그제서야 아버지가 나오미의 손을 뿌리치고 양손으로 나오미의 어깨를 바로 잡았다.

"어떻게 된 일인지 자세히 이야기해보렴." 나오미를 쳐다보며 아버지가 강하게 말했다.

"그저께 저녁에…, 일을 마치고 돌아가는 길에 그 사람에게서 연락이 왔어요."

"그 사람?"

"아사쿠라요. 그이 말이에요 자기한테 아즈사의 핸드폰으로 전화가 와서 바로 끊어졌다면서, 걱정이 돼서 저에게 연락을 한 거예요. 저는 일단 아즈사가 친구들이랑 디즈니랜드에 갔으니 걱정하지 말라고 했는데, 신경이 쓰여서 같이 갔던 친구 엄마한테 연락을 했더니 아즈사가 몸이 좋지 않아서 못 간다는 메시지를 남겼다는 거예요. 그래서 곧바로 집으로 갔는데 집에 아즈사가 없었던 거죠. 그래서 아사쿠라랑 둘이서 여기저기를 찾아다니다 집에 왔더니 아즈사를 유괴했다는 전화가 걸려왔어요."

"어떤 전화였어?"

"오늘 정오까지 1억 원을 준비하라고 했어요. 아버지가 집을 판 사실과 제 직장 스케줄까지 다 알고 있었어요."

"경찰에 신고하지 않았어?"

나오미가 고개를 끄덕였다.

"왜?" 아버지의 말투가 격해졌다.

"아사쿠라가 경찰에 신고하면 안 된다고 했어요. 아즈사가 위험해지니까 어떻게든 범인의 요구대로 1억 원을 준비해달라고…, 그래서…."

"대체 그게 무슨 말이야?" 아버지가 탄식했다.

"오늘 자신이 범인을 직접 잡을 거라면서, 몸값이 든 가방에 GPS를 설치하고 범인의 메시지를 소형 마이크를 통해 전달해 달라고 했어요."

"그래서 범인에게서 다음 전화는 왔니?"

나오미가 고개를 끄덕이며, 정오에 있었던 범인의 전화에 대해 자세히 이야기해주었다.

"범인은 아즈사를 살리고 싶으면 아까 말한 3가지를 지키라고 말하면서 전화를 끊었어요. 전 아무것도 하지 못한 채 집에 올 수

밖에 없었어요."

"범인이 아사쿠라를 믿고 기다리라고 했단 말이지? 그러면서 아사쿠라에게 연락하지 말고 경찰에 신고하지 말라고."

나오미가 고개를 끄덕이자 아버지는 곧바로 핸드폰을 꺼냈다.

"어디에 전화하시려고요?" 나오미가 정신을 차리고 물었다.

"당연히 경찰이지."

"안 돼요!"

나오미는 아버지에게서 핸드폰을 빼앗았다.

"그런 짓을 하면 아즈사가…."

"이대로 어쩌려고 그래? 범인은 너에게 3가지 약속을 시켰을 뿐 다른 요구는 하지도 않아서 그냥 돌아왔다는 얘기지? 어떻게 그럴 수가 있지?"

"몰라요…. 하지만 범인이 그이를 믿고 기다리라는 것은 그이에게 뭔가를 시키려는 걸 거예요. 어쩌면 저 대신 돈을 들고 나오라고 할지도 모르죠."

나오미가 그렇게 말하자 아버지는 표정이 일그러졌다.

"하지만 역시 경찰에 신고해야 해. 핸드폰 이리 내!"

"안 돼요."

"아즈사를 생각한다면 신고하는 게 좋아. 너도 잘 알잖아."

아버지는 나오미가 들고 있는 핸드폰을 억지로 빼앗아 잠시 거실을 나갔다. 나오미도 따라나가려 했지만 현기증이 나서 그대로 소파에 쓰러지고 말았다.

몽롱한 의식 속에서도 아버지의 말소리가 들렸다. 이미 경찰에 신고한 모양이었다.

"특수수사팀 계장에게 사정을 설명했다. 너와 이야기하고 싶다는구나."

아버지의 목소리가 가까이서 들렸지만 정신을 차릴 수 없었다.

"나오미? 괜찮니?"

아버지가 걱정스럽게 불렀다.

"괜찮아요…."

"구급차를 부를까?"

"안 돼…, 절대 부르면 안 돼요!"

자신의 신변에 이상이 생기면 경찰에 신고했다고 범인이 의심할 것이다. 그렇게 외치고 나오미는 정신을 잃었다.

13

아사쿠라는 승합차를 운전하면서 나오미를 떠올렸다. 지금쯤 어디서 무엇을 하고 있는지 걱정이 되었다. 집으로 돌아간 건지 아니면 범인에게서 또 다른 지시를 받은 건지 알 수 없었다.

범인이 3년 전 사건에 대해서는 나오미에게 이야기하지 않았을 것이다. 그렇다면 당연히 범인이 아사쿠라와 새로운 거래를 하고 있다는 사실도 나오미는 모를 것이다. 나오미는 아즈사가 유괴된 영문도 모른 채 돈을 빼앗겼다. 아즈사가 돌아오지 못한 지금 나오미는 불안해서 견딜 수 없을 것이었다.

물론 아사쿠라가 범인의 요구를 들어주면 아즈사는 무사히 돌아올 것이었다. 적어도 그 사실만이라도 나오미에게 전달하고 싶었지만, 나오미의 핸드폰은 현재 아사쿠라가 가지고 있고, 나오미의 집 전화번호는 모르기 때문에 연락을 취할 수 없었다.

나오미의 핸드폰 주소록을 뒤져봤지만 자신의 집 전화번호나 이메일주소는 저장해두지 않은 것 같았다.

'집에 있을 수도 있으니까 카스가를 만나러 가기 전에 토즈카에 있는 나오미 집에 들러볼까.'

시계를 보니 새벽 2시 15분이었다. 애매한 시간이었다.

카스가는 칸나이역 근처 환락가에서 무허가 진료소를 운영하고 있었다. 지금은 어떤지 모르지만 3년 전까지는 진료시간이 밤 8시부터 새벽 3시까지였다. 카스가의 집 주소는 모르기 때문에 카스가가 진료를 끝낸 뒤 자신의 집으로 돌아가 버리면, 다음 날 밤 8시가 되어야만 카스가를 만날 수 있었다.

카스가를 만나 아라이에 대해 이야기해 준 사람이 누군지 물어봐도 쉽사리 말해주지 않을 것이었다. 카스가는 경계심이 강한 성격이었다.

카스가와 알게 된 계기는 8년 전 어떤 술집에서 발생한 폭행치상 사건이었다. 조직폭력배가 술집 손님과 술병을 들고 난투극을 벌였는데, 양측 모두 중상을 입었다. 조직폭력배에게 상해를 입힌 채 자신도 피를 흘리면서 도주한 술집 손님의 신원은 오리무중이었다. 하지만 분위기와 억양으로 그가 외국인이라는 사실만은 파악할 수 있었다.

원래 카스가의 무허가 진료소는 간판도 없었지만 돌팔이는 아니었다. 상해를 입은 사실을 들키기 싫은 사람들이나 의료보험 가입이 되어 있지 않은 외국인 불법체류자 등 일반 병원에 갈 수 없는 사정이 있는 사람들이 애용하는 곳이었다.

사건 직후, 그 사건의 술집 손님으로 추정되는 사람이 피를 흘리며 카스가의 진료소에 들어갔다는 목격담이 있어, 아사쿠라도 카스가의 진료소를 처음 방문하게 되었다. 비좁은 대기실에는 많은 외국인 불법체류자들이 진료를 기다리고 있었다. 전부가 불법체류자는 아니었겠지만 대충 불심검문만 해도 몇 명은 불법체류 혐의로 입건할 수 있을 것 같았다.

아사쿠라는 자신이 경찰임을 밝히고 빨리 카스가의 이야기를 듣고 싶었다. 하지만 순서를 무시하기에는 카스가가 너무 바쁘게 진료를 보고 있었다. 결국 카스가를 기다린 지 2시간이 지나서야 그를 만났다. 카스가는 아사쿠라와 비슷한 나이대로 얼굴에 수염을 기르고 있었다.

카스카는 그런 술집 손님을 전혀 본 적이 없다고 했었다.

아사쿠라는 카스가가 거짓말을 하고 있다고 판단해 경찰서로 연행해서 취조를 하면 의료법 위반으로 처벌받을 것이라고 엄포를 놓았다. 반대로, 그 술집 손님에 대해 알고 있는 것을 모두 말해주면 무허가 진료에 대해서는 눈감아주겠다는 조건을 제시했다.

카스가는 말없이 아사쿠라를 바라보았다.

"형사가 불법을 눈감아주겠다는 건가?" 카스가가 말했다.

"당장 당신이 없어지면 곤란해 하는 사람들이 있는 것도 사실이니까. 하지만 사람을 다치게 한 녀석을 내버려둘 수 없어. 게다가 그 자가 다치게 한 상대는 조직폭력배니까 발견되면 보복당할 거야. 난 내 관할 구역에서 살인 사건이 일어나는 것을 바라지 않아."

아사쿠라의 말에 카스가가 잠시 생각에 잠겼다.

"그자가 누군지는 나도 몰라. 다만, 당신은 그자가 어떻게 하면 좋겠다고 생각하나?"

"불법체류자라면 경찰이 체포해서 그대로 고향으로 돌려보내는 게 가장 좋겠지. 이 나라에서 조직폭력배들 손에 죽는 것보다 나을 테니까." 아사쿠라가 답했다.

"그렇다면, 나를 믿고 잠시 시간을 주면 어때?"

아사쿠라는 그렇게 말하는 카스가의 눈빛을 믿고 일단 경찰서로 돌아왔다. 다음 날 그 불법체류자가 경찰서에 자수를 하러 왔다.

아사쿠라는 그 사건을 계기로 가끔 카스가로부터 정보를 얻게 되었다.

카스가는 정확한 정보더라도 항상 아사쿠라가 원하는 만큼 건네주진 않았다. 아마도 자신의 윤리관이나 정의감에 입각해 아사쿠라에게 줘도 되는 정보라고 판단한 것들만을 제공한 것이리라.

다른 제보자와 달리 카스가는 돈이나 자신의 이익을 위해 행동하지 않았다. 물론 무허가 진료를 눈감아주고 있으니, 엄밀하게는 자신의 이익 때문이라고 볼 수도 있겠지만, 아사쿠라를 돕는 것은 그런 차원보다는 아사쿠라에게 무언가 연민의 감정을 느꼈기 때문이었다.

아사쿠라가 경찰복을 벗은 지 3년이 지났지만 지금까지 카스가를 다시 만난 적은 없었다. 카스가는 과연 아사쿠라에게 아라이에 관한 정보를 누가 주었는지 그 정보를 제공해줄까.

이런저런 생각을 하는 사이 카스가 진료소에 인접한 주차장에 도착했다. 여기에 오는 동안 누군가 미행을 한 것 같지는 않았지만 그래도 조심해서 나쁠 것은 없었다. 유괴범이 카스가의 존재에 대해 눈치채서는 안 되기 때문이었다.

아사쿠라는 주위를 경계하며 네온사인 간판이 번쩍이는 골목길을 걸어나갔다. 몇 개 골목은 일부러 멀리 돌아가면서 진료소로 향했다. 미행이 따라붙지 않았다는 사실을 명확히 확인하고 나서야 진료소가 있는 빌딩 안으로 들어갔다.

이 4층 빌딩에는 엘리베이터가 없었다. 진료소는 3층이었다.

건물 구석에 있는 음침한 계단을 오르면서 불길한 예감이 들었다. 건물 밖에서 볼 때, 3층 계단 바로 옆에 있는 창문이 진료소 창문인데 조명이 꺼져 있었기 때문이다.

아사쿠라는 두세 계단씩 계단을 뛰어올라갔다. 그리고 진료소 문을 본 순간 아연실색하지 않을 수 없었다. 문에는 '임대 문의'라는 종이가 붙어있었기 때문이었다.

아사쿠라는 곧바로 계단을 통해 1층으로 다시 내려왔다. 그리고 1층에 있는 이자카야 안으로 들어갔다.

"어서오세요…."

아사쿠라는 카운터에 앉아 있는 주인에게 다가갔다. 예전에는 여기에도 몇 번 방문한 적이 있는데, 주인은 아사쿠라를 못 알아보는 듯했다.

"여기 3층에 진료소가 있었죠?" 아사쿠라가 물었다.

"진료소요? 3층엔 마작하는 도박장밖에 없었는데…."

"아뇨, 3년 전엔 분명 있었어요. 간판은 없었지만."

"아, 네. 그러고 보니 그랬죠. 그게 마작 도박장으로 바뀌었어요."

"언제였죠?"

"정확히는 모르겠지만 3년 전이었을 거예요."

아사쿠라가 경찰에 잡혔을 때다.

"그 진료소는…, 지금 어디로 이사 갔는지 아시나요?"

"글쎄요, 모르죠."

고개를 가로젓는 주인을 보면서 아사쿠라는 초조함에 입술을 깨물었다.

14

"나오미 씨…."

나오미가 뒤를 돌아보자 요양원 원장인 엔도가 서 있었다.

"잠시 괜찮을까요?"

엔도가 심각한 표정으로 사무실 안을 가리켰다.

"네…."

친정아버지의 신고로 경찰이 여기 요양원까지 연락을 취했나 싶어서, 나오미는 긴장하며 사무실로 향했다. 나오미가 아침에 일어나 눈을 떠보니 자신은 침대 위에 있었다. 일어나 거실로 나가자 아버지가 곧바로 경찰에 전화를 걸어서 수사팀을 나오미에게 바꾸어주었다.

특수수사팀 계장에게 나오미가 오늘 출근을 해야 한다고 말하자, 계장은 수사관을 직장으로 보내주겠다고 했다. 대신 경찰 쪽에서 요양원으로 연락을 할 때까지 유괴 사건에 대해 함구해달라고 했다. 그 때문에 나오미는 오전 7시에 출근했고, 그 후 2시간 동안은 무거운 긴장감을 느끼고 있었다.

사무실 문을 열자, 매니저인 스기시타와 동료 기무라가 있었다. 스기시타는 책상에서 서류를 작성하고 있었고, 기무라는 소파에 앉아 쉬고 있었다.

"미안한데요, 오늘 이곳으로 손님이 방문할 예정이니 자리 좀 비켜줄 수 있나요?"

엔도가 그렇게 말하자 둘 다 알겠다며 일어섰다.

“스기시타 씨, 곧 청소업자 분들이 오실 건데, 그분들이 오면 여기로 모셔줄래요?” 엔도가 사무실을 나가려는 스기시타에게 말했다.

“청소업자요? 그저께 왔다 갔는데요?”

“말끔히 청소되지 않은 곳이 있어서 다시 해달라고 했어요. 거기, 탈의실 바닥도 아직 더럽고요.”

“그랬나요?”

“어쨌든 여기로 모셔주세요. 부탁합니다.”

스기시타와 기무라가 나가자, 엔도가 나오미를 소파에 앉게 했다.

“저기….”

나오미가 먼저 말을 꺼내려고 하자 엔도가 제지했다. 그러더니 곧바로 주머니에서 메모지를 꺼내 나오미에게 보여주었다.

‘아까 전에 경찰서 수사관한테 전화로 사정을 들었습니다. 지금 이곳으로 온다고 했습니다. 도청기가 설치되어 있을 가능성이 있으니, 경찰이 올 때까지는 그에 대해 이야기하지 말아달랍니다.’

나오미는 고개를 끄덕이고 주머니에서 펜을 꺼냈다.

‘폐를 끼쳐서 죄송합니다.’

메모지에 그렇게 써서 건네자 엔도가 고개를 가로젓는다. 그러고는 곧바로 메모지에 무언가를 다시 써서 나오미에게 보여주었다.

‘걱정이 많으시겠지만 따님은 무사하실 거예요.’

나오미는 그 글자를 보고 북받쳐오르는 눈물을 억지로 삼켰다.

노크 소리가 들리자, 나오미는 흠칫 놀라 뒤를 돌아보았다.

“청소업자 분들이 오셨습니다.”

밖에서 스기시타의 목소리가 들려와, 나오미와 엔도는 동시에 자리에서 일어났다.

문을 열자, 스기시타와 작업복을 입은 남자 3명이 있었다.

"어서 들어오세요."

엔도의 말에 스기시타를 제외한 남자 3명이 사무실 안으로 들어왔다.

나오미는 처음에 들어온 카라키와 눈이 마주쳤다. 이어서 들어온 두 사람은 모르는 사람이지만 카라키는 나오미가 경찰 재직 시절 지정수사관으로 특수수사팀과 합동 훈련을 받았을 때 몇 번 만난 적이 있었다. 알고 있는 얼굴을 만나니 살짝 긴장감이 풀렸다.

카라키도 나오미를 기억하고 있는 것 같았다. 나오미와 눈인사를 나눈 뒤, 곧바로 다른 남성 한 명을 보고 고개를 끄덕였다.

남성이 가방에서 휴대용 라디오 같은 것을 꺼냈다. 아마도 도청 탐지기인 듯했다. 남성은 그것을 들고 사무실을 돌아다녔다. 잠시 뒤 장비의 반응을 살피던 남성이 카라키를 보고 고개를 끄덕였다.

"도청기는 없는 듯하군요." 카라키가 말했다.

"당연합니다. 이곳 분들 중에 유괴와 관련된 사람이 있을 리가 없잖습니까." 엔도가 약간 불만스럽게 말했다.

"죄송합니다. 그분들을 의심하는 것은 아닙니다. 만에 하나 때문입니다. 아이의 목숨이 달린 일이니까요."

카라키가 잠시 나오미를 쳐다본 뒤, 곧바로 엔도에게 시선을 돌렸다.

"정식으로 인사드리겠습니다. 저는 카나가와현 경찰서 특수 제1

계 소속 카라키라고 합니다. 여기 두 사람은 무토와 오오하라입니다."

도청 탐지기를 들고 있는 것이 무토이고, 다른 한 명이 오오하라였다.

카라키는 청소 작업복을 입고 있어도 느껴질 정도로 건장한 체격이었고, 무토와 오오하라도 이에 못지 않았다.

"저는 이곳 요양원 원장 엔도입니다."

"엔도 씨에게도 나중에 몇 가지 질문 드리고 싶습니다만, 일단 나오미 씨와 이야기를 나누고 싶습니다."

"알겠습니다."

그 말에 엔도가 소파에서 일어나 문으로 향했다.

카라키는 무토와 오오하라에게 명령을 내렸다.

"너희 둘은 이 요양원 구석구석을 청소하고 있어. 원장님께는 그렇게 말했지만 이곳에 범인에게 정보를 흘린 끄나풀이 없다고 단정할 수 없어. 그렇죠?" 카라키가 나오미의 동의를 구했다.

"여기 계신 분들이 그럴 거라고는 생각하지 않습니다만…, 범인이 제 근무 스케줄을 파악하고 있었던 것은 사실입니다." 나오미가 말했다.

"의심받지 않는 선에서 여기 계신 분들도 모두 관찰하도록 해!"

"알겠습니다!"

무토와 오오하라가 사무실을 나가자, 카라키가 소파에 앉았다. 나오미도 카라키 맞은편에 앉았다.

"오랜만에 뵙습니다. 설마 이런 일로 다시 만나 뵙게 될 줄은 꿈에도 몰랐습니다." 카라키가 그렇게 말하며 가방 안에서 펜과 노트, 지도를 꺼내 탁자 위에 올려놓았다.

"저도 그렇습니다."

"시간도 없으니 바로 시작하겠습니다. 먼저 따님이 행방불명되고 나서 범인으로부터 전화가 걸려올 때까지의 과정을 최대한 상세히 이야기해주세요."

"3일 전 일요일…, 여기 근무를 마쳤을 때 전 남편에게서 연락이 왔습니다."

"아사쿠라 씨 말이죠?" 카라키가 입가를 조금 일그러트렸다.

아사쿠라와 카라키는 경찰학교 동기다. 카라키는 경찰학교 성적이 줄곧 1등이었고, 카라키의 아버지와 형도 경찰이라는 사실을 들은 적이 있다. 그러나 아사쿠라는 그와 그리 친하지는 않았다고 했다.

"3년 간 전혀 연락이 없었기에 무슨 일일까 했는데…, 그이한테 모르는 번호로 한 통의 전화가 걸려왔답니다. 그 전화에서 언뜻 딸아이의 목소리가 들렸는데 바로 끊어지는 바람에 그게 신경 쓰여서 저한테 전화를 하게 되었다고 했습니다. 그런데 그 번호가 정말로 딸의 핸드폰 번호였습니다. 저희 딸은 그날 친구들과 디즈니랜드에 놀러갈 예정이었기 때문에 동행하기로 되어 있던 친구 어머니에게 전화를 걸었습니다. 그분 말씀이 저희 딸이 아침에 몸이 안 좋아서 디즈니랜드에 못가겠다고 문자메시지를 보내왔다고 했습니다…."

"어떤 분이시죠?"

"노자키 씨라는 분인데, 그분의 자제분이 제 딸과 같은 반친구입니다."

카라키가 노트에 노자키의 이름과 반친구라는 사실을 적었다.

"디즈니랜드에는 어떤 방법으로 가기로 되어 있었죠? 어딘가에서 만나서 지하철로 가는 겁니까?"

"아뇨, 노자키 씨 집에서 차로 갈 예정이었다고 했습니다."

"노자키 씨 집은 어딘가요?"

카라키가 지도를 펼쳤다. 나오미가 살고 있는 연립주택 주변에는 이미 지도상에 빨간 동그라미가 쳐져 있었다.

"이 부근입니다."

나오미가 지도상의 한 부분을 가리키자, 카라키가 그 부근에 빨간 동그라미를 추가로 그려 넣었다.

"잠시 실례하겠습니다."

카라키는 핸드폰을 들고 어딘가에 전화를 걸어, 지금까지 나오미가 말한 내용과 노자키 집 주소를 전달하고는 전화를 끊었다.

"이어서 말씀해주세요."

"집에 돌아왔는데 딸이 없어서 걱정이 되었습니다. 그래서 그이와 연락을 취하면서 아즈사를 찾아 집 주변을 함께 돌아다녔습니다. 끝내 아즈사를 발견하지 못한 채 일단 집에 왔을 때 범인으로부터 전화가 걸려온 것입니다."

"유괴범 전화를 받으실 때 아사쿠라 씨도 같이 있었나요?"

"아뇨. 그이는 집 주위를 좀 더 찾아보겠다면서 저더러 먼저 집에 들어가라고 했습니다. 혹시 집 전화로 어떤 연락이 있을지도 모른다고요."

"유괴범은 무슨 이야기를 하던가요?"

"딸을 잘 맡아두고 있을 테니, 모레 정오까지 1억 원을 준비하라고 했습니다. 음성변조기로 가공한 목소리라서 어떤 인물인지는 모르겠습니다. 1억 원을 준비하기 어렵다고 하니, 저희 친정아버지가 2개월 전에 집을 처분한 사실을 알고 있다고 했습니다. 저는 그제서야 그이에게 연락을 취해서 당장 집으로 와달라고 했습니다. 그리고 핸드폰으로 녹음한 범인의 목소리를 들려주었습니다."

"친정아버님께도 들었습니다만 아사쿠라 씨는 유괴 사실을 경찰에 신고하는 것을 극구 반대했다고 하는군요. 그건 어째서죠?"

카라키는 그것이 가장 궁금하다는 듯 나오미를 향해 몸을 내밀었다.

"범인은 유괴의 프로일 거라면서 얌전히 돈을 건네주면 무사히 딸을 돌려줄 것이라고 했습니다. 자신은 범인이 잡히건 말건 상관없고, 그저 아즈사가 무사히 돌아오기만 하면 된다면서요. 나중에 갚을 테니 저희 친정아버지에게 부탁해서 어떻게든 돈을 마련할 수 없냐고도 말했습니다."

"경찰…, 아니 전직 경찰답지 않은 말이군요." 카라키의 말투에 조롱이 섞여 있는 듯했다.

"그럴지도 모릅니다만…." 나오미가 약간 고개를 떨군 채 말했다.

"아사쿠라 씨는 자신의 손으로 범인을 잡을 거라고 하셨다고요?"

나오미가 고개를 끄덕였다.

"아사쿠라 씨의 동료를 보셨다고 했는데, 어떤 인물이었습니까?"

"20대 초반의 남성이었습니다. 녹색으로 염색한 머리카락에 오토바이를 타고 있었습니다."

"그 오토바이의 번호는 보셨습니까?"

"못 봤습니다. 그럴 여유조차 없었습니다…."

나오미는 이어서 어제 정오에 범인으로부터 전화가 온 이후의 일도 최대한 상세히 전했다.

카라키는 침착하게 나오미의 이야기를 들으며, 유괴범의 단서가 될 만한 내용을 모두 메모했다.

"유괴범이 시킨 대로 야마노테선을 탔을 때 범인에게서 문자메시지가 왔습니다. 돈을 잘 전달받았다면서 원하는 것은 토야마역 개찰구 밖에 있는 동전사물함에 넣어두었다는 내용이었습니다."

"'원하는 것'? '넣어두었다'고요?" 아즈사를 염두에 둔 표현이라기엔 이상한 듯 카라키가 나오미에게 되물었다.

"네, 문자메시지에 그렇게 쓰여 있었습니다. 그래서 저는 아즈사가 감금되어 있는 장소라도 알려주려나 했는데, 동전사물함 안에는 이케부쿠로역에서 넣어두었던 그 여행용 손가방이 들어있었습니다. 그 직후에 범인에게서 전화가 걸려와서 아직 거래는 끝나지 않았다면서 아즈사를 좀 더 맡아두겠다고…."

"아직 거래가 끝나지 않았다는 게 무슨 뜻이죠?" 카라키가 나오미쪽으로 몸을 내밀며 말했다.

"모르겠습니다. 그에 대해선 아무 말도 하지 않았습니다. 다만 경찰에 신고하지 말 것, 그이를 믿고 기다릴 것, 그이에게 연락하지 말 것, 이 3가지를 지키면 아즈사를 무사히 돌려보내겠다고 했습니다. 자신이 그이가 가진 물건에 도청기를 설치해두었기 때문에, 저나 제 의사를 그이에게 전하려는 인물이 그이에게 연락을 취하면 자신이 곧바로 알 수 있다면서요."

"아사쿠라 씨를 믿고 기다리고 있으라는 게 무슨 뜻이죠? 범인은 아사쿠라 씨에게 무언가를 시킬 생각인가요?"

카라키는 턱을 괸 채 잠시 생각에 빠졌다. 무척 심각한 표정이었다.

"그이에게 연락을 취할 수 없으니 전혀 모르겠습니다." 나오미는 다시 고개를 숙였다.

"아사쿠라 씨와 이야기를 할 수 있으면 좋을 텐데…, 도청기를 설치했다는 것은 아무래도 거짓말 같습니다."

나오미는 카라키의 그 말에 당황한 나머지 고개를 들었다.

"그이한테 연락하지 마세요! 만약 범인이 정말로 그이한테 도청기를 설치해 두었으면 제 딸은…."

"알고 있습니다. 아사쿠라 씨에게 연락을 취하지는 않겠습니다. 다만 빨리 아사쿠라 씨가 어디서 무얼 하고 있는지 찾는 것이 중요하겠군요."

나오미는 불안한 표정으로 카라키를 쳐다보았다.

"안심하세요. 따님의 무사 귀환을 도모하는 것이 저희들의 임무니까요."

그제서야 다소 안심한 나오미가 고개를 끄덕였다.

"그런데 사물함에 들어 있던 여행용 손가방은 다시 열어보셨습니까?"

"아니요. 범인에게 지시를 받고 나서, 범인의 핸드폰과 제 핸드폰, 그이한테서 받은 핸드폰까지 총 3대의 핸드폰을 동전사물함 안에 넣고 그대로 문을 잠근 뒤, 그 옆에 있는 자판기 밑에 열쇠를 숨기고 자리를 떴습니다."

"어째서 이케부쿠로역에 넣어둔 여행용 손가방이 토야마역에 있었는지는 모르겠지만, 아마 범인이 바로 회수했겠지요?"

직접적으로 책망은 하지 않았지만, 만약 경찰에 신고했더라면 벌써 그 가방을 회수하러 온 범인을 잡았을 거라고 말하고 싶은 듯했다.

"지금까지 발생한 사건에 대해서는 잘 알았으니, 앞으로 어떻게 해야 할지에 대해 말씀드리겠습니다. 여기에 오기 전에 나오미 씨의 연립주택에도 가봤습니다. 집 안이 잘 보이는 편이어서 수사본부로 삼을 수가 없었습니다. 그래서 근처에 있는 연립주택 한 채를 빌려 수사본부로 삼기로 했습니다."

"알겠습니다. 감사합니다."

"댁으로 가시면 몇 가지 해주실 일이 있습니다."

카라키는 그렇게 말하며 가방에서 상자를 꺼내 탁자 위에 올려놓았다.

"일단 집 전화에 녹음기를 연결해 주세요. 제가 드린 녹음기 버튼을 누르면 당신과 유괴범의 대화 내용을 녹음하는 동시에 무선으로 저희가 있는 수사본부와 토즈카 경찰서에 있는 지휘본부에 녹음파일이 전송됩니다. 저희들이 댁으로 가서 설치해 드리면 저희가 개입한 사실을 범인이 눈치챌 테니, 설명서를 보시고 직접 설치해주세요."

나오미는 고개를 끄덕였다.

"나오미 씨 댁에 컴퓨터는 있습니까?"

"네. 노트북이 있습니다."

"그럼 화상 채팅용 카메라가 내장되어 있죠?"

"아직까지 사용해본 적은 없습니다만, 있긴 있습니다."

"댁에 혼자 계시는 것은 불안하실 테니 그 노트북으로 수사본부와 화상통화를 하시죠. 제가 알려드리는 사이트에 접속해서 등록하시면 화상통화를 나눌 수 있습니다. 이 상자 안에는 녹음기와 헤드셋, 그리고 설명서가 들어있습니다."

"혹시 유괴범이 여기 요양원으로 연락을 해오면 어떡하죠?"

"그것은 이미 방안을 마련해 두었습니다. 나오미 씨는 친정아버님이 집을 처분했다는 사실을 여기 동료분들이나 노인 분들께 이야기하신 적이 있습니까?"

"네, 몇 명에게는 이야기한 적이 있습니다."

카라키가 고개를 끄덕이더니 손목시계를 보았다. 카라키는 밖에 있는 엔도 원장을 다시 사무실 안으로 들어오도록 했다. 엔도가 다시 들어오자 카라키가 말했다.

"원장님께 부탁드리고 싶은 것이 있습니다."

"뭐죠?"

"이제 곧 '타카하시'라는 여성 수사관이 올 겁니다. 그 친구를 오늘부터 여기에 위장취업 시켜주십시오."

"네? 수사관 분을 취업시키라고요?"

"네. 물론 월급은 안 주셔도 됩니다. 다른 분들께는 오늘부터 근무하게 된 신입으로 소개하신 다음, 나오미 씨가 교육을 담당할 수 있도록 해주세요. 근무시간도 나오미 씨와 동일하게 짜주시고요."

"하지만 왜 그런 일을…." 엔도가 당황한 나머지 물었다.

"범인이 언제 어떻게 나오미 씨에게 접촉해올지 모릅니다. 만약 범인이 이곳으로 연락을 취해온다면 신속하게 대응할 필요가 있기 때문입니다."

"아, 네. 그러시다면…."

"물론 비밀로 해주십시오."

그때 노크 소리가 나서 셋은 모두 문 쪽을 쳐다보았다.

"타카하시 씨라는 분이 오셨는데요?"

밖에서 스기시타가 그렇게 말하자, 카라키가 엔도에게 눈짓을 했다.

"들여 보내주세요."

문이 열리고, 스기시타를 뒤따라 단발머리 여성이 들어왔다.

나오미는 타카하시가 특수수사팀 수사관이라고 해서 건장한 체구일 것으로 예상했는데, 오히려 나오미보다 작고 호리호리한 체구였다. 나이는 30대 초반으로 보였다.

"그럼 원장님, 저는 이만…, 잘 부탁드립니다."

카라키는 그렇게 말하고 허리를 숙여 인사하고는 사무실을 나섰다.

"타카하시 치하루입니다. 잘 부탁드립니다."

그렇게 말하며 살짝 고개를 숙인 여성과 나오미는 눈이 마주쳤다. 그 순간 나오미는 무언가를 강렬히 호소하는 듯한 타카하시의 눈빛을 읽었다.

15

"나…, 그런 거…, 몰라. 그런 데…, 간 적 없어."

남자가 어눌한 일본어로 손사레를 쳤다.

"만약 칸나이역 근처에서 '사쿠라 진료소'라는 데를 알고 있는 친구를 발견하면, 이 번호로 연락해줄 수 있나? 사례는 할 테니까."

아사쿠라가 자신의 핸드폰 번호를 적은 메모지를 남자에게 건넸다.

"사례란 게 돈?"

"그래. 잘 부탁해."

아사쿠라는 남자에게 그렇게 말하고 공원 출구로 향했다. 노숙자들이 많은 공원을 빠져 나오자, 참고 있던 한숨이 절로 나왔다.

새벽부터 여기저기를 다니면서, 카스가가 운영하는 진료소가 어디로 이전했을지 찾아봤지만 단서를 얻지 못했다.

반나절 가까이 돌아다닌 끝에, 그 진료소에 갔었다는 브라질 남자를 딱 한 명 겨우 찾아내어 이야기를 나누었다. 그의 말에 따르면 진료소는 3년 전에 예고 없이 문을 닫았다고 했다.

시기로 볼 때, 진료소가 갑자기 문을 닫은 이유 역시 3년 전 사건과 관련이 있는 듯했다.

시계를 보니 오후 4시가 넘었다. 유괴범이 말한 내일 오후 11시까지는 카스가를 찾아내야만 했다.

그때 주머니에서 진동이 느껴졌다. 혹시 나오미는 아닐까 싶었는데, 화면을 보니 키시타니에게서 걸려온 전화였다.

"대체 어떻게 된 거야!"

전화를 받자마자 키시타니의 화난 목소리가 들렸다.

"어떻게 된 거냐니…, 무슨 일이야?" 아사쿠라가 영문을 몰라 되물었다.

"그 여사장, 경찰에 신고하기로 마음을 바꾼 거야? 그럼 대체 내가 지금까지 한 건 뭐야?"

"그게 무슨 소리야?"

"토야마역 동전사물함 앞에 있는 편의점에 형사가 왔었어."

"형사?" 아사쿠라는 믿을 수 없어 되물었다.

"그래. 지금은 어디서 뭘 하고 있는지 모르는 형사지만, 내가 붙잡혀 들어갔을 때 본 적이 있는 녀석이 그 편의점에 들어갔다고!"

'무슨 소리지? 설마 나오미가 경찰에 신고한 건가?'

"편의점에서 뭘 하던데?"

"그건 몰라. 하지만 편의점에서 나올 때 보니, 내가 카메라를 설치한 사물함 쪽을 유심히 지켜보더라고. 그리고 공중전화기 밑에도 손을 넣어보더라. 그렇다면 여사장이 경찰에 신고한 거 맞잖아?"

유괴 사건 조사가 시작됐다면 주변 CCTV 영상을 모두 조사할 것이다. 조사하게 될 CCTV 카메라의 범위가 얼마나 될지는 모르겠지만, 만약 아사쿠라가 사물함에서 짐을 꺼내는 장면이 나오게 되면 경찰은 아사쿠라를 의심할지도 모른다.

'지금 또 경찰에 잡혀서는 안 된다.'

하지만, 아니지….

반드시 경찰에 쫓기리란 보장은 없다. 아즈사를 유괴한 범인이 만약 경찰 고위층과 관련이 있다면, 당장은 아사쿠라가 아라이와 친했던 사람을 조사하도록 내버려 둘 수도 있다. 일선 형사들과 달리, 아사쿠라를 자유롭게 놔두라고 압력을 가하고 있을지도 모른다.

"여사장은 경찰에 신고하지 않았어."

"진짜야?" 키시타니가 의심스러운 목소리로 말했다.

"틀림없어. 그러니까 계약은 유효해. 그것보다 당신에게 물어볼 게 있어."

"뭔데?"

"3년 전에 칸나이에 있던 '사쿠라 진료소'라고 들어봤어? 불법체류자나 조직폭력배들을 상대로 진료해준다는 소문이 있었는데…."

"몰라. 그건 왜?"

"아니…, 아는 사람 중에 거기에 가본 사람 없을까? 불법체류자나 평범한 병원을 가지 못하는 사정이 있는 녀석들 중에 말이야."

"내 주위에는 그런 놈들밖에 없어."

"지금 당장 만나자."

"뭐야, 대체…? 그 녀석들과 이번 협박 사건이랑 무슨 관계야?"

갑자기 이런 화제를 꺼냈으니 분명 의심할 것이다.

잠시 생각해 봤지만 지금은 키시타니가 수긍할 만한 이야기가 떠오르지 않았다.

"설명은 나중에 할게. 지금부터 네 가게로 갈 테니 너도 와줘."

"내 가게…? 카메라는 어쩌고?" 키시타니가 물었다.

"지금 어디에 있지?"

"근처 비즈니스 호텔에 방을 빌려서 편의점 앞을 찍고 있는 영상을 보고 있었어."

"네가 자리를 뜨더라도 녹화는 해둘 수 있어?"

"응. 가능해."

"그럼 녹화를 해두고 가게로 와줘."

아마 유괴범은 그 카메라를 회수하러 오지 않을 것이다. 하지만 편의점에 왔다고 하는 형사들의 움직임을 조금이라도 알고 싶었다.

아사쿠라는 전화를 끊고 카와사키에 있는 키시타니의 가게로 향했다.

발걸음 소리가 들리자 아사쿠라는 계단으로 고개를 돌렸다.

난간을 잡고 천천히 올라오는 키시타니와 눈이 마주쳤다. 얼굴엔 피로가 가득했다.

"또다시 불러내서 미안하군."

아사쿠라가 말을 걸었지만 키시타니는 대답하지 않고 열쇠로 가게문을 열었다. 키시타니와 함께 가게로 들어가 그대로 카운터에 앉았다. 키시타니가 카운터 안에 들어가 냉장고를 열었다.

"마실래?" 키시타니가 캔 맥주를 꺼내면서 물었다.

"응."

아사쿠라가 지갑에서 5만 원 짜리 지폐를 꺼내 카운터 위에 올려놓았다.

"오늘은 필요 없어." 키시타니가 지폐를 아사쿠라에게 돌려주었다.

아사쿠라는 바로 캔뚜껑을 열고 맥주를 마셨다.

"그건 그렇고 당신 얼굴이 영 아닌데. 잠은 좀 잔 거야?"

키시타니의 질문에 아사쿠라는 쓴웃음을 지었다.

“여기에 오면서 계속 생각해 봤는데 아무리 생각해 봐도 이상해.”

“뭐가?” 아사쿠라가 키시타니를 보았다.

“토야마역에 있는 편의점에 왜 카나가와현 경찰서 형사들이 온 거지? 여사장의 협박 사건에 대해 조사하는 것 같잖아.”

“아까도 말했듯이 여사장은 경찰에 신고-.”

“당신, 나에게 뭐 숨기는 게 있지?” 아사쿠라의 말을 자르고 키시타니가 말했다.

“아무것도 없어.”

“날 찾아오기 전부터 한숨도 못 잔 거 같았어. 얼굴 보면 알아. 그런데 여사장은 그냥 고객이라고 했잖아. 그냥 고객을 위해 며칠이나 잠도 안 자고 공갈범을 잡을 작전을 짠다는 게 말이 돼?” 키시타니가 날카로운 눈빛으로 째려보았다.

“돈을 위해서야.”

“그럼 당장 그 여사장을 만나게 해줘.”

“무슨 소리야?”

“당신 말을 못 믿겠다는 거야. 나에게 협력을 구하려면 그 여사장을 데려오든가 현금을 보여 봐.”

“당신에게 주려던 돈은 공갈범에게 빼앗겼어. 하지만 어떻게든 돈을 준비하겠다고 여사장이 말했어.”

“그럼 일단 그 여사장을 데려와. 반드시 돈을 주겠다는 약속을 하게 할 거야. 간단하잖아.”

끝까지 속일 수는 없을 거라고 생각했지만 카스가에 대한 단서를 얻어야만 하는 이 상황에서 키시타니의 협력은 반드시 필요했다.

하지만 이 관계도 빨리 끝내야 할지도 모른다. 아즈사를 유괴한 범인이 자신이 상상하는 상대라면 아사쿠라를 돕는 키시타니도 위험에 빠질 수 있었다.

"당신이 말하는 대로… 난 당신을 속였어."

키시타니가 아이가 유괴당한 사실 따위에 동정해 줄 사람이 아니라고는 생각했지만, 동정심이라도 자극해 카스가에 대한 단서를 받고 싶은 기대감으로 말했다.

"그럼 진짜 이야기를 들어볼까."

키시타니가 양팔을 카운터에 올리고 아사쿠라를 쳐다보았다.

"딸이 유괴 당했어."

"뭐?"

황당해 하면서 키시타니가 미간을 좁혔다.

"여사장이 협박받고 있다는 건 거짓말이야. 딸이 유괴돼서 범인에게 1억 원이라는 몸값을 요구받은 거야."

키시타니가 눈을 크게 떴다.

"그럼…, 우리들이 미행하던 그 여사장은…."

"내 전 아내야."

"당신은 우리들과 유괴범을 잡으려고 한 거야?"

"맞아."

"왜 경찰에는…?"

"그럴 수 없는 사정이 있었어. 난 경찰이 숨기고 싶어 하는 정보를 갖고 있어. 그걸 알아내기 위해 경찰은 나한테 누명을 씌우고 체포한 뒤, 그 정보를 건네주는 조건으로 석방시켜 주겠다고 한 거야."

"하지만 그걸 거부해서 결국 유죄가 되었다는 거군?"

키시타니의 말에 아사쿠라는 고개를 끄덕였다.

"딸의 수사를 경찰에 맡기면 또다시 같은 요구를 받을까 봐 두려웠어. 이번엔 딸의 목숨과 맞바꾸어야 하니까…."

"경찰이 숨기고 싶어 하는 게 대체 뭔데?"

"모르는 게 좋아."

"알려줘." 키시타니가 흥미진진하다는 듯 물었다.

"너한테도 불똥이 튈지 몰라."

"그딴 거 신경 안 써."

"나와도 더 이상 엮이지 않는 게 좋아. 하지만 마지막으로 하나만 부탁해. 어렵지 않은 부탁이야. 들어주겠나?"

"내용에 따라 다르지."

"3년 전에 요코하마 시내에서 유치원생들을 차로 덮친 사고를 기억하나?"

"그래. 유명한 사고였지. 아이와 교사 몇 명이 죽고 운전하던 남자도 사고로 죽었잖아."

"그래. 그때 운전자는 아라이라는 25세 남자였어. 경찰 발표에 따르면, 아라이가 마약에 취해 환각 상태에서 사고를 냈다고 했지. 하지만 난 어떤 인물로부터 아라이는 마약을 한 적이 없다는 정보를 입수하고 혼자서 수사를 계속했지. 그랬더니 사고차량 뒷부분에서 탄흔이 발견된 거야."

"요약하면, 그 사고가 사실은 총기 소지자에 의해 발생한 것이고, 경찰이 그걸 숨기기 위해 거짓 발표를 했다는 거야?"

"어디까지나 내 상상에 불과해. 하지만 난 그 직후 누명을 써서 체포되었고, 왜 그 사고를 파헤치고 다니냐고 추궁 당했어. 그리고 지금 딸을 유괴한 범인도 똑같은 것을 요구하고 있지."

"잠깐 기다려…, 딸을 유괴한 범인도 같다니, 그게 무슨 소리야?" 키시타니가 갸우뚱거렸다.

"딸을 유괴한 범인의 목적은 돈이 아니었어. 그건 페이크였어."

"페이크?"

"내가 경찰에 신고했는지 시험하려는 거였어. 놈은 내가 아라이에 관한 정보를 가지고 있다면 그걸 경찰과 거래하는 걸 두려워해 신고하지 않을 거라고 예상한 거지."

"이케부쿠로역에 있는 동전사물함에서 가방을 꺼낸 녀석들은 대체 뭐야? 유괴범이 아니야?"

"마약 운반책들이야. 유괴범은 미리 마약범과 거래해서 이케부쿠로와 토야마역에 있는 동전사물함을 거래 장소로 쓰고 있었어. 토야마역에 있는 사물함에는 마약이 들어있었지."

"1억 원짜리 마약?"

"그렇겠지."

"그건 어디에 있어!" 키시타니가 흥분해서 물었다.

"버렸어."

"아깝다…."

"어차피 마약에는 흥미 없었잖아. 양복 입은 남자를 잡아서 그가 사실은 마약범이라는 걸 알아냈을 때, 범인한테서 연락이 와서 그의 진짜 요구사항을 들었어."

"당신이 3년 전 사고를 수사하게 된 계기 말이지?"

"그래." 아사쿠라가 고개를 끄덕였다.

"그렇다면…, 당신 딸을 납치한 범인은 경찰 관계자라는 건가?" 키시타니가 미간을 좁혔다.

"아마도 그렇겠지."

"난 당신에게 속아서 엄청나게 위험한 일을 하고 있었다는 거네?"

"공갈범이라고 거짓말한 건 미안해. 하지만 범인에게서 진짜 요구가 올 때까지 그런 상대인 줄은 몰랐어. 당신에게 줄 보상은 어떻게든 마련할 생각이었어. 물론 지금도 마찬가지야. 다만, 당신에게 주려고 했던 몸값이 마약으로 바뀌어 내가 배수구에 버렸으니 시간은 좀 걸리겠지만…."

"아까 전화로 말한 '사쿠라 진료소'란 건 대체 뭐야?"

"나한테 제보를 한 남자가 운영하던 진료소야."

"3년 전 사고에 대해 알려준 녀석이야?"

카스가에 대해 이야기하는 것은 주저했지만 여기까지 이야기했으니 어쩔 수 없었다.

"그래. 그 인물은 아라이와 면식은 없었지만 아라이의 지인에게서 경찰 발표가 틀렸다는 이야기를 들었다고 했어. 범인에게서 온 요구는 내일 오후 11시까지 아라이의 지인을 찾아오라는 거야. 마지막 부탁이야. 아는 사람 중에 사쿠라 진료소를 아는 사람은 없어?"

키시타니가 팔짱을 끼며 아사쿠라를 보았다.

"딸을 무사히 구해주면 내가 당신 밑에서 일해도 좋아. 한번 쓰고 버리는 용도로 써도 돼." 아사쿠라는 키시타니를 보며 호소했다.

16

"언제부터 이 일을 하셨죠?"

그 목소리에 나오미는 고개를 들었다. 탈의실에서 나온 타카하시 치하루가 나오미를 보고 있었다.

"2년 반 정도 되었습니다." 나오미가 답했다.

"솔직히 이렇게 힘들 줄은 몰랐습니다. 특별수당이라도 받고 싶네요."

타카하시 치하루가 요양원에 위장취업하고 5시간이 흘렀다. 그동안 노인 분들을 목욕시키거나 부축해서 이동하는 일 등을 실제로 했다.

치하루는 나오미와 함께 행동하는 것뿐만 아니라 시설에 있는 사람들 중에서 유괴범에 협력하는 사람이 있는지도 체크하고 있었다. 일을 시작하기 전에 아버지가 집을 매각한 사실을 시설에 있는 누구에게 말했는지 질문을 받았다. 치하루는 신입 직원인 척하며 그 사람들에게 적극적으로 다가가 이야기를 하며 기색을 살폈다.

"아무리 이전 직업에서 몸을 단련했어도 요양원 일이 무척 힘드셨겠어요."

치하루는 나오미가 경찰이었다는 것을 알고 있는 듯했다.

"네. 저도 전에 있던 곳보다 힘든 곳은 많지 않을 거라고 생각했는데 해보니 정말 힘든 업무라는 걸 통감했습니다."

"하지만 자녀분을 생각해서 어머니로서 무슨 일이든 직업을 구하셔야 해서 하신 거군요. 40세 넘은 전업주부를 고용해줄 곳은 많지 않을 테니까요."

치하루의 거침없는 말투에 약간 거부감을 느끼면서 나오미는 작게 고개를 끄덕였다.

"어째서 남편 분과 헤어지신 건가요?"

"혹시 3년 전 사건을 모르시는 건가요?" 나오미는 치하루를 보며 되물었다.

"물론 알고 있죠."

"그러시다면…, 그게 원인이에요."

"배우자가 경찰에 체포되어도 헤어지지 않는 부부는 많잖아요?" 치하루가 나오미를 보며 말했다.

처음 만났을 때도 느꼈지만 무언가 자신에게 할 말이 있는 듯했다.

"그렇죠…, 하지만 그이가 헤어지자고 했습니다."

"그렇군요. 참 의외네요. 지겨울 정도로 나오미 씨나 따님 이야기를 들었습니다. 핸드폰에 저장된 사진을 보여주면서요."

"그이를 잘 아시나요?" 나오미가 놀라서 물었다.

"같은 과에 있었습니다."

"같은 과라니…, 조직범죄대책반 말씀인가요?"

도저히 믿을 수가 없어서 되묻자 치하루가 고개를 끄덕였다.

나오미보다 더 가냘프고 작은 체구인 치하루가 조폭 사건 등을 수사하는 과에 있었다는 것이 믿을 수 없었다.

"영어와 중국어, 한국어를 할 수 있습니다. 그리고 그외 몇 개의 외국어도 일상 대화 정도까지는 가능합니다."

그제서야 이해할 수 있었다. 조직범죄대책반은 외국인이 일으킨 범죄도 담당하고 있었기 때문이다.

"물론 조직범죄대책반의 수사관이긴 했지만 다들 절 통역이나 잡일을 대신 해주는 사람으로만 생각했어요. 하지만 아사쿠라 씨만은 달랐죠. 절 진짜 수사관으로 인정해준 사람입니다."

"그랬군요. 그런데 언제 특수수사팀으로?"

"3개월 전이에요. 드디어 소원이 이루어진 셈이죠."

"소원이요?"

"지금 부서는 여성을 중요시해 주니까요."

유괴사건 등을 수사하는 특수수사팀에서는 잠복수사나 피해자의 어머니를 대신해 몸값을 전해주는 일 등에서 여성 수사관이 필요한 경우가 많았다.

"계속 말로만 듣던 사모님을 뵙고 싶다고 생각해 왔어요. 그런데 설마 이런 일로 뵐 줄은 꿈에도 몰랐습니다."

도발적으로 보이는 치하루의 눈빛에서 이 여자가 혹시 아사쿠라에게 동료 이상의 감정이 있는 것은 아닐까 하는 의심까지 들었다.

"저기…, 전 이제 퇴근해도 될까요?" 나오미가 사무실 문을 보며 물었다.

"네. 하지만 중간까지는 같이 가시죠. 제가 지금 머물고 있는 곳…, 아시겠지만 수사본부입니다만, 나오미 씨 집에서 다섯 골목 떨어진 6층짜리 흰색 연립주택이에요."

"만약 범인이 감시하고 있다면 의심할 수도 있으니…, 혼자서 돌아갈게요."

그것만이 이유는 아니었지만 나오미는 가방을 들고 문으로 향했다.

"이걸 잊으셨어요."

그 목소리에 뒤를 돌아보니, 치하루가 테이블 위를 가리키고 있었다.

테이블 위에는 종이봉투가 있었다. 거기에는 카라키가 준 상자가 들어있었다.

나오미는 테이블로 다가가서 종이봉투를 가방에 넣고 치하루에게 인사를 한 뒤, 사무실을 빠져나왔다.

노트북 화면에 카라키의 모습이 나왔다.

"꽤 힘드셨나보군요."

헤드셋을 쓰자 카라키의 목소리가 들렸다.

나오미는 집에 돌아오자마자 카라키가 시킨 대로 화상통화를 시도했다. 집전화에 자동녹음기를 설치하는 것은 비교적 간단했지만, 노트북을 화상전화로 사용하기 위한 설정을 하는 것에 의외로 시간이 많이 걸렸다.

"컴퓨터는 좀 어려워서…." 나오미는 카라키를 보며 말했다.

"통신 상태를 확인하기 위해 그쪽으로 전화를 걸겠습니다."

화면 속에서 카라키가 핸드폰을 꺼냈다. 잠시 뒤 집전화가 울리자 나오미는 헤드셋을 내려놓고 일어났다.

"여보세요, 카라키입니다…, 잘 들리세요?"

"네, 잘 들리네요."

"그럼 먼저 그동안 알아낸 사실을 보고 드리겠습니다."

"네."

나오미가 긴장된 표정으로 고개를 끄덕였다.

"먼저 범인한테서 나오미 씨가 받은 핸드폰의 명의자를 파악했습니다."

"정말인가요?" 나오미는 몸을 내밀었다.

"그 23세 남성은 핸드폰을 계약시 기입한 주소지에서 2개월 전에 월세 체납으로 쫓겨났습니다. 인근에 사는 주민들에게 탐문해 보니 많은 빚을 지고 있어서 대부업체 사람들이 자주 드나들었다고 했습니다."

"그 남자가 범인인가요?"

"현재 행방을 좇고 있습니다만…, 솔직히 범인일 가능성은 낮습니다."

"어째서죠?"

"그 남자는 돈에 쪼들리고 있는데도 동시에 여러 핸드폰을 계약했습니다."

"대부업체로부터 계약을 강요당했다는 건가요?"

나오미가 묻자 카라키가 고개를 끄덕였다.

"소위 대포폰이 아닐까 싶습니다…, 애초에 유괴범이라면 자기 명의로 된 핸드폰을 나오미 씨에게 줄 리가 없죠. 나오미 씨의 이야기에 따르면 범인은 상당히 용의주도하게 계획을 세웠을 테니까요."

그도 그렇다. 마지막에 회수했다고는 해도 전직 경찰인 나오미에게 자기 명의로 된 핸드폰을 줄 리가 없었다.

"하지만 그것이 대포폰이라고 해도 누구한테 그 핸드폰을 넘겨주었는지 알아내면 범인도 알 수 있을 테니 전력으로 행방을 쫓고 있습니다."

카메라를 통해 나오미가 크게 낙담했다는 것을 느꼈는지 카라키가 강한 말투로 말했다.

"다음은 오오모리역 CCTV에서 사물함에 여행용 손가방을 맡긴 인물이 확인되었습니다."

"정말인가요?"

"마스크를 낀 채 모자와 안경을 쓰고 있었기 때문에 신원은 알 수 없었습니다. 다만 키는 170에서 175센티 정도 되는…, 아마도 남성이라고 생각됩니다."

"그 인물의 신원을 알 수는 없나요?"

나오미의 질문에 카라키는 표정을 찡그렸다. 어려운 모양이었다.

"그리고 토야마역에 있는 사물함입니다만, 15번 사물함 안에 짐은 이미 사라지고 없었습니다."

거기까지 말한 카라키는 더욱 입술을 일그러트리고 살짝 고개를 돌렸다. 나오미는 카라키의 표정에 불안감이 느껴졌다.

"왜 그러시죠?"

나오미가 묻자 이어폰 너머로 작은 한숨이 들렸다.

"그리고 사물함 대각선 너머에 편의점이 있었지요?"

나오미는 "네." 하고 끄덕였다.

"그 편의점 CCTV 영상을 확인한 결과 밤 11시에 어떤 인물이 왔습니다."

"어떤 인물이었죠?"

"그 사진을 메일로 보내드릴 테니 확인해주세요."

카라키의 의미심장한 표정에 계속 불안감을 느꼈다.

"알겠습니다."

창을 닫고 메일 화면을 띄웠다. 곧바로 메일이 도착했다. 몇 장의 사진이 첨부되어 있었다. 첫 번째 사진을 본 나오미는 거기에 찍힌 인물을 보고 미간을 좁혔다.

아사쿠라다….

한 손에 여행용 손가방을 들고 있었다.

"아사쿠라 씨 같은데 어떠신가요?"

카라키의 말에 나오미는 고개를 끄덕였다.

"네. 그이가 맞습니다."

이 집에 왔을 때나 장외마권매장에서 봤을 때와 복장은 달라졌지만 틀림없는 아사쿠라였다.

사진을 확대해서 아사쿠라가 들고 있는 여행용 손가방을 주의 깊게 살펴보자, 범인에게 받은 것과 같은 가방이었다.

'어째서 아사쿠라가 저 여행용 손가방을 가지고 있는 거지…?'

"아사쿠라 씨가 들고 있는 여행용 손가방을 보셨나요?"

카라키의 말에 나오미는 정신을 차렸다.

"네."

"1억 원을 넣은 가방이 맞죠?"

"같은 종류의 가방입니다."

"그렇군요. 화면을 카메라 모드로 돌려주시겠습니까?"

카라키가 그렇게 말했지만 나오미는 주저하지 않을 수 없었다. 지금 자신이 얼마나 비참한 표정을 짓고 있을지 걱정되었기 때문이었다. 나오미는 입술을 깨물며 마우스를 조작해 화면을 영상통화 모드로 바꾸었다.

"사물함 안을 자세히 찍은 영상은 없나요?"

나오미로서는 돈을 넣었던 여행용 손가방이 맞다고 생각하면서도 아닐 가능성을 찾고 싶었다.

"안타깝게도 CCTV가 설치된 각도에서는 보이지 않았습니다."

"그렇군요…."

"아사쿠라 씨는 그 이전에도 편의점 CCTV에 찍혔습니다. 가게에 들어와 잡지 매장에서 사물함 쪽을 지켜보고 있었습니다. 그래서 나오미 씨가 추가로 확인해주셨으면 하는 사진이 있습니다."

이번엔 카라키가 어떤 남성의 얼굴사진 한 장을 들어보였다.

"잘 보이시나요? 혹시 잘 안 보이시면 메일로 보내겠습니다."

"아뇨, 잘 보입니다." 나오미는 화면에 가까이 갔다.

50대 후반으로 보이는 남성이었다.

"오토바이를 탄 남자와는 나이대가 많이 다릅니다만 이 남자를 본 적이 있나요?"

듣고 보니 어디선가 본 적이 있는 것도 같았다. 하지만 그게 어디인지 확실하지 않았다.

"어떤가요?"

사진을 계속 보다보니 드디어 떠올랐다. 머리스타일은 좀 달랐지만 몸값을 들고 돌아다닐 때 봤던 남자와 닮았다.

"이 사람은 대체 누군가요?"

나오미가 묻자 사진을 내려놓고 카라키가 말했다.

"키시타니 유우지라고 하는데, 7년 전에 공갈협박 혐의로 체포되었습니다. 입증이 된 것은 공갈협박 혐의뿐이었습니다만 그 외에도 해킹, 공문서 위조 등 여러 불법행위를 했다고 여겨지는 인물입니다."

"몸값을 들고 이동하던 중에 3번 보았습니다."

"그렇군요. 실은 요코스카 경찰서 출신 형사가 그저께 이른 아침에 술집에서 아사쿠라 씨를 봤다고 했습니다."

그저께 아침이라는 건 유괴범에게서 첫 번째 전화가 오고 난 다음 날이었다. 아즈사가 유괴되었다는 걸 안 다음에도 술을 마시러 갔다는 것이 믿을 수 없었다.

"그때 아사쿠라 씨가 키시타니의 행방을 찾고 있었다고 합니다."

경찰에 신고하는 것을 강하게 반대했으면서 전과자에게 유괴범을 잡게 한 것인가.

"그리고 편의점 앞에 있는 공중전화 밑에 소형 카메라가 설치되어 있었습니다."

"소형 카메라?" 나오미는 영문을 모른 채 되물었다.

"네. 회수는 하지 않았습니다만 설치된 위치에서 사물함을 감시하고 있었다고 여겨집니다. 경찰이 잠복해 있는지를 확인하기 위해 범인이 설치한 것이겠죠. 키시타니는 체포될 때까지 표면적으로는 심부름센터를 운영했기에 미행에 쓰이는 기기를 잘 다룰 것으로 추측하고 있습니다."

이케부쿠로역 사물함에 여행용 손가방을 넣은 후에 아사쿠라와 했던 대화를 떠올렸다. 그때 경찰에 신고하려는 나오미를 아사쿠라가 필사적으로 말렸다.

사물함 근처에 카메라를 설치해서 감시하고 있으니 돈을 가지러 온 인물이 있으면 미행해서 아즈사를 유괴한 범인을 알아낼 것이라면서 자신을 믿어달라고 했다.

"키시타니가 편의점 앞에 카메라를 설치했다는 건가요?"

"편의점 CCTV에는 공중전화부스가 찍혀 있지 않아서 단언은 할 수 없습니다만…, 어쨌든 이 정도 물증이 나왔으니 아사쿠라 씨의 이야기도 들어봐야겠군요."

카라키의 말을 들으며 나오미는 암울함에 할 말을 잃었다.

17

누가 어깨를 흔들어 아사쿠라는 눈을 떴다.

고개를 들자 바로 옆에 누군가 서 있었다. 그게 키시타니란 걸 알고 서둘러 몸을 일으켰다.

"지금 몇 시지?" 아사쿠라가 물었다.

"아침 7시야."

"어째서 더 일찍 깨우지 않은 거야?"

"많이 피곤한 것처럼 코를 골고 있었으니까."

아사쿠라는 혀를 찼다.

범인에게서 전화가 올 때까지 이제 16시간밖에 남지 않았다. 조금의 시간도 낭비할 수 없었다.

"안심해. 당신이 자는 동안 여기저기 연락해서 그곳을 찾아두었어."

"정말이야?" 아사쿠라가 몸을 내밀며 말했다.

"내 지인 중에 '사쿠라 진료소'에서 신세를 진 녀석이 있었어. 병원에 갈 수 없는 사람도 은밀하게 진료를 해주니까 단골로 다녔는데 3년 전에 다른 곳으로 이사를 갔다더군. 멀어져서 불편하다고 하더라."

"어딘데?"

"치바의 이치카와야. 간판도 없이 빌딩 구석에서 개업했다고 하는군. 물론 무허가로 하는 거니까 개업이라고 하긴 좀 그렇지만."

키시타니가 메모를 건넸다.

"고마워."

아사쿠라가 메모지를 건네잡았지만, 키시타니는 메모를 놓지 않았다.

"내 밑에서 뭐든지 하겠다고 했지?"

"그래. 잘 기억하고 있어."

"하지만 다음에 잡히면 집행유예를 못 받을 테니 감옥에 갈 텐데 괜찮아?"

"상관없어. 어차피 난 가족도 없어."

아사쿠라가 그렇게 말하자 키시타니가 손을 놓았다. 아사쿠라는 메모지를 주머니에 넣고 일어났다.

"3년 전 사건을 안 불어서 그렇게 된 거야?"

아사쿠라는 고개를 끄덕였다.

"그렇다면 전처는 유괴범의 진짜 요구를 모른다는 건가?"

"그래. 그녀는 아무것도 몰라. 3년 전 사건도, 내가 체포된 이유도…."

"그렇다면 전처가 지금 경찰에 신고한 거겠지. 범인의 지시대로 돈을 줬는데도 딸이 돌아오지 않았으니까."

"아마도 그렇겠지. 사물함에 그녀의 핸드폰이 있었어. 연락을 하고 싶지만 집 전화번호를 몰라."

"어떻게든 연락을 하는 게 좋아. 사물함 근처에 있던 편의점 CCTV에 우리들이 찍혔을 거니까. 아마도 경찰은 우리를 유괴범이라고 의심하고 있을 거야."

"전처 핸드폰에 직장 전화가 있었으니, 거기에 전화해서 어떤 상황인지 물어볼게." 아사쿠라가 문 쪽으로 걸어가며 말했다.

"어이…." 키시타니가 다시 아사쿠라를 불러 세웠다.

"난 지금부터 좀 잘 건데, 새로운 정보를 얻으면 나에게 연락해."

"왜?" 아사쿠라가 물었다.

"앞으로도 도와주마."

아사쿠라는 의심스런 눈초리로 키시타니를 쳐다보았다.

"그런 눈으로 보지 마. 가끔은 곤경에 빠진 남을 돕는 것도 괜찮겠다 싶어서 그래."

"무슨 속셈이야?"

아사쿠라가 묻자 키시타니가 어깨를 늘어트렸다.

"이거 나에 대한 신뢰는 바닥인 모양이네. 그래, 남을 돕고 싶다는 건 너무 뻔한 거짓말처럼 들렸지? 사실은 나한테 한 말이 모두 정말이라면 난 지금 엄청난 금맥을 찾은 꼴이거든."

"금맥?"

"그래. 경찰이 중대 사건을 덮고 거기다 어린애까지 유괴했다며? 그 증거를 잡으면 내 인생 최고의 협박 거리가 될 거야. 1억, 2억 원 수준이 아니야. 나에게 지울 수 없는 굴욕을 선사한 경찰을 협박하면서 평생 먹고 살 수도 있다니 이런 기회는 아마 다시 오지 않을 거야."

"그러다 죽어."

"그건 내가 알아서 해. 당신은 딸만 되찾으면 되잖아. 어때, 계속해서 나랑 움직여보지 않겠어?"

아사쿠라는 키시타니를 보며 잠시 고민했다. 키시타니와 함께 행동하는 것이 아즈사를 더욱 더 위험에 빠트리는 것은 아닐까.

"혼자서는 그런 녀석들을 당하기 힘들잖아."

키시타니의 말이 옳긴 했다.

"대신 조건이 하나 있어."

"뭔데?"

"멋대로 행동하지 말아줘. 딸을 구하는 것이 최우선 과제야."

"알았어." 키시타니가 희미하게 웃었다.

"나중에 연락하지."

아사쿠라는 그렇게 말하고 가게를 나왔다.

18

"나오미 씨, 전화 왔어요."

그 말에 나오미는 치하루와 눈빛을 교환했다.

"모리시타 씨라는 분에게서 전화 왔어요." 스기시타가 수화기를 내밀었다.

처음 듣는 이름에 긴장감이 감돌았다. 옆에 있는 치하루도 긴장된 모습이었다.

"네…, 나오미입니다만." 나오미가 전화를 받고 말을 꺼냈다.

"나오미인가?"

그 말을 듣는 순간 곧바로 아사쿠라의 목소리임을 알아챘다.

"네."

다른 사람이 있는 사무실에선 그렇게밖에 말할 수 없었다.

"아무도 없는 곳에서 이야기를 좀 하고 싶은데…."

"지금은 확인이 어려워서 나중에 조사해서 연락드리도록 하겠습니다. 전화번호를 여쭈어도 될까요?"

아사쿠라가 말해준 번호를 메모하고 전화를 끊었다.

"누구예요?" 스기시타가 물었다.

"이전에 여길 견학하셨던 분이신데 제가 담당했거든요. …개인실의 옷장 크기가 얼마냐고 하셔서."

"그런 것까지 궁금해 하시는 분도 있나보네요. 그것까지는 파악하고 있지 않은데…."

"저도 잘 모르니까 일단 알아보고 올게요."

나오미는 책상 서랍에서 자를 꺼내 사무실을 빠져나왔다. 그리고 요양원 현관을 나와 공중전화를 찾았다. 근처에 있는 공중전화부스에 들어가 메모한 번호로 전화를 걸었다.

"여보세요…." 아사쿠라의 목소리가 들렸다.

"지금 어디 있어요?" 나오미가 물었다.

"치바에 있어."

"어째서 치바에?"

침묵이 이어졌다.

"경찰에 신고했나?" 아사쿠라가 나오미의 질문에는 대답하지 않고 되물었다.

"네."

"당신 집이나 직장은 현재 경찰의 감시 하에 있다는 거군."

"그래요."

"이 전화는?"

"이건 괜찮아요."

"경찰에서 날 의심하고 있나?"

"토야마역 사물함에 이케부쿠로에서 맡긴 여행용 손가방이 들어있었잖아요. 그걸 당신이 가져간 거예요?"

아사쿠라는 아무 말도 하지 않았다.

"편의점 CCTV에 여행용 손가방을 든 당신이 찍혀있었어요. 당신이 돈을 가지고 있어요?"

"돈은 이제 없어."

"무슨 소리예요?"

"범인에게서 어떤 요구가 있었어. 범인의 목적은 돈이 아니야."

"어떤 요구예요?"

아사쿠라는 대답하지 않았다.

"저기…, 빨리 경찰에 출두해서 사정을 설명해요. 그렇지 않으면 당신이 범인으로 오해받고 말 거예요."

"그럴 순 없어."

"왜요! 설마 3년 전 일로 경찰이 도와주지 않을 거라고 생각해서 그래요? 그럴 리가 없어요. 현장에서 지휘를 하는 건 카라키 씨예요."

"카라키?"

"그래요, 당신 동기요. 이야기를 잘 들어줄 거예요."

"어쨌든 반드시 내가 직접 아즈사를 구할 거야. 지금은 그 말밖에 할 수가 없어."

"왜 제대로 이야기해주지 않는 거예요?"

"모든 게 끝나면…, 아니 평생 이야기하지 않을 거야. 우리들은 3년 전을 끝으로 서로 함께 해서는 안 되는 관계가 된 거야. 하지만 한 가지 말할 수 있는 게 있다면 경찰을 믿지 말라는 거야."

"무슨 소리예요?"

나오미가 도무지 이해를 할 수 없어 외쳤다.

"말 그대로야. 앞으로는 경찰도, 아버님도, 전 남편도 아닌 나오미 당신 자신의 판단만을 믿고 행동해야 해."

그리고 전화가 툭 끊어졌다.

나오미는 아무것도 이해하지 못한 채 그저 수화기만 바라보고 있었다.

어떻게든 마음을 추스르고 수화기를 내려놓은 뒤 요양원으로 돌아왔다.

현관에는 치하루가 서 있었다.

"아사쿠라 씨였나요?" 치하루가 나오미를 보며 물었다.

"네…."

"무슨 이야기를 하셨나요?"

경찰을 믿지 마….

"몇 년이나 같이 살았는데 그이는 여전히 이해할 수 없는 얘기뿐이네요." 나오미는 치하루 옆을 지나 요양원으로 들어갔다.

19

공중전화부스에서 나온 아사쿠라는 깊은 한숨을 쉬었다.

경찰도 나오미도 아사쿠라를 범인이라고 의심하고 있는 듯했다. 자신이 의심받고 있다면 지금처럼 핸드폰 전원을 켜 놓는 것도 위험할지 모른다.

범인이 고위 경찰이라면 당장은 아사쿠라를 내버려두도록 현장에 압력을 넣을지 모르지만, 그렇다고 해도 일단은 일선 형사들에게 자신의 위치를 들키지 않는 게 상책이었다. 그렇다면 사물함에 있던 범인의 핸드폰만 켜두면 될 것이다.

카라키가 유괴 수사를 지휘하고 있다고 했다. 오래전에 나오미가 말하기를 카라키는 특수수사팀에서 근무 중이라고 했는데 이 사건을 수사한다는 사실을 듣고 나니 가슴이 더 답답했다.

카라키와는 경찰학교 동기로서 최고의 라이벌이었다. 둘은 동갑이었지만 가정환경이나 경찰을 지원한 동기는 완전히 달랐다.

카라키 집안은 할아버지 때부터 대대로 경찰 집안이었다. 할아버지는 이미 은퇴했지만, 아버지와 형은 그때도 잘나가는 엘리트 경찰이었다.

한편, 아사쿠라는 평범한 회사원 집안에서 태어났다. 그런 자신이 왜 경찰에 지원했는지는 잘 기억나지 않지만 아마 망연자실한 상태로 하루하루를 보내다가 결국 남은 선택지가 경찰이었을지도 모른다. 아사쿠라가 대학교 4학년이 되었을 때 부모님이 교통사고로 사망했기 때문이다. 졸음운전하던 트럭이 반대편 차선을 달리던 부모님 차를 정면에서 충돌한 것이었다. 아사쿠라는 형제도 없이 외롭게 지내다가 가족 같은 분위기를 찾아 경찰학교에 들어갔을지도 모른다.

아사쿠라와 같은 기숙사 방을 썼던 카라키는 동기 중에서도 눈에 띄는 녀석이었다. 학교에서 배우는 일반 교양이나 경찰 실무에서는 항상 1등을 했었고, 무술도 예전부터 유도를 했었기에 부족함이 없었다. 아사쿠라는 일반 교양이나 경찰 실무에서는 평균보다 약간 나은 정도였지만, 무술은 다른 동기들 누구에게도 진 적이 없었다.

그때부터 완벽을 추구하던 카라키에게 있어 아사쿠라는 성가신 존재였다. 그래도 같은 기숙사 동기로서 서로 절차탁마하는 사이가 되었다.

아사쿠라는 카라키와 경쟁하면서 경찰학교를 졸업할 때에는 무술 이외의 성적도 카라키의 바로 다음 갈 정도로 성장했다.

교관이 없는 틈을 노려 동기들끼리는 포커 게임도 자주 했다. 큰돈을 걸고 하지는 않았지만 카라키와 둘이서 포커를 할 때는 사뭇 진지했다.

학교를 졸업하고 서로 다른 경찰서에 배치되어 만나지 못했지만, 5년 뒤 의외의 장소에서 카라키를 만났다. 지하철을 탔을 때 아사쿠라는 치한을 목격했다. 50대로 보이는 남자가 젊은 여성의 스커트 안에 손을 넣고 있었다. 관할 지역은 아니었지만 아사쿠라는 그 자리에서 남자를 잡았고 여성을 데리고 파출소로 데려갔다. 그 후 남자는 관할 경찰서로 연행되었고 아사쿠라도 진술을 하게 되었다. 그때 담당 경찰이 카라키였다.

아사쿠라는 당시 지역과에서 근무하는 순경이었지만 카라키는 이미 경사로 승진하여 생활안전과에 있었다. 오랜만에 만나 회포를 풀었을 무렵 카라키가 믿을 수 없는 이야기를 했다.

아사쿠라가 잡은 그 남자는 경찰본부 소속의 경부라고 했다. 경부는 혐의를 완전히 부정하고 있으며 여성은 치한 피해를 호소하고 있지만 아사쿠라 이외의 목격자는 없다고 했다.

무슨 말이 하고 싶은지 알겠지, 라면서 카라키가 말했다.

아사쿠라가 모르겠다고 했더니 네가 잘못 본 거라고 말하면 모든 게 잘 풀릴 거라고 했다.

그렇게 할 순 없었다. 아사쿠라는 그 요구를 거절했지만 카라키는 물러서지 않았다.

"이런 별것 아닌 사건을 해결하는 것과 조직을 지키는 것 중 어느 게 중요하냐!"

그래도 아사쿠라의 생각이 바뀌지 않는 것을 보고 카라키는 계속 설득했다. 앞으로 괴로워질 거다. 난 동기로서 널 인정하고 있어. 조직 내에서 외톨이로 만들고 싶지 않아…, 라고 하면서.

그래도 카라키의 회유를 거부하고 아사쿠라가 증언을 번복하지 않았기에 경부는 결국 경찰복을 벗게 되었다. 생각해보면 그때 이후 아사쿠라는 자신을 지켜줄 사람들을 잃고 다시 외톨이가 된 것이었다.

그리고 다들 대놓고 말하지는 않았지만, 조직을 배신했다는 차가운 시선을 느끼게 되었다. 다른 곳에 배치되어도 그런 시선은 바뀌지 않았다. 그런 와중에 상사였던 나오미의 아버지 마사타카만이 아사쿠라의 그 행동을 높이 사서 힘을 실어주었다. 마사타카는 지금 아사쿠라를 어떻게 생각하고 있을까.

잠시 더 걸어가자 메모지에 적혀 있던 빌딩을 발견했다. 오래된

5층 건물이었다.

아사쿠라는 계단을 올라가 3층으로 향했다. 메모에 있는 305호실 앞에 왔지만 간판은 없었다. 수차례 초인종을 눌렀지만 반응은 없었다. 전기계량기가 돌아가는 것을 보니, 안에 사람이 있는 것이 분명했다.

"나야. 안에 있잖아?" 아사쿠라는 문을 두들기며 말했다.

드디어 문이 약간 열리면서 안에서 남자가 나왔다.

수염에 안경을 낀 모습은 3년 전과 다를 바 없지만 수염과 머리에는 흰색이 늘었다.

전염병 환자라도 보는 듯한 카스가의 표정을 보면서, 아사쿠라가 말을 걸었다.

"오랜만이군."

아사쿠라를 본 카스가는 수상하다는 눈빛으로 아무 말도 하지 않았다.

"할 이야기가 있어. 열어줘."

"난 없어."

카스가가 퉁명스럽게 말하고 문을 닫으려고 하자, 아사쿠라가 곧바로 문 틈으로 다리를 집어넣었다.

"중요한 이야기야. 부탁해. 시간을 좀 내줘."

아사쿠라가 호소했지만 카스가는 외면하듯 손에 더 힘을 주었다.

아사쿠라를 거절하고 싶은 마음이 얼마나 큰지 다리에서 느껴지는 고통으로 알 수 있었지만 물러설 수 없었다.

"다리를 치워. 일단 문을 닫고 체인을 해체할 테니." 카스가가 포기한 듯 입가를 일그러트리며 말했다.

카스가를 보며 다리를 치우자 문은 바로 닫혔다. 하지만 이내 금속음이 들리고 다시 문이 열렸다.

현관에 들어가자 여성용 하이힐이 보였다. 카스가는 곧장 등을 돌리고 안쪽으로 들어갔다.

아사쿠라는 신발을 벗고 카스가를 뒤따랐다. 카스가는 정면에 있는 방문을 열고 들어갔고, 아사쿠라도 따라 들어갔다. 안에는 약 10평 정도 되는 방이 있었다.

"손님이 있어. 일단 여기서 기다려." 카스가가 또 다른 방문을 열고 그 안으로 들어갔다. 언뜻 침대와 사무실 책상이 보였다. 침대 위에는 원피스를 입은 젊은 여성이 누워있었다. 환자 같았다. 갈색 피부였지만 정확히 어느 나라 사람인지는 알 수 없었다.

문이 닫히자 아사쿠라는 주위를 둘러보았다. 대기실로 쓰는 듯 커다란 테이블 주위에 간이 의자들이 있었다. 테이블 위와 바닥에는 컵라면이나 레토르트 식품이 든 봉지가 굴러다니고 있었다. 그리고 근처 선반에는 DVD나 CD, 만화책 등이 빼곡히 들어있었다.

아사쿠라는 의자에 앉아 선반에 손을 뻗어 그 중 하나를 꺼냈다. 카스가는 전혀 관심을 가지지 않을 법한 애니메이션 DVD였다. 포장도 뜯지 않았다.

다시 방문이 열리자 아사쿠라는 문 쪽을 쳐다봤다. 옆방에서 카스가와 젊은 여성이 나왔다.

여성은 가방에서 무언가를 꺼내 카스가에게 건네며 말했다. 일본어가 아니라 무슨 말인지는 알아들을 수 없었다. 카스가는 고개를 끄덕이더니 여성을 재촉하여 진료실에서 내보냈다. 문이 닫히는 소리가 들리고 카스가가 돌아왔다.

"보지 못한 사이에 취미가 바뀌었나?" 아사쿠라가 애니메이션

DVD를 가리키며 말했다.

"돈이 없는 사람들과는 물물교환을 할 수밖에 없잖아. 공짜로 해줄 수는 없고." 카스가가 손에 든 것을 테이블 위에 올려놓았다.

가격표가 붙은 귀걸이와 반지다.

"훔친 물건을 환전해서 치료비를 충당하고 있는 건가?"

"환전이라도 했으면 이 지경까지 왔겠나?"

카스가는 냉장고에서 캔 맥주 2개를 꺼내 아사쿠라 근처에 앉았다.

"이것도 가능하면 보관 가능한 식량으로 달라고 했는데 말이야."

카스가가 쓴웃음을 지으며 아사쿠라 앞에 캔 맥주를 놓았다.

"어째서 이사를 간 거지?"

아사쿠라가 물었지만 카스가는 대답하지 않은 채 뚜껑을 열고 맥주를 마셨다.

"내가 체포된 것과 관계가 있나?"

카스가는 고개를 돌리며 아사쿠라의 시선을 피했다.

"경찰을 그만두었으니 서로 할 이야기도 없잖아. 이제 곧 진찰이 예약되어 있어. 맥주를 다 마시면 돌아가 줘."

"한 가지 묻고 싶은 게 있어. 그걸 들으면 바로 나갈 거야."

"대체 뭔데?" 카스가가 경계하며 쳐다보았다.

"3년 전 사건 말이야. 당신은 누군가한테서 아라이가 살해당했다고 들은 거지?"

카스가가 약간 미간을 좁혔다.

"아라이는 불법 마약 따윌 할 리가 없다고, 경찰 발표는 전부 거짓말이라고, 누구에게 들은 거야?"

"잊었어."

카스가는 아사쿠라에게 쏘아붙이듯 말하고 맥주를 들이켰다.

"둘러대지 마. 중요한 이야기야."

"생각해보니 내가 당신에게 그런 이야기를 했을 수도 있지만 그랬다면 그건 그저 뜬소문을 전했을 뿐이야. 누가 말했는지 기억도 안 나. 이제 와서 왜 그런 이야기를 다시 꺼내는 거야?"

"당신도 그냥 소문이라고 생각했어?"

"그때는 당신도 말도 안 된다면서 믿지 않았잖아. 경찰이 그런 거짓 발표를 할 리가 없다면서. 안 그래?"

아사쿠라도 처음 그 이야기를 들었을 때는 그런 반응을 했었다.

"전혀 믿을 수 없었지만 그 이야기가 계속 생각이 나서 혼자서 조사를 계속 했었어."

"그러셔?" 카스가가 처음 듣는다는 듯이 말했다.

"조사해보니 정말로 수상한 증거들이 나왔어."

카스가는 아사쿠라를 쳐다보면서 맥주를 다시 입 안에 털어넣었다.

"사망한 아라이에게 공소기각 결정이 내려져 수사가 종결된 후에도 경찰은 아라이의 주변인물을 집요하게 조사했어. 당신이 말한 대로 아라이가 마약을 한 흔적은 찾을 수 없었지. 그리고 사고를 낸 차를 조사해봤더니 탄흔이 있었어."

카스가의 눈이 약간 씰룩거렸다.

"듣고 싶지 않군. 나와는 관계없는 이야기야."

"아니, 들어야 해. 당신의 이야기 때문에 이렇게 된 거야. 난 그 직후 누명을 쓰고 체포되었어. 취조를 했던 수사관은 내가 누구에게 그 정보를 듣고 사고를 수사하고 있는지 집요하게 추궁했지. 하지만 난 절대 말하지 않았어. 아무것도 모른다고 말한 탓에 난 결국 유죄가 되어 가족과 떨어져 살게 되었지."

"날 원망하기 위해 지금 찾아온 건가?"

"그럴 생각은 없어. 내가 선택한 거니까. 하지만 조금이라도 나한테 고마움을 느낀다면, 이번엔 나를 도와주었으면 해. 누구에게 그 이야기를 들었어? 사실대로 이야기해줘!"

"아까도 말했잖아. 당신이 어떻게 느꼈는지 모르겠지만 난 별것 아닌 소문을 전한 것에 불과해. 누가 말했는지 일일이 기억하고 있지도 않아."

"그냥 소문에 불과했으면 왜 진료소를 옮길 필요가 있었던 거야!"

"무슨 소리인지 모르겠군." 카스가가 모르는 척 말했다.

"당신은 내가 체포된 걸 알고 위험을 느낀 거 아냐? 내가 체포된 이유가 TV에 보도된 것처럼 뇌물수수 때문이 아니라, 내가 그 사고를 조사했기 때문이라고 생각해서 몸을 숨긴 거 아니냐고? 내가 그때 누구에게서 그 이야기를 들었는지 말했다면 당신도 그때 심문당했겠지. 그리고 경찰이 어떤 방법으로든 당신을 협박했을지도 몰라. 당신이 간단히 사람을 팔아넘길 사람이 아니란 건 알지만 아무리 그 사람을 숨겨주려고 해도 주변을 철저히 조사당했다면 들켰을 거야. 그래서 진료소를 옮긴 거 아니냐고!"

카스가는 말없이 아사쿠라를 쳐다보았다.

"하지만 아무리 장소를 옮겨도 당신 이름으로 진료소를 운영하는 한 경찰의 손에서 벗어날 수 없지. 그래서 지인 명의로 오피스를 빌려서 여기서 무허가 진료소를 하고 있는 거야. 맞잖아?"

키시타니가 모은 정보에 의하면 여기를 계약한 건 카스가가 아니라고 했다.

"네 망상일 뿐이야. 어쨌든 그 이야기를 한 녀석은 기억 안 나."

절대 입을 열지 않을 생각인 듯했다.

"당신이 경찰에 체포되어 여기가 폐쇄되면 곤란한 사람들이 많잖아. 그 이야기를 한 사람을 알려주면 그 문제는 비밀로 해주지."

이러고 싶진 않았지만 실내를 둘러보며 아사쿠라가 말했다.

"3년 동안 심신이 많이 피폐해진 모양이군." 카스가의 경멸이 담긴 말이 아사쿠라의 폐부를 찔렀다.

"그래…, 가능하면 당신에겐 경멸받고 싶지 않았지만 나도 물러설 수 없는 사정이 있어."

"돌아가 줘. 경찰에 밀고하고 싶으면 마음대로 해." 카스가가 일어났다.

"딸의 목숨이 달려 있어!"

"딸의 목숨?" 카스가가 고개를 갸우뚱거렸다.

"4일 전에 딸이 유괴 당했어."

그제서야 카스가가 놀란 듯이 쳐다보았다. 하지만 금세 의심에 가득찬 눈초리로 바뀌었다. 딸이 유괴당한 사실과 아라이에 대해 이야기한 사람을 알려달라는 것이 무슨 상관이냐는 듯했다.

"유괴범의 요구는 돈이 아니야. 아라이가 살해당했다고 말한 인물을 찾아내라는 거야."

"왜 유괴범이 그런…?"

카스가가 의자에 다시 앉아 고개를 숙였다가 무슨 생각이 들었는지 아사쿠라를 쳐다보았다.

"그건 3년 전에 경찰이 당신을 추궁한 것과 같은 것 아닌가?"

아사쿠라는 고개를 끄덕였다.

"오늘 밤 11시에 범인한테서 연락이 올 거야. 그때까지 그 인물을 찾지 못하면 내 딸은 죽을지도 몰라. 부탁해. 그 사람을 알려줘!"

"미안하지만 기억이 안 나…." 카스가는 입술을 깨물고 고개를 돌렸다.

"거짓말!"

아사쿠라는 양손으로 카스가의 어깨를 잡고 얼굴을 자신에게 향하게 했다.

"아이가 죽게 내버려둘 셈이야!"

"경찰이 알아서 하라고 해. 미안하지만 난 도울 수 없어."

"경찰을 믿을 수 없으니까 당신을 만나러 온 거야! 아까 내가 한 이야기를 기억하고 있지? 유괴범의 요구는 3년 전에 경찰이 나에게서 알아내려고 한 것과 같아. 당신도 눈치챘듯이 경찰 관계자가 범인일 가능성이 높다는 거야."

"그래서 도울 수 없다고 하는 거야!"

카스가가 어깨에 올려진 아사쿠라의 팔을 뿌리치며 외쳤다.

"만약 내가 그 인물을 알려주면 넌 어떻게 할 생각이지? 유괴범에게 그 인물을 넘겨줄 거지? 범인에게 넘기면 그 사람은 어떻게 되나?"

카스가의 질문에 아사쿠라는 할 말을 잃었다.

"당신 딸도, 그 사람도, 나에게 있어선 똑같은 목숨이야. 그 사람을 위험에 처하게 하면서까지 당신을 도울 수 없어. 당신이 보기엔 야박하게 느껴지겠지만 이게 내 선택이야."

카스가가 표정을 일그러트리며 나가라는 듯한 손짓을 했다.

사실 아사쿠라도 유괴범이 그 사람을 찾아내면 어떻게 할지 마음속으로는 알고 있었다. 하지만 아즈사를 구해야 한다는 일념으로 그걸 모른 척하고 있던 것이다.

"그래, 당신 말대로야…."

아사쿠라가 중얼거리자 카스가가 숙이고 있던 고개를 들었다.

"실례했어."

아사쿠라는 카스가에게 등을 돌리고 현관으로 향했다.

"어이…."

카스가가 다시 아사쿠라를 부르는 바람에 뒤를 돌아보았다.

"앞으로 어쩔 거야?" 카스가가 아사쿠라를 보며 말했다.

"모르겠어."

"'리 진레이'라는 여자야."

카스가의 말에 아사쿠라는 고개를 갸우뚱거렸다.

"아라이의 연인이었다고 하더군."

"리 진레이…?"

"물론 여권을 본 게 아니니까 본명인지는 모르지만 말이야."

"어디에 있지?"

"신코이와야."

"어째서 나에게 그걸 알려주는 거지?" 아사쿠라는 카스가의 변심을 이해하지 못하고 물었다.

"이대로 당신을 돌려보내면 내가 잠을 못 잘 것 같아서야."

"그 사람을 배신하면 더 잠을 못 잘 텐데? 내가 딸을 위해 그 여자를 유괴범에게 넘길 수도 있어."

"그 여자를 보면 당신도 그러지 못할 거야. 그렇게 확신했으니까 알려주는 거야. 잠깐 기다려봐."

20

"안 드세요?"

그 목소리에 고개를 들자 맞은편에 앉아있던 치하루가 나오미를 보고 있었다. 나오미는 작게 끄덕이고 손에 든 채 입에 넣지 않은 샌드위치를 다시 봉투에 넣었다. 뭐라도 먹어야 할 거 같아서 편의점에서 사왔지만 역시 식욕이 없었다.

"조금이라도 드시지 않으면 못 버텨요."

나오미는 그렇게 말하며 도시락을 먹는 치하루의 시선을 피했다.

'범인에게서 어떤 요구가 있었어. 범인의 목적은 돈이 아니야….'

아사쿠라의 말이 머릿속을 떠나지 않았다.

범인에게서 온 요구란 게 대체 뭘까. 만약 정말로 범인에게 무슨 요구를 받아서 움직이고 있다면 아사쿠라는 왜 자신에게 그것을 이야기하지 않는 걸까.

"3년 전…."

치하루의 목소리가 들려와 나오미는 치하루를 쳐다보았다.

"아사쿠라 씨가 체포되기 전에 무슨 변화는 없었나요?" 치하루가 물었다.

"변화라뇨…?"

"아사쿠라 씨가 그런 범죄를 저질렀다는 게 지금도 믿기지 않아서요. 딱히 돈이 필요했던 것도 아니잖아요. 대체 어디에 돈을 썼던 걸까요?"

"딴 여자라도 있었나 보죠." 나오미가 차갑게 말했다.

'나에게 가족 따윈 방해가 될 뿐이야….'

"체포되고 나서 딱 한 번 그이를 만난 적이 있어요. 왜 그런 범죄를 저질렀는지 따졌더니 그이가 말했어요. 목숨을 걸고 일해도 그만큼의 급여가 나오지도 않고 처자식이라는 짐도 있으니까 이렇게라도 하지 않으면 즐길 수 없다면서."

"아사쿠라 씨가 체포될 때까지 다른 여자가 있는 줄 모르셨나요?"

나오미가 고개를 끄덕였다.

실제로 그런 건 전혀 느끼지 못했다. 다만 체포되기 얼마 전부터 이상하게 집에 늦게 오거나 쉬는 날도 집을 나가는 일이 많아졌다. 하지만 무슨 중요한 사건을 쫓고 있다고 생각해서 크게 신경 쓰지는 않았다.

언제부터 아사쿠라의 마음이 변해버린 걸까?

'우리들은 3년 전을 끝으로 서로 함께해서는 안 되는 관계가 된 거야….'

다시 그 말을 곱씹어 보니 나오미는 무언가 이상함이 느껴졌다. 서로 함께해서는 안 되는 관계라는 게 어떤 의미일까?

"직장에서는 좀 어땠어요?"

나오미가 묻자 치하루가 젓가락을 멈추고 갸우뚱거렸다.

"체포되기 전에 그이한테 무슨 변화라도 있었나요?"

"그러고 보니…, 체포되기 한 달 전 즈음부터 혼자서 행동하는 경우가 많았어요." 치하루가 나오미를 보며 말했다.

"그건 그 부서에서는 드문 일인가요?"

"그렇진 않아요. 개인적으로 만나는 제보자도 있어서, 그런 사람들과 접촉할 때는 단독으로 행동하는 경우도 많으니까요. 하지만 체포되기 2주 전부터는 내근 업무만 하라는 명령을 받기는 했어요."

"그래요?"

의외였다. 아사쿠라가 체포된 것에 충격을 받아서 그때 상황은 잘 기억하고 있다. 아사쿠라의 양복은 항상 땀투성이였다. 이렇게 일에 매진하는 인간이 그런 범죄를 저지를 리가 없다고 생각해왔다.

"네. 원인은 잘 모르겠지만 고위층의 눈 밖에 나서 내근 업무를 하게 된 거라는 소문이 돌았어요. 업무가 지루했는지 그때부터는 정시 퇴근을 했고요."

체포되기 직전까지 아사쿠라는 거의 자정 무렵에 돌아왔다. 하루 종일 밖에서 일하고 그 후에 여자와 만났다면 양복이 땀투성이인 것도 이해할 수 있지만 내근 업무를 했다면 그건 말이 되지 않았다.

체포되기 직전까지 아사쿠라는 무엇을 하며 지냈던 걸까?

머릿속에서 오만가지 상상을 해봤지만 전혀 알아차릴 수 없었다.

나오미는 집에 오자마자 바로 거실로 향했다. 노트북을 켜고 헤드셋을 낀 다음 수사본부에 연락했다.

"좀 진전이 있었나요?"

화면에 카라키의 얼굴이 나오자 나오미는 곧바로 물어보았다.

"솔직히 말씀드릴 만한 진전은 없습니다." 카라키가 죄송하다는 듯 고개를 숙였다.

"그렇군요…."

"다만, 그저께 아사쿠라 씨와 같이 행동했던 남자를 알아냈습니다. 신바시역 근처에 있는 CCTV 영상에서 아사쿠라 씨를 태운 오토바이 번호를 확인해서, 몇 시간 전부터 경찰서에 그자를 불러 진술을 듣고 있습니다. 토다 준페이라는 이름의 남성으로 22세, 아사쿠라와 같은 직장에서 일하고 있답니다."

"어떤 이야기를 하고 있나요?"

"아사쿠라 씨를 알게 된 것은 최근이라고 합니다. 따님이 유괴되기 전날 술집에서 친해졌다고 합니다. 범인에게서 연락이 온 다음 날 밤에 갑자기 아사쿠라 씨에게서 연락이 와서 같이 일하지 않겠냐고 했답니다."

"일이라니, 유괴범을 잡는 것 말인가요?"

'일'이라는 표현과 유괴와는 너무나 어울리지 않아 나오미가 되물었다.

"아뇨, 처음엔 유괴라고 말하지 않았다고 합니다. 아사쿠라 씨 지인 중에 여사장이 있는데, 이성 관계로 약점을 잡혀 협박당하고 있어서 그 범인을 잡기 위해 일당 100만 원으로 협력해달라고 부탁받았답니다. 토야마역에 갈 때까지 나오미 씨나 이케부쿠로에 있는 사물함에서 여행용 손가방을 꺼낸 남자 뒤를 오토바이로 미행했다고 했습니다. 계속 공갈범을 잡는 줄 알았는데, 토야마역에 있는 사물함 앞에서 나오미 씨가 범인과 이야기하는 것을 듣고 처음으로 유괴범을 잡기 위해 협력하고 있었다는 것을 알았다고 합니다…."

카라키의 말을 듣고 있자니 나오미의 가슴에 어떤 감정이 복받쳐왔다. 토다의 말을 믿는다면 아사쿠라는 정말로 유괴범을 잡으려고 했던 것이다.

"그이가 유괴범과 관련이 없다는 건가요?"

나오미는 카라키의 동의를 구하듯 물었지만 카라키는 선뜻 고개를 끄덕이지 않았다.

"지금까지 이야기한 건 어디까지나 토다의 증언에 지나지 않습니다." 카라키가 표정 하나 바꾸지 않고 말했다.

"그 말을 믿을 수 없다는 건가요?"

"안타깝지만 완전히 믿을 수는 없습니다."

"어째서죠?"

"평소 소행이 좋지 않았던 남자입니다. 청소년 때 몇 차례 체포된 적이 있고 소년원에 들어갔던 적도 있습니다. 물론 그런 걸로 그의 진술을 전부 거짓으로 치부하는 것도 문제입니다만, 그 이야기를 완전히 믿는 것도 위험하다고 생각합니다. 그리고 토다의 이야기를 믿는다면 협박이 아니라 유괴라는 걸 알고 나서도 얼마 동안 아사쿠라 씨와 같이 행동한 것입니다. 보통 유괴범을 잡기 위해 협력하지는 않죠."

"토다라는 사람이 거짓말을 할 필요가 있나요?" 나오미는 카라키의 말을 납득할 수 없어 따졌다.

"아사쿠라 씨의 동료라고 생각하면 간단합니다. 돈을 빼앗겼는데도 따님이 돌아오지 않았으니, 나오미 씨나 아버님이 경찰에 신고할지도 모른다고 생각했겠죠. 경찰은 나오미 씨가 돌아다닌 장소에 있는 CCTV를 철저히 조사할 것으로 예상했을 테고, 그때 정말로 유괴범을 쫓고 있었다고 토다가 증언하면 아사쿠라 씨의 혐의는 거의 없어지는 거나 다름이 없으니까요."

혐의…, 라는 말이 가슴을 찔렀다.

"카라키 씨는 그이가 유괴와 관련이 있다고 확신하시나요?"

나오미가 그렇게 묻자 카라키는 머리를 긁적이며 한숨을 쉬었다.

"그렇게 생각하고 싶지는 않습니다만, 아사쿠라 씨가 돈이 든 여행용 손가방을 가지고 종적을 감추었습니다."

"토다 씨는 그이가 지금 어디에 있는지 모르나요?"

"토야마역에 있는 사물함에서 여행용 손가방을 회수한 다음 헤어졌다고 했습니다. 더 이상 자신이 필요 없다면서. 그 외에도 여러 이야기를 했습니다만 다 신빙성이 떨어지는 이야기였습니다."

"어떤 이야기였는데요?"

"검증해도 의미가 없는 이야기입니다. 이번엔 제가 질문드리죠. 오늘 아사쿠라 씨에게서 연락이 왔다고 들었습니다."

나오미가 끄덕였다.

"어떤 이야기를 나누셨죠?"

"제 상황을 물어봤습니다."

"경찰에 알렸는지에 대해서군요."

나오미가 고개를 끄덕였다.

"그래서요?"

"솔직하게 이야기했습니다."

카라키가 표정을 일그러트렸다.

"그는 또 뭐라고 하던가요?" 카라키는 다시 진정하고 물었다.

"범인에게서 어떤 요구가 있었다면서도 범인의 목적은 돈이 아니었다고 했습니다."

"그럼 범인의 요구사항은 무엇이랍니까?"

"대답해주지 않았습니다."

"다른 이야기는 하지 않았습니까?"

"어째서 이야기해주지 않냐고 따졌더니 모든 것이 끝나면…, 하면서 머뭇거리더니, 아니, 평생 이야기하지 않을 거라고 다시 말했습니다. 저하고는 3년 전을 끝으로 서로 함께해서는 안 되는 관계가 되었다고 했습니다."

아사쿠라가 그 후에 말한 경찰을 믿지 말라는 말은 전하지 않았다.

카라키가 몸을 앞으로 내밀었다.

"죄송합니다만 다시 한번 아사쿠라 씨의 말을 들려주시겠습니까?"

그렇게 말하는 카라키의 표정이 무척 긴장된 것처럼 느껴졌다. 나오미는 그 점을 이상하게 생각하면서도 아까 전과 같은 말을 반복해서 말해줬다.

"평생 말하지 않을 거라…."

카라키의 중얼거림이 들렸다.

"그 말에 무슨 의미가 있나요?"

나오미의 말에 카라키는 정신을 차리더니, 나오미를 쳐다보았다.

"아뇨, 아무것도 아닙니다."

카라키가 바로 표정을 풀고 머리를 흔들었다.

21

아사쿠라는 계단으로 2층에 올라가 메모지에 적힌 203호실로 갔다. 문 앞에 멈춰 서서 카스가가 말한 것처럼 2번, 그리고 3번 노크했다.

잠시 뒤 문이 열리며 젊은 여성이 나왔다. 하지만 아사쿠라를 본 여성은 놀라서 문을 닫으려고 했다.

"잠깐만요."

아사쿠라는 곧바로 문을 손으로 잡았다.

"당신이 리 진레이 씨인가요?"

최선을 다해 온화한 말투로 말했지만 여성은 경계심을 풀지 않고 아사쿠라를 노려보았다.

"카스가 선생님에게서 이걸 부탁받았습니다."

주머니에서 카스가에게서 받은 봉투를 꺼내자, 여성이 그것을 빼앗고는 안에 들어있는 약을 확인했다.

"리 진레이 씨?"

다시 묻자 여성이 봉투에서 시선을 들어 아사쿠라를 보고 작게 고개를 끄덕였다.

"저는 아사쿠라라고 합니다. 당신과 잠시 이야기를 하고 싶습니다."

아사쿠라는 상대가 이해할 수 있도록 천천히 말했지만 바로 앞에 있는 여성은 굳은 표정으로 아무 반응도 하지 않았다.

카스가의 말에 따르면 간단한 일본어는 알아듣는다고 하니, 자신의 말을 못 알아듣는 것이 아니라 경계하고 있다고 봐도 될 것이다.

"아라이 토시히코 씨를 아시나요?"

그 이름을 듣자 진레이가 놀란 표정을 지으며 물었다.

"친구?"

순간 고민했지만, 이내 아사쿠라는 고개를 저었다.

거짓말하는 걸 들키면 모든 게 끝날 것 같았기 때문이다.

"당신이 아라이 씨가 살해당했다고 카스가 선생님에게 말했다고 들었어요. 그 이야기를 좀 들려주세요."

"왜요?"

"진실을 알고 싶어서요."

"왜요?"

"그를 죽인 사람을 찾아내려고요."

아사쿠라가 그렇게 말하자, 진레이의 눈빛이 순간적으로 날카로워졌다.

진레이는 그때까지 잡고 있던 문 손잡이를 놓고 집 안으로 들어갔다.

들어와도 좋다는 뜻으로 받아들이고 아사쿠라는 문을 열었다. 신발을 벗고 진레이 뒤를 따라 들어갔다.

진레이는 다시 바로 앞에 있는 방문을 열고 들어갔다. 아사쿠라는 거기까지 따라가도 되나 싶어 주저했다. 방의 양쪽 구석에는 각각 3단 침대가 있었고 침대 사이에 있는 바닥에도 이불이 깔려 있었다. 거기에는 자고 있던 아이가 한 명 있었다.

진레이는 무언가 말을 하면서 아이를 흔들어 깨웠고, 아이는 일어나서 겁먹은 표정으로 아사쿠라를 쳐다보았다. 진레이는 아이에게 다시 무슨 말을 하더니, 일어나서 방의 한쪽 구석으로 향했다. 손을 뻗자 물소리가 들렸다. 침대에 가려져 보이지 않지만 싱크대가 있는 것 같았다.

진레이는 컵에 물을 담아 돌아와 아이에게 봉투에서 꺼낸 약을 먹게 했다. 아사쿠라는 약을 보고 지금까지 진레이가 계속 카스가의 진료소를 찾았다는 것을 눈치챘다.

"무슨 병인가요?"

"심장…." 진레이가 아이를 보며 말했다.

"그 진료소에 다니면 나을 수 있나요?"

진레이가 아사쿠라를 보고 고개를 저었다.

깊은 절망이 담긴 눈빛을 보고 아사쿠라는 해서는 안 되는 질문을 했다고 후회했다.

"약이 없으면 당장 죽어요."

"고향으로 돌아가면…."

아사쿠라는 거기서 말을 멈추었지만 그게 제일 좋다는 듯이 진레이는 아무 반응을 하지 않았다.

돌아갈 수 없는 사정이 있는 것일까, 아니면 돌아가서 치료받아도 힘든 상황인 것일까.

"당신의 아이인가요?"

아사쿠라가 묻자 진레이가 고개를 끄덕였다.

"몇 살이죠?"

진레이가 네 개의 손가락을 펼쳐보였다.

"이름은요?"

"스."

"아라이 씨와의 아이인가요?"

진레이가 고개를 가로저었다.

아사쿠라는 다음 말을 꺼내려고 하다가 시계를 보았다. 10시 35분이었다.

"미안하지만 잠시 나갔다 올게요. 바로 돌아올 테니 이야기를 들려주세요."

아사쿠라가 그렇게 말하자, 진레이는 아사쿠라를 보고 애매하게 고개를 끄덕였다.

아사쿠라는 집을 빠져나와서 택시를 탔다.

"아키하바라로 가주세요."

운전수가 시동을 걸자, 아사쿠라는 주머니에서 핸드폰을 꺼냈다. 카스가의 진료소를 나온 뒤 전원을 끈 상태였다. 이 핸드폰은 범인이 준 것이다. GPS를 설치해서 아사쿠라가 어디에 있는지 감시하고 있을지도 몰랐기 때문이었다.

원래는 카스가의 진료소에 가기 전에 전원을 꺼두어야 했지만, 범인이 진짜 원하는 진레이를 만나러 가기 전에 그 위험성을 알아차린 것이 그나마 다행이었다.

"여기서 멈춰주세요."

시계가 10시 55분이 되었을 때 운전수에게 말했다.

"아직 아키하바라까지는 많이 남았는데요?"

"여기면 충분해요."

아사쿠라는 요금을 지불하고 택시에서 내린 뒤 핸드폰을 켰다. 잠시 뒤 핸드폰에 전화가 걸려왔다.

"여보세요…." 아사쿠라가 전화를 받았다.

"핸드폰 전원을 꺼두셨더군요."

기계로 가공된 목소리가 들렸다.

역시 이 핸드폰엔 GPS가 설치되어 있었던 것이다.

"지난번에 통화할 때 모레 이 시간에 연락한다고 했잖아. 그때까지 꺼두는 게 좋을 거라고 생각했어."

"왜 그런 생각을 하셨죠?"

"그러지 않을 거라고 믿지만, 나오미나 나오미의 아버지가 경찰에 신고했을 때를 대비해서야. 나오미는 저래보여도 전직 경찰이야. 당신이 준 이 핸드폰의 번호를 조사해서 경찰에 알렸을 가능성이 없다고 할 수 없어."

"예리한 판단이군요. 전 아내 분은 경찰에 유괴 사실을 신고했습니다."

아사쿠라는 그 말을 듣고 심장이 크게 요동쳤다. 어떻게 그걸 알고 있지?

"그렇게 경찰에 신고하지 말라고 못박아 두었는데…, 따님의 목숨이 별로 소중하지 않은 모양이더군요."

"날 믿지 못해서야."

"그럴지도 모르죠. 경찰은 당신의 행방을 필사적으로 쫓고 있습니다. 전처 덕분에 꽤나 곤경에 처하셨군요. 빨리 거래를 끝내도록 하죠. 아무리 정중히 대한다고 해도 따님의 정신 상태도 슬슬 한계에 달할 테니까요."

그 말을 듣자, 나오미가 보여준 아즈사의 사진이 떠올랐다.

"아라이가 살해당했다고 말한 사람을 찾아내셨나요?"

그래…, 라고 말하려다가 참았다.

"어떠신가요?"

재차 묻는 물음에도 아사쿠라는 대답을 할 수 없었다. 아까 전에 본 모자(母子)의 광경이 눈앞에 아른거렸기 때문이다.

'범인에게 넘기면 그이는 어떻게 되나….'

"어떤가요? 설마 아직 찾아내지 못하신 건 아니겠죠?"

카스가의 말을 덮듯 기계로 가공된 목소리가 귀에 울렸다.

"그래."

아사쿠라는 그렇게 말하고 입술을 깨물었다.

"그게 뭘 의미하는지 아시겠죠?"

"좀 더 시간을 줘!"

아사쿠라는 외쳤지만 상대는 대답하지 않았다.

"그 제보자를 방문했지만 여행을 가버려서 만날 수 없었어. 모레 낮에 돌아온다고 하니까 그때 다시 만나서 그 인물을 알아내서 꼭 당신한테 말해줄게." 아사쿠라가 필사적으로 호소했다.

"경찰이 당신을 쫓고 있습니다. 그때까지 체포당하지 않을 자신이 있나요?"

"당신들 힘이라면 어떻게든 될 거 아냐!"

아사쿠라가 그렇게 말하자 잠시 침묵이 이어졌다.

"그게 무슨 소리죠?"

잠시 뒤 유괴범은 그렇게 말했다.

"아니, 아무것도 아니야…. 그 사람을 찾을 때까지는 절대 잡히지 않을 거야, 약속하지! 당신에게 하는 말이 아니라 내 딸에게 하는 약속이야!"

"알겠습니다. 그럼 좀 더 시간을 드리죠. 모레 오후 5시까지 기다리겠습니다."

쉽게 아사쿠라의 주장을 받아주는 것이 좀 의외라고 생각되었다.

"다만 그 이상은 절대 기다려 드릴 수 없습니다. 그자를 죽이게 되는 한이 있더라도 반드시 그 사람을 알아내서 잡아두세요. 당신이 말한 대로 경찰이 그 핸드폰의 위치를 추적할 가능성이 있으니, 모레 그 시간까지는 전원을 꺼두셔도 좋습니다."

"알았어."

아사쿠라가 대답하자 이번에도 전화는 툭 끊겼다.

아까 전처럼 문을 노크하자, 진레이가 문을 열어주었다.

하지만 이번에는 집 안에서 소란스러운 소리가 들려왔다. 현관을 보니 많은 신발들이 난잡하게 놓여 있었다. 함께 사는 룸메이트들이 돌아온 모양이다.

"아까 하던 이야기를 마저 하고 싶습니다."

아사쿠라가 그렇게 말하자 진레이는 안쪽 방으로 들어가서 바로 외투를 입고 나왔다.

"혹시 주변에 조용히 이야기할 수 있는 곳이 있나요?"

아사쿠라가 아파트 계단을 내려가며 묻자 진레이가 고개를 끄덕였다. 진레이를 따라 잠시 걷자 공원이 나왔다. 둘은 공원 벤치에 나란히 앉았다.

아사쿠라는 견딜 수 없는 초조함을 느끼고 있었지만, 머릿속에서 이런저런 생각이 스치면서 정작 무슨 말을 꺼내야 할지 알 수 없었다. 진레이를 범인에게 넘길 생각은 없었지만, 진레이의 협력을 구하지 못한다면 아즈사를 구할 수도 없었다. 무슨 말을 해야 할지 알 수 없다는 것은 초조함 때문에 혼란스러워서가 아니라 아무리 생각해도 아즈사와 진레이 두 사람을 구할 방법이 떠오르지 않았기 때문이었다. 결국에는 아즈사를 구하기 위해 진레이를 유괴범에 넘기게 되지 않을까.

"아이 아버지는요?"

그 질문이 자연스럽게 입에서 튀어나오는 바람에 아사쿠라는 마음속으로 죄책감을 느꼈다. 무의식중에 아이가 홀로 남을 상황을 이미 고려하고 있던 것이다.

"몰라요…." 진레이가 고개를 가로저었다.

"아라이 씨와는 어떻게 알게 되셨나요?"

"손님."

"무슨…."

그렇게 말하자 진레이가 씁쓸하게 웃었다.

"괜한 말을 해서 죄송합니다."

불법체류자 여성이 할 수 있는 일 중에 손님을 접하는 일은 몇 가지 없었다.

"괜찮아요. 처음 만났을 때 아라이의 등에 있는 상처를 문질러 주었어요. 그렇게 문질러 주면 상처가 사라지라고요."

그 말에 아라이가 어릴 때 약물중독으로 정신착란을 일으킨 어머니에게서 칼로 베였다는 이야기가 떠올랐다.

"물론 정말로 그렇게 믿은 건 아니에요. 그저 제 단골이 되어서 돈을 줄 손님이 되어주길 바랬어요."

"지금은 아라이를 그런 상대로만 생각하지 않잖아요?"

"하지만 이제 없어요." 진레이가 멍하니 하늘을 쳐다보았다.

"그는 마약을 하지 않았어요. 하지만 사고를 낸 건 사실이에요. 그 이유를 혹시 아시나요?"

아사쿠라가 그렇게 묻자 진레이는 모른다면서 고개를 가로저었다.

"경찰이나 다른 누군가로부터 쫓기지는 않았나요?"

"몰라요…, 하지만 제 탓일 수도 있어요."

"무슨 의미시죠?"

"저나 아이를 위해서 돈을 벌려고 했어요."

"치료비요?"

진레이가 고개를 끄덕였다.

"그것뿐만이 아니에요. 새로운 호적도요. 곧 가족이 돼서 스의 병도 고칠 수 있다면서…."

"어느 정도의 돈을 벌려고 했죠?" 아사쿠라는 그 이야기에 호기심이 느껴졌다.

"2억."

"2억 원…?"

아사쿠라가 놀라서 되묻자 진레이가 아사쿠라를 보며 고개를 끄덕였다.

"그 정도의 돈이 있으면 새로운 호적도 얻을 수 있고, 스의 병도 고칠 수 있대요. 잠시만 견뎌달라고, 힘을 내 달라고…."

아사쿠라를 보는 진레이의 눈가에 눈물이 고였다.

"어디서 그런 큰돈을…."

"좋은 돈벌이가 있다고 했어요."

"어떤 일인데요?"

합법적인 일로 그런 큰돈을 단시간에 버는 것은 불가능했다.

"몰라요…." 진레이가 다시 고개를 가로저었다.

"당신에게 그 이야기를 한 것은 언제였죠?"

진레이가 생각을 하듯 허공을 보았다. 잠시 뒤 아사쿠라를 보면서 말했다.

"1주일 전이에요."

"그가 사망하기 1주일 전이요?"

아사쿠라가 되묻자 진레이가 고개를 끄덕였다.

"그는 사망하기 2개월 전부터 자신이 살고 있던 이시카와 거리에서 사라졌습니다. 하지만 그 후에도 당신은 그를 만난 거군요."

아라이는 죽기 전 2개월 동안 그때까지 알고 지내던 동료들과도 연을 끊고 완전히 종적을 감추었다.

"몇 번 만났어요. 요코하마는 아니었지만…."

"그는 어디에 있었죠?"

"아카바네에 있다고 했어요. 정확한 주소는 모르지만."

3년 전 아사쿠라가 조사했을 때 그런 기록은 전혀 없었다. 아라이의 주민등록증은 사망할 때까지 이시카와로 되어 있었다.

"어째서 요코하마에서 이시카와로 옮긴 거죠?"

"새로운 돈벌이를 위해서라고 했어요. 이전처럼 자주 만나지 못해서 미안하다고 했죠…."

2억 원을 벌 수 있다는 일을 위해 살고 있던 장소에서 종적을 끊고 아카바네에 있었다는 것이었다.

대체 어떤 일이었을까?

"아라이가 하던 일에 대해서는 모르신다고 했지만, 일 외에 혹시 그에게서 무언가 들은 것은 없나요?"

아사쿠라가 재차 묻자 진레이가 잠시 생각에 빠졌다.

"뭐든지 좋아요. 살고 있던 아파트 이름이나 자주 가던 가게, 지인 이름이라도…, 잘 생각해 보세요. 그가 왜 누구에게 살해당했는지 알 수 있는 단서가 될지도 몰라요."

마지막 말에 진레이의 표정이 바뀌었다. 필사적으로 생각하느라 고개를 숙였다.

"이와키…." 진레이가 고개를 들고 말했다.

"지인인가요?"

아사쿠라가 묻자 진레이가 고개를 끄덕였다.

"이와키라는 이름을 몇 번 들었어요. 신세를 졌다고."

"그가 그 돈벌이를 알려준 거군요?"

"그건 몰라요. 다만 은인이라고…."

"남자인가요, 여자인가요?"

"남자일 거예요…, 수염이 있다고 했거든요. 그 사람을 동경해서 자신도 수염을 길러 볼까라고 말했어요. 엄청 많이…."

진레이가 자신의 입가와 볼 주변을 손으로 만졌다.

"제가 수염은 싫다고 하면서 수염이 있으면 스에게 그걸 하지 못하게 하겠다고 말했어요. 뭐더라…? 볼과 볼을 붙여서 비비는 거…."

"그냥 '볼 부비부비'라고 하면 돼요."

아사쿠라가 그렇게 가르쳐주자 진레이가 맞다면서 고개를 끄덕였다.

"그랬더니 그럼 수염을 기르지 않겠다고 했어요…." 진레이가 미소를 지었다.

처음 보는 온화한 표정이었다. 다른 사람에겐 별것 아닌 대화라도 그녀에게 있어서는 사랑스런 추억인 듯했다.

"이와키의 나이는 어떻게 된다고 했나요?"

"몰라요. 하지만 항상 술을 사준다고 했어요…. 지금까지 마셔 본 적이 없는 비싼 술이래요. 스트레이트로 천천히 마신대요. 아라이는 그때까지 맥주나 소주를 단번에 마시기만 해왔기 때문에 위스키를 그렇게 마시는 것이 멋지다면서 동경한다고 했어요…."

"상당히 나이가 많은 모양이군요."

"그렇겠죠…."

그 후에도 아라이가 사망할 때까지 있었던 일을 이것저것 물어봤지만 수염이 난 이와키라는 남자 말고는 단서가 없었다.

진레이가 공원에 있는 시계를 보고 벤치에서 일어났다.

"슬슬 가봐야겠어요…. 그 아이는 제가 곁에 없으면 잠을 못 자요."

아사쿠라는 가방에서 볼펜과 메모장을 꺼내, 핸드폰 번호를 적은 뒤 진레이에게 주었다.

"또 무언가 생각이 나시면 여기로 연락해주세요."

"알았어요."

진레이는 강렬한 눈빛으로 고개를 끄덕이더니, 뒤돌아서 그대로 공원 밖으로 걸어나갔다.

진레이가 시야에서 사라지자, 아사쿠라는 핸드폰으로 키시타니에게 전화를 걸었다.

"나야. 지금 신코이와에 있는데 여기로 올 수 있어?"

"알았어."

공원의 위치를 알린 뒤 아사쿠라는 전화를 끊고 다시 벤치에 앉았다.

1시간 정도 기다리자 울타리 너머로 헤드라이트가 다가오는 것이 보였다. 아사쿠라는 그제서야 벤치에서 일어나 공원을 나왔다.

공원 밖에는 세단이 한 대 주차되어 있었다. 조수석에 타자 키시타니가 바로 시동을 걸었다.

"표정을 보아하니 헛수고였나 보군?" 키시타니가 물었다.

"아니, 아라이의 연인까지 찾아냈어."

아사쿠라가 그렇게 대답하자, 키시타니가 아사쿠라를 쳐다보고는 곧바로 시선을 정면으로 돌렸다.

"제보자가 말한 인물이야?"

"그래."

"그럼 이제 유괴범과 거래만 하면 되겠군." 키시타니가 입맛을 다시며 말했다.

키시타니는 아라이가 살해당했다고 말한 인물을 미끼로 유괴범을 끌어내 정체를 알아내자고 제안했다. 물론 키시타니의 목적은 아즈사를 구하는 것이 아니라 유괴범의 정체를 알아내 반대로 그 녀석을 협박하는 것이었다.

"언제, 어디서 거래를 하는 거야? 11시에 연락이 왔잖아?" 키시타니가 물었다.

"유괴범에겐 아직 말하지 않았어. 아직 찾지 못했다고 해서 모레까지 시간을 벌어놨지."

"어째서?"

"유괴범에게 아라이의 연인을 넘기면 그녀는 살해당할 수도 있어. 어린애도 있었어. 게다가 큰 병을 가진 어린애야."

"범인의 요구를 따르지 않으면 네 딸이 죽잖아. 머리가 어떻게 된 거 아냐?"

"딸도 반드시 구할 거야."

"어떻게?"

"아직 몰라…, 하지만 아라이의 연인에게서 묘한 이야기를 들었어. 3년 전 사건의 진실에 관한 이야기야."

아사쿠라는 아까 전에 진레이에게 들은 이야기를 키시타니에게 말했다.

"2억 원이라니…."

이야기를 다 들은 키시타니가 그렇게 중얼거리고는 큰 한숨을 쉬었다.

"2억 원이라는 거금을 벌 수 있다는 것은 상당히 위험한 건수야. 그 결과 아라이는 사고로 위장해 살해당했고, 경찰은 그 사실은 은폐하려고 했다는 거잖아?"

"어디까지나 아직은 추측에 불과하지만 상상해 볼 가치는 있지. 그만한 거금을 벌 수 있다고 하면 아마 마약과 관련이 있지 않을까?" 아사쿠라는 키시타니에게 의견을 물었다.

"물론 큰 마약 거래라면 그만한 돈이 움직일 수도 있지만, 아라이 몫만 해도 2억 원이라는 거잖아. 마약으로 보기엔 현실적이지 않아. 게다가 그 여자가 말하길, 이와키라는 남자와 관련되어 있다면 금액은 그 이상이라는 거야. 아라이는 그 남자를 은인이라고 했다며?"

"그래."

"그리고 이와키와의 분배 비율이 5 대 5는 아닐 거야. 그렇다면 범죄 수익은 5억 원, 아니 어쩌면 더 많은 건수였을 수도 있어. 그만한 거금을 벌 수 있는 일이라곤 강도뿐이지. 은행이나 보석상을 노린 강도 말이야…."

"그 사건이 있던 시기에 그런 사건은 없었어." 아사쿠라는 기억을 더듬어 말했다.

"그럼…, 사건으로 드러나지 않은 거겠지. 개인이나 회사에서 무언가 중요한 것을 훔쳤다든가. 하지만 경찰에 신고할 수 없는 사정이 있어 사건으로 알려지지 않은 거야."

"그래. 경찰은 거짓 발표를 했어. 그리고 나에겐 누명을 씌워서 사고의 진실을 숨기려고 했지. 경찰 관계자가 얽혀 있는 게 분명해."

"뒤에서 누가 경찰에게 손을 썼다는 건가. 그렇다면 상당한 거물이겠군. 빼앗긴 걸 되찾기 위해 은밀하게 수사를 했던 거지. 그리고 아라이를 잡기 위해 차에 총을 쐈고, 그래서 사고가 난 거야. 경찰 입장에서는 왜 총을 쐈는지 설명할 수 없으니까 아라이가 마약에 손을 대서 사고가 났다고 거짓 발표를 할 수밖에 없었지. 어때?" 키시타니가 마치 자기 말이 진실인 양 말했다.

"정말 그럴 것 같아. 경찰은 사고 차량 내부나 소지품을 조사했지만 되찾으려고 했던 것이 없었던 거지. 그래서 아라이의 주변 인물을 집요하게 조사해서 다른 공범이 없나 확인하려고 한 거고."

"생각해 봤는데 돈이나 물건이 아닐 수도 있어."

키시타니의 말에 아사쿠라가 쳐다보았다.

"무슨 소리야?"

"만약 아라이 일당이 돈이나 보석, 혹은 다른 귀중품을 훔쳤다고 치자."

"응."

"그렇다면 그렇게까지 했을까?"

"무슨 소리야?"

"저쪽은 경찰을 조종해서 손을 쓸 수 있을 정도로 거물이야. 돈이나 물건이라면 3년 동안이나 찾아다닐 필요가 없지. 왜냐면 이미 다 써버렸을 테니까."

키시타니의 말대로다.

아사쿠라는 키시타니에게서 시선을 돌려 창밖을 봤다. 어둠을 보며 그것이 무엇일지 필사적으로 상상해보았다.

문득 한 가지 떠오르는 것이 있어서 다시 키시타니에게 고개를 돌렸다.

“어쩌면 아라이와 이와키는 너랑 같은 일 하던 사람들일 수도 있겠군.”

아사쿠라가 그렇게 말하자 키시타니가 씽긋 웃었다.

“나도 같은 생각 중이야.”

경찰에게 은밀하게 수사를 부탁할 정도의 거물을 아라이 일당이 어떤 비밀을 토대로 협박하던 중일 수 있다. 그렇게 생각하면 아귀가 들어맞는다.

“하지만 아무리 거물이라고 해도 경찰이 그렇게까지 협력했을지는 의문이야. 그렇다면 아예 경찰 고위층이 어떻게든 숨겨야만 하는 비밀일 수도 있어. 아라이가 죽은 뒤 공범들은 겁먹고 어딘가로 숨어버린 거지. 하지만 그 비밀 자체가 사라진 것은 아니야. 경찰은 지금도 그게 언제 세상에 알려질지, 혹은 다시 누군가가 나타나서 협박을 할지 불안해하는 거야. 그래서 당신 딸을 유괴해서 그걸 아는 사람을 찾아내려는 거지.”

“아무래도 그런 것 같아.”

아사쿠라는 가방에서 인형을 꺼내서 쳐다보았다.

‘반드시 널 구해주겠어…. 설령 상대가 거대한 권력자라고 해도, 지금 날 비웃고 있을 녀석들 손에서 반드시.’

그런데 인형을 보면서 아까 전 유괴범과의 대화를 곱씹어보니 마음에 걸리는 것이 있었다.

“왜 그래?” 키시타니가 물었다.

“아니…, 아즈사를 납치한 것이 경찰 고위층이 아닐 가능성도 있는 것 같아서….”

“갑자기 또 무슨 소리야?”

“아까 유괴범은 전화로 이렇게 말했어. 경찰이 날 필사적으로 쫓고 있다고. 경찰 고위층이 유괴와 관련되어 있다면 일선 형사들이 날 찾지 못하도록 미리 힘을 써놨을 텐데, 왜 그런 말을 했을까. 내가 잡혀버리면 범인의 요구는 물거품이 되잖아.”

“그것도 그러네. 그럼 대체 누가 당신 딸을 유괴했다는 거야?”

키시타니의 말에 아사쿠라도 모르겠다는 듯이 고개를 절레절레 흔들었다.

“경찰 고위층이 유괴한 게 맞을 것 같지만 일단 상황을 지켜보려는 게 아닐까? 일선 형사들에게 잘못 지시를 내렸다간 오히려 의심받을 테니까. 네가 정말로 잡힐 것 같으면 그때 압력을 가해오겠지.” 키시타니가 말했다.

“그럼 일단 그것부터 확인해 봐야겠어.”

“확인하다니…, 뭘 어떻게?”

“내 핸드폰 전원을 켜보는 거지. 그러면 경찰은 내 현재 위치를 어느 정도 알 수 있잖아. 그때 형사들이 날 잡으러 오는지 그냥 놔두는지 확인하면 돼.”

“뭐라고?” 키시타니가 놀라서 물었다.

“만약 기다려도 형사들이 날 잡으러 오지 않는다면, 경찰 고위층이 날 잡지 못하도록 미리 손을 써놨다는 거지. 그 얘기는 결국 범인이 경찰 고위층이라는 뜻이야.”

“그럼 핸드폰을 켠 다음에 멀리서 형사들이 오는지 지켜보자는 거야?”

키시타니의 말에 아사쿠라는 고개를 가로저었다.

"그럼 안 되지. 멀리서 봐서는 날 잡으러 온 사람이 형사들인지 알 수 없어. 특수수사팀은 상대에게 들키지 않게 행동하는 전문가야. 근처에 있을 나에게 자신들의 존재를 숨기며 접근하겠지. 실제로 내 모습을 보고 잡으려고 하는 것까지 확인해야 그게 형사인지 알 수 있을 거야."

"너 정말 바보구나. 그게 얼마나 위험한지 알기나 해?" 키시타니가 황당하다는 듯 말했다.

"당신 말대로야. 하지만 적의 정체를 알아야 대처법도 생기는 법이지."

"경찰 고위층과는 무관하게 아무 사정을 모르는 일선 형사가 널 잡으러 올 수도 있어."

"대비책은 마련해 두었어. 그리고 네가 없었으면 이런 바보 같은 생각도 안 했을 거야."

아사쿠라는 키시타니에게 빙긋 웃어보였다.

22

게슴츠레 눈을 뜨자 흐려진 시야 속에서 소리가 들려왔다. 천천히 정신이 들자 그 소리가 초인종 소리라는 것을 깨달았다.

나오미는 소파에서 일어나려고 했지만 몸에 힘이 들어가지 않았다. 하지만 기력을 쥐어짜내 겨우 인터폰으로 향했다.

시계를 보니 7시 반이었다.

'이렇게 일찍 대체 누굴까.'

그런 생각을 하면서 인터폰을 받자 "나다. 열어다오."라는 아버지의 목소리가 들렸다.

"아버지?"

"그래."

"무슨 일이에요, 이렇게 일찍."

"빨리 열어줘. 너한테 할 말이 있다."

아버지의 딱딱한 목소리에서 나오미는 불길한 예감이 들었다. 현관으로 가서 문을 열어드리자 아버지가 들어오셨다.

"대체…."

아까 전 목소리보다 더 딱딱한 아버지의 표정을 보고 나오미는 할 말을 잃었다.

'설마 아즈사에게 무슨 일이 생긴 걸까?'

"밤중에…, 녀석으로부터 연락이 왔다."

아버지의 말을 이해하지 못한 채 나오미는 고개를 갸우뚱거렸다.

"아사쿠라에게서 연락이 왔단 말이다."

"아즈사를 유괴한 놈의 이야기는 아닌 거네요?"

아버지가 고개를 끄덕이는 것을 보니, 아사쿠라가 연락한 이유는 뒷전이고 안도의 한숨이 먼저 튀어나왔다.

"아사쿠라에게서 연락이라니…, 무슨 일이죠?" 나오미가 물었다.

"내 주위에는 수사관들이 배치되어 있지 않을 것이라고 생각해서 나에게 전화를 건 거겠지."

"대체 왜 아버지에게?"

"나에게 부탁이 있다더구나."

"무슨 부탁이요?"

"자신은 범인의 요구에 응해야 하니, 그때까지 체포되면 안 된다면서 자신을 경찰이 쫓지 않도록 어떻게든 경찰 고위층에 이야기를 해달래."

은퇴하시긴 했지만 나오미의 아버지는 지금도 경찰 고위층과 어느 정도 연락을 취할 수 있을 것이다.

"범인에게서 어떤 요구를 받았는지도 이야기해 주던가요?"

"물어봤지만 말해주지 않았어. 하지만 지금 자기가 잡히면 틀림없이 아즈사의 목숨은 위태롭다고 호소하더군."

"그래서 아버지는…."

"오늘 아침 경찰본부에 아는 사람한테 전화를 넣었다. 하지만 보고를 했을 뿐 그렇게 해달라고 부탁은 하지 않았어. 그리고 한 가지 더…."

아버지는 갑자기 주머니에서 종이 한 장을 꺼내 나오미에게 주었다.

"수사관들 모르게 너에게 이걸 전해달라고 하더구나."

받아든 종이를 보니 전화번호가 쓰여 있었다.

"이건 원래 아사쿠라 번호가 아닌 것 같아. 아마도 어디서 새로운 핸드폰을 손에 넣었겠지. 정오에 여기로 연락을 해달라고 부탁받았다. 너에게 무언가 전할 말이 있는 듯하더구나. 끈질길 정도였어."

'우리들은 3년 전을 끝으로 서로 함께해서는 안 되는 관계가 된 거야….'

어제의 차가운 태도와는 정반대여서 더 이상했다.

"너한테 꼭 전달해서 반드시 전화를 걸도록 하겠다고 약속해줬다."

"알았어요. 정오가 되면 그 번호로 전화를 걸어볼게요." 나오미가 종이를 보며 말했다.

"꼭 그래라. 하지만 전화를 걸어서 녀석이 받으면 바로 전화를 끊어버려라."

나오미는 아버지를 쳐다봤다.

'대체 무슨 말씀이지?'

"난 사실 그 녀석한테 분노밖에 남아있지 않아. 최대한 너그러운 장인인 척했을 뿐이야. 믿어주겠다고도 했고, 나오미한테도 시킨 대로 전달하겠다고 했지. 하지만 녀석이 정오에 맞춰서 전화를 걸어달라는 말은 그전까지 그 핸드폰 전원을 꺼두겠다는 뜻이야. 자기 위치를 경찰에 들킬 것을 경계하고 있다는 거지."

나오미는 그 말을 듣고 아버지가 왜 아사쿠라에게 그런 연기를 했는지 파악했다.

'아버지는 아사쿠라를 체포할 생각인 거야….'

"여기에 오기 전에 카라키와 이미 이야기를 나눴다. 정오에 너한테서 연락을 받지 못하면 녀석은 경계의 고삐를 늦추지 않고 수사관이 도착하기 전에 핸드폰을 끌 가능성이 있어. 그러니 너도 연기를 해라."

"연기요?"

"네가 아사쿠라에게 전화를 건 직후에 타카하시 치하루라는 수사관이 너한테 말을 걸 계획이야. 예를 들면, 요양원에 있는 노인이 쓰러졌다든가…, 그러면 너는 큰일이 났다면서 나중에 다시 건다고 하고 전화를 끊어버리는 거야."

나오미가 다시 전화를 걸 때까지 기다리는 동안 핸드폰을 켜둘 것이니, 그때 위치추적을 해서 아사쿠라를 잡으려는 계획이다.

"그런 건…, 싫어요…."

나오미가 반대하자 아버지의 표정이 한층 더 엄숙해졌다.

"물론 그이는 우리한테 모진 짓을 했어요. 하지만 이런 방식으로 속이려고 하다니 저는…."

"무슨 말이 하고 싶은 거냐?"

"만약 그이 말이 사실이라면…, 그이가 경찰에 잡혀서 범인의 요구를 들어줄 수 없다면 아즈사는…, 아즈사는 어떻게 되는 거예요!"

아버지가 양 팔을 뻗어 나오미의 어깨를 잡았다.

"넌 대체 뭘 어떻게 더 해야 정신을 차릴 거니!"

"아빠도 그이가 유괴를 했다고 생각하시는 거예요?"

"녀석은 돈이 든 여행용 손가방을 들고 종적을 감추었어. 유괴범인 게 뻔하잖아. 어찌되었든 녀석을 체포하는 게 급선무야."

"하지만…."

나오미는 다시 고개를 가로저었다.

“네가 녀석을 끝까지 믿고 싶어 하는 건 잘 안다. 짧은 기간이긴 했지만 녀석은 네 남편이었고 아즈사의 아버지이기도 하니까. 하지만 녀석을 이대로 놔둘 수는 없어. 만약에 지금 새로운 유괴사건이 발생하면 어떡하니? 아즈사 사건에 모든 인력이 총동원되어 있는 상황에서 다른 사건을 제대로 수사할 수 있을 것 같아? 만약 그 애가 죽기라도 하면 어떻게 책임질 거야? 하루 빨리 아즈사 사건을 종결지어야 해.”

아버지의 말을 들으니, 나오미는 말문이 막혀버렸다.

23

마지막 폭죽을 편의점 바깥에 있는 쓰레기통에 넣고 시계를 보았다. 11시 55분이었다.

아사쿠라는 핸드폰을 꺼내 전원을 켜고 천천히 걷기 시작했다. 잠시 후 진동이 느껴져 의외라고 생각하면서도 핸드폰 화면을 보았다.

나오미의 직장 전화번호…, 어제 자신이 전화를 걸었던 아즈사의 직장에서 온 전화였다.

"여보세요…."

아사쿠라는 전화를 받았지만 대답은 없었다.

"나오미?"

다시 한번 물었다.

"그래요."

우울한 목소리가 들렸다.

"경찰에 알렸나?"

"아니요. 저에게 무슨 할 말이 있어요?"

날카로운 말투로 나오미가 물었지만 사실 아사쿠라는 딱히 할 말이 없었다. 경찰은 아사쿠라가 전화를 기다리게 만든 뒤 위치 추적을 하는 것이 목적이므로, 나오미의 전화가 오지 않을 것이라고 예상했기 때문이었다.

무슨 말이라도 하려고 입을 열었을 때 "나오미 씨, 큰일 났어요!"라는 여성의 목소리가 들렸다.

"잠깐 기다려요."

그리고 잠시 침묵이 흘렀다.

"미안해요. 할머님 한 분이 상태가 좀 안 좋아서…, 나중에 다시 걸게요."

당황한 나오미의 목소리가 들리고 전화가 툭 끊겼다.

핸드폰을 보고 아사쿠라는 한숨을 쉬지 않을 수 없었다. 예상대로 돌아가고 있음을 확인하자, 나오미마저 자신을 속였다는 생각에 괴로움이 밀려왔다.

"아내가 건 전화였어?"

귀에 낀 이어폰에서 키시타니의 목소리가 들렸다.

"전 아내야."

아사쿠라는 이어폰줄에 붙은 마이크에 대고 말했다.

"너도 참 정말 별것 아닌 것에 집착하네. 아무래도 상관없잖아? 그래서 뭐래?"

"긴급 상황이라 나중에 다시 건다고 하고 끊어졌어."

"결국 차였다는 거네. 경찰이 네 위치를 추적해서 올 때까지 얼마나 걸릴까?"

"정확히는 모르지만 1시간에서 2시간 정도겠지." 대략 예상치를 말했다.

"그렇군. 그럼 좀 예행연습이라도 해볼까?"

키시타니의 말에 아사쿠라는 도로 반대편에 우뚝 선 선샤인60 빌딩을 올려다보았다.

"내가 보여?" 아사쿠라가 저 멀리 있는 최상층을 보며 물었다.

"그래, 잘 보여. 지금 네가 있는 인형가게 골목하고 그 안쪽에 있는 공원까지 한눈에 보여. 시험 삼아 앞으로 걸어 봐."

키시타니의 말에 아까 전에 폭죽을 넣어둔 쓰레기통 쪽으로 움직였다.

자신이 아이디어를 냈지만 앞으로 벌어질 상황을 생각하니 발을 삐끗할 뻔했다.

형사들을 이 주변에 불러내서 정말로 아사쿠라를 잡으려고 하는지를 확인한 뒤 도망친다. 그런 무모한 계획을 세워놓고 이른 아침부터 준비를 한 것이었다.

아사쿠라는 지리를 잘 아는 곳이지만, 카나가와현 경찰서의 형사들이 잘 모를 만한 곳이면서 유동인구는 많은 곳을 찾다보니 이곳 이케부쿠로까지 왔다.

키시타니가 선샤인60 빌딩 최상층에 있는 전망대에 오르는 동안 아사쿠라는 키시타니와 함께 폭죽을 쓰레기통과 공원 잔디 곳곳에 설치했다.

'절대로 경찰에 체포되어서는 안 된다.'

"아까 꺾은 곳에서 거기까지는 빌딩에 가려져서 잘 보이지 않아. 거기 빼고는 괜찮아. 공원 앞은 왼쪽으로 걸어가."

키시타니의 말이 들렸다.

"알았어. 조심할게. 그쪽은 어때?"

"평일 오후에 이상한 중년 남성이 혼자 쌍안경만 보고 있으니 누가 봐도 수상하겠지. 아까부터 어떤 커플이 나를 자꾸 쳐다보는데 내가 어느 집을 훔쳐보고 있다고 경찰에 신고하지 않기를 기도 좀 해줘."

키시타니의 농담에 아사쿠라는 긴장이 좀 풀렸다.

이제 모든 준비를 마쳤다. 경찰 고위층이 마사타카의 이야기에 따라 움직일 것이냐가 관건이었다.

"슬슬 쇼타임이다!"

키시타니의 그 말을 들으면서 아사쿠라는 가방에서 인형을 꺼냈다.

'이 아빠를 지켜다오….'

마음속으로 중얼거린 뒤 인형을 다시 가방 속에 넣고 아사쿠라는 걷기 시작했다.

"네 등 뒤 10미터 밖에서 젊은 남성이 따라오고 있어. 수상해보이진 않는데 핸드폰을 만지작거리며 걷고 있어."

키시타니의 말에 아사쿠라는 자연스럽게 멈춰 섰다.

뒤에서 온 젊은이는 아사쿠라를 신경 쓰지 않고 핸드폰을 보면서 앞서 나갔다.

"아닌가 보군. 정면에서 너에게 걸어오는 남녀가 있어. 남자는 양복에 안경, 여자도 정장 차림에 무슨 서류를 보면서 이야기를 하고 있어. 아무래도 수상해. 조심해라."

아사쿠라는 다시 걷기 시작했다. 잠시 뒤 키시타니가 말한 남녀가 눈앞에 나타나 아사쿠라를 향해 걸어오고 있었다. 남자와 눈이 마주쳤지만 바로 아사쿠라에게서 시선을 돌려 옆에 있는 여자를 쳐다보았다. 아사쿠라는 그 남녀도 그대로 지나쳤다. 뒤를 돌아보고 싶은 충동을 느꼈지만 꾹 참고 걸어나갔다.

"어때?" 아사쿠라가 물었다.

"딱히 수상하진 않아. 그대로 큰 길로 가서 택시를 잡으려고 하고 있어."

키시타니의 말을 듣고 그때까지 격하게 뛰던 심장박동이 좀 가라앉았다.

"20미터 앞 오른쪽에서 이어폰을 낀 남자가 그쪽으로 향하고 있어."

정말 그 말대로 오른쪽 골목에서 야구모자를 쓴 남자가 나타났다. 언뜻 아사쿠라 쪽을 보면서 걸어오는 듯했다. 이내 이어폰을 끼고 중얼거리던 남자를 지나쳤다.

"저 남자는 어때?" 키시타니가 물었다.

"확실히 입을 움직이고 있었어. 하지만 어디에 연락하는 것 같지는 않아. 아니…, 사실은 판단하기 어려워. 네가 잘 지켜봐."

"아직까지 형사가 안 나타나는 걸 보면, 역시 범인은 경찰 고위층인가 보군."

키시타니의 말에 아사쿠라는 손목시계를 보았다. 3시가 넘었다.

핸드폰 전원을 켜고 나서 이제 3시간 이상 지났다. 이 시간까지 형사들이 나타나지 않은 것을 보니 그런 판단이 들었다.

"슬슬 집중력이 떨어지려고 해. 이제 그만 철수하는 게 어때?"

"그렇군…."

아사쿠라가 다시 정면을 보면서 말했다.

반대편에서 양복을 입은 건장한 체구의 남자가 걸어오고 있었다. 안경 너머로 살짝 눈이 마주쳤다. 남자는 약간 고개를 돌리더니, 길 왼편을 걸으며 아사쿠라와 지나쳐갔다.

"지금 지나쳐간 남자…, 왼쪽에 무선 이어폰을 하고 있었어."

오른쪽에는 이어폰이 없던 것을 떠올리고 아사쿠라의 심장이 크게 요동을 치기 시작했다.

"남자가 자판기 옆에서 멈췄어. 널 보고 있어."

아사쿠라는 도망치고 싶은 충동을 참고 아까전과 변함없는 속도로 걸음걸이를 유지했다.

“오른손을 얼굴까지 올렸어. 시계를…, 아니 시계가 아니야. 소매 끝에 입을 대고 있어. 무전기야!”

아사쿠라는 발걸음을 멈췄다. 그리고 주머니에 손을 넣어 스위치를 꺼내 천천히 뒤를 돌아보았다.

10미터 앞에 자판기가 보였다. 자판기 앞에 서 있던 남자가 달리기 시작하자, 아사쿠라도 재빨리 다시 뒤돌아 달리기 시작했다.

“아사쿠라…!”

바로 등 뒤에서 외침이 들렸다.

아사쿠라는 전속력으로 달리면서 손에 든 스위치를 눌렀다. 그러자 주위에서 ‘쾅’하는 소리가 들려왔다.

주변을 살펴보자, 아사쿠라와 키시타니가 미리 설치해둔 폭죽 소리에 놀란 듯 남자가 달리기를 멈추고 땅에 엎드렸다. 남자가 당황해서 주위를 둘러보는 사이 아사쿠라는 어느 골목 한쪽으로 들어갔다. 그리고 지그재그로 골목을 가로지르며 건물과 건물 틈에 몸을 숨겼다.

“어때?”

아사쿠라는 골목 안쪽에 있는 쓰레기통 쪽으로 가면서 키시타니에게 외쳤다.

“몇 명이 그쪽으로 달려가고 있어. 잠깐 기다려!”

아사쿠라는 쓰레기통 뚜껑을 열고 안에 든 가방을 꺼냈다.

“자켓에 검은 미니스커트를 입은 긴 생머리의 여자…, 노숙자로 보이는 흰머리에 수염 난 남자야. 남자는 한손에 우산이 든 비닐 봉투를 들고 있어.”

키시타니의 중계를 들으며 아사쿠라는 가방을 땅에 내려놓고 옷을 벗기 시작했다. 넥타이를 풀고 셔츠를 벗었다.

"그리고…, 양복 입은 회사원 같은 남자 2명도 있는데, 둘 다 어두운 색 양복이지만 한 명은 파란색 셔츠에 넥타이가 없고 다른 한 명은 흰 셔츠에 노란색 넥타이야. 그리고 야구모자를 쓴 남자는 회색 셔츠와 청바지…, 흰 운동화를 신고 있어. 내가 지금 여기서 확인할 수 있는 것은 이게 다야…"

"알았어."

아사쿠라는 신발과 바지도 벗었다. 그러자 안에 입고 있던 반팔과 반바지 싸이클복이 나타났다. 가방에서 운동화와 헬멧, 선글라스도 꺼내서 착용했다. 원래 입고 있던 옷과 신발을 쓰레기통에 넣고, 쓰레기통에서 꺼낸 가방은 등에 둘러멨다.

자전거는 약간 떨어져 있는 큰길가에 세워두었다. 길을 오가는 사람들 틈 사이로 빠져나와 자전거를 향해 뛰기 시작했다.

조금 앞에 서 있는 남자를 보니, 감색 모자를 쓰고 회색 셔츠와 청바지를 입고 있었다. 발을 보니 흰 운동화를 신고 있었다. 조금 전 키시타니가 말해준 복장이다. 긴장하지 않을 수 없었다.

남자는 아사쿠라에게 등을 보인 채 주위를 살피고 있었다.

자전거는 남자가 있는 곳에서 5미터 앞에 세워두었다. 이대로 가야 하나 고민하고 있을 무렵 남자가 갑자기 뒤를 돌아봤다.

선글라스 너머로 남자와 눈이 마주치자 아사쿠라는 크게 놀라지 않을 수 없었다.

다행히 카라키는 아사쿠라를 못 알아본 듯 바로 다른 곳으로 눈을 돌렸다.

여기서 뒤를 돌아서 가면 의심받을 것이 뻔하기 때문에 아사쿠라는 그대로 앞으로 나아갔다. 그리고 카라키의 옆을 지나쳐 자전거로 향했다.

초조한 마음도 들었지만 마음을 다독이며 가드레일에 묶어놓은 자물쇠를 풀었다. 카라키를 보니 아직 아사쿠라를 못 알아본 듯했다.

자전거를 타고 페달을 밟아 차도로 나오자, 비로소 안도의 한숨이 흘러나왔다.

처음 타는 자전거라서 잘 탈 수 있을지 걱정이 되었지만 페달을 몇 번 밟아보니 금세 익숙해졌다.

"어이, …괜찮아?"

이어폰에서 키시타니의 목소리가 들렸다.

"그래. 잘 빠져나왔어." 아사쿠라가 대답했다.

"나도 이제 막 차에 탔어. 지금 어디야?"

"5호선 철로 밑을 지나 구름다리로 가고 있어. 철로를 지나 반대편에 나와서 카와고에로 가면 되나?"

"카와고에 쪽으로 가다보면, 사거리 신호등 앞에 '루디즈'라는 패밀리레스토랑이 있어. 거기 주차장에서 만나자!"

구름다리로 가는 도중에 급오르막길을 만나 아사쿠라는 박차를 가했다. 그렇지만 뒤에서는 차들이 한두 대씩 추월해갔다.

드디어 언덕을 지나 구름다리를 건넜는데, 그 순간 검은색 세단 한 대가 아사쿠라를 급히 추월하더니, 아사쿠라 바로 앞에서 급정지를 했다.

아사쿠라는 자전거 브레이크를 밟았지만 결국 세단의 뒷면에 부딪치고 튕겨져 나가, 가드레일을 들이받고 아스팔트 길가에 쓰러졌다.

차 문이 열리는 소리가 들려 아사쿠라는 고개를 들었다. 한 남자가 운전석에서 나와 아사쿠라에게 다가오고 있었다.

아사쿠라는 재빨리 일어나 뒤에 있는 구름다리 난간을 넘으려고 했지만 포기했다. 아래쪽을 내려다보니, 높이가 5, 6미터나 되었기 때문이다.

"꼼짝 마…."

아사쿠라는 눈앞에 펼쳐진 광경을 보고 놀라지 않을 수 없었다. 카라키가 아사쿠라를 향해 권총을 겨누고 있었기 때문이다.

"오랜만이군."

아사쿠라가 인사를 해도 카라키는 표정 하나 바꾸지 않았다. 계속 날카로운 눈빛으로 아사쿠라를 향해 총을 조준하고 있었다.

"비싼 자전거를 내가 망가트려 버린 건가? 하지만 어차피 오늘만 쓰려고 했을 테니 상관없겠지. 그렇게 복장을 잘 갖추어도 타고 가는 모습을 보면 초보자 티가 나!"

"연습이라도 해둘 걸 그랬군." 아사쿠라가 카라키를 보며 말했다.

"넌 대체 뭘 찾고 있는 거야? 유괴범에게서 무슨 요구를 받아서 움직이고 있나 본데 그게 대체 뭐야!"

"너희들은 내가 내 딸을 유괴했다고 의심하는 거냐?"

"모든 가능성을 고려하는 것이 수사의 철칙이야. 자, 사실대로 다 불어!"

카라키가 방아쇠에 손을 올리는 것을 보고 아사쿠라는 양손을 들었다. 하지만 카라키는 권총을 내릴 생각이 없는 듯했다. 권총을 든 채로 가드레일을 넘어 아사쿠라 쪽으로 다가왔다.

"권총을 내리면 어때? 빈손인 상대에게 그런 걸 들이대는 걸 사람들이 보면 나중에 문제가 될 텐데?"

"맨손이라면 날 이길 수 있다고 생각하나 보군. 여전히 짜증나는 녀석이야."

카라키는 권총을 든 채 왼손만 주머니에 넣고 수갑을 꺼내 던졌다.

"그걸 손에 차!"

아사쿠라는 재빨리 주위를 살폈다. 아까 전에 자신이 왔던 언덕에서 차량 한 대가 이쪽으로 오는 것이 보였다.

"빨리 해!" 카라키가 화를 내며 외쳤다.

아사쿠라는 그 자리에 주저앉아 땅에 떨어진 수갑을 주웠다. 그리고 고개를 들자 카라키가 여전히 총으로 자신을 조준하고 있었다.

그때 '쾅' 하는 소리가 들려 카라키가 놀라서 뒤를 돌아보았다. 키시타니가 운전하고 온 차가 카라키의 차를 들이받아버린 것이었다.

카라키의 주의가 흐트러진 사이 아사쿠라는 재빨리 일어나 구름다리 난간을 넘어 반대편으로 뛰어내렸다.

5, 6미터 아래 땅에 착지하여 손을 짚는 순간 왼쪽 손목에서 극심한 고통이 느껴졌다. 고통을 참으며 고개를 들자 카라키가 구름다리 위쪽에서 증오심이 가득한 표정으로 권총을 겨누고 있었다.

아사쿠라는 곧바로 카라키가 총을 겨눌 수 없는 사각지대로 달려가기 시작했다.

"으아악…."

카스가에게 왼쪽 손목을 잡힌 아사쿠라가 비명을 질렀다.

"X레이가 없어서 정확하게 진단할 순 없지만 골절은 아니야. 움직이면 아프다니까 일단 부목을 대주지."

카스가가 그렇게 말하고 의자에서 일어났다. 그리고 부목을 가져오더니 아사쿠라의 손목에 대고 붕대를 감았다.

"그건 그렇고 정말 무모한 짓이었어."

카스가가 황당하다는 듯이 말하자, 아사쿠라는 쓴웃음으로 대답했다.

"덕분에 한 가지 확인을 했지."

"경찰 고위층이 당신 딸을 유괴한 것은 아니란 거 말이야?"

아사쿠라는 애매하게 고개를 끄덕였다.

"확실하게 단언할 수는 없지만…, 그럴 가능성이 높다고 할 수 있지."

"그럼 대체 누가 유괴한 거야?"

"몰라. 하지만 사고의 진실을 알고 싶어 하는 인물이거나 진실이 알려지기를 두려워하는 인물이겠지."

"앞으로 어쩔 건데?"

"일단 진레이에게 들은 이와키라는 남자를 찾으러 가야지."

"저 남자와?" 카스가가 문 쪽을 바라보며 말했다.

"그래."

"저 남자는 나나 당신과 다른 종류의 인간이야. 아마도…"

아사쿠라는 설득하듯이 쳐다보는 카스가에게 고개를 끄덕였다.

하지만 지금 키시타니가 도와주지 않았다면 아사쿠라는 지금쯤 철창행이었을 것이다.

키시타니는 카라키의 차를 들이박고는 그대로 가버렸다. 그리고 바로 근처에서 세워져있던 다른 차를 바꾸어 타고, 아사쿠라에게 연락해서 이케부쿠로 근처에 있는 키타이케부쿠로역에서 만났다.

"내가 뭐 도울 건 없어?"

"이걸로 충분해. 당신에겐 당신의 인생이 있잖아."

아사쿠라가 카스가에게 그렇게 말한 뒤, 일어나서 문을 열었다. 키시타니는 대기실 바닥에 놓여있던 가전제품 상자들을 보고 있었다.

"여봐요, 선생. 재미있는 물건들이 많네. 다른 데보다 비싸게 사줄게." 키시타니가 카스가를 보고 말했다.

"필요 없어. 맥주 정도는 한 잔 주지. 그거나 마시고 바로 가."

"아니, 그럴 시간은 없어. 고마워. 두 번 다시 만날 일은 없겠지만 잘 지내."

아사쿠라는 카스가에게 인사를 하고, 키시타니에게 눈짓을 한 뒤 현관으로 향했다.

'두 번 다시 만날 일은 없을 것이다….'

어째서 그런 말을 했는지 아사쿠라 스스로도 놀랐다. 태어나서 처음으로 누군가 자신에게 총구를 들이댄 것에 충격을 받아서일까? 아니면 아사쿠라를 보던 카라키의 충혈된 눈에서 무언가 심상치 않음을 느꼈기 때문일까?

'넌 대체 뭘 찾고 있는 거야…?'

아사쿠라는 카라키의 말을 머릿속에서 되뇌면서 문을 열었다.

아사쿠라는 2번, 그리고 3번 문을 노크했다. 잠시 뒤 문이 열리면서 진레이가 나왔다. 진레이는 아사쿠라의 얼굴을 보고 살짝 안심한 표정을 지으며 문을 열어주었다.

"무슨 일이에요?"

아사쿠라의 왼쪽 손목에 감은 붕대가 신경 쓰였는지 진레이가 계속 손을 쳐다보았다.

"별것 아니에요. 한 가지 부탁이 있어서 온 거예요."

"뭔데요?"

"아라이 씨 사진을 좀 빌려주었음 해요. 가지고 있어요?"

진레이는 그런 게 왜 필요한지 수상해 하는 표정을 지었다.

"이제부터 당신에게 들은 이와키라는 남자를 찾아보려고 합니다. 아라이 씨 사진을 보여주면서 돌아다니는 것이 더 찾기 쉽겠지요."

"그 사건이 이와키 씨와 관계가 있나요?" 진레이의 표정이 금세 굳어졌다.

"그건 아직 몰라요. 하지만 이와키라는 사람은 그 사고가 일어나게 된 배경을 알고 있을 거예요. 아라이 씨가 죽기 1주일 전에 2억 원을 벌 수 있는 돈벌이가 있다고 했고, 그때 이와키 씨와 교류가 있었던 것은 분명하죠. 그리고 경찰은 아라이 씨가 마약을 해서 사고를 일으켰다고 거짓 발표를 했고요. 이와키 씨를 찾아낸다면 아라이 씨가 누구에게 왜 살해당했는지 알 수 있는 단서가 될 거예요."

진레이가 고개를 끄덕이고 안쪽 방으로 들어갔다. 다시 돌아와서 아사쿠라에게 사진 한 장을 건넸다.

어느 벤치에서 진레이와 같이 찍은 사진이었다. 아라이의 무릎 위에는 갓난아이가 있었다.

사진으로 몇 차례 아라이의 얼굴을 본 적이 있지만 그런 사진들과는 전혀 다르게 온화한 미소를 짓고 있었다.

"당신과 스에 관해서는 함구하도록 할게요. 이 사진은 조금 있다가 편의점에서 복사해서 1층 우편함에 넣어둘게요."

아사쿠라는 사진을 주머니에 넣고, 대신 무언가를 꺼내 진레이에게 주었다.

진레이가 아사쿠라가 꺼낸 부적을 보면서 갸우뚱거렸다. 카스가의 진료소를 나온 뒤 잠시 걸어서 근처에 있는 절에 들러 사왔다.

"아드님이 건강해지길 바라는 부적이에요."

효과가 있을지 없을지는 모르겠지만 뭐라도 해주고 싶었다.

"고마워요."

아사쿠라가 진레이에게 인사를 하고 계단으로 향했다. 아파트 밖에서 기다리고 있던 키시타니가 아사쿠라가 오는 것을 보고 말을 걸었다.

"있었어?"

아사쿠라는 고개를 끄덕이고 앞으로 걸어나갔다.

근처 편의점에서 사진을 몇 장 복사한 뒤, 다시 진레이의 아파트로 돌아와 우편함에 넣었다.

"그건 그렇고 경찰 고위층이 아니라면 네 딸을 유괴한 것은 대체 어떤 녀석일까?"

키시타니의 말에 아사쿠라가 키시타니를 쳐다보았다.

"모르겠어…."

적의 정체를 조금이라도 파악하기 위해 그런 위험한 짓까지 감행했는데, 경찰 고위층이 아니라면 대체 누가 아라이를 알고 있는 인물을 찾으려 한단 말인가.

"어제 말한 것처럼 아라이가 가진 것을 다시 빼앗으려고 사고로 위장해 그를 죽였다면 그걸 원래 가지고 있던 녀석이 아즈사를 유괴했을지도 몰라. 어떻게든 그걸 되찾으려고 너한테 정보를 모으게 하려는 거지."

"그렇다면 경찰 고위층과 그놈은 협력관계일 텐데, 서로 따로 움직이는 이유는 뭘까?"

아사쿠라가 반론을 제기하자 키시타니가 애매하게 고개를 끄덕였다.

"경찰 고위층이 은밀하게 경찰 내부 정보를 캐내는 정도야 도와주겠지만, 설마 유괴에까지 가담하겠어?"

경찰이 아사쿠라를 체포하려고 하는 것을 보면, 유괴범의 노림수와는 정반대되는 행동이다. 게다가 현장을 지휘하고 있는 카라키는 아사쿠라가 경찰로부터 도망치는 이유조차 모르고 있었다.

'이게 어떻게 된 거지?'

"좌우지간 이와키라는 남자가 뭘 하려고 했는지를 알아내면 유괴범이 누군지도 알 수 있을 거야. 차는 놔두고 지하철로 가는 게 좋겠어."

아까 키시타니가 카라키의 차를 박은 차를 렌트했을 때 제출한 면허증은 위조된 것이긴 하지만, 거기에 붙어 있는 키시타니의 사진은 이미 렌트카 회사에 등록되어 있을 것이다.

하지만 경찰에게 쫓기고 있는 상황에서 가능하면 지하철을 타고 싶지도 않았다. 그리고 이제부터는 유괴범과 대면해야 하는 상황이 올 텐데, 대중교통 말고도 다른 이동수단을 확보해놓는 것이 좋을 것이었다.

"면허증을 위조하는 데 얼마나 걸리지?"

아사쿠라가 묻자, 키시타니가 멈춰 서서 놀란 표정으로 아사쿠라를 보았다.

"서둘러서 하면 2시간 정도 걸릴 텐데…, 설마 네 면허증을 위조해 달라는 거야?"

아사쿠라가 고개를 끄덕였다.

"면허증 일련번호나 이름, 생년월일은 바꿀 수 있어도 사진은 어떻게 할 수가 없어."

"그렇긴 할 테지. 하지만 대중교통 말고 이동 수단이 필요해. 다른 차를 렌트하는 게 좋겠어. 물론 변장도 해야겠지만…."

"어쨌든 위조에 필요한 재료가 필요하니, 카와사키로 돌아가야겠군."

"그래. 네가 면허증을 위조하는 사이 나도 할 일이 있어."

"뭔데?"

아사쿠라는 결의를 다지면서 어딘가로 걸어갔다.

24

나오미는 불안한 마음으로 화장실 문을 바라보고 있었다.

아까 전까지 함께 있었던 치하루가 어디선가 온 전화를 받더니, 바로 화장실로 달려갔다. 아마도 카라키나 수사본부에서 연락이 온 것 같았다.

'아사쿠라가 잡힌 걸까….'

문을 보면서 노심초사하고 있던 차에 치하루가 나타났다. 나오미가 무슨 이야기를 했냐는 눈빛으로 묻자 치하루도 눈짓으로 계단을 가리켰다. 둘은 2층으로 올라가 빈 방에 들어갔다.

"카라키 씨 전화인가요?"

나오미가 문을 닫자마자 치하루에게 물었다.

"네."

"그이는…."

"아사쿠라 씨와 맞닥뜨렸지만 도망쳤다고 합니다."

그 말을 듣고 어떻게 해석해야 할지 알 수 없었다.

"나오미 씨에겐 좋은 소식인가요, 나쁜 소식인가요?"

치하루가 나오미의 심정을 꿰뚫어보듯이 물었지만 나오미는 대답하지 않았다.

"전화상으로 카라키 씨가 화를 많이 냈어요. 아사쿠라 씨를 거의 다 잡았는데, 갑자기 어떤 차가 나타나서 카라키 씨 차를 들이박는 바람에 놓쳤다고 했습니다."

그렇게 말하는 치하루의 표정은 같은 수사관임에도 딱히 아쉬

워하는 표정이 아니었다.

"들이받은 차량이 근처에 방치되어 있어서, 나중에 그 차를 렌트한 사람을 조사했습니다만 위조면허증을 사용했다고 합니다. 다만, 거기에 붙어 있는 사진으로 볼 때 키시타니 유우지 같다고 했습니다."

7년 전에 공갈협박 혐의로 체포된 아사쿠라의 협력자가 분명했다.

"그이가 도망쳐서…, 치하루 씨는 경찰 입장에서 분하지 않나요?" 나오미가 조금 전에 본 치하루의 표정을 떠올리며 물었다.

"글쎄요…."

치하루가 주저하면서 나오미의 시선을 피했다. 치하루는 잠시 생각에 잠긴 듯 허공을 쳐다보더니 다시 나오미를 바라보았다.

"제 임무는 따님을 무사히 구출하는 것과 유괴범을 잡는 것이에요. 거기에 전력을 다하는 것이 제 역할이라고 생각합니다. 그렇기 때문에 본부의 생각에 전부 동의하는 것은 아닙니다. 이렇게 말한 것이 들키면 다른 곳으로 발령나겠지만요."

"그이가 유괴와 무관하다고 생각하시는 거죠?"

나오미가 그렇게 묻자 치하루가 고개를 끄덕였다.

"동료로서 당신을 인정해주었기 때문인가요?" 나오미가 다시 물었다.

두 사람 사이에 어떤 신뢰 관계가 있었는지는 모르지만, 왜 그렇게까지 아사쿠라를 두둔하는지도 궁금했다.

"오해하지 말아주세요. 딱히 아사쿠라 씨와는 무슨 사이도 아니니까요. 아사쿠라 씨는 아내 분과 따님 이외의 어떤 여성에게도 눈길 한 번 주지 않는 남자였어요." 치하루가 웃으며 말했다.

"그렇게 생각한 것은 아니에요. 다만 궁금해서요. 본부는 그이가 유괴했다고 생각하는 거잖아요?"

치하루가 고개를 끄덕였다.

"그런데 왜 치하루 씨만이 그이를 믿는지가…."

"사실은 사소한 의문이 하나 있기 때문이에요."

"사소한 의문이요?" 나오미가 되물었다.

"네. 전 3개월 전에 특수수사팀에 배치되었다고 말씀드렸죠? 오랜 시간 같은 조직에 몸담은 다른 분들은 전혀 신경 쓰지 않는 문제겠지만, 새로 들어온 저는 마음에 걸리는 것이 하나 있었어요. 이 사건의 수사에 관해서 말이죠…."

"무슨 의미죠?"

"아사쿠라 씨와 유괴범을 잡기 위해 협력했던 '토다 준페이'라는 청년 이야기, 들으셨죠?"

나오미가 고개를 끄덕였다.

"취조를 했던 수사관에게 넌지시 토다 씨의 진술에 대해 물어봤는데요, 아사쿠라 씨는 이케부쿠로에 있는 사물함에서 돈을 꺼낸 남자가 유괴범이라고 생각해서 미행을 했다고 해요. 그 과정에서 여행용 손가방은 다른 남자의 손에 넘어가 결국 토야마역에 있는 사물함에 넣어졌습니다. 아사쿠라 씨는 그 남자를 잡았지만 유괴범과 관계없는 마약 공급책이었다고 해요. 유괴범은 그 남자와 마약 거래를 했고, 그래서 그 남자가 1억 원의 돈을 받고 마약을 동전사물함에 넣어뒀다고 진술했습니다."

"대체 뭐가 어떻게 된 거죠?"

나오미는 처음 듣는 내용이라 이해할 수 없었다.

"토다 씨 말대로 여행용 손가방 안에는 마약이 있었다고 합니다. 아사쿠라 씨는 그걸 배수로에 버리고 나서 토다 씨에게 이제 집으로 돌아가라고 했다고 합니다."

"범인은 왜 1억 원을 마약으로 바꾼 거죠?"

"정확히는 모르겠습니다. 다만, 토다 씨가 한 말이 사실이라면 마약 공급책은 미끼로 쓰인 셈입니다."

나오미는 여전히 고개를 갸우뚱거렸다. 치하루가 그렇게 말해도 이해하지 못한 것이었다.

"조직범죄대책반에 있을 때 문자메시지와 지하철 동전사물함을 이용해서 마약거래를 한다는 이야기를 들은 적이 있어요. 유괴범은 나오미 씨가 경찰에 신고했을 가능성을 테스트해보기 위해, 마약 공급책과 1억 원짜리 거래를 했던 거죠. 만약 나오미 씨가 경찰에 신고를 해두었다면, 마약 공급책이 돈을 꺼내거나 마약을 넣어두는 순간 경찰이 나타났을 테니까요. 유괴범은 여러 지시를 내리면서 돈을 받는 척하면서 도중에 마약 공급책에게서 온 문자메시지를 나오미 씨에게 보내서 1억 원을 이케부쿠로에 있는 사물함에 넣게 했다고 추정해요."

나오미가 곰곰이 생각해보니, 정말로 이케부쿠로에 가라는 지시부터 갑자기 말투가 명령조로 바뀌었다.

"돈이 마약으로 바뀌어도 금전적 가치는 크게 달라지지 않아요. 물론 그걸 다시 돈으로 바꿀 루트가 필요하긴 합니다만."

"하지만 범인은 결국 마약을 찾으러 오지도 않았잖아요."

"네, 그게 좀 이상하긴 합니다…."

'범인에게서 어떤 요구가 있었어. 범인의 목적은 돈이 아니야….'

아사쿠라의 말이 나오미의 머릿속에 자꾸 떠올랐다.

"카라키 씨는 저한테 마약에 관해서는 한마디도 하지 않았어요." 나오미가 말했다.

"카라키 씨는 처음부터 토다 씨의 말을 믿지 않았을 거예요."

카라키가 신빙성 없는 이야기는 검증해도 의미가 없다면서 잘라 말하던 것이 나오미의 머릿속에 떠올랐다.

"토다는 아사쿠라 씨가 마약을 버렸다는 장소를 이야기해주었습니다. 만약 그 말이 사실이라면 대부분은 물에 씻겨 나갔겠지만 배수구 뚜껑 등에 마약이 남아 있을 가능성이 있죠. 하지만 적어도 제가 아는 바로는 그것을 조사했다는 보고가 전혀 없었습니다. 수사본부의 수사관들 중에 이 이야기를 꺼내는 사람도 없었고요. 아예 토다 씨가 그런 진술을 했다는 것도 모를 수 있어요."

"토다 씨가 그이의 공범이 분명하니까 토다 씨 이야기를 아예 신경 쓰지 않는다는 건가요?"

"그렇겠죠. 하지만 그래도 아예 검증하지 않는 것은 도저히 이해할 수 없어요."

"유괴범한테 경찰이 개입했다는 사실을 숨기기 위해서 검증하지 않은 것일 수도 있잖아요?"

"본부에서는 아사쿠라 씨를 범인이라고 지목한 거나 다름이 없어요. 그런데 아사쿠라 씨는 이미 경찰이 자기를 수사하고 있는 걸 알고 있잖아요. 그러면 토다 씨 이야기를 검증하지 않을 필요가 있나요?"

하긴 그것도 맞는 말이다.

"그이가 범인이 아니라면 수사는 어떻게 되는 거죠?" 나오미가 비통한 심정으로 말했다.

그런 수사방침으로 수사하다가 만약 아사쿠라가 범인이 아니라는 사실이 밝혀지면 아즈사를 무사히 구출할 수 있을까?

"모르겠어요. 솔직히 본부에서 정확히 어떤 생각을 하고 있는지…"

치하루의 얼굴을 보면서 문득 아사쿠라가 한 말이 떠올랐다.

'한 가지 말할 수 있는 게 있다면 경찰을 믿지 말라는 거야….'

그건 어떤 의미였을까.

'앞으로는 경찰도, 아버님도, 전 남편도 아닌 나오미 당신 자신의 판단만을 믿고 행동해야 해….'

필사적으로 그 말의 의미를 파악하려고 해보았다.

"그리고 또 이해할 수 없는 게 하나 있는데…."

그 말에 나오미는 다시 정신을 차리고 치하루를 쳐다보았다.

"아사쿠라 씨를 잡기 위해 카라키 씨가 현장에 갔던 사실 말이에요."

특수수사팀의 수사는 은밀하게 행동하는 것이 철칙이다. 경찰학교 동기여서 아사쿠라와 얼굴을 아는 사이인 카라키가 직접 현장에 출동했다는 사실도 이해할 수 없었다.

"나오미 씨, 전화 왔어요…."

갑자기 안내방송이 들려와 나오미는 방을 나와 사무실로 향했다. 사무실에 들어가자 동료인 기무라가 쉬고 있었다. 전화내용을 기무라가 듣는 것이 내키지 않았지만, 그렇다고 나가라고 하기도 뭣했다.

"나오미입니다."

수화기를 든 나오미가 말했다.

"나야."

아사쿠라의 목소리가 들렸다.

"지금 좀 바빠서…, 제가 다시 걸어도 될까요?"

"근처에 사람이 있으면 말하지 않아도 돼. 내 말만 들어줘."

사실은 나오미도 전하고 싶은 이야기가 있었다. 아사쿠라가 유괴범이 아니라면 경찰에 출두해 자신의 결백을 입증하지 않으면 진범에 대한 수사가 이루어지지 않을 것이라는 이야기였다.

"바로 다시 전화를 걸게요. 이번엔 정말로."

"당신이 처음 갔었던 토즈카거리 공원에 있는 벤치로 카라키를 불러내줘."

전혀 예상하지 못한 말에 나오미는 당황하지 않을 수 없었다.

"듣고 있어?"

아사쿠라의 날카로운 목소리가 귓가에 울렸다.

"…카라키 씨를?"

"그래."

"어째서…?"

"토즈카거리 공원에 있는 벤치야. 가능한 한 빨리. 그럼 이만…."

"기다려요! 꼭 하고 싶은 이야기가…."

거기까지 말했을 때 전화는 이미 툭 끊겼다.

이미 한 번 나오미에 의해 함정에 빠졌기에 나오미를 경계한 걸까.

입술을 깨문 채 잠시 수화기를 보고 있자, 뒤에서 기무라가 무슨 일이냐고 물어보았다.

나오미는 별일 아니라고 답하고 수화기를 내려놓은 뒤 사무실을 나왔다. 곧바로 치하루가 다가왔다.

"누구였어요?" 긴장한 표정으로 치하루가 물었다.

"그이였어요…."

"아사쿠라 씨요?"

"범인이 처음에 저더러 오라고 한 토즈카거리 공원에 있는 벤치로 카라키 씨를 불러달라고요…, 가능한 한 빨리요."

"왜죠…?" 치하루가 고개를 갸우뚱거렸다.

"몰라요. 그것만 말하고 바로 끊었어요."

"그럼 그게 아사쿠라 씨가 원래 나오미 씨한테 꼭 전하고 싶었던 이야기였을까요?"

"그렇진 않을 거예요."

원래 아사쿠라가 나오미의 아버지에게 부탁까지 해서 나오미에게 전달하고 싶었던 것도 무엇인지 궁금했지만 결국 그것도 알 수 없게 되었다.

"일단 카라키 씨에게 연락하고 올게요." 치하루가 다시 사무실을 나섰다.

'카라키를 불러내서 아사쿠라는 대체 뭘 하려는 거지?'

전혀 짐작할 수 없었다.

"카라키 씨에게 보고했습니다. 바로 갈 것이라 했습니다."

다시 들어온 치하루의 말에 정신을 차린 나오미가 고개를 들었다.

"토다 씨를 만날 수는 없나요?"

나오미가 그렇게 묻자 치하루가 왜 그러냐는 듯 나오미를 쳐다보았다.

"토다 씨와 꼭 이야기를 나눠보고 싶어요."

토다와 직접 이야기를 해보면서 아사쿠라가 유괴와 무관한지를 알고 싶어서였다. 아사쿠라가 유괴와 무관하다는 확신이 들면 나오미가 직접 아버지나 카라키를 설득해 진범을 수사하도록 할 수 있지 않을까.

"일단 카라키 씨에게 여쭈어보겠습니다. 다만…" 치하루가 주저했다.

"가능하면 카라키 씨를 통하지 않고 토다 씨를 만나고 싶어요."

아사쿠라가 유괴범이라고 단정하는 카라키가 중간에 끼면 냉정한 판단을 할 수 없을 우려가 있었다.

"토다 씨는 유치장에 갇혀있지 않은 상태예요. 그저 수사관이 24시간 감시하고 있을 뿐이죠."

"그럼 역시 토다 씨를 만나는 것은 어려운가요…? 토다 씨와 이야기를 하면 그이가 유괴와 무관한지 알 수 있을 거예요. 적어도 그분 전화번호라도 알면…." 나오미는 치하루의 눈을 보며 호소했다.

치하루는 잠시 고개를 숙이면서 생각에 빠졌다. 그리고 한숨을 쉬며 고개를 들었다.

"알겠습니다. 어떻게든 해볼게요…."

하지만 치하루의 표정은 어두웠다.

"그게 본부에 알려지면 치하루 씨에게 불이익이 있나요?"

"그럴지도 몰라요. 하지만 신경 쓰지 마세요. 나오미 씨가 의문을 느낀 점이 있으시면 오늘 제가 말한 것도 포함해서 전부 카라키 씨에게 따져도 돼요. 만약 그런 걸로 제가 부당한 처분을 받는다면 저도 그런 조직에 몸담고 있기 싫으니까요." 치하루가 단호한 눈빛으로 말했다.

"감사합니다."

"옛날에 아사쿠라 씨한테 몇 차례 도움을 받은 적이 있어요. 결국 그 빚을 갚지는 못했죠. 이번에는 제가 갚을 차례인 것 같아요. 토다 씨 번호를 알아내면 이메일로 보내드릴게요. 하지만 집전화로 토다 씨한테 전화를 걸면 본부에 알려질 테니까 조심해주세요."

지금 나오미는 핸드폰이 없다. 근무가 끝나면 새로 구입해야 했다.

"알았어요."

25

아사쿠라는 토즈카거리 공원이 내려다 보이는 건물 엘리베이터를 타고 올라가 꼭대기층에서 내렸다. 그리고 복도 끝까지 걸어가 비상계단 문을 열고 계단실 안으로 들어갔다.

주위는 아직 어두운 새벽 시간이었지만 벽 쪽에 몸을 숨기듯 주저앉아 가방에서 녹화기능이 있는 쌍안경을 꺼냈다. 그리고 벽에서 얼굴만 빼꼼 내밀어 쌍안경으로 건물 아래쪽을 내려다보았다.

가로등 밑에 있는 벤치가 잘 보였다. 토즈카거리 공원에서 이 건물까지는 100미터도 채 되지 않았다. 원래는 더 멀리 있는 건물에 숨고 싶었지만 이 쌍안경으로는 여기까지가 한계였다.

카라키는 틀림없이 올 것이다. 하지만 그게 언제인지는 알 수 없었다. 이런 곳에서 쌍안경을 보고 있는 남자를 수상하게 여겨 경찰에 신고하는 주민들이 있을지도 몰랐다. 이케부쿠로에서처럼 키시타니에게 부탁하고 싶기도 했지만 이것만은 스스로 확인해야 했다. 아사쿠라가 직접 살펴보아야만, 카라키의 표정이나 버릇 등을 통해 카라키의 생각을 읽을 수 있기 때문이었다.

잠시 기다리고 있자 공원 입구에 차량 한 대가 멈춰 섰다. 조수석 문이 열리고 한 남자가 내렸다. 그 주위는 가로등이 없어 얼굴을 파악할 수 없었다. 남자가 공원에 들어가자 차가 다시 출발하더니 가버렸다. 그리고 남자가 벤치를 향해 걸어왔다. 남자가 가로등 밑을 지날 때 비로소 얼굴을 파악할 수 있었다.

카라키….

카라키는 벤치 앞에 멈춰 서서 주위를 둘러보았다.

쌍안경으로 누군지는 알 수 있었지만, 이어폰이나 마이크 같은 장비까지 하고 있는지는 알 수 없었다.

아사쿠라는 답답한 마음을 곱씹으며 시간이 흐르길 기다렸다. 바로 카라키에게 전화를 걸면 아사쿠라가 근처에 있다는 사실을 들키게 될 것이기 때문이었다.

10분 정도 흐르자, 카라키가 화가 난 표정을 짓더니 벤치에 앉았다. 그러자 의도치 않게 아사쿠라와 마주보는 형국이 되었다.

다시 10분이 지나자 주머니에서 담배를 꺼내 피우기 시작했다.

아사쿠라는 카라키의 모습을 보면서 마음속으로 그에게 물었다.

'넌 그때처럼 조직을 위해 영혼을 팔아버린 거냐…?'

피워 물던 담배를 버리고 신발로 밟는 것을 보며 아사쿠라는 주머니에서 핸드폰을 꺼냈다. 쌍안경의 녹화 버튼도 눌렀다.

벤치에 앉은 카라키는 순간 놀라는 것 같더니 자리에서 일어났다. 그러더니 주위를 둘러보고는 이제야 상황을 알아차린 듯 벤치 밑으로 손을 뻗었다. 공원 벤치 밑에는 아사쿠라가 미리 갖다 둔 핸드폰이 붙어 있었다.

"자수하려는 것치고는 꽤나 번거로운 짓을 하는군."

그의 비꼬는 듯한 목소리가 들렸다.

"출두할 생각은 없어. 난 경찰에 잡힐 짓은 하지 않았으니까."

"그렇다면 왜 그렇게까지 도망치는 거냐?" 카라키가 다시 벤치에 앉으며 물었다.

"해야 할 일이 있기 때문이야."

"아내…, 아니 네 전처가 말한 것처럼 유괴범한테 무슨 요구를 받았다는 헛소리를 하려는 거냐?"

"그래."

아사쿠라가 단호하게 말하자 카라키의 표정이 살짝 바뀌었다.

"유괴범의 요구는 대체 뭐야? 뭐든지 들어는 줄 테니 말해봐." 카라키가 콧등을 쓰다듬으며 말했다. 옛날에 경찰대 기숙사에서 포커 게임을 할 때 자신이 원하는 카드가 나오면 자주 하던 버릇이었다.

"그 이야기는 나중에 하지. 물론 네가 내 질문에 솔직하게 답한다면 말이야."

"질문?" 카라키가 고개를 갸우뚱거렸다.

"어째서 네가 그 현장에 있었지?"

침묵이 이어졌다.

"난 네 얼굴을 잘 알고 있어. 그런 네가 어째서 거기에 출동했던 거야? 내가 네 모습을 보고 바로 도망칠 거라고 생각하지 않았나?"

"동기로서의 연민이다."

"연민?" 아사쿠라가 되물었다.

"그래. 넌 현재 모든 경찰한테 쫓기고 있어. 그런 사건을 일으켜 잘린 데다가 딸을 유괴해서 경찰의 명예를 완전히 망가트리고 있으니까. 다른 경찰한테 체포되면 험한 꼴까지 당하게 될 거야. 난 동기로서 그것만은 막아보려고 했던 거고."

"나한테 아직도 그런 감정을 가지고 있나?" 아사쿠라가 차갑게 말했다.

"네가 아니라 네 전처에 대한 동정심이다. 일시적이긴 하지만 사랑해서 결혼한 전 남편이 험한 꼴을 당하고 체포되면 나오미 씨가 불쌍하잖아. 너 같은 남자와 이혼하기 잘했어. 안심해. 이제 내가 대신 돌봐주마. 이 수사를 계기로 말이야."

카라키의 도발에 아사쿠라는 갑자기 눈앞이 캄캄해졌다. 평정심을 잃어 카라키의 표정을 제대로 읽을 수도 없었다.

"넌 이미 결혼했잖아?" 아사쿠라가 정신을 차리고 물었다.

아즈사와 비슷한 나이대의 아들과 그 밑에 딸도 있다고 들은 적이 있었다.

"3년 전에 이혼했어."

"그것 참…."

그 순간 카라키가 입술을 깨무는 것 같았다. 쓸데없는 말을 했다고 생각하는 걸까.

"그때 수갑을 채웠다면 날 어디로 끌고 갈 생각이었지?" 아사쿠라가 물었다.

"당연히 경찰서지."

"정말이냐? 넌 경찰 고위층으로부터 명령을 받아서 유괴사건과 관계없이 날 어딘가로 데려가려고 한 거 아니야? 그래서 네가 직접 날 잡을 필요가 있던 거지?" 확신은 없었지만 단언하듯 말했다.

"대체 무슨 소리를 하는 거야?"

카라키의 표정은 바뀌지 않았다.

"넌 3년 전 진실을 알고 있잖아."

아사쿠라는 추궁하듯 말했지만 역시 표정 변화가 없었다.

"3년 전 진실?" 고개를 갸우뚱거리며 카라키가 말했다.

"요코하마 시내 유치원 근처에서 아이들을 차가 덮쳐서 7명이 죽은 사고 말이야. 운전하던 아라이는 사망하고, 환각 상태였다는 것이 사고 원인으로 처리되었지."

"그게 왜? 넌 아까부터 무슨 이상한 소리를 지껄이는 거야?"

화가 난 듯한 카라키의 목소리가 귓가에 울렸다.

"넌 그 진실을 알고 있잖아?"

"그 사건은 이미 끝났잖아. 경찰 발표 이외에 무슨 진실이 있어?" 카라키의 말투가 묘하게 빨라지기 시작했다.

"아라이는 경찰 고위층을 협박하던 놈이었지만 마약을 하지 않았어. 그리고 녀석이 운전하던 차 뒷면에는 탄흔이 있었지. 경찰은 은밀하게 아라이를 추격했던 거야. 아라이가 뭘 빌미로 자기들을 협박하는지 알아내야 했으니까."

"너야말로 무슨 마약이라도 한 거냐?"

코웃음 치는 목소리가 들렸다.

"증거를 가지고 있어."

위험을 무릅쓰고 떠보니 순간 카라키의 입꼬리가 올라갔다. 벤치 등받이에 등을 기대면서 왼손으로 뒤통수를 만지기도 했다. 카라키가 당황함을 진정시킬 때 하던 버릇이었다.

"넌 투페어two card고, 난 쓰리카드three card야."

"뭐?" 카라키가 의미를 이해하지 못한 채 인상을 썼다.

"그 핸드폰은 계속 가지고 있어라. 또 연락하지."

아사쿠라는 그렇게 말하고 전화를 끊었다. 카라키가 전화를 향해 무언가 외치는 듯했다. 그리고 귀에서 핸드폰을 떼더니, 문득 어떤 생각이 난 듯 정면을 바라보았다. 그러더니 갑자기 아사쿠라 쪽을 쳐다보았다. 아무래도 아까 전에 한 말을 이해한 듯했다.

아사쿠라는 바로 계단을 통해 건물 1층으로 내려와 공원 반대 방향으로 달리기 시작했다.

전속력으로 달리고 있는데, 갑자기 옆에서 빛이 접근해왔다. 그쪽을 쳐다보자 차 한 대가 아사쿠라를 향해 돌진해왔다. 아사쿠라가 곧바로 몸을 옆으로 날렸지만, 결국 몸을 본네트에 부딪쳐 땅에 쓰러지고 말았다.

아사쿠라는 재빨리 일어났지만, 운전석 문이 열리면서 젊은 남자 한 명이 나왔다. 아사쿠라는 남자를 향해 주먹을 날렸다. 얼굴을 맞은 남자는 바로 땅에 쓰러졌다.

그때 총소리가 울려 아사쿠라는 고개를 돌리지 않을 수 없었다. 조수석에서 내린 여자 한 명이 머리 위로 권총을 향하고 있었다. 스스로도 그 소리에 놀란 듯 몸이 굳었지만 곧바로 총구를 아사쿠라에게 향했다.

"저항하지 마세요!"

여자는 기세 좋게 말했지만 권총을 든 손은 떨리고 있었다.

아사쿠라는 땅에 쓰러진 남자를 뒤에서 붙잡아 일으켜 세웠다. 팔로 남자의 목을 조르며 여성과 대치하기 시작했다.

"권총을 버려. 그렇지 않으면 이 녀석 목을 꺾어버리겠어."

아사쿠라가 그렇게 외치자 여자의 눈에 공포심이 아른거렸다. 하지만 권총을 버리지는 않았다.

"버리라고!"

남자의 목을 더욱 조르자 여성이 주저하면서 권총을 땅에 내려놓았다.

아사쿠라는 남자를 내팽개치고는 재빨리 운전석에 올라탔다. 그리고 시동을 건 뒤, 차를 출발시켰다.

그러자 이내 또 다시 총소리가 들리면서 뒷유리창이 깨졌다. 아사쿠라는 놀란 나머지 몸을 숙였지만 다시금 몸을 일으켜 액셀레이터를 강하게 밟았다. 그리고 잠시 이동한 뒤 차를 버리고 택시를 탔다. 이것으로 이제 아사쿠라는 진짜로 경찰에게 쫓길 이

유가 생겨버렸다. 하지만 그렇다고 자수를 할 수는 없었다.

아사쿠라는 택시에 앉아 창밖을 보며 카라키와 했던 이야기를 떠올렸다.

카라키는 3년 전 사고의 진상을 알고 있을 것이 분명했다. 사고에 이르게 된 경위도 아사쿠라의 추측과 크게 다르지 않을 것이다. 경찰 고위층 중 하나가 아라이에 의해 협박을 받았고, 카라키를 포함한 특수수사팀이 고위층의 하명을 받아 은밀하게 아라이를 추적하다가 그 사고가 난 것이 틀림없었다. 방금 전 여경이 아사쿠라가 운전하던 차에 총을 발포한 것처럼 말이다.

카라키에게 증거를 가지고 있다고 거짓말을 했지만 사실 그런 것은 없었다. 쓰리카드는커녕 원페어조차 없는 상황이었다. 카라키의 영상과 대화는 쌍안경과 핸드폰을 통해 기록해두었지만 결정적인 단서를 끌어내지는 못했다.

이제는 이와키라는 인물을 찾아서 정보를 얻어내지 못하면 경찰에게도, 유괴범에게도 대항해서 싸울 수가 없었다.

시계를 보니 아침 8시 조금 전이었다. 유괴범과 약속한 시간까지는 겨우 33시간밖에 남아있지 않았다. 그때까지 유괴범이나 경찰을 흔들 수 있는 카드를 손에 넣어야 했다.

"여기서 세워주세요." 아사쿠라가 운전기사에게 말했다.

이대로 택시를 타고 카와사키까지 가는 것은 위험했다. 몇 번 택시를 갈아타면서 카와사키로 가서, 마지막 한 정거장 거리에 있는 가마타역에서 택시를 내려 거기서부터는 걸어가기로 결심했다.

키시타니의 가게에 도착하자, 키시타니와 약속한 대로 2번, 그리고 3번 노크를 했다. 잠시 뒤 문이 열리면서 키시타니가 나왔다.

"끝났어?" 아사쿠라가 바로 문을 잠그며 말했다.

"그래."

키시타니가 가리킨 카운터 위에 지갑과 작은 태블릿PC가 있었다.

아사쿠라가 지갑 안을 열어보자 운전면허증과 신용카드, 그리고 명함 여러 장이 들어 있었다. 운전면허증 사진은 가짜 수염을 붙이고 긴 가발을 쓴 아사쿠라의 사진이었지만 이름은 '곤도 마사요시'라고 되어 있었다. 신용카드 명의자도 같은 이름이었다. 명함은 심부름센터 소속 직원으로 되어 있었다.

"실존인물이야?"

아사쿠라가 묻자 키시타니가 웃으며 끄덕였다.

"가장 재수 없는 형사야."

언뜻 생각해보니, 키시타니를 취조해서 잡아넣었던 형사가 대충 그런 이름이었다.

"다음에 뭘 만들 거면 카라키 쇼이치라는 이름을 써 줘." 아사쿠라가 말했다.

"현금을 위조하는 건 죄가 너무 무거우니까 네 돈을 넣어. 지갑에는 GPS가 설치되어 있어. 내 지갑도 마찬가지고."

"이 태블릿으로 그 위치를 알 수 있다는 거지?"

아사쿠라가 묻자 키시타니가 끄덕였다.

"지하로 들어가면 전파가 통하지 않아서 위치추적이 안 되니까 조심해. 그런데 그쪽은 어땠어?"

"거의 우리 예상대로야."

"금맥은 있다는 거군." 키시타니가 씨익 웃었다.

"그래. 그걸 알아내면 유괴범과의 협상카드가 될 거야."

"네 딸을 구해내면 그 다음은 내가 그걸 가지고 평생 먹고 사는 거지."

협력해주는 키시타니에겐 미안하지만 사실 아사쿠라는 그렇게 놔둘 생각이 없다. 만약 아즈사를 무사히 구출한다고 해도 유괴범을 잡지 않는 한 아즈사나 나오미, 자신에게 앞으로도 계속 위험이 닥칠 것이기 때문이다.

"그럼 보물을 찾으러 가볼까."

그렇게 말하고 가게를 나서는 키시타니를 따라 아사쿠라도 가게를 빠져나왔다.

둘은 주차장에 렌트한 차량을 주차했다.

아사쿠라는 차에서 내려 키시타니와 헤어진 뒤, 빌딩에 있는 간판을 올려다보며 아라이가 갔을 법한 술집을 살펴보았다. 하지만 결국에는 하나씩 뒤질 수밖에 없었다.

3층으로 올라가 가게 문을 열고 안으로 들어갔다. 긴 바 자리만 있는 작은 술집이었다. 양 끝에 손님이 앉아있었다. 아사쿠라가 정 가운데 앉자 온화해 보이는 백발의 바텐더가 앞으로 다가왔다.

"어서오십시오. 주문하실 것은 정하셨는지요?"

"미안하지만 차를 운전해야 하니 일단 콜라를 부탁해."

아사쿠라는 주머니에서 사진을 꺼내 바텐더 앞에 내려놓았다.

"이런 인물을 본 적 없나? 아라이 토시히코라고 하는데. 3년 전에 이 근방에서 자주 술을 마셨다고 들었어…."

"아뇨, 모르겠습니다." 바텐더는 무심하게 말하면서 잔에 콜라를 따라주었다.

26

이메일함을 열자 메일이 하나 도착해 있었다. 제목은 없었다.

메일을 열어보자 11개의 숫자만이 쓰여 있었다. 토다 준페이의 전화번호가 틀림없었다.

나오미는 방금 전에 새로 계약한 핸드폰으로 그 번호에 전화를 걸었다. 송신음이 들렸다. 하지만 그 송신음이 이어지다가 부재중 통화로 넘어갔다. 상대가 발신자를 보고 모르는 번호라서 경계하고 있는지도 몰랐다.

"갑자기 이런 전화를 해서 죄송합니다. 저는…, 아사쿠라 신지의 전 아내 야스모토 나오미라고 합니다. 토다 씨와 꼭 이야기를 하고 싶습니다. 연락 부탁드립니다. 꼭 연락해주세요." 나오미는 메시지를 남기고 전화를 끊었다.

앞에 있는 액자가 나오미의 눈에 들어왔다. 아즈사가 유괴된 지 벌써 5일이나 지났다. 아즈사가 지금 어떻게 지내고 있을까 생각하니 가슴이 찢어지는 것 같았다.

그때 핸드폰 소리가 울려 재빨리 핸드폰을 쳐다보았다. 하지만 조금 전에 걸었던 번호가 아니었다.

"여보세요…."

잔뜩 경계를 하면서 전화를 받자 남자의 거친 목소리가 들렸다. '가방을 이리 줘….'라고 말하며 택시 안으로 손을 내민 남자의 목소리와 비슷했다.

"토다 씨인가요?" 나오미가 물었다.

"맞아요. 내 통화 내역은 나중에 경찰들이 살펴볼 테니, 옆방 친구 것을 빌렸어요. 대체 무슨 이야기인데요?"

"당신에게 묻고 싶은 게 많아요. 그 일에 대해서…."

"유괴범을 잡기 위해 도와주었던 거요?"

"네."

"그 전에 하나 물어봐도 될까요? 당신도 아사쿠라 씨가 유괴했다고 생각하는 거예요?"

나오미는 그 질문에 선뜻 대답이 나오지 않았다.

"그렇게 생각하지는 않아요. 하지만 아니라고 단정할 수도 없고요."

나오미가 조심스럽게 말하자 토다가 코웃음을 치며 말했다.

"경찰서에서 아사쿠라 씨 과거를 듣게 됐어요."

"저도 그이가 하지 않았다는 확신을 얻고 싶어요. 그래서 연락드린 거예요."

"아무래도 좋아요. 뭐든 물어보세요."

"같은 직장에 다닌다고 하셨는데, 그이랑 친했나요?"

물어보고 싶은 것은 산더미 같았지만 일단 그것부터 물었다.

"몸값을 주러 가기 3일 전에 알게 되었어요." 토다가 답했다.

"그런 사이인데 그이의 부탁을 들어준 거예요?"

"아사쿠라 씨에겐 빚이 있었으니까요."

"빚이요?"

"이상한 녀석들이 나에게 시비를…, 아니, 내가 걸었던가? 뭐, 하여간 그 녀석들한테 두들겨 맞을 뻔했을 때 도와주었어요. 그리고 도와주면 100만 원을 준다고 했던 것에도 끌렸고요."

"하지만 유괴범을 잡는 일이라는 걸 알았잖아요?"

"그래요. 당신이 토야마역에 있는 사물함에 왔을 때에는요. 난 아사쿠라 씨와 근처 빌딩에서 그걸 지켜보고 있었어요. 당신이 외친 '제발 아즈사를 돌려줘요.'라는 말을 듣고 난 내가 쫓고 있던 것이 단순한 공갈협박범이 아니란 걸 알았지요. 그래서 아사쿠라 씨에게 따졌더니 딸이 유괴당했다고 실토했어요."

"그래도 토다 씨는 계속 그이를 돕기로 했잖아요…?"

카라키는 보통 유괴범을 잡기 위해 협력해달라고 하면 거절할 것이라고 말했고, 사실 나오미도 비슷한 생각이었다.

"그건 그렇지만…." 토다의 말투가 머뭇거리는 말투로 바뀌었다.

"질문해놓고 이렇게 말하는 것은 좀 그렇지만, 전 그게 이해가 되지 않았어요…. 보통 유괴범을 잡자고 하면 거절하지 않나요?" 나오미가 솔직하게 물었다.

"그렇지요. 일반적으로는 그렇긴 한데요. 아사쿠라 씨를 왜 돕기로 했을까…. 그때의 심경은 말로 표현하기는 좀 어렵네요…."

한동안 긴 침묵이 이어졌다.

"믿을 수 있는 사람이 거의 없다면서 딸의 목숨을 구하기 위해 도움이 필요하다는 말을 들었거든요. 그 말을 듣고 당신 딸 얼굴이 떠올랐어요."

"제 딸이요?"

'어떻게 아즈사의 얼굴을 알고 있는 거지?'

"아사쿠라 씨 집에 당신과 딸 사진이 있었어요."

"정말인가요?" 나오미는 믿을 수 없다는 듯 물었다.

'나에게 가족 따윈 방해가 될 뿐이야….'

그렇게 말했던 아사쿠라가 가족 사진을 가지고 있다는 것이 믿겨지지 않았다.

"당신은 하늘색에 흰 무늬가 있는 원피스를 입고 있었어요. 딸은 핑크색 프릴이 달린 옷에 토끼 인형을 안고 있었지요. 뒤에 관람차가 보였으니까 아마 놀이공원일 거예요."

아사쿠라가 잡히기 4개월 전에 셋이서 놀이공원에 갔을 때 찍은 사진이었다. 가족이 다 같이 놀러간 마지막 기억이었다.

"여보세요…, 듣고 있어요?"

토다의 말에 나오미는 정신을 차렸다.

"토다 씨는 그런 다음에 유괴범을 잡기 위해 그이와 함께 행동한 거지요?" 나오미가 마음을 진정시키고 물었다.

"그래요. 당신이 사물함에서 멀리 사라진 다음에도 전 근처에서 범인이 올까봐 감시하고 있었어요. 아사쿠라 씨는 동전사물함에 여행용 손가방을 넣어둔 남자를 찾아갔지요. 1시간 정도 후에 내가 있던 곳으로 어떤 승합차 한 대가 멈추더니 아사쿠라 씨가 내렸어요. 그리고 아사쿠라 씨는 거기에 있는 동전사물함을 열고 그 안에 든 핸드폰으로 통화를 했어요."

"범인에게서 온 전화인가요?"

"아마도 그럴 거예요. 잠시 뒤 아사쿠라 씨는 다시 동전사물함으로 가더니, 다른 사물함에서 인형을 꺼냈어요."

"인형이요?"

그 말을 듣고 나오미는 자신도 모르게 되물었다.

"네."

"어떤 인형이었나요?"

"사진 속에 있던 인형과 같은 인형이었어요. 정확히 같은 것인지는 모르겠지만."

아사쿠라와 헤어지고 아즈사에게 인형을 사준 기억이 없었다.

아사쿠라와의 추억이 있는 것들은 전부 버린 것 같은데, 어떻게 그것만 남아있던 걸까.

"그래서요?" 나오미가 재촉했다.

"아사쿠라 씨는 타고 왔던 승합차에 다시 올라탔고, 나도 함께 탔어요. 그랬더니 뒷자리에 어떤 남자가 기절해 있었어요. 그 남자는 마약 공급책이었고, 유괴범이 그 남자로부터 마약을 샀기 때문에 몸값으로 지불한 1억 원은 마약으로 바뀌어 그 동전사물함 안에 있었다고 했지요. 아사쿠라 씨는 근처 공원에서 기절한 남자를 풀어주고, 마약은 배수로에 버리더니 저더러 이제부터는 헤어지자고 했어요."

"그이가 왜 갑자기 헤어지자고 한 거죠?"

"글쎄요. 그건 저도 몰라요. 마약을 배수로에 버린 다음 갑자기 집으로 돌아가라고 하더라고요. 그 전까지는 협력해달라고 했었는데…. 아무튼 그래서 아사쿠라 씨와 헤어졌어요."

"그 이후로 연락을 했나요? 절대 경찰에 알리지 않을 테니 사실대로 말씀해 주세요."

"하지 않았어요."

토다의 한숨 소리가 들렸다.

27

아사쿠라가 계산을 하려고 지갑을 꺼내자, 앞에 있던 젊은 바텐더가 사진을 손에 들었다.

"그러고 보니…, 이 가게에 온 적이 있는 것 같아요. 아까 손님이 말한 수염이 난 중년 남성이랑 같이요." 바텐더가 아사쿠라를 보며 말했다.

10군데 이상 술집을 돌아다닌 끝에 드디어 아라이와 이와키에 대한 단서를 찾았다. 하지만 마냥 좋아할 수는 없었다.

"그 수염 난 나이든 남성에 대해 기억나는 것은 없나? 어디에 산다든지 무슨 일을 한다든지…." 아사쿠라가 이와키에 대해 물었다.

"으음…, 글쎄요. 그게 손님이 말씀하신 대로 3년 전이라서요. 좀 더 단서가 필요한데, 이야기를 하다보면 생각이 날 것도 같고요."

"뭐든지 주문할게. 일단 콜라를 한 잔 더 주고."

아사쿠라가 지갑을 다시 호주머니에 넣으면서 말하자, 바텐더가 당황한 듯 눈을 이리저리 돌리면서 잔에 콜라를 따랐다.

"잠깐 화장실에 갔다 오지."

아사쿠라는 일어나서 화장실에 들어갔다. 문을 닫고 깊은 한숨을 쉬며 곰곰이 생각해보니, 이 가게에 와서 아라이와 이와키에 대해 물었을 때 바텐더의 표정이 경직되었던 것 같았다. 바텐더는 아라이와 이와키를 알고 있는지 모르는지 애매한 말을 해가면서 자리를 벗어나 안쪽에 있는 방에 들어갔다 나왔다.

아사쿠라는 핸드폰을 꺼내 키시타니에게 전화를 걸었다.

"여보세요…."

키시타니 주위가 묘하게 소란스러웠다. "사장님, 좀 더 마셔요." 라는 여자의 목소리가 들렸다.

"나야. 그쪽도 별로 진전이 없는 모양이군." 아사쿠라가 비꼬면서 말했다.

"아라이가 말한 비싼 술을 마실 수 있는 가게를 찾다보니 이렇게 된 거야. 불만 있어?"

"용케 그런 돈이 있었군."

"나한테 전화한 걸 보니, 뭔가 걸려들었군?"

"그래. 물론 직접적인 단서는 아니지만 말이야. 내 위치는 알지?"

"잠깐 기다려."

기다리는 동안에도 여성들의 소란스런 목소리가 들려왔다.

"그 빌딩에 있는 술집 중에 뭐야? 스낵하루? 클럽란? 아니면 블러디하트…?"

"레드문이란 술집이야."

"야마나시 조직이 장악한 가게라고 하는군." 잠시 뒤 키시타니가 말했다.

"그렇군. 지원을 부탁해."

"알았어. 조금만 더 마시고 합류할게."

아사쿠라는 전화를 끊고 화장실에서 나왔다. 카운터에 돌아오자 젊은 바텐더가 사진을 내려놓았다.

"역시 제 착각이었습니다. 모르는 사람입니다."

조금 전과 다르게 무표정한 표정이었다.

“그렇군. 그럼 계산을 해줘.”

아사쿠라는 계산을 하고 가게를 나왔다. 어두운 계단을 통해 건물을 빠져나온 뒤, 주위를 넌지시 살폈다. 조금 떨어진 곳에서 자신을 쳐다보는 건장한 남자 2명이 보였다.

아사쿠라는 눈치채지 못한 척하며 걸어가기 시작했다. 남자들의 시선을 느끼면서 일부러 인적이 드문 골목으로 들어갔다.

골목을 걷고 있으니 앞으로 다가오는 사람이 있었다. 아까 자신을 쳐다보던 2명 중 1명이었다. 대머리에 키가 크고 손발이 기묘하게 큰 남자였다. 뒤를 돌아보자 뒤에서도 나머지 1명의 남자가 다가오고 있었다.

“잠시 우리를 따라와야겠어.”

그 목소리에 아사쿠라는 다시 앞을 보았다. 대머리 남자가 아사쿠라를 노려보고 있었다. 귀뿐만이 아니라 눈썹이나 입가에도 여러 개의 피어싱을 하고 있었다.

“대체 뭡니까, 당신들은….”

“그건 우리가 할 소리야. 너야말로 뭐하는 녀석이야?”

“저는 딱히….”

아사쿠라가 대머리 남자에게서 시선을 돌리고 등에 멘 가방을 한 손에 들었다.

“이런 곳에서 험한 꼴을 당하고 싶지 않으면 얌전히 따라와.”

대머리 남자가 아사쿠라를 노려보면서 다가오자, 아사쿠라는 들고 있는 가방을 남자에게 내던졌다.

남자가 가방을 피한 틈을 타, 아사쿠라는 그 옆을 뚫고 지나 도망치기 시작했다. 뒤에서 2명의 남자들이 소리치며 따라오기 시작했다.

그때 오른쪽에서 차 한 대가 돌진하더니, 아사쿠라 바로 앞에서 멈춰 섰다. 아사쿠라는 그 차의 본네트 위를 뛰어넘으려고 하다가, 놈들에게 한쪽 발을 붙잡혀 땅에 쓰러지고 말았다.

일어나려고 한 순간 대머리 남자의 발이 아사쿠라에게 날아들었다. 아사쿠라는 눈가를 맞아 정신이 얼얼해졌다. 다시 땅에 쓰러지자 이번엔 등 뒤에서 고통이 느껴졌다. 두 남자가 번갈아가며 아사쿠라를 밟기 시작했다.

아사쿠라는 온몸을 두 손으로 감싸며 발길질을 피하다가, 갑자기 나타난 차량의 운전석을 슬쩍 쳐다보았다. 입가에 수염이 많은 남자가 차가운 눈빛으로 아사쿠라를 내려다보고 있었다. 아사쿠라와 비슷한 나이대로 보였다.

"그쯤 해둬라."

수염 난 남자가 말하자, 아사쿠라에게 가해지던 폭력이 멈추었다. 아무래도 이 남자가 보스인 모양이었다.

아사쿠라가 계속 땅에 엎어져 있자, 남자들이 아사쿠라의 양팔을 잡았다. 손목을 강제로 꺾어 팔에서도 고통이 느껴졌다. 양 손목에 결박밴드가 채워졌고, 입가에도 검테이프가 붙여졌다. 그러더니 대머리 남자가 아사쿠라를 번쩍 들어 트렁크 속에 집어넣었다. 그는 희미하게 웃으며 트렁크 문을 닫아버렸다.

생각보다 많이 아팠지만 일단 1단계는 성공한 것 같았다. 이 남자들은 이와키라는 인물을 알고 있음이 분명했다. 맞은 부위의 통증과 숨막힘을 참고 있자, 어디론가 이동하던 차가 멈추면서 엔진소리도 멎는다. 아마 10분 정도 이동했을 것이다.

'키시타니는 언제 도와주러 오는 걸까?'

트렁크 문이 열리며 빛이 들어왔다. 대머리 남자가 비웃듯 아사쿠라를 내려다보았다.

트렁크 안에서 위를 올려다보니 주위가 어떤 곳인지는 알 수 없었지만 천장이 매우 높다는 것은 분명했다. 차량들이 공중에 붙들려 있는 것으로 볼 때 아마도 정비공장일 것이었다.

발걸음 소리가 들리더니, 수염 난 남자가 트렁크 바로 앞에 나타났다. 옆에 있는 남자가 아사쿠라의 가방을 들고 있었다.

대머리 남자가 아사쿠라에게 손을 뻗어 아사쿠라의 입에 붙은 검테이프를 떼어내었다.

"여긴 어디야…?" 아사쿠라가 숨을 돌리며 말했다.

"어디든 네가 무슨 상관이야? 다만, 한 가지 확실한 건 여기서는 어떤 소리가 들려도 아무도 신경 쓰지 않는다는 거야." 수염 난 남자가 이쪽을 보며 떨떠름하게 말했다.

"날 어쩔 셈이야? 난 아무것도-"

"아까부터 '이와키'라는 남자를 찾아다녔지?" 수염 난 남자가 아사쿠라의 말을 자르며 물었다. "이와키랑 무슨 관계지?"

"그쪽이야말로 이와키 씨와 무슨 관계야?"

말한 순간 대머리 남자가 아사쿠라의 얼굴을 때렸다.

"묻는 말에 대답이나 해!"

아사쿠라는 대머리 남자를 노려보며 어금니를 깨물었다.

"왜 이와키를 찾고 다니는 거지?"

수염 난 남자의 물음에도 아사쿠라가 입을 다물고 있자, 대머리 남자가 아사쿠라에게 손을 뻗었다. 또 때리나 싶어 반사적으로 고개를 돌렸지만, 대머리 남자는 아사쿠라의 바지 주머니를 뒤졌다. 지갑을 꺼내더니 그 안에 든 것을 확인했다.

"곤도 마사요시…, 심부름센터에서 일한답니다." 대머리 남자가 명함을 보고 수염 난 남자에게 말했다.

아사쿠라의 가방을 들고 있던 남자가 가방을 뒤집어 아사쿠라 앞에 쏟아놓았다.

아즈사의 인형과 키시타니에게서 받은 태블릿, 아라이의 사진, 그리고 4대의 핸드폰이 있었다.

"뭐야, 이건." 대머리 남자가 인형을 들고 비웃었다.

"만지지 마!"

아사쿠라가 노려보자, 대머리 남자가 인형에 침을 뱉고 땅에 내동댕이쳤다.

"이렇게 많은 핸드폰을 가지고 다니다니…, 수상한 놈이군."

수염 난 남자가 핸드폰 하나를 들어 올리며 말했다. 전원이 꺼진 것을 보고 버튼을 누르려고 했다.

"켜지 않는 게 좋아."

아사쿠라의 말에 수염 난 남자는 멈칫하더니 핸드폰을 땅에 던져버렸다. 대신 사진을 집었다. 사진을 보는 표정을 보고, 아사쿠라는 이 남자가 아라이를 알고 있다고 확신했다.

"이 사진은 어디서 났지?" 수염 난 남자가 아사쿠라를 보며 말했다.

아사쿠라는 아무 말도 하지 않았다.

"누구에게 부탁받아서 이와키를 찾고 있나?"

"당신은 의뢰인에 대해 떠드는 심부름센터 직원한테 일을 맡길 수 있나?"

아사쿠라가 그렇게 말하자 수염 난 남자는 쓴웃음을 짓더니, 대머리 남자를 가리키며 말했다.

"이 녀석을 보면 자기 몸에 상처내는 걸 좋아하는 변태라고 생각하겠지만, 사실은 남한테 상처를 내는 걸 좋아하는 변태다. 난 피를 보는 걸 좋아하지 않아. 잠시 이 녀석과 놀고 있어라."

"형씨, 완전 내 타입인데?"

대머리 남자가 아사쿠라를 향해 말하면서 입맛을 다셨다. 피어싱을 한 혀를 핥듯이 움직이며 웃었다.

"뭔가 알아내면 연락해라. 그런 다음엔 마음대로 즐기도록 해."

수염 난 남자는 대머리 남자의 어깨를 툭 치고는 아사쿠라의 지갑을 건네더니, 아사쿠라의 가방을 들고 있던 남자와 함께 문 쪽으로 향했다.

문이 닫히는 소리가 들리자, 대머리 남자가 아사쿠라에게 시선을 돌렸다. 그리고 뒤로 묶인 아사쿠라의 왼손을 움켜쥐었다.

"미안하지만 난 그런 취미는 없어." 아사쿠라가 말했다.

"난 거시기에도 피어싱을 했어. 내 걸 한번 맛보면 당신도 헤어나오지 못할 거야."

웃음소리와 함께 불쾌한 숨결이 귓가에 퍼져 소름이 돋았다.

"하지만 즐기기 전에 할 일은 하고 해야지. 일단 먼저 신용카드 비밀번호를 말해봐."

대머리 남자가 그렇게 말하면서 아사쿠라의 주먹 쥔 손을 강제로 풀어버리고 새끼손가락만 잡았다. 그러더니 손가락 관절을 반대로 꺾어버렸다.

"어차피 말하게 될 건데, 서로 힘 빼지 말자고."

새끼손가락의 고통을 참지 못하고 "1074!"라고 외친 다음 순간, 갑자기 둔탁한 소리와 함께 머리에 고통이 느껴졌다.

아사쿠라가 비명을 지르며 노려보자, 대머리 남자가 웃으며 말했다.

"0.5초 늦었어. 다음엔 더 빨리 말하라고."

그리고 나서 이번엔 아사쿠라의 약지 손가락을 잡았다.

"누구에게 부탁받아 이와키를 찾고 있지?" 역시 손가락을 반대 방향으로 꺾으며 물었다.

"키시타니란 남자야."

"뭐하는 녀석이야?"

"몰라."

그렇게 말한 순간 약지 뼈가 부러지는 고통이 느껴져 아사쿠라는 비명을 지르지 않을 수 없었다.

"정말로 몰라! 우리 사무소에 와서 의뢰했어. 3년 전에 아카바네에서 자주 마시던 이와키라는 중년 남성을 찾아달라고."

"그 남자는 왜 이와키를 찾고 있지?" 대머리 남자가 이번엔 가운데 손가락을 잡고 물었다.

"몰라…, 의뢰인의 사정은 묻지 않는 게 우리 사무소의 방침이야. 돈만 받으면 시키는 대로 할 뿐이지."

"주소나 직업은 알 거 아냐!"

"몰라. 이름과 전화번호뿐이야. 착수금으로 500만 원을 받았어. 이와키를 찾아서 연락해주면 성공보수로 500만 원을 주겠다고 했지."

"나중에 연락해서 그 녀석을 불러낼 수 있어?"

"알았어. 하지만 난 단순한 심부름센터 직원이야. 목숨을 걸고 싶지는 않아."

"아라이의 사진도 그 키시타니란 놈이 준 거야?"

이 남자도 아라이를 알고 있는 건가?

"그래…."

아사쿠라가 대답했을 때 멀리서 사이렌 소리가 들렸다.

대머리 남자가 아사쿠라의 손가락에서 손을 뗀 뒤 주위를 둘러보았다. 그러더니 점점 커지는 사이렌 소리를 심각한 표정으로 듣고 있었다.

"도망치는 게 좋아."

대머리 남자가 무슨 소리냐며 아사쿠라를 보았다.

"나한테 동료가 있어. 아까 그 건물을 나오고 나서 20분간 연락이 없으면 경찰에 신고해달라고 말해두었어."

대머리 남자가 놀란 표정을 지었다.

"게다가 이 태블릿에는 GPS가 설치되어 있어서 여기 장소도 정확히 알 수 있지."

아사쿠라가 코웃음 치며 말했다.

대머리 남자가 인상을 쓰며 아사쿠라를 노려보았다.

"젠장!"

아사쿠라는 대머리 남자가 날린 주먹에 얼굴을 맞아서 기절하고 말았다.

눈을 떠보니, 흐릿한 시야에 키시타니가 서 있었다.

얼굴에는 끈적끈적한 감촉이 있었다. 그것을 닦으려고 손을 움직이자, 고통이 느껴지면서 시야가 선명해졌다.

키시타니의 오른손에는 페트병에 든 콜라가 있었다. 기절한 아사쿠라를 깨우기 위해 얼굴에 콜라를 들이부은 모양이었다.

"물이나 차는 없었나?"

아사쿠라가 그나마 아프지 않은 오른손으로 얼굴을 닦으며 트렁크 안에서 몸을 일으켰다.

"다 팔렸더라. 뜨거운 캔커피가 아닌 게 어디야."

웃으면서 손을 내미는 키시타니를 보며 아사쿠라는 트렁크 안에서 나왔다.

오른손으로 핸드폰이나 태블릿을 다시 가방에 넣은 뒤, 바닥에 떨어진 인형을 줍고 나서 주위를 둘러보았다.

몇 대의 자동차가 있었고, 정비용품과 작업대가 있었다. 안쪽에 있는 문은 활짝 열려 있었고, 반대편에는 반쯤 열린 셔터가 있었다.

"난 얼마 동안 기절해 있었지?" 아사쿠라가 작업대로 다가가면서 물었다.

"언제 기절했는지 모르겠지만 사이렌이 울리고 아직 5분도 안 됐어."

아사쿠라는 작업대에 있는 서랍을 꺼내 뒤지더니, 연필과 비닐테이프를 꺼냈다. 오른손으로 연필을 반으로 꺾더니, 왼손을 키시타니에게 보여주었다.

"뭐야?" 키시타니가 물었다.

"약지와 새끼 손가락이 부러졌어."

"설마 나더러 고치라는 거야?"

"그냥 원래 방향으로 돌려놓기만 하면 돼. 내가 직접 할 자신이 없어."

키시타니도 내키지 않는 듯 인상을 쓰며 아사쿠라에게 다가왔다. 왼손 손가락에 키시타니의 손이 스치는 것만으로도 고통이 느껴졌다.

"가능하면 한 번에 끝내자." 아사쿠라가 오른손에 든 인형을 바라보며 말했다.

"그럼 하나 둘 셋 하면 한다."

키시타니가 그렇게 말하며 셋을 세자, 아사쿠라는 엄청난 고통에 무릎을 꿇지 않을 수 없었다.

"괜찮아?"

아사쿠라가 이를 악물며 고개를 끄덕였다. 눈을 뜨고 일어나자, 키시타니가 아사쿠라의 손가락에 연필을 부목처럼 댄 뒤 비닐테이프로 손가락을 동여맸다.

인형을 가방 속에 넣고 밖으로 나가자, 바로 앞에 빨간 사이렌을 붙인 렌트카가 있었다. 키시타니가 사이렌을 떼 안으로 들어놓으면서 운전석에 올라탔다.

"이와키를 아는 놈들이야?"

아사쿠라가 조수석에 타자 키시타니가 시동을 걸면서 물었다.

"무슨 관계인지는 모르겠지만 날 납치한 녀석들은 이와키를 알고 있었어."

"그렇군. 일부러 잡힌 보람이 있었네. 위치를 알려줘."

키시타니의 웃음소리를 들으며 아사쿠라는 가방에서 테블릿을 꺼냈다.

지도를 켜서 자신들의 장소와 지갑에 설치해두었던 GPS의 위치를 확인했다. 화면에 나타난 화살표는 여기서 1킬로미터쯤 떨어진 아라카와와 스미다가와의 중간 지점에 표시되었다.

"그렇게 멀지 않아."

아사쿠라는 지도에 표시된 곳을 키시타니에게 알려주었다.

"이 길을 쭉 따라가면 나오는 편의점에 들어간 모양이야."

대머리 남자는 아사쿠라의 지갑 속에서 훔친 카드로 편의점 안에 있는 현금인출기에서 돈을 뽑으려는 모양이었다.

가까이에 편의점 간판이 보이자, 키시타니가 가게 앞에서 차를 세웠다.

아사쿠라는 편의점 안을 바라보며 외투를 벗었다. 조금만 움직여도 온몸이 쑤셨다. 그렇지만 안간힘을 다해 뒷좌석에 외투를 던져놓고 옆에 있는 종이봉투를 들었다. 안에 든 상의와 가발을 착용하고 편의점 쪽을 다시 보았다. 잠시 후 대머리 남자가 편의점에서 나왔다.

"전기 충격기를 쓸래?" 키시타니가 아사쿠라를 보며 물었다.

"아니. 오른손만으로도 충분해."

아사쿠라는 문을 열고 차에서 내렸다. 들키지 않을 만한 적당한 거리를 유지하며 대머리 남자를 따라갔다.

대머리 남자는 강둑을 따라 이어진 길을 걷고 있었다. 정면에 있는 다리에 설치된 조명은 어둠 속에서도 빛나고 있었다. 아라카와에 새롭게 건설된 커다란 다리였다.

남자는 걸으면서 핸드폰을 꺼내 귀에 대었다. 아까 전 수염 난 남자에게 보고를 하는 걸까.

그 녀석들까지 몰려오면 곤란했다.

'빨리 이 녀석을 처치하는 게 좋겠다.'

아사쿠라는 대머리 남자에게 다가갔다. 가끔 차가 지나다녔지만 이 길에는 아사쿠라와 대머리 남자 외에 다른 사람은 없었다.

"네, 알겠습니다. 그럼 가게로 찾아가겠습니다." 대머리 남자가 전화를 끊고 핸드폰을 주머니에 넣는 순간이었다.

"돈은 뺐나?"

바로 뒤에서 아사쿠라가 묻자 놀란 남자가 걸음을 멈추었다. 대머리 남자가 뒤로 몸을 돌리는 순간 아사쿠라는 발로 상대의 왼쪽 오금을 날카롭게 가격했다. 그러자 남자가 중심을 잃고 쓰러졌다.

"안타깝지만 그건 위조된 신용카드였어. 네 얼굴은 CCTV에 다 찍혔을 거다."

아사쿠라가 다시 일어나려는 남자의 목을 주먹으로 가격하자, 남자는 기절해 버렸다.

아사쿠라가 뒷좌석에 있는 대머리 남자의 피어싱을 붙잡고 힘껏 뜯어내자, 남자가 비명을 지르며 눈을 떴다.

"모처럼 자는 걸 방해해서 미안하지만 나도 시간이 없어서 그래." 아사쿠라가 차갑게 말하며 피어싱을 저 멀리로 던져버렸다.

자신이 놓인 상황을 파악하기 위해 대머리 남자가 고개를 움직였다. 대머리 남자는 창밖으로 보이는 다리의 불빛을 보는 듯했다.

"우리 구역에서 이런 짓을 하고 무사할 줄 알아?"

대머리 남자는 창밖으로 아라카와에 설치된 다리를 보며, 현재 위치를 파악한 모양이었다.

"카센지키까지도 너희들의 구역인지는 몰랐군. 소음이 들려도 아무도 신경 쓰지 않을 곳이 잘 떠오르지 않아서 여기까지 왔어."

아까 대머리 남자를 기절시킨 뒤 차에 태워 손발을 비닐테이프로 묶어 근처인 카센지키까지 온 것이었다.

대머리 남자의 지갑 안에 있던 면허증을 보니, 남자의 이름은 쿠리하라 시게토, 32세였다. 현재 주소는 아카바네였다.

"이제 몇 가지 질문을 할 거야. 난 변태가 아니야. 솔직히 말하면 아무 탈 없이 놓아주마."

그 말을 들은 쿠리하라가 아사쿠라의 얼굴에 침을 뱉었다.

아사쿠라는 쿠리하라를 보면서 얼굴에 묻은 침을 닦았다. 하지만 곧바로 명치에 주먹을 꽂아넣자, 쿠리하라가 앞으로 상체를 숙이며 신음소리를 뱉었다. 아사쿠라는 쿠리하라의 어깨를 잡고 다시 일으켜 세웠다. 고개를 든 쿠리하라가 아사쿠라를 보면서 웃었다.

"난 프로야. 심부름센터 직원 따위의 협박에 굴할 것 같아!"

"무슨 프로냐? 야마나시 조직 쫄따구 프로?"

아사쿠라가 말하자, 쿠리하라가 일그러트렸던 입가를 꾹 다물었다. 아무 말도 하지 않을 태세였다.

"첫 번째 질문이다. 너희들은 이와키와 무슨 관계냐?"

아사쿠라가 물었지만 쿠리하라는 코웃음 칠 뿐이었다.

"어쩔 수 없지."

아사쿠라는 한숨을 쉬고 손을 뻗어 쿠리하라의 귀에 있는 피어싱을 힘껏 잡아당겼다. 살점과 피어싱이 떨어지는 것과 동시에 비명소리가 울려퍼졌다.

"어때, 이제 좀 말할 기분이 들어?"

아사쿠라는 피와 살점이 붙은 피어싱을 던져버리고 나서, 고통스러워하는 쿠리하라에게 말했다.

"모, 모른다고…." 쿠리하라가 아사쿠라를 노려보며 말했다.

"즐기고 있는데 미안하지만 말이야…."

그 소리에 아사쿠라가 운전석을 보았다.

"잠깐 담배 좀 태우고 올게."

키시타니는 이 광경을 견딜 수 없었는지 문을 열고 나가버렸다.

"아무래도 아까 이야기와 달리 넌 고통을 즐기는 변태인가 보군. 그럼 이번엔 정말 알고 있을 만한 것을 묻도록 하지."

이번에 아사쿠라는 쿠리하라의 뺨에 왼손을 대면서 입가에 붙은 피어싱을 잡았다.

"아까 너랑 같이 있던 두 사람을 알려주겠나? 이름은?" 아사쿠라가 잡은 피어싱을 세게 잡아당기며 물었다.

"으윽…, 쿠…, 쿠라모치…, 씨…, 나가토…."

쿠리하라의 신음소리가 들려와 피어싱을 잡은 손을 일단 멈추었다.

"그래, 이렇게 말해주면 되는 거야. 쿠라모치라는 게 그 수염 난 남자로군."

쿠리하라가 살짝 고개를 끄덕였다.

"그럼 본론으로 들어가지. 이와키는 대체 누구야? 쿠라모치와 무슨 관계야?" 아사쿠라는 피어싱을 잡은 손에 다시 힘을 주었다.

"모, 몰라…."

쿠리하라가 필사적으로 몸을 흔들며 저항했다.

"그럴 리가 없잖아. 넌 사진을 보고 아라이란 걸 알아봤잖아. 아라이가 이와키란 남자와 교류가 있던 것은 틀림없어. 말해!"

"진짜 몰라!"

아사쿠라는 다시 입가에서 피어싱을 뽑아 버리고는 쿠리하라의 비명소리를 무시한 채 쿠리하라의 벨트에 손을 뻗었다. 그러고는 쿠리하라의 바지 안에 손을 넣었다.

"물론 난 그런 취미는 없지만, 목적을 위해서라면 거시기를 만지는 것도 마다하지 않아."

아사쿠라가 쿠리하라의 귓가에 대고 나직이 말했다.

28

초조한 마음으로 노트북 화면을 보고 있자, 드디어 카라키가 나타났다.

"기다리게 해서 죄송합니다. 지휘본부에서 대책회의를 하느라 시간이 좀 걸렸습니다."

말투는 부드러웠지만 표정은 지금까지 본 적이 없을 정도로 심각했다.

나오미가 토다와의 전화를 끊고 바로 수사본부에 연락했지만 카라키는 아직 돌아오지 않은 상태였다. 그리고 화상통화를 위해 3시간 이상 노트북 앞에 앉아서 기다렸던 것이다.

"아뇨, 바쁘신데 죄송합니다. 대책회의란 어떤 내용이었죠?"

나오미가 묻자 카라키는 "그게, 여러가지입니다…."라면서 말끝을 흐렸다.

"그런데 저에게 할 이야기가 있으시다고요?" 카라키가 자세를 고쳐 잡으며 말했다.

"아까 전에 무슨 일이 있었는지 궁금합니다. 너무 신경 쓰여서요."

말하고 싶은 것은 그것만이 아니었지만 일단 그것부터 물어보았다.

"아까 전이라고 하시면…, 아사쿠라 말인가요?"

나오미는 고개를 끄덕였다.

"거기에 가신 다음에 무슨 일이 있었나요?"

아사쿠라가 왜 카라키를 공원에 불러낸 걸까?

"별것 아니었습니다."

"무슨 뜻이죠?"

"공원 벤치 밑에 핸드폰을 숨겨두었더군요. 아사쿠라는 그 핸드폰으로 전화를 걸어왔습니다. 그것뿐이었습니다."

그 이상은 이야기하고 싶지 않다는 말투였다.

"무슨 이야기를 하셨나요?" 나오미가 다시 물었다.

"자신은 유괴와 무관하다고 말하고 싶은 모양이었습니다." 잠시 침묵이 흐른 후, 카라키가 어쩔 수 없다는 듯이 말했다.

"그래서요?"

"저는 사건과 무관하다면 경찰에 자진출두해서 사정을 설명하라고 했습니다. 하지만 아사쿠라는 제 제안을 거절했습니다."

"그이가 유괴범에게서 어떤 요구를 받았기 때문에 경찰에 출두할 수 없다는 뜻인가요?"

카라키가 애매하게 고개를 끄덕였다.

"카라키 씨는 그이 말이 거짓말이라고 생각하시는군요?"

"안타깝지만 아사쿠라의 말을 믿을 수 없습니다." 카라키가 단언하듯 말했다.

"어째서 그렇게 단언하시나요?"

"만약 유괴범에게서 정말로 어떤 요구가 있었다면 경찰한테 이야기를 해서 협력을 구하는 것이 상식 아닌가요? 아사쿠라는 저와 통화하기 위해 새로운 핸드폰까지 준비했습니다. 그렇다면 저한테 어떤 이야기를 했어도 그 사실이 범인한테 알려지지도 않았을 겁니다."

원칙을 따지면 카라키의 말이 옳다. 하지만 아사쿠라는 나오미에게도, 토다에게도 경찰은 신뢰할 수 없다고 했었다.

"하지만 그렇다고 그이가 유괴범이라고 단정할 순 없잖아요?"

나오미의 강한 반론에 놀랐는지 카라키가 나오미를 보며 살짝 고개를 젖혔다.

"아까 전에…, 토다 준페이 씨와 이야기를 했습니다."

그 말을 바로 이해는 하지 못한 듯 카라키가 고개를 갸우뚱거렸다. 하지만 이내 상황을 이해하고 카메라가 아닌 쪽을 노려보았다. 아마도 근처에 있는 치하루를 노려본 것 같았다.

"전화로 이야기했을 뿐 토다 씨가 어떤 인물인지는 정확히 모릅니다."

나오미가 마음속으로 치하루에게 사과하면서 말하자, 카라키가 다시 나오미를 향해 고개를 돌렸다.

"…그렇지만 이야기를 들어보니 거짓말이라고 할 만한 모순은 없었습니다. 카라키 씨는 토다 씨가 협박이 아닌 유괴사건임을 안 다음에도 그이에게 협력한 것이 이해되지 않는다고 말씀하셨지요? 그래서 토다 씨가 그이랑 공범이 아닐까 하면서…."

카라키는 대답하지 않았다. 다만 지긋이 나오미를 보고 있었다.

"분명 카라키 씨가 그 말씀을 하셨을 때 저도 같은 생각이었습니다. 토다 씨 자신도 그때의 심경을 말로 표현하는 게 어렵다고 했습니다. 다만…, 토다 씨와 이야기를 나눠보니, 그 마음을 조금이나마 이해할 수 있었습니다."

"왜죠?"

카라키가 무표정하게 말했다.

"저는 토다 씨가 지금까지 어떤 인생을 살아왔는지 정확히는 모릅니다. 하지만 다른 사람으로부터 신뢰 받은 경험이 적다는 것은 알 수 있었습니다. 일시적인 관계이긴 했지만 그이로부터 신뢰 받는 게 좋아서 그랬다는 느낌을 받았습니다….”

“고작 그런 믿음으로 직접 유괴범을 잡는 일에 협력하다니…, 전 도저히 이해할 수 없습니다.”

“카라키 씨는 다른 사람들부터 항상 신뢰를 받아오셨잖아요. 아니면 항상 누군가와 같이 있어 고독하지 않았죠. 저도 아즈사나 아버지, 직장 동료들이 있었기에 외롭지 않았습니다. 하지만 저도 그런 관계가 없었다면, 그래서 견딜 수 없는 고독한 상황에 처한 적이 많았다면…, 그런 저를 의지하고 믿어주는 사람이 나타난다면 그 사람을 위해 다소의 위험을 무릅쓰는 것도 가능할 것입니다.”

“저도 3년 전부터 고독했습니다만 그걸 이해할 수 없었습니다.”

“3년 전부터요?”

갑자기 나온 말에 나오미는 자기도 모르게 되물었다.

“네…, 신경 쓰지 마세요. 다만, 저도 아사쿠라처럼 가족을 잃었다고요.”

“전에 자녀들에 대해서 이야기하셨잖아요?”

지난번에 사무실에서 사건이 해결되면 카라키의 아이들과 함께 아즈사를 디즈니랜드에 데려가자고 위로해준 적이 있었다.

“지금은 이혼했습니다.”

“그렇군요….” 나오미는 잠시 할 말을 잃고 고개를 숙였다.

“쓸데없는 이야기를 해버렸습니다만, 어쨌든 그래서 저는 토다의 이야기를 믿을 수 없습니다.”

“그것뿐이 아닙니다. 토다 씨가 인형에 대해 이야기했습니다. 사물함 앞에서 유괴범과 통화한 다음 그이는 여행용 손가방이 들어 있는 사물함과는 다른 사물함에서 인형을 꺼냈다고요."

"그러고 보니 편의점 CCTV에 아사쿠라 씨가 인형 같은 걸 들고 있는 모습이 있었습니다…, 그게 무슨 관련이 있나요?"

"왜 지금까지 그걸 말씀해주시지 않은 거예요? 정말 중요한 것이었는데…."

"그런가요?" 카라키가 심드렁하게 말했다.

"토다 씨 이야기에 따르면, 그것은 아마도 아즈사가 가지고 있던 것 같습니다. 이혼했을 때 그이랑 관련된 물건은 전부 버렸는데, 아즈사가 그이가 준 인형을 없애지 않고 가지고 있던 것 같아요."

"아즈사가 인형을 가지고 있었다면 별로 이상할 것도 없죠. 아사쿠라나 토다, 그것도 아니라면 키시타니가 넣어둔 거겠지요."

"그럴 필요가 있었을까요?"

"그건…."

카라키는 대답할 거리가 궁했다.

"유괴범이 그이가 사물함에 올 것을 예상하고, 그때 어떤 요구사항을 반드시 듣게 만들기 위해서 그이와 아즈사의 추억이 있는 인형을 안에 넣어두었다고 보는 것이 자연스럽습니다."

"거기까지 아사쿠라가 계산한 거겠죠."

카라키가 방금 전 멈칫했던 것과 달리 단호하게 말했다.

"계산이요?"

"그렇습니다. 토다와 그렇게 진술하기로 짰다면, 아사쿠라가 아닌 유괴범이 존재하는 것처럼 오인시킬 수 있으니까요."

"그런 목적이라면, 인형을 그냥 여행용 손가방 안에 함께 넣어두었어도 되잖아요. 그런데 인형은 또 다른 동전사물함에 들어가 있었다고 했습니다."

"그게 어쨌다는 거죠?"

"토야마역에 있던 사물함에 여행용 손가방을 넣은 것이 마약 공급책이라고 한다면, 유괴범이 그이더러 인형까지 넣어두라고 시켰을 가능성은 거의 없습니다. 그렇다고 본인이 직접 사물함에 인형을 갖다뒀을 가능성도 낮고요. 왜냐면 유괴범이 아사쿠라가 아닌 이상 경찰이 감시하고 있을 가능성을 배제할 수 없었을 테니까요."

"그것까지도 아사쿠라의 계산일 수 있습니다."

끝까지 생각을 바꾸려고 하지 않는 카라키의 완고함에 나오미는 한숨이 나왔다.

"카라키 씨는…, 아니, 수사본부는 그이 이외의 범인이 있을 가능성은 전혀 생각하지 않는 겁니까?" 나오미가 강한 말투로 따져 물었다.

"전혀는 아닙니다. 모든 가능성을 고려하는 것이 수사의 기본이니까요. 하지만 중대범죄라고 해도 수사관을 무한정 투입할 수는 없으니까 가장 가능성이 있는 쪽으로 집중하고 있을 뿐입니다. 지금은 아사쿠라의 신병을 확보하는 것이 최우선이라고 생각하고 있습니다." 나오미의 호소를 내치듯 카라키가 단호하게 말했다.

"그럼 어째서 카라키 씨가 직접 그이를 잡으러 간 건가요?"

카라키는 나오미의 이번 질문에 허를 찔린 듯한 표정을 지었다.

"카라키 씨는 그이랑 동기잖아요. 그이가 얼굴을 알고 있는 카라키 씨가 왜 직접 현장에 출동했던 겁니까?"

"말씀하신 대로 원칙적으로는 제가 현장에 출동해서는 안 되는 것이었습니다."

카라키가 바로 마음을 진정시킨 듯 표정을 풀었다.

"이전에는 자세히 말씀드리지 않았습니다만 아사쿠라는 단순한 동기가 아니라 저에게 있어 특별한 존재였습니다. 졸업하고는 만난 적이 없긴 합니다만 학생 때는 서로를 라이벌로 생각하던 사이였습니다. 그런 친구로서 더 이상 계속 범죄를 저지르도록 놔둘 수 없었습니다. 제가 이번 수사를 지휘하고 있는 것을 안다면 아사쿠라가 순순히 투항해서 사정을 이야기해주지 않을까 하는 기대 때문에 현장에 갔습니다. 물론 제 독단적인 판단이었기에 나중에 상사로부터 호되게 혼나기는 했습니다."

"그 정도 사이였는데, 그이는 유괴범이 어떤 요구를 했는지 전혀 말해주지 않던가요?"

카라키가 고개를 끄덕였다.

"안타깝습니다만…, 아마도 지금 아사쿠라는 경찰 모두가 적이라는 피해망상에 빠져 있는 것 같습니다. 3년 전 그런 사건을 일으켰어도 오랫동안 경찰 조직에 몸담아 왔으니까 조직이 자신의 비리를 덮어주길 바랬나 보죠. 그러다 보니 지금은 배신감에 치를 떨고 있는 것이고요."

정말로 그럴까.

'한 가지 말할 수 있는 게 있다면 경찰을 믿지 말라는 거야….'

그것이 정말 피해망상에서 나온 말이었을까?

"마지막으로 한 가지만 더 묻고 싶은데요." 나오미가 말했다.

"말씀하세요."

"전에 이야기했을 때 제 말을 되물으신 적이 있죠?"

나오미의 말을 이해하지 못하고 카라키가 고개를 갸우뚱거렸다.

"어째서 범인의 요구를 이야기해주지 않냐고 제가 그이에게 따졌을 때 평생 이야기하지 않을 거라고, 3년 전을 끝으로 서로 함께해서는 안 되는 관계가 된 거라고 말한 걸 전했을 때 카라키 씨는 다시 한번 말해달라고 하셨잖아요?"

"그게 왜요?"

"왜 그 말이 신경 쓰이신 거죠?"

"딱히 신경 쓰인 것은 아니고, 잘 들리지 않아서 되물었을 뿐입니다."

그건 명백한 거짓말이다. 헤드셋을 하고 있는데 잘 들리지 않았을 리 없었다. 게다가 나오미가 그 말을 했을 때 카라키의 표정이 묘하게 긴장되었다는 것을 기억하고 있었다.

"그이는 뇌물수수죄로 체포되기 1개월 전부터 무슨 일을 했었나요?'

"무슨 일이라뇨?"

"그 무렵 그이가 항상 집에 늦게 왔습니다."

"그건…." 카라키가 머뭇거렸다.

비리로 상납받은 돈으로 다른 여자라도 만났을 거라고 말하고 싶은 걸까.

"항상 땀투성이가 되어서 돌아온 걸로 볼 때, 여자를 만난 것은 아닐 것 같습니다. 그리고 만약 부부로서 연이 끊어졌다고 생각했다면 '함께해서는 안 되는 관계'가 아니라 '남남이 되어버린 관계'라고 표현했겠지요. '함께해서는 안 되는 관계'라니…, 저에게 말할 수 없는 어떤 피치 못할 사정이 있는 것이 아닐까 생각합니다. 만약 그렇다면 카라키 씨는 그것이 무엇인지 알고 계신 것 아닌가요? 그래서 그 말이 신경 쓰여서 되물으신 거 아닌가요?"

카라키의 입꼬리가 살짝 올라갔다. 그러더니 등을 의자에 기대면서 왼손으로 뒤통수를 만졌다.

"전혀 모르겠습니다만…, 아까 말씀드렸다시피 학교를 졸업하고 나서는 거의 만나지 못해서 아사쿠라를 거의 잊어버릴 때쯤 체포되었다는 뉴스를 들었습니다. 그래서 그때 아사쿠라가 무슨 일을 했었는지는 전혀 모릅니다."

"그렇군요…." 나오미는 한숨을 쉬며 고개를 돌렸다.

"전 남편을 믿고 싶은 마음은 충분히 이해합니다. 하지만 좀 냉정해지는 편이 좋을 겁니다."

그 말에 나오미는 다시 화면을 쳐다보았다.

"안 그래도 아즈사가 돌아오지 않아서 많이 힘드실 테니까, 사실 이런 말씀까지는 드리고 싶지 않지만…. "

"무슨 말씀이죠?"

"아사쿠라는 지금 중요 참고인이 아니라 용의자입니다."

"그이가 용의자라고요?" 나오미는 놀라지 않을 수 없었다.

"네. 공원 주변에 잠복해 있던 수사관이 아사쿠라를 발견해서 추적했습니다. 그때 아사쿠라는 격하게 저항하면서 수사관 한 명을 다치게 했습니다. 아사쿠라는 그때 수사 차량까지 빼앗아 도주했습니다. 그래서 지금 아사쿠라에 대한 체포 영장이 발부된 상태입니다."

나오미로서는 도저히 믿기 힘든 내용이었다.

"수사관 한 명이 아사쿠라를 제압하기 위해 어쩔 수 없이 경고 사격까지 했다고 합니다. 이제는 그것마저 언론에 알려져서 유괴 사건이 터졌음을 발표해야 하는 상황이 되어버렸습니다. 하지만 나오미 씨나 아즈사, 그리고 아사쿠라에 대해서는 아직 언론에 이야기하지 않았습니다. 토즈카 시내에 사는 여자아이가 유괴되었다는 것 정도로 발표될 것입니다. 그래도 저희들로서는 수사가 어려워진 것이 사실입니다." 카라키가 인상을 쓰며 말했다.

"수사에 지장이 있으시다는 건가요?"

"명확하게 어떤 점이 힘들어진다는 것은 아닙니다. 다만, 적어도 수사에 포함된 인력을 차출해서 언론에 대응해야 하기에 전체적인 수사 인원이 감소하는 것은 불가피합니다. 저도 아까 언론에 대응하기 위해 현장을 벗어나야 했고요."

"앞으로 어떻게 해야 하죠…?" 나오미는 불안해하며 물었다.

"일단 평소대로 생활해주세요. 내일은 근무가 없으시다면서요? 나오미 씨에게는 정말 가혹한 일주일이었으리라 생각합니다. 내일 정도는 편히 쉬세요."

아즈사가 유괴된 마당에 어떻게 쉴 수 있단 말인가.

"괜찮습니다. 체포 영장이 발부되었으니까 카나가와현뿐만 아니라 전국의 경찰도 현상수배를 할 겁니다. 이제 아즈사가 구출되는 것도 시간문제라고 봅니다. 그럼 이만…." 카라키는 그렇게 말하고 나오미의 말을 기다리지 않은 채 통신을 끊어버렸다.

'아사쿠라가 잡히면 아즈사가 정말로 구출되는 걸까….'

도저히 그렇게 생각할 수 없어 초조함이 밀려왔다.

아사쿠라는 새로운 죄를 지으면서까지 왜 경찰로부터 도망쳤어야 했을까? 아사쿠라의 말대로 유괴범이 무슨 요구를 했다면 그것은 대체 뭘까?

나오미는 이대로 가만히 있으면 머리가 어떻게 될 것 같았다. 그래서 인터넷을 켰다. 3년 전 아사쿠라가 기소될 때까지 반년 동안 요코하마 시내에서 발생한 사건을 전부 조사해보기로 했다.

조직폭력, 총기 소유, 마약 밀매, 외국인 범죄, 위조…. 모조리 조사해봤지만, 정보가 그리 많지는 않았다.

지금까지도 많이 남아 있는 정보는 3년 전에 발생한 교통사망 사고뿐이다.

유치원 앞에서 아이들을 차가 덮쳐서 7명이 사망했다는 비통한 사고다. 운전하던 남자도 그 사고로 죽었다. 그 남자가 마약을 했다고 검색결과에 나왔지만 이런 사고는 조직범죄대책반이 다룰 만한 사고가 아니다.

계속 컴퓨터를 보다보니 눈이 아팠다. 잠시 쉬려고 거실의 불을 껐다. 소파에 앉으려고 하다가 어떤 사실이 생각이 나서 멈췄다. 나오미는 어둠 속에서 그때의 기억을 필사적으로 떠올렸다.

아사쿠라가 지금까지 했던 말 중에서 당시에 이해하지 못했던 말이 있었다.

식탁에서 사고 뉴스를 같이 보았다. 아마도 사고가 난 지 한 달이나 지났지만 여전히 피해자나 가족들의 슬픔은 사라지지 않았다는 내용이었던 것 같았다.

그 때 운전하던 남자가 마약에 의한 정신착란 상태라서 사고를 일으켰다고 했는데 이미 사망해버려 불기소처분을 받았다.

'가해자가 현장에서 함께 죽었어도 피해자들이나 그 유가족들에게는 아무 위안이 되지 않겠어요….'

나오미는 아마도 그런 말을 했던 것 같다. 그러자 아사쿠라가 이렇게 말했다.

'아무 위안이 되지 않겠지만 조금이라도 위안이 되는 일이 생겼으면 좋겠어….'

그 말을 이해하지 못하고 무슨 뜻이냐고 되물었지만, 아사쿠라는 아무것도 아니라면서 TV에서 시선을 돌리며 입을 다물었다.

'아무 위안이 되지 않겠지만 조금이라도 위안이 되는 일이 생겼으면 좋겠어….'

그건 대체 어떤 의미지?

핸드폰 소리가 울려 나오미는 눈을 떴다. 거실 테이블에 올려둔 핸드폰을 들고 누가 건 전화인지 확인했다.

어제 전화한 토다의 번호가 아니기 때문에 아마도 치하루일 것이다. 자기 전에 치하루에게 이메일로 '시간 있을 때 연락 주세요.'라고 자신의 핸드폰 번호를 적어 보냈었다. 메일로 용건을 전할 수도 있었지만, 가능하면 직접 대화를 하고 싶었다.

"타카하시 치하루입니다."

전화를 받자 치하루의 목소리가 들렸다.

"바쁘신데 죄송합니다."

"휴일이라 괜찮아요." 치하루가 밝은 목소리로 대답했다.

사실 유괴사건이 해결될 때까지 담당수사관에게는 휴일이 없다고 봐야 한다.

"사실 지금 쉬고 있어요."

"네?" 나오미는 놀라서 되물었다.

"다른 말로 근신중이라고 하죠."

"저 때문이군요?"

나오미는 곧바로 상황을 파악했다. 카라키에게 이야기한 것 때문에 치하루는 경고를 받고 시말서를 썼을 지도 모른다. 그런 일이 있었는지를 확인하는 것도 치하루와 대화하고 싶었던 이유 중 하나였다.

"괜찮아요. 설마 그 말씀을 하시려고 연락하라고 하신 건 아니죠?"

"그것도 이유 중 하나예요."

"다른 것도 있나요?"

"전에 치하루 씨는 그이가 체포되기 한 달 전부터 자주 혼자서 행동했었다고 했잖아요. 그리고 그로부터 2주 전에 내근 업무를 명령받아서 정시에 퇴근했다고도 하셨죠?" 나오미가 물었다.

"네."

"하지만 그때 그이는 항상 집에 늦게 왔어요. 항상 양복이 땀투성이라서 여자를 만난 것은 아닐 거예요…. 그래서 일도 여자도 아니라면 그이가 대체 뭘 하고 있었을까 계속 고민해 봤어요."

"그래서요?"

"3년 전에 요코하마 시내 유치원 근처에서 7명이 사망한 교통사고를 기억하시나요?" 나오미가 치하루에게 물었다.

"네. 마약을 하던 남자가 차로 아이들을 덮친 사고 말씀이시죠?"

"네."

사고가 난 것은 아사쿠라가 체포되기 2개월 전이었다.

"어쩌면 그이가 늦은 게 그 사고와 관련이 있을 것 같다는 생각을 해서요…."

"왜요?"

나오미는 그 사고와 관련해 과거에 아사쿠라와 나눴던 대화를 치하루에게 전했다.

"그런데 '아무 위안이 되지 않겠지만 조금이라도 위안이 되는 일이 생겼으면 좋겠어…,' 라는 말뜻이 뭘까요? 피해자들이 이미 죽었으니 새로운 사실이 밝혀지더라도 무슨 위안이 되겠느냐는 말일까요?"

치하루가 나오미의 이야기 속에서 이상한 점에 대해 의문을 제기했다.

"저도 그 표현이 좀 이상하다고 생각했어요. 뭔가 사건의 진상을 밝혀서 피해자들에게 위안이 되었으면 좋겠다는 뜻 같기도 하고…. 어쩌면 차라리 마약으로 인한 정신착란이 사고 원인이라면 좋겠다고 말하고 싶었던 것 같기도 하고요…."

"그러면 혹시 아사쿠라 씨는 마약이 사고 원인이라는 점에 의문을 품었던 것이 아닐까요?" 치하루가 말했다.

"모르겠어요. 아무튼 저도 그 말이 계속 신경 쓰여서…." 나오미는 단정적으로 말하기를 주저했다.

"만약 아사쿠라 씨가 그 의문을 풀기 위해 혼자서 그와 관련된 것들을 조사했었다면 그동안 제가 가졌던 의문도 모두 해결됩니다."

"경찰 고위층과 의견이 맞지 않아 내근 업무를 명령받았다는 거군요."

만약 경찰이 거짓 발표를 했다면 그것을 조사하려던 형사에게 어떤 압력이 가해져도 이상하지 않다.

"네, 그리고 아사쿠라 씨가 비리 혐의로 기소된 사실까지도요."

치하루는 나오미가 그 의문을 가지기 전부터 아사쿠라가 뇌물 수수 사건을 일으킬 리가 없다고 믿고 있었다.

"전 오늘 사고가 있던 곳에 가보려고 해요." 나오미가 말했다.

많이 고민해서 내린 결정이었다. 유괴범에게 감시당하고 있을지도 모르는 이 상황에서 일상에서 벗어난 행동을 하는 것은 좋지 않았다. 게다가 언제 유괴범의 전화가 걸려올지 모르는 상황이었다.

하지만 이대로 가만히 앉아만 있는 것도 더 이상 견딜 수 없었다.

"카라키 씨에게는 비밀로 해주셨으면 합니다." 나오미가 말했다.

"물론이죠. 그리고 저도 같이 갈게요."

"네?"

"일반인이 그런 탐문수사 같은 걸 하려고 하면 한계가 있잖아요. 그 대신 점심이나 사 주세요."

29

주차장에 차가 멈추자 아사쿠라가 조수석에서 내렸다.

"혼자서 괜찮겠어?" 운전석에서 키시타니가 물었다.

"혼자가 나아. 그리고 넌 저 녀석을 잘 감시하고 있어." 아사쿠라는 차에서 내리며 트렁크를 가리켰다.

진통제 대신 마시게 한 술의 취기가 돌았는지 자고 있는 듯했지만 언제 또 몸부림칠지 모른다.

"알았어. 무슨 일 있으면 연락해."

아사쿠라는 고개를 끄덕였다. 뒷좌석에 둔 가방을 들고 그것을 들고 갈지 잠시 망설였다. 결국 가방을 들고 가기로 결심하고 건물로 향했다. 그 가방 안에는 GPS와 인형이 들어 있었다.

병원 건물에 들어가서 바로 안내판을 찾았다. 입원실은 3층과 4층에 있었다. 엘리베이터로 3층에 가서 병실 앞에 있는 이름표를 보며 걸었다.

307호실 앞에 '이와키 히데아키'라는 이름을 발견했다. 4인 병실로 문은 닫혀 있었다.

아사쿠라가 노크를 하고 문을 열었다. 창가에 있는 침대 외엔 전부 커튼으로 가려져 있었다. 침대 옆 의자에 앉아있던 남자를 보았다.

쿠라모치다….

아사쿠라가 다가가자 쿠라모치가 아사쿠라 쪽을 보더니, 바로 얼굴색을 바꾸고 벌떡 일어났다.

"너 이 녀석…"

쿠라모치의 태도에 놀랐는지 침대에 누워있던 남자가 상반신을 일으켰다.

"쿠리하라는 어디 있어?"

주위를 신경 쓰면서 쿠라모치가 작게 말했지만 아사쿠라를 보는 눈빛에는 분노가 서려있었다.

"침대에 누워있는 저 사람과 이야기하게 해주면 쿠리하라를 놔주마." 아사쿠라는 침대에 누워있는 사람이 이와키라고 확신하고 말했다.

이와키는 이때까지 생각해온 이미지와 달리 온화해 보이는 남자였다. 침대 옆 작은 테이블에 놓여있는 액자가 눈에 들어왔다. 아내와 아이들과 찍은 가족사진이었다.

"아까 말한 심부름센터 녀석이야."

쿠라모치가 이와키에게 말하자, 이와키가 알겠다는 듯 고개를 끄덕였다.

"곤도 씨. 대체 누구의 부탁으로 날 찾고 있던 겁니까? 전 제가 돈을 지불해서 찾을 정도의 인물이라고 생각하지 않습니다만." 이와키가 아사쿠라의 두 눈을 똑똑히 바라보며 말했다.

"제 진짜 이름은 아사쿠라라고 합니다. 당신과 마찬가지로 요코스카 경찰서 형사였습니다."

대머리 남자를 고문해 알게 된 사실이었다.

아사쿠라의 말에 쿠라모치와 이와키 모두 눈을 부릅떴다.

"어디서 들어본 이름이군."

이와키가 흥미로운 듯 좀 더 몸을 일으켰다.

"그렇겠죠. 꽤 유명했으니까요."

"쿠라모치, 휠체어를 가져와주게. 아사쿠라 씨와 밖에서 이야기를 하고 싶네."

"그만둬. 뭘 할지 모르는 녀석이야. 전직 경찰이라는 것도 거짓말일지도-."

"그건 사실일 거야." 쿠라모치의 말을 끊으며 이와키가 말했다. "만난 적은 없지만 자네 얼굴을 보고 생각이 났네. 뇌물수수 사건으로 기소되어 경찰을 그만두게 되었지. 아마 나보다 2살 어릴 거야. 그런 남자가 왜 나를 찾는지 물어보지 않을 수 없잖나?"

"알았어."

쿠라모치가 침대에서 떨어져 근처에 있던 휠체어로 향했다.

"준비가 될 때까지 밖에서 기다려주지 않겠나?"

아사쿠라는 고개를 끄덕인 뒤 병실 밖으로 나갔다. 복도에서 잠시 기다리자, 쿠라모치가 휠체어를 밀어주며 이와키가 나왔다.

"쿠라모치, 이제 되었네. 자, 가지." 이와키가 아사쿠라를 보면서 스스로 휠체어를 움직였다.

"다시 한번 말해두지만, 난 계속 널 지켜볼 거야. 무슨 일이 생기면 여기서 빠져나갈 생각은 하지 않는 게 좋아."

그렇게 말하는 쿠라모치를 남겨둔 채 아사쿠라는 이와키를 따라 걸었다.

"어디에 가시나요?" 아사쿠라가 이와키에게 물었다.

"병원 안쪽에 큰 광장이 있네. 오랜만에 바깥 공기를 쐬는 것도 좋지."

함께 엘리베이터를 타고 1층에 내려 광장으로 향했다. 벤치 근처까지 가서 이와키가 휠체어를 멈추었다.

"서서 이야기하기도 뭣한데 앉지?" 이와키가 벤치를 가리켰다.

"전 이대로 서 있겠습니다."
"내가 싫다네. 누군가가 날 내려다보는 게 말이야."
아사쿠라는 벤치에 앉았다.
"그래서 대체 나에게 무슨 볼일이 있나?"
"그 사고의 진실을 알려주십시오." 아사쿠라는 이와키의 눈을 쳐다보며 말했다.
"그 사고?" 이와키가 고개를 갸우뚱거렸다.
"3년 전에 요코하마 시내 유치원 앞에서 어떤 차량이 아이들을 덮친 사고 말입니다. 사고로 7명이 죽고 운전하던 남자도 죽었지요."
"그러고 보니 그런 사고도 있었지. 내 관할이 아니라 자세히는 모르겠지만 아마 운전하던 남자가 마약에 취해서 사고가 났다고 했었지?"
"경찰 발표는 그렇습니다. 하지만 당신은 그 사고의 진실을 알고 있잖습니까?"
"자네가 무슨 말을 하는지 잘 모르겠네만." 이와키가 무표정하게 말했다.
"사고를 일으킨 아라이는 그 사고가 터지기 2개월 전부터 살고 있던 이시카와 거리를 떠나 자취를 감추었습니다. 지인들과도 모두 인연을 끊었지만, 딱 한 명 아라이에 대해 알고 있던 여성이 있었습니다. 그 여성의 말에 따르면 아라이는 아카바네에 있던 이와키라는 남자와 자주 만났다고 했습니다."
"그게 나란 말인가?"
아사쿠라는 고개를 끄덕였다.
"쿠라모치의 부하인 쿠리하라가 아라이를 알고 있었습니다. 그리고 쿠리하라가 아라키와 당신이 몇 차례 함께 있는 것을 봤다고도 했습니다."

이와키는 아무 말 없이 아사쿠라를 쳐다보았다.

"그 여성의 말에 따르면, 아라이는 어떤 일을 위해서 아카바네로 이사했다고 했습니다. 2억 원을 보수로 얻을 수 있는 일이라고요. 그 일은 대체 무엇이었습니까? 당신과 아라이는 대체 뭘 하려고 했던 겁니까?"

이와키는 계속 입을 다물고 있었다. 이윽고 입가에 미소를 지으며 고개를 옆으로 흔들었다.

"무슨 소리인지 전혀 모르겠군. 그래, 사고를 일으킨 아라이는 잘 알고 있네. 그냥 술이나 같이 마시던 사이야. 그것뿐일세. 그건 그렇고 2억 원이나 받을 수 있는 일이라니 부럽기 짝이 없군. 그런 일이라면 내가 한번 해보고 싶을 정도일세." 이와키가 크게 웃었다.

"둘러대지 마세요."

아사쿠라가 그렇게 말하자, 이와키가 곧바로 웃음을 지우고 날카로운 눈빛으로 말했다.

"자네는 상당히 흥미로운 남자지만 그런 실없는 이야기라면 그만 실례하겠네. 지금 나에겐 시간이 매우 소중하니까."

이와키가 휠체어를 잡고 방향을 빙글 돌렸다.

"그렇다면 어쩔 수 없죠."

아사쿠라의 말에 이와키가 다시 휠체어를 멈추었다. 그리고 고개만 돌려 아사쿠라를 쏘아보았다.

"이렇게까지는 하고 싶지 않았습니다만…." 아사쿠라가 이와키를 보며 말했다.

"쿠라모치의 부하를 더 고문하겠다는 건가? 그만두게. 그렇게 큰 조직은 아니지만 쿠라모치는 격투기에 능하지. 골절로 끝내지는 않을 걸세."

이와키는 붕대를 감은 아사쿠라의 왼손을 보고 있는 듯했다.

"그런 짓은 하지 않습니다. 당신을 팔 뿐이죠."

"나를 판다고?" 이와키가 다시 아사쿠라의 얼굴을 쳐다보았다.

"사고 수사가 끝난 뒤에도 경찰은 필사적으로 아라이의 인간관계를 조사했습니다. 분명 경찰이 필요로 하는 것을 손에 넣지 못한 것 때문이겠죠. 하지만 지금도 경찰은 그게 어딘가에 있다고 믿고 있습니다."

"그걸 내가 가지고 있다고 경찰에 밀고라도 할 셈인가?"

"경찰은 그걸 손에 넣기 위해서라면 뭐든지 할 겁니다. 설령 수사관 한 명에게 누명을 씌워서라도요."

아사쿠라의 말에 이와키는 흠칫 놀라는 듯했다.

"제가 아는 어떤 사람으로부터 아라이가 마약을 했을 리는 없다는 제보를 들었습니다. 그 친구는, 경찰 발표는 거짓이고 아라이는 살해당한 거라고 말한 인물이 있다고도 했어요. 도저히 믿을 수 없는 이야기였지만 전 혼자서 사고를 조사했습니다. 사고현장 근처에 살던 사람 중에 총소리를 들었다는 증언도 확보했고, 아라이가 탔던 차에 탄흔도 발견했습니다. 그리고 그 직후 전-."

"누명을 쓰고 체포되었단 말인가?"

아사쿠라가 고개를 끄덕였다.

"전 사고를 조사하게 된 이유를 말하라면서 취조를 받았습니다. 그렇게 하면 뇌물수수 혐의에 대해서도 잘 처리해주겠다고 하면서요."

"하지만 자네는 그 제보자를 팔아먹지 않았고, 그 대신 본인이 전과자로 살아갈 결심을 했다는 건가."

"그렇습니다."

"그냥 제보자일 뿐이잖나." 이와키가 한탄스러운 듯 웃었다.

"거기에 후회는 없습니다."

"그래, 뭐, 고생했겠군. 하지만 나와는 관계가 없는 이야기야. 경찰에 팔고 싶으면 마음대로 하게. 어차피 말기 간암이라 반년도 살지 못할 인생이니까."

지금까지 날카로웠던 이와키의 눈빛에 그림자가 깔렸다.

"당신은 그럴지도 모르죠. 하지만 비밀을 알고 있을지도 모르는 당신 가족들을 내버려둘까요?"

아사쿠라의 말에 이와키가 다시 미간을 좁혔다.

"아무래도 내가 자네를 잘못 본 모양이야. 강한 눈빛과 제보자에 대한 이야기 때문에 제법 심지가 굳은 남자인 줄 알았는데, 꽤나 치사스런 남자로군."

이와키가 모욕감을 담아 아사쿠라를 쳐다보았다.

"당신과 마찬가지로 저도 지켜야 할 사람이 있으니까요."

아사쿠라는 이와키의 모욕스런 눈빛을 튕겨내듯 그를 쳐다보았다.

"6일 전 제 딸이 유괴를 당했습니다."

이와키는 크게 놀라지 않을 수 없었다.

아사쿠라는 가방에서 인형을 꺼내 자신의 무릎 위에 올려놓고 말했다.

"3년 전 그 사건 이후, 딸과도 만난 적이 없었습니다. 범인은 딸이 가지고 있던 이것을 저에게 주면서 아라이 사고의 진상을 조사하라고 했습니다."

이와키가 충격을 많이 받은 듯 시선을 다른 곳으로 돌렸다. 휠체어를 잡은 손이 떨리고 있었다.

"상대는 유괴도 서슴지 않는 녀석들입니다. 당신이 아무 말도 하지 않는다면 저는 제 딸을 지키기 위해 당신이나 당신 가족을 팔아야만 합니다. 하지만 그러고 싶지 않습니다."

이와키가 시선을 이리저리 돌리며 입술을 깨물었다.

"당신이 그 사고의 진실을 솔직하게 이야기해 준다면 유괴범의 정체도 알 수 있을 겁니다."

아사쿠라가 잠시 가만히 이와키를 보고 있자, 드디어 이와키가 아사쿠라에게 시선을 돌렸다.

"경찰 고위층이 자네 딸을 유괴했다는 건가?"

이와키의 질문에 아사쿠라는 고개를 저었다.

"아닐 겁니다. 유괴범은 당신으로부터 협박당한 적이 있는 인물이나 그 관계자겠지요."

"어째서 그렇게 생각하지?"

"지금 유괴사건의 수사본부는 제가 제 딸을 유괴했다고 저를 쫓고 있습니다."

"자네의 자작극으로 보고 있다는 건가?"

"저는 경찰에 체포된 이후 줄곧 딸과는 떨어져서 살아왔습니다. 뇌물수수로 기소된 것도 그렇고, 그 뒤의 생활도 그렇고, 돈 때문에 자기 딸을 유괴할 만한 인간처럼 생활했습니다. 경찰로서는 그렇게 오해할 수도 있습니다. 다만, 유괴범이 경찰 고위층이라면 유괴범의 요구를 제가 들어줄 때까지 저를 잡으려고 하지는 않겠지요."

아사쿠라는 경찰이 자신을 체포하러 오는지도 시험해 보았다고 말했다.

"설마 그 녀석이 유괴까지 할 줄이야…." 이와키가 믿을 수 없다는 듯이 중얼거렸다.

"자세히 좀 말씀해주시겠습니까?"

아사쿠라가 다시 부탁했지만 이와키는 잠시 동안 고개를 들지 않았다.

"6년 전에 난 이혼했다네."

갑자기 그의 입에서 나온 말을 이해하지 못한 채 아사쿠라가 고개를 갸우뚱거렸다. 하지만 재촉하지 않고 그대로 이와키를 계속 쳐다보았다.

"계속 일만 하느라 가정을 돌보지 못한 남편에게 실망했겠지. 내게 지금까지 참아온 불만을 퍼부으며 무조건 이혼을 하자고 했어."

이와키가 고개를 들더니, 아사쿠라를 보며 씁쓸하게 웃었다.

아사쿠라도 비슷한 상황이었지만 나오미는 본인도 같은 경찰이라 아사쿠라를 이해해 주었다.

"자녀분은요?"

아사쿠라는 침대 옆 테이블에 있던 액자가 떠올라 물었다.

"아내…, 아니 전 아내가 데려가서 히로시마에 있는 친정에 있다네. 물론 이혼한 이후로 아내와 아들 모두 연락을 하지 않아…."

"아드님은 몇 살인가요?"

"이혼했을 때 12살이었으니 이제 18살이겠군."

"이제 만나셔야 할 때 아닌가요?"

"6개월 전에 병을 발견했네. 1년도 안 남았다는 말을 듣고 잠깐이라도 만나고 싶다고 생각했지만, 난 그럴 자격이 없다고 생각했네."

아사쿠라를 보는 이와키의 눈빛이 우울해졌다.

"이런 말을 해도 믿지 못하겠지만 난 그때까지 도박이나 여자를 멀리하며 정말 일만 하며 살았다네. 하지만 이혼하고 정신이 나갔는지…, 혼자라는 외로움을 달래기 위해 술이나 도박, 여자에 빠져 살았네. 3년 동안 1억 원 가까이 빚을 져서 경찰 때 잡으러 다녔던 사채업자 놈들에게 역으로 쫓기는 상황이 되었다네."

그래서 누군가를 협박해서 빚을 갚으려고 한 걸까.

"그때 우연히 갔던 룸살롱에서 니시자와 세이치로를 보았네."

"니시자와 세이치로?"

들어본 이름이었다.

"그래, 민주자유당의 니시자와 세이치로야."

"그렇군요…."

민주자유당은 거대 야당으로 니시자와 세이치로는 그 당의 대표였다. 차기 총리 후보로도 알려진 인물이었다.

"설마 그 니시자와를…."

아사쿠라는 이와키가 협박하던 상대가 자신의 상상을 초월하는 거물이라 숨이 막혔다.

"원래 카나가와현의 도지사였기 때문에 요코하마에 그의 단골 술집이 있었어. 도쿄 내에서는 보는 눈이 많아 크게 즐길 수 없으니까 제대로 놀고 싶을 때는 요코하마에 왔던 거지. 자네도 혹시 알지 모르겠지만 입이 무겁기로 유명한 가게야."

"그럼 니시자와를 어떻게 협박하신 겁니까?"

"3년 전 자네는 조직범죄대책반이었다고 했지?"

아사쿠라가 고개를 끄덕였다.

"그렇다면 니시자와에 관한 소문은 한번쯤 들어보지 않았나?"

"마약…?"

조직범죄대책반에서 일했을 때 니시자와 세이치로의 이름을 몇 차례 들어본 적이 있었다. 불법 마약을 한다는 소문이었는데, 경찰 내부에서도 쉬쉬한다는 것이었다.

"난 당시 사귀던 여자가 있었어. 물론 사귄다고 해도 결국 육체 관계뿐이었지만…. 아케미라는 이름으로 옛날에 사귀던 남자에게 속아서 나처럼 많은 빚을 진 채 몸을 파는 여자였어. 적발된 걸 눈감아준 것이 계기가 되어 내가 니시자와를 협박하기 6개월 전부터 나와 관계를 가졌지. 은근슬쩍 그 술집의 호스티스에게 물어봤더니, 아무래도 아케미가 니시자와의 취향에 맞는 것 같다고 하더군. 그래서 난 아케미에게 계획을 이야기했어."

"니시자와가 마약을 했다는 증거를 잡아서 협박하시려고 한 건가요?"

아사쿠라가 묻자 이와키가 자조하듯 웃으며 고개를 끄덕였다.

"세상을 너무 쉽게 봤지. 하지만 그때는 그럴 수밖에 없었네. 빚을 갚지 못하면 경찰 조직에 더 큰 해를 끼칠 수도 있는 상황이었으니까. 한편, 경찰로 있을 때 니시자와가 경찰을 조롱하듯 활개치고 다니는 꼴을 놔둘 수밖에 없었다는 분함도 있었지.

"경찰이 손도 대지 못하는 니시자와에게 한 방 먹이고 싶었다는 건가요?"

"그런 셈이지."

그것은 비겁한 변명에 불과하다고 반론하고 싶었지만, 이와키의 말을 끊고 싶지 않아 그냥 가만히 있었다.

"상대는 거물 정치인이야. 절대로 우리들의 정체가 드러나서는 안 되었지. 그래서 난 아는 사람에게 부탁해서 아케미의 가짜 신분증을 만들게 했어. 그리고 새로운 집을 구한 다음 니시자와가 다니는 룸살롱에서 일하게 했지. 그리고 대포폰을 2대 준비해서 그걸로만 아케미와 연락을 취했어."

정말 주도면밀하다.

"역시나 얼마 뒤 니시자와가 아케미에게 계속 추근댄다고 말했지. 난 아케미한테 내가 지인으로부터 입수한 마약과 소형 비디오 카메라를 주었어. 눈에 띄지 않는 곳에 비디오 카메라를 설치한 다음, 니시자와가 마약을 하는 장면을 몰래 찍으면 그 집을 팔고 가게도 그만둔 다음 잠시 다른 곳에 숨어있으라고 했지."

"그 사이에 당신이 니시자와를 협박해서 돈을 뜯어낼 생각이었군요."

"그래. 어느날 밤 아케미한테서 연락이 왔어. 니시자와가 자신의 유혹에 빠져 곧 자기 집에 온다는 거야. 난 아케미의 집 근처에서 둘이 오는 걸 기다렸어. 잠시 뒤 검은색 고급승용차가 와서 니시자와와 아케미를 내려주고 어디론가 가버렸어. 아케미는 연립주택 1층에 있는 편의점에서 뭔가를 사서 니시자와와 함께 집에 들어갔지. 2시간 정도 지나자 니시자와가 혼자서 집에서 나왔어. 들어갔을 때 입고 있던 외투도 입지 않은 채 허둥대면서 나오는 니시자와를 보고 뭔가 불길한 예감이 들었지. 바로 아케미에게 전화를 했지만 받지 않았어."

이와키는 괴로운 듯 표정을 일그러트리며 입을 닫았다.

"설마 그 여성이 죽은 겁니까?"

아사쿠라의 말에 정신을 차린 듯 이와키가 아사쿠라를 보며 고개를 끄덕였다.

“그래. 열쇠로 집 안에 들어가자 알몸인 채로 침대 위에서 움직이지 않는 아케미를 발견했지. 숨겨둔 비디오카메라의 영상을 확인해보니 니시자와는 내가 준비한 마약이 아니라 자신의 가방에서 꺼낸 마약을 한 거야. 반쯤 강제로 아케미에게도 먹인 다음 의식이 몽롱해지자, 그 상태로 움직이지 못하는 아케미를 범한 거지. 이윽고 아케미는 괴로운 듯 신음소리를 내었어. 하지만 그런 아케미를 무시하고 니시자와는 계속 허리를 흔들었지. 그러다가 뭔가 이상함을 느낀 니시자와는 곧바로 일어났어.”

“그래서 그녀를 방치하고 집을 나간 거군요.”

“그래. 난 비디오 카메라 영상을 확인한 다음 그것을 그대로 둔 채 집을 빠져나왔어. 그리고 바로 경찰에 신고했지. 물론 신분을 밝히지 않고.”

“어째서 협박할 수 있는 영상을 그대로 두고 온 겁니까?”

“비디오테이프를 복사해 둘까도 생각해 봤지만, 시간을 끄는 것보다는 내가 최대한 빨리 신고를 하면 경찰이 현장으로 달려와 니시자와가 함께 마약을 했던 여자를 버리고 도망쳤다는 결정적인 증거를 확보할 가능성을 생각한 거지. 그러면 니시자와는 그에 상응하는 벌을 받게 될 거라고…. 아케미가 죽은 것을 보고 난 돈보다 니시자와에 대한 증오가 앞선 거야.”

“하지만 당신 생각대로 되지 않았군요.”

니시자와 세이치로가 그런 사건을 일으켰다는 이야기는 아직까지 뉴스나 신문에서 들은 적이 없었다.

“경찰 고위층이 사건을 덮어 버렸어. 난 집을 나와 잠시 주변에서 상황을 살폈는데 니시자와는 돌아오지 않았어. 경찰은커녕 그 집에 들어가는 사람도 없었어. 그리고 이틀 뒤 아케미가 신문에서 보도되었지. 약물중독으로 죽은 여성의 시체가 연립주택에서 발견되었지만 위조된 신분증으로 집을 빌린 탓에 신원을 파악할 수 없다는 조그마한 기사였지."

"니시자와에 관해서는 한마디도 없었군요."

이와키가 코웃음 치며 고개를 끄덕였다.

"'설마' 하는 놀라움과, '역시나' 하는 낙담이 밀려왔지."

"그래서 당신은 협박을 그만두지 않았군요?"

"그래. 물러설 수 없었어. 아케미가 눈에 아른거렸거든."

"그래서 7명이나 죽게 되었죠?"

"죽인 건 내가 아냐. 당연히 아라이도 아니고." 이와키가 반발하듯 거칠게 말했다.

"아라이와는 어떻게 알게 되었습니까?"

"협력해 줄만한 사람을 구하던 중에 사쿠라기 거리에 있는 술집에서 만났네. 경찰이라는 걸 숨기고 상당한 위험은 따르지만 돈이 되는 일거리가 있다고 말하자 아라이가 관심을 가졌지. 무슨 짓을 해서라도 큰돈이 필요하다는 거야."

"그 이유도 알고 있었습니까?"

"그래. 어떻게든 지키고 싶은 사람이 있다고 했지. 돈이 필요한 이유를 듣고 이 남자라면 괜찮겠다고 생각해서 모든 사정을 말했어. 내 이야기를 들어도 아라이는 마다하지 않았지. 마다는커녕 어떻게든 계획을 성공시키겠다고 다짐하더군. 상대는 경찰도 조종할 수 있는 거물이라서 상당한 시간을 투자했네. 아라이는 주의 깊게 민주자유당 사무소를 감시하거나 니시자와를 미행했고, 난 경찰 특수수사팀 구성원들의 정보를 모았지."

"왜 아카바네에서 만난 겁니까?"

"요코하마에는 지인이 많았어. 그리고 아라이는 전과자야. 내가 그래도 그때까지 경찰이었으니까 전과자와 만나는 모습을 보일 순 없었지. 내가 고등학교를 졸업할 때까지 살았던 아카바네에 집을 구해서 아라이와 함께 동고동락하면서 계획을 세웠지. 나하고 쿠라모치는 초등학교 때부터 알고 지낸 사이야."

"쿠라모치도 공범이었습니까?"

"쿠라모치는 관계없네. 모든 것이 끝난 다음에 사정을 이야기해 주었을 뿐이야. 아무리 음지에서 일한다고 해도 미래의 총리 후보나 경찰을 협박하는 일에 협력할 것 같지는 않았거든."

"그렇겠죠."

"모든 준비를 마치고 니시자와가 여자를 죽게 하고 경찰이 이를 무마했다는 증거가 있다고 당 사무소에 연락을 했다네."

"얼마나 요구하신 겁니까?"

"6억 원이야. 사실은 10억 원으로 하고 싶었는데 너무 무게가 무거워지면 곤란하니까 그 정도만 하기로 했어. 나와 아라이가 2억 원씩. 남은 2억 원은 아케미의 친정에 보내줄 생각이었어. 그녀는 어릴 때부터 할머니 밑에서 자랐다고 들었으니까."

"무게가 무거워지면 곤란하다는 것은 왜죠?"

"니시자와의 비서로 하여금 현금을 들고 지하철로 타고 이동하게 하면서 돈을 받을 타이밍을 엿볼 계획이었어. 나는 니시자와의 비서에게 대포폰으로 연락하면서 여기저기를 이동시키면서 동시에 주위에 경찰이 깔렸는지를 확인했지."

"아라이는요?"

"나랑 연락을 주고받으면서 차로 니시자와 비서가 있는 근처를 이동시켰어. 비서 근처에 경찰이 없다는 것을 확인하면 적당한 곳에 돈을 넣은 가방을 두게 한 다음, 곧바로 아라이에게 그걸 가져오게 할 계획이었어. 만약 경찰이 있을 것 같으면 거래를 중지시키고 그것을 공개하겠다고 계속 협박했지. 니시자와에겐 6억 원 정도는 돈도 아닐 것이라고 생각했었거든. 한 3시간 정도 이동시켰는데 아무런 조짐이 없어서 괜찮을 거라고 판단했어. 어떤 연립주택에 있는 분리수거함에 돈을 두게 한 다음 아라이에게 연락해서 그걸 가져오게 했지."

"그리고 그 후에 경찰에 쫓기던 아라이가 사고를 낸 거군요?"

"그래. 아라이가 분리수거함에서 돈가방을 들고 차에 넣은 순간 갑자기 뒤에 있던 우체국 차에서 남자 몇 명이 아라이를 향해 달려들었어. 위장하고 있던 경찰이었던 거지. 아라이도 그걸 눈치채고 곧바로 차에 올라타 출발했지만 반대차선에서 달려온 승합차가 유턴을 하더니 아라이의 차를 추격하기 시작했지. 그 다음에 총소리가 몇 차례 들리더니 아라이의 차가 아이들을 덮친 거야."

이와키가 거기까지 말하더니, 괴로운 듯 두 손으로 얼굴을 가렸다.

"경찰이 권총을 쏜 건가요?"

아사쿠라가 묻자 이와키가 고개를 끄덕였다.

"틀림없어. 승합차에 탔던 경찰이 아라이 차를 향해 발포한 거야."

"누가 발포했습니까?"

"거기까진 몰라. 아라이의 차가 아이들을 덮치고 전신주를 들이받은 다음 승합차는 그 근처에서 멈췄어. 하지만 곧바로 어디론가 가버렸지. 그러니까 아라이와 7명의 어린이, 유치원교사를 죽인 것은… 경찰이야."

"당신은 관계없다는 뜻인가요?" 아사쿠라는 날카로운 눈빛으로 이와키를 쳐다보았다.

"관계없다고는 하지 않았어. 하지만 죽인 것은 내가 아니야."

그것만큼은 완강하게 인정하고 싶지 않은 모양이었다.

"당신은 그 다음에 어떻게 했습니까?"

"모든 걸 포기했네." 이와키가 내뱉듯 말했다.

"협박을 포기하셨다는 거군요."

아사쿠라가 재차 확인하자 이와키는 고개를 절레절레 흔들었다. 어쩔 수 없었다는 느낌이었다.

"7명이나 죽은 사고인데도…, 경찰의 발표는 사실과 전혀 달랐어. 아라이에 관한 보도를 들으면서 새삼 경찰 조직이 얼마나 무서운 조직인지 깨달았네. 마음 한구석에 있던 경찰로서의 긍지도, 조직에 대한 충성심도, 일에 대한 의욕도 전부 잃었다네. 난 돈을 빌린 조폭이나 사채업자한테 그들이 원하는 정보를 건네주고 빚을 탕감받은 뒤, 경찰을 그만두기로 했다네. 바로 그만두면 의심을 살 수 있으니까 6개월 정도 후에 그만두었지. 그리고 어릴 때 살았던 아카바네로 이사해서 경찰 시절에 익힌 여러 기법들을 활용해서 조폭의 조언자로 고용된 것이지. 쿠라모치를 통해서 말일세."

이와키가 무릎 위에 양 손을 올려둔 채 아사쿠라를 쳐다보았다.

"이게 그 사건의 진상일세."

"비디오테이프는 복사해두지 않았다고 하셨는데, 다른 증거는 정말 확실히 있었습니까? 아니면 사실만 알고 그냥 증거가 있다고 허풍을 치신 겁니까?"

"증거는 확보해 놨다네. 경찰이 니시자와 편에 설 가능성을 전혀 생각하지 않은 것은 아니었으니까."

"그것을 저에게 주실 수 있습니까?"

아사쿠라는 벤치에서 일어나 이와키에게 다가가며 말했다.

"단, 한 가지 조건이 있네." 이와키가 아사쿠라를 올려다보며 말했다.

"뭐죠?"

"내 가족에게는 피해가 가지 않도록 해주게. 그게 내 유일한 소원일세." 이와키가 아사쿠라를 보며 말했다.

차에 다가가자 운전석에 앉은 키시타니가 아사쿠라를 보고 이어폰을 뺐다.

아사쿠라는 문을 열고 조수석에 타 깊은 한숨을 쉬었다.

"일단 출발할까. 이런 데 짐을 두고 갈 수는 없잖아." 키시타니가 뒷자리를 가리키며 시동을 걸었다.

"그래. 카센지키에 가서 쿠리하라를 내려놓자."

아사쿠라의 말과 동시에 키시타니가 엑셀을 밟았다.

"이야기를 듣다보니 생각났는데, 난 이와키를 만난 적이 있었어."

아사쿠라가 숨겨놓은 핸드폰을 통해 카시타니도 아까 전 대화를 모두 들었다.

"아케미라는 여자의 가짜 신분증을 만들어준 게 너였나?"

아사쿠라가 묻자, 키시타니가 전방을 보며 고개를 끄덕였다.

"그걸 만들어주고 나서 얼마 지나지 않아 그 여자 사진이 뉴스에 나온 게 기억 나. 여자 신분증뿐만 아니라 남자 신분증도 만들어줬어. 집을 구할 때 연대보증인으로 썼을 테지. 설마 현역 경찰이 고객이었을 줄이야…." 키시타니가 황당한 듯이 말했다.

"그렇군…."

오랜 시간 시민의 안전을 위해 노력해온 남자가 자신의 신념과는 정반대인 범죄자로 추락해버렸다. 그리고 그 무상함에 빠져 고통에 찬 최후를 맞이하려고 하고 있었다.

"그건 그렇고 정말 거물이 나왔군."

키시타니의 말에 아사쿠라는 정신을 차렸다.

"그렇군."

"유괴범은 미래의 총리 후보와 그 졸개들이란 건가. 정말이지 심장을 쫄깃하게 만드네."

"그럼 그만둘까?"

"천만에. 잘만 하면 노후는 물론이고 어쩌면 대대손손 떵떵거리며 살게 생겼어. 하지만 문제는 아직 많아. 설령 네 딸이 무사히 돌아온다고 해도 그걸로 끝이 아닐 거야."

아사쿠라와 키시타니는 니시자와가 아케미의 죽음과 관련이 있다는 증거를 손에 넣었다. 하지만 이걸 유괴범에게 넘긴다고 해서 자신들의 위험이 사라지는 것은 아니다. 일단 아즈사가 돌아오더라도 그들의 비밀을 알고 있는 아사쿠라는 앞으로도 영원히 니시자와 일당에게 쫓기는 신세가 될 것이다. 그리고 언젠가 다시 아즈사나 나오미에게 위험이 닥칠지 모른다.

"앞으로 어쩔 거야?"

키시타니가 물었지만 아사쿠라는 아무런 대책도 떠오르지 않았다.

"일단 오늘 밤은 유괴범과 거래를 하게 될 가능성이 높아. 쿠리하라를 내려주고 어딘가에서 잠시 눈 좀 붙이자." 아사쿠라가 시계를 보며 말했다.

30

"다음 역은 호시카와…, 호시카와…."

안내방송을 들으며 나오미는 보고 있던 사진에서 시선을 뗐다.

역에 도착하자 사진을 가방에 넣고 전동차를 내려 지하철 개찰구로 향했다. 개찰구가 가까워지자 밖에서 기다리고 있던 치하루가 보였다.

"기다리게 해서 죄송합니다."

나오미는 치하루에게 가서 고개를 숙였다.

"그건 괜찮은데 무슨 일이 있었나요? 설마 수사관에게 들켜서 집에 다시 갔다 오셨다든가…?" 치하루가 주위를 둘러보며 말했다.

"아니에요. 다만 만약 범인이 집전화로 연락할 것에 대비해 집으로 전화가 오면 이 핸드폰으로 연결되도록 세팅하는 것과 그이 사진을 찾는 데 시간이 걸려서…."

사람들에게 아사쿠라에 대해 물으며 그를 찾아다니기 위해서는 사진이 있는 편이 좋을 것 같았다.

"이혼하고 다 버리셨나요?"

나오미가 고개를 끄덕였다.

"하긴 아사쿠라 씨 사진이 있는 게 좋겠네요. 제가 집에 돌아가서 찾으면 한 장 정도는 있을 것도 같은데…."

"이미 한 장 찾았으니 괜찮아요."

아사쿠라가 찍혀 있는 사진은 설령 아즈사가 함께 찍혀 있었어도 모두 버렸지만, 도저히 버릴 수 없어서 서랍 안에 보관하고 있던 한 장이 있었다. 아사쿠라가 갓 태어난 아즈사를 안고 침대에 누워있는 나오미와 함께 찍은 첫 가족사진이었다.

그런 사진을 남들에게 보여주며 돌아다니는 것이 부끄럽기도 했지만 지금 그런 것을 따질 상황이 아니었다.

"그럼 갈까요?"

"잠시만요."

치하루가 불러 세워 나오미는 뒤를 돌아봤다.

"꽃을 사가기로 해요."

치하루가 역 앞에 있는 꽃집을 가리키며 말했다.

"아, 네…."

나오미는 이제 많은 사람이 사망한 현장을 찾아가는데 그런 것도 생각하지 못한 것이 부끄러워 서둘러 꽃집에 들어갔다.

둘은 꽃다발을 2개 사서 택시를 탔다. 택시 기사에게 아라이의 사고 이야기를 하자 곧바로 현장으로 데려다주었다.

"이 부근이에요."

10분 정도 이동한 뒤 운전수가 택시를 멈추었다. 택시에서 내려 주위를 둘러보자 보도에 지장보살상이 있었다. 사고로부터 3년이나 지난 지금도 그 앞에는 꽃과 음료수 등이 놓여 있었다.

나오미는 꽃다발을 내려놓고 합장을 했다. 옆을 보자 치하루는 아직 눈을 감고 합장을 하고 있었다. 잠시 뒤 눈을 뜨고 손을 내리면서 나오미에게 말했다.

"유치원부터 가볼까요?"

치하루의 말에 나오미는 고개를 끄덕이며 주위를 살폈지만 유치원은 없었다.

"유치원은 현장 근처라고 했는데." 나오미는 어제 본 뉴스기사를 떠올리며 갸우뚱거렸다.

"저도 잘 모르지만…, 일단 근처에 물어보죠."

인근에 빵집이 있어 들어가 보고 싶었지만 문이 닫혀 있었다.

"저쪽 가게로 가보죠."

길 건너에 귀금속점이 있었다. 나오미는 치하루와 함께 길을 건너 가게에 갔다.

"실례합니다…."

계산대에서 잡지를 읽고 있던 여성이 고개를 들었다. 나오미 아버지와 비슷한 나이대의 여성이었다.

"어서 오세요. 뭘 찾으시죠?" 여성이 물었다.

"아뇨…, 죄송합니다만 좀 여쭙고 싶은 게 있어서요."

"무슨 일이죠?"

"이 근처에 유치원이 있지 않나요? 3년 전에 큰 사고가 났을 때 근처에 유치원이 있다고 들었는데…." 나오미는 밖을 가리키며 말했다.

"아, 네. 츠바사 유치원이죠. 1년 전에 문을 닫았어요."

"문을 닫았다고요?"

"네. 지금은 연립주택을 짓는다고 해요. 사고로 아이들이 많이 죽어서…, 물론 그 유치원 탓은 아니지만 역시 이미지라는 게 있잖아요. 사람들이 아이들을 맡기지 않아서 경영이 어려워진 거겠죠."

"어디로 이사했는지 아시나요?"

"글쎄요, 그런 이야기는 듣지 못했네요."

"그 유치원 관계자에게 이야기를 듣고 싶은데, 알고 계시는 분은 혹시 없으신가요?"

치하루가 묻자 여성은 고개를 저었다.

"혹시 사고를 당하신 아이들의 가족 등은…." 나오미가 다시 물었다.

"저기 저 빵집이 그래요."

"그런가요?"

"네. 시라이시 씨라는 분이 운영하는 빵집인데요. 아드님이 사고를 당해서…, 죽지는 않았지만 식물인간이 된 채 계속 병원에 입원해 있어요."

"아드님이 사고를 당한 바로 근처에서 일을 해야 한다니 정말 힘드시겠어요."

"그렇죠. 저라면 일부러 그렇게 하진 않았을 텐데."

"일부러라뇨…?" 여성의 말에 나오미가 물었다.

"원래 옆동네인 츠키미다이에 살고 있었대요. 원래 직업도 제빵사가 아니라 그냥 회사원이었대요."

"사고 후에 회사를 그만두고 저기서 빵집을 시작한 건가요?"

"그렇게 들었어요."

"왜요?" 나오미는 이해할 수 없어서 되물었다.

"저도 모르죠. 전직 회사원이 차린 빵집치고는 맛도 좋아서 처음엔 꽤 번창했는데, 그 가게에 가면 항상 사고 이야기를 하니까…."

"사고 이야기요?"

"네. 그 사고를 목격했냐는 둥 사고에 대해 아는 게 있으면 뭐든지 알려달라는 둥…."

사고에 대해 알고 싶어서 일부러 빵집을 시작한 것이란 말인가.

"아드님이 사고를 당해서 식물인간이 되었으니 심정을 모르는 건 아니지만…, 갈 때마다 그런 이야기를 하니까 점점 손님이 줄어든 거죠."

"오늘은 문은 안 열었나 봐요."

"3개월 전부터 가게를 열지 않았어요. 빵집 2층에 집이 있어서 가끔 밖에서 보이긴 하는데…."

"그렇군요…."

치하루가 나오미의 옆구리를 찔렀다.

"아사쿠라 씨는요?"

치하루의 말에 나오미는 여기에 온 목적을 떠올렸다.

나오미는 가방에서 사진을 꺼내 자신이 찍힌 부분은 손가락으로 가리면서 여성에게 보여주었다.

"이 분은?"

여성이 사진과 나오미를 번갈아 보며 물었다.

"꽤 옛날 사진인데, 이 남자를 보신 적이 있나요? 아마 사고 직후일 텐데요…."

"사고 직후라면 경찰인가요?"

나오미가 고개를 끄덕이자, 잠시 사진을 보던 여성이 고개를 들고 나오미를 보았다.

"본 적이 있어요."

"어디서 보셨죠?" 나오미가 물었다.

"여기에 왔었어요. 사고에 대해 알려달라면서."

나오미는 바로 치하루와 눈을 마주쳤다.

"그래서요…?" 여성에게 다시 눈을 돌리고 재촉했다.

"사고를 목격했냐고 묻길래 직접 보지는 못했다고 했어요. 다만 어느날 사이렌 소리가 크게 들려서 밖에 나가 사고 현장을 봤다고 했죠. 그랬더니 그때의 모습을 질문하더군요."

"예를 들면 어떤 거요?"

"찾아온 경찰이 뭘 했는지, 사고를 일으킨 차는 어느 정도 후에 이동되었는지 등등이요…, 그리고 인근에 사는 주민이 차가 충돌하기 직전에 총소리를 들었다는 증언을 했다면서, 저도 그런 소리를 들었냐고 물었어요."

"총소리요?" 나오미가 갸우뚱거렸다.

"그렇게 말했어요."

"그래서 실제로 들으셨나요?"

나오미가 묻자 여성이 고개를 저었다.

"사고가 있었을 때 저는 안에서 TV를 보고 있어서요. 사이렌 소리가 날 때까지 사고가 난 줄도 몰랐어요."

"그렇군요…."

나오미는 치하루를 보며 다시 여성에게 인사를 하고 가게를 나왔다.

도로 너머 사고현장을 보니, 가슴속에 의문이 밀려왔다. 체포되기 직전 아사쿠라는 그 사고에 대해 조사를 하고 있었던 것이 분명했다.

하지만 운전하던 남자가 마약을 했더라도 아사쿠라가 몸담고 있던 조직범죄대책반이 나설 일은 아니었다. 게다가 여긴 아사쿠라가 소속된 경찰서 관할도 아니었다.

"그이는 왜 사고를 조사하고 있었던 걸까요?"

나오미는 스스로는 도저히 답을 구할 수 없어 치하루에게 물었다.

"나오미 씨에게 말한 걸 확인하고 싶었던 거 아닐까요? 아라이가 환각 상태에서 사고를 냈다는 경찰의 발표가 진짜인지 아닌지를."

'아무 위안이 되지 않겠지만 조금이라도 위안이 되는 일이 생겼으면 좋겠어….'

나오미는 길 건너 문이 닫힌 빵집으로 향했다.

사고를 당한 아이의 부모도 아사쿠라처럼 경찰의 발표를 의심한 걸까. 그래서 일부러 여기에 가게를 차리고 목격자를 찾으려고 한 걸까.

가게 옆 주차장 쪽에 2층으로 올라가는 현관이 있었다. 나오미는 '시라이시'라는 현판을 보고 초인종을 누르려다가 멈칫했다.

"왜 그러시죠?" 뒤에서 치하루가 물었다.

"갑자기 이런 일로 방문하면 민폐가 아닐까 해서요."

시라이시라는 사람에게는 자신의 아이가 사고당한 이야기를 꺼내야 했다.

"아사쿠라 씨가 뭘 하고 있었는지 알고 싶어서 온 거잖아요." 치하루가 그렇게 말하면서 나오미 대신 초인종을 눌렀다.

잠시 뒤 "네…"라는 남자 목소리가 들렸다.

"바쁘신데 죄송합니다. 저희들은 3년 전에 일어난 사고를 조사하고 있습니다만 잠시 시간 괜찮으신가요?"

"사고를 조사한다고요?"

수상해 하는 듯한 목소리가 들린 다음 "잠시 기다려주세요."라며 인터폰이 끊어졌다.

"경찰이라고 말하면 편한데, 아까 아주머님 반응을 보니 경찰을 불신하는 듯해서요."

잠시 뒤 문이 열리며 남자가 나왔다. 얼굴을 보면 30대 중반인 듯했지만 머리에는 흰머리가 많았다.

나오미는 어떻게 말을 꺼내야 할지 몰라 도움을 청하듯 옆에 있는 치하루를 보았다.

"치하루와 나오미라고 합니다. 저기서 사고를 당한 아이의 아버님 되시나요?"

"네, 그렇습니다만…." 시라이시가 경계하듯 말했다.

"실은 저희들은 범죄나 사고를 당한 관계자 분들께 이야기를 듣는 활동을 하고 있습니다. 단체라고 할 만큼 큰 조직은 아니지만 SNS나 인터넷으로 피해자나 그 가족들과 정보를 나누고 있습니다."

그런 거짓말을 술술 내뱉는 치하루를 보며 나오미는 내심 놀라웠다.

"저도 이쪽에 있는 나오미 씨도 사고로 가족을 잃었습니다."

"그렇군요…."

시라이시의 눈빛이 누그러지는 듯했다.

"매우 큰 사고였기 때문에 무슨 도움이 되지 않을까 싶어 피해자 가족 분들을 찾아뵙고 있습니다. 그 와중에 시라이시 씨 이야기가 나와서요…, 시라이시 씨께서는 사고 후 여기로 이사를 와서 빵집을 개업하셨다고 들었어요."

"네, 맞습니다."

"이웃 분들한테 사고를 목격했냐고 물으셨다고 해서 경찰의 수사나 대응에 불신을 가지고 계신 게 아닐까 해서 찾아뵈었습니다. 실제로 저희들도 가족이 사고를 당했을 때 경찰의 수사나 대응에 불만을 품다보니 이런 활동을 하게 되었습니다."

"그렇죠, 개인이 아무리 말을 해도 제도를 바꿀 수 있는 것이 아니니까요." 시라이시는 체념한 듯 말했다.

"그렇습니다. 하지만 비슷한 심정을 지닌 사람들이 모여서 소리를 내면 사회를 바꿀 수 있을지도 모릅니다. 부디 시라이시 씨의 이야기를 들려주세요."

"알겠습니다. 집 안이 좀 어질러져 있어서 현관에서 이야기하시죠." 시라이시가 문을 크게 열었다.

"시라이시 씨는 왜 여기로 이사를 오신 건가요? 전에는 제빵사가 아니라 회사원이었다고 들었습니다만." 현관에 들어가 문을 닫고 치하루가 물었다.

"사고현장에 꽃을 놓았을 때 지나가던 사람과 한 이야기가 계기였습니다. 20세 정도 되는 젊은 남자였는데, 그 사람이 사고 현장 근처에서 제 아이가 사고를 당한 걸 알고 그때의 상황을 이야기해주었습니다."

"그 남성은 뭐라고 하던가요?"

"그 남성은 자전거를 타고 그곳을 지나가던 중이었다고 했습니다. 자기가 사고를 당한 아이과 교사들 옆을 지날 때 빠른 스피드로 차가 달려 왔다고 했습니다."

"그게 사고 차량이군요."

치하루가 묻자, 시라이시가 고개를 끄덕였다.

"자기는 상황이 위험하다고 생각해 인도쪽으로 피했는데, 그 뒤에서 또 다른 승합차가 빠르게 쫓아왔다고 합니다. 다음 순간 총소리가 몇 번 들리더니, 비명과 함께 엄청난 충돌음이 들렸다고 했어요. 그 남성도 놀라서 뒤를 돌아보니 인도에 많은 사람들이 쓰러져 있었고, 전신주를 들이박은 차가 있었다고 했어요."

"그 승합차가 사고 차량을 뒤쫓고 있었다는 뜻인가요?" 나오미는 처음 듣는 소리에 놀라서 물었다.

"남성의 이야기로는 그렇습니다. 승합차는 사고 현장 약간 앞에서 멈췄지만 바로 가버렸다고 했습니다."

"경찰한테 그 이야기를 했답니까?"

"했다고 했습니다. 다만 저희들은 경찰한테서 그와 관련된 질문은 한마디도 받지 못했습니다. 남성에게 그 이야기를 들은 직후 제가 경찰서에 가서 확인을 했습니다만 그런 증언은 없었다고 하더군요. 그러면서 제가 피해자의 아버지라서 누군가 제게 그런 장난을 친 게 아니겠냐고 했어요. 하지만 전 그 남자가 그런 장난을 칠 사람으로 보이지 않았습니다. 그래서 이 주변을 배회하면서 그 남자를 찾아다녔지만 다시 만날 수 없었어요."

"그래서 이쪽에 가게를 내시고, 또 다른 목격자를 찾으려고 하신 거군요?"

"네. 제 아들은 빵을 좋아해서 장래에 빵집을 하고 싶다고 했기에 제가 용기를 내서 회사를 그만두었지요. 다만, 결국에는 모든 것이 헛수고가 되었습니다."

시라이시의 우울한 표정을 보며 그 말이 무슨 의미일지 생각해 보았다.

"다른 목격자는 없었다는 말씀인가요?" 나오미가 마음을 다잡고 물었다.

"네. 결국 다른 사람들에겐 그저 남의 일인 거죠. 아니, 어쩌면 자신이 사는 동네에서 그런 끔찍한 일이 일어났다는 사실을 빨리 잊고 싶은 것인지도 모릅니다."

"혹시 이 남성을 보신 적이 있으신가요?"

나오미는 가방에서 사진을 꺼내 시라이시에게 보여주었다. 잠시 사진을 보던 시라이시가 나오미를 쳐다보았다.

"있습니다." 시라이시가 고개를 끄덕였다.

"어디서 보셨나요?"

"사고 현장 근처에서 몇 번 봤습니다. 이상한 사람이라고 생각해서 기억에 남아있습니다."

"이상한 사람이라뇨?"

"사고현장 근처를 돌아다니면서 주변 벽이나 가로수를 주의 깊게 보고 있었습니다."

아사쿠라는 왜 그런 행동을 했던 걸까? 굳이 이유를 생각한다면 총소리가 났다는 증언 때문에 벽이나 가로수에 탄흔이 남아있나 확인한 것 같았다.

"이쪽 분은 당신인가요?"

시라이시의 말에 나오미는 사진을 보았다.

"아까 전에 가족이 사고를 당하셨다고 했는데, 설마 이분이…."

"아…, 아니, 아니에요."

나오미가 아니라고 하자, 시라이시가 안도하는 듯했다.

"다행이군요. 한 번도 이야기를 나눠본 적은 없지만 좋은 사람이라고 생각했습니다."

"어째서죠…?"

"그냥 느낌이 그랬습니다. 사고 현장을 향해 합장할 때의 모습을 봤거든요." 시라이시가 씁쓸하게 웃었다.

31

주머니에서 진동이 느껴져 아사쿠라는 핸드폰을 꺼냈다.

"약속시간입니다."

전화를 받자 기계로 가공된 목소리가 들렸다.

"아라이 일당이 협박에 사용하던 증거를 손에 넣으셨나요?"

아사쿠라는 유괴범의 말이 이상해 키시타니를 쳐다보았다. 하지만 키시타니는 왜 그러냐는 듯한 반응이었다.

"왜 대답을 못하시죠? 아즈사의 목숨과 맞바꿀 물건은 제대로 손에 넣으셨나요?"

딸의 이름을 들이대자 아사쿠라는 일단 그렇다고 답했다.

"대단하시군요. 역시 당신에게 부탁하길 잘했습니다. 그러면 빨리 그걸 저에게 주시죠."

"장소는 상관없지만 아즈사를 데려오지 않으면 줄 수 없어." 아사쿠라가 강하게 말했다.

"그건 당신이 정할 문제가 아닙니다."

"난 경찰에 신고할 수 없는 입장이야. 뭘 두려워하는 거지?"

"당신에겐 경찰보다 신뢰할 수 있는 동료가 있잖아요. 제가 원하는 것을 먼저 전달해주시면 나중에 아즈사를 무사히 돌려드리죠."

"안 돼. 아즈사와 맞바꾸어야 해."

"절 믿을 수 없다는 건가요?"

"유괴범을 믿는 사람이 있나?"

"그건 그렇습니다만 패를 쥐고 있는 쪽은 접니다. 당신은 선택권이 없습니다. 아즈사의 목숨을 구하고 싶으면 제가 시키는 대로 하시는 게 좋습니다."

"이제 패를 들고 있는 것은 너뿐만이 아니야. 만약 아즈사에게 무슨 일이 생기면 내가 이 패를 쓰겠어. 그러면 너네 보스의 정치 생명도 끝장이야."

아까 전에 틀어놓은 라디오에서 니시자와가 미국에 방문했다는 뉴스가 흘러나왔다.

"그뿐만 아니라 난 반드시 니시자와를 죽일 거야. 네 보스에게 잘 전해!"

아사쿠라가 그렇게 소리치자, 잠시 침묵이 이어졌다.

"그건 마음대로 하시죠." 생각지 못한 대답이 튀어나왔다. "지금 어디에 계시죠?"

"이케부쿠로다." 아사쿠라가 답했다.

"지금부터 시부야의 클럽거리로 와주세요. 클럽거리 입구 왼쪽 기둥에 메시지를 두겠습니다. 이 핸드폰을 사용하는 것은 위험할 테니 그때까지는 전원을 꺼두셔도 됩니다. 그럼 또 연락 드리죠…."

전화가 끊어지자, 아사쿠라는 핸드폰을 귀에서 떼고 잠시 핸드폰을 쳐다보았다.

"왜 그래?"

키시타니의 물음에 아사쿠라는 정신을 차리고 키시타니를 보았다.

"놈이 분명 나더러 '아라이 일당'이 가지고 있던 협박거리를 손에 넣었냐고 물었어."

"그게 왜?"

"그 전 요구는 그냥 아라이가 살해당했다고 나한테 알려준 사람을 찾으라는 거였어."

"좀 더 구체적인 질문을 해서 이상하다는 건가?"

키시타니는 별 차이를 못 느끼는 듯했지만 아사쿠라는 어딘지 석연치 않았다. '아라이 일당'이 가지고 있던…, 아라이에게 공범이 있다는 것을 유괴범이 알고 있다는 것에 신경이 쓰였다.

"왜 그래? 이제 어디로 가면 돼?"

키시타니가 그렇게 말하자, 아사쿠라는 한 가지 가능성을 떠올리고 뒷좌석을 돌아보았다. 그리고 가방을 꺼내 그 안에서 인형을 꺼냈다.

"대체 뭘-."

아사쿠라는 바로 키시타니의 입을 막았다. 그리고 천천히 손을 떼, 자신의 검지손가락을 입에 대며 조용히 하라는 신호를 보냈다.

키시타니가 의미를 파악하고 자신의 가방에서 커터 칼을 꺼내 아사쿠라에게 주었다. 칼로 인형의 실을 잘라낸 뒤, 안에 들어있던 솜을 헤쳐 그 안에 든 것을 천천히 꺼냈다. 충전기에 연결된 핸드폰이었다. 화면을 보니 통화중으로 되어 있었다.

범인은 이 핸드폰으로 아사쿠라의 위치를 파악하고, 대화를 엿듣고 있었던 것이다. 키시타니를 보니 혀를 차고 싶은 것을 필사적으로 참고 있는 듯했다.

아사쿠라는 인형과 핸드폰을 키시타니에게 주고, 밖에 나가 있으라는 손짓을 했다. 키시타니가 차에서 내리자 아사쿠라는 자신의 핸드폰을 꺼냈다.

이제 카스가와 진레이, 이와키에게 경고를 해주지 않으면 안 되는 상황이 되어 버렸다.

32

“네….”

초인종을 누르고 기다리자 여성의 목소리가 들렸다.

“갑자기 방문해서 실례합니다. 전 나오미라고 합니다. ‘빵의 숲’을 운영하시는 시라이시 씨로부터 쿠노 씨 이야기를 들었습니다. 잠시 이야기를 나눌 수 있을까요?”

잠시 뒤 30대 초반으로 보이는 여성이 나왔다.

“시라이시 씨에게 이야기를 들으셨다고 했는데 무슨 이야기시죠?” 여성이 주저하면서 물었다.

“3년 전에 사고를 당한 하루나의 어머님 되시죠?”

여성이 고개를 끄덕였다.

“사실 저희들은 3년 전 사고를 조사하고 있어요.” 나오미가 그렇게 말하며 옆에 있는 치하루를 눈짓으로 가리켰다.

“아, 네….”

“이 남성을 본 적이 있으신가요?”

나오미가 사진을 꺼내 여성에게 보여주었다.

“네. 사고 후에 몇 번이나 병원에 와주셨어요.” 잠시 사진을 살펴보던 여성이 나오미에게 말했다.

“병원이라고 하시면 하루나가 입원했을 때인가요?”

시라이시의 말에 따르면, 사고를 당한 하루나는 지금도 휠체어 생활을 하고 있다고 했다.

“네. 경찰 분이셨죠. 하루나를 위로하려고 선물도 가져오셨어요. 이 분이 왜요?"

시라이시의 집을 떠나 그 사고로 부상을 입은 두 아이가 있는 집을 방문했다. 아사쿠라는 그 아이들에게도 사고에 대해 물었다고 했다.

"정말 실례입니다만 하루나에게 그 사고에 대해 좀 더 물어보고 싶은 게 있어서요."

나오미가 주저하며 말하자, 여성은 고개를 저었다.

"하루나는 장애인 학교에서 캠핑을 가서 오늘은 없어요."

"그렇군요. 시라이시 씨는 사고를 목격했던 어떤 남자와 이야기를 했는데…, 사고가 나기 전에 무슨 총소리를 들었다고 했어요."

"그러고 보니, 그런 말도 있었죠."

"하루나는 그런 소리를 들었다고 했나요?"

"아뇨…, 사고에 대해 거의 기억을 못하고 있어요."

듣자하니 두 어린이도 총소리가 있었는지 없었는지 알 수 없다고 했다고 한다. 너무 어렸고, 사고에 대한 충격으로 기억을 못하는 것 같았다.

"아이가 말하길, 유치원에서 나온 미카미 씨가 아이들 쪽으로 달려와 하루나와 시라이시 씨의 아이를 밀쳤다고 해요. 그 후의 기억은 없다고…."

"미카미 씨는 아마 그 사고로 돌아가신 유치원 교사 분이 맞으시죠?"

"유치원 교사가 아니라 버스 운전기사입니다. 일한 지 반년밖에 되지 않았지만 상냥해서 아이들이나 아이 부모님들도 좋아했었죠. 아이들이 산책에서 돌아오는 시간대라 이를 마중하러 나갔을 때 아이들을 향해 돌진해오는 차량을 보고 가까이 있던 하루나와 시라이시의 아이를 밀쳐내고 자신이 희생당한 것입니다."

"그랬군요. 뉴스에서는 5명의 아이와 2명의 유치원 교사가 돌아가셨다고 해서요."

"아, 그게 사실 미카미 씨도 사고의 희생자가 맞지만, 돌아가신 직접적인 원인은 아니었거든요."

"무슨 말씀이시죠?"

"미카미 씨는 병원으로 옮겨져 의식불명 상태가 이어졌지만 일주일 후에 생명유지 장치가 벗겨지는 의료사고가 있었어요. 그래서 돌아가셨지요." 여성이 안타깝다는 말투로 말했다.

"그분 나이는 어느 정도였나요?"

"아마 30세 정도였을 거예요. 하루나를 구해주신 분이라 장례식장에도 참석했지만 조문객이 별로 없어서 쓸쓸했습니다. 원장님이 장례식 준비를 하셔서 사정을 들어보니 미카미 씨는 버스 운전기사를 하기 전에는 폭력조직에 있었다고 합니다. 그래서 친척들이 대부분 연을 끊어버렸는데 유일하게 연락이 닿은 친척이었던 원장님이 갱생하겠다는 그분의 상담을 받고 고용하셨다고 해요."

"설마 유치원이 없어진 것도 그게 원인인가요?"

지금까지 입을 다물고 있던 치하루가 끼어들자, 여성은 무겁게 고개를 끄덕였다.

"장례식에 온 부모님들이 그 이야기를 듣고 나중에 문제를 삼았다고 합니다. 소중한 아이를 맡아두는 곳에서 전직 폭력배를 고용했었다면서요. 그런 소문이 퍼져 유치원 문을 닫을 수밖에 없었겠지요. 그런 부모님들의 마음을 모르는 것은 아니지만 저에겐 제 아이의 목숨을 구해주신 분이라서…. 시라이시 씨도 같은 마음일 겁니다. 다만, 그 시라이시 씨의 아이도…." 여성이 거기까지 말하고 괴로운 듯 표정을 일그러트렸다.

"많은 이야기를 해주셔서 감사합니다."

나오미는 깊이 고개를 숙이고 치하루와 함께 여성의 집을 나왔다.

33

메아지도리 길가에 있는 대형마트 주차장에 차량 한 대가 들어섰다.

"뭐 필요한 거 있어?"

"아니, 여기서 내리라는 거야." 키시타니가 그렇게 말하며 차를 세웠다.

"그러면 역 근처에서 내려주면 좋잖아?" 아사쿠라가 반문했다.

이제 키시타니와 떨어져서 행동하려고 하는데, 아사쿠라는 시부야 클럽거리에 가야 해서 지하철역으로 가는 것이 편했다.

"역 근처는 너무 눈에 띄니까 여기서 만나기로 했지."

"만나다니 누굴?" 아사쿠라가 물었다.

"애송이."

"토다?"

키시타니의 말에 아사쿠라는 놀라지 않을 수 없었다.

"아까 단톡방에 애송이가 메시지를 보내왔어. 우리들이 신경 쓰이는 것 같아서 내가 도와달라고 했지."

"왜…?"

"왜냐고? 당신과 나, 둘이선 유괴범을 잡기 어려우니까. 적어도 한 명이 더 필요해. 천만 원을 준다고 했더니 협력하겠다더군."

앞으로 맞서야 할 상대는 아사쿠라가 생각했던 것보다 훨씬 더 위험한 인물이다. 토다를 그런 위험에 빠트릴 수는 없었다.

"그런 돈은 없다고 해. 그냥 거절해." 아사쿠라가 말했다.

"돈은 내가 낼 거야. 잘 생각해봐. 놈들에게 그 협박거리를 순순히 내줄 수는 없잖아. 만약 주더라도 되찾지 않으면 당신이나 당신 가족은 평생 그놈들에게 시달려야 해."

아사쿠라는 증거가 들어있는 주머니를 만져보았다. 만약 이것을 유괴범에게 전달해서 아즈사가 돌아온다고 해도 아사쿠라가 비밀을 알고 있는 이상 놈들은 아사쿠라를 내버려 둘 리가 없다. 다시 아즈사나 나오미를 인질로 잡아 협박할 수도 있다. 그렇게 되지 않으려면 니시자와 일당이 아즈사를 유괴했다는 물증과 그 동기가 된 증거를 가지고 있어야 했다.

"나 혼자서는 당신 움직임을 파악하는 데 한계가 있어. 애송이에겐 유괴범의 공범이라는 혐의가 붙어서 경찰들이 감시하고 있다고 하더군. 하지만 애송이는 어떻게든 그걸 따돌리고 우리와 합류하겠다고 했어."

물론 여기에 한 명의 동료가 더 생기면 든든하긴 했다. 하지만….

"어찌 되었든 애송이의 협력을 거절하려면 직접 해. 난 이제부터 준비하느라 바빠질 테니까."

키시타니가 뒷좌석에 있던 가방을 꺼내 아사쿠라에게 던졌다.

"그 안에 소형 카메라가 있어. 영상은 나에게 송신되도록 되어 있지."

아사쿠라는 가방과 키시타니를 번갈아보며 주저하지 않을 수 없었다. 토다를 합류시키는 것이 맞는 건지 잘 몰랐다.

"시간이 없어."

키시카니가 재촉하듯 말하자, 아사쿠라는 차에서 내렸다. 문을 닫자 차량은 곧바로 출발해 버렸다.

아사쿠라는 마트 건물을 보며 입구에 있는 벤치에 앉았다. 점차 어두워져 가는 주차장을 보며 앞으로 어떻게 해야 할지 생각해 보았다. 하지만 결국 아무 결론도 내지 못한 채 기다리고 있자 오토바이 한 대가 주차장에 들어오는 것이 보였다.

아사쿠라 앞에 그 오토바이가 멈추었다. 토다의 오토바이는 아니었다. 하지만 헬멧을 벗고 나온 얼굴은 토다가 분명했다.

"기다렸지? 녀석들을 따돌리느라 시간이 좀 걸렸어." 토다가 아사쿠라를 보며 말했다.

"그 오토바이는 어디서 났어?"

"물어보지 마. 볼일 다 보면 돌려줄 거니까."

자신의 오토바이는 경찰의 감시를 받고 있어 어디서 조달해온 모양이었다.

"내가 뭘 하면 되는지 알려줘. 아저씨 이야기로는 바로 유괴범과 거래를 시작할 거라던데…."

"그만두고 당장 돌아가!" 아사쿠라가 드디어 내린 결론을 말했다.

"무슨 소리야? 또 날 따돌리는 거야?"

"이건 놀이도 아니고, 손쉬운 돈벌이도 아니야. 역시 널 말려들게 할 순 없어."

"난 아사쿠라 씨가 아니라 아저씨에게 고용된 거야. 천만 원을 받기 위해서 말이야. 내가 선택해서 온 거니까 이래라 저래라 하지 마!"

"상대가 쉽지 않아."

아사쿠라가 그렇게 말하자, 토다가 침을 꿀꺽 삼키는 소리가 들렸다.

"유괴범의 정체를 알아냈어?"

"앞으로 총리가 될 유력 정치인이야."

그 말을 하자 토다의 얼굴이 다시 긴장되었지만 곧 허세부리듯 웃어보였다.

"재미있어 보이네. 천만 원도 받고, 그런 멋진 쇼를 바로 눈앞에서 볼 수도 있다니 대박인데."

"농담이 아니야."

"농담하는 건 당신이잖아!"

토다의 강한 말투에 이번에는 아사쿠라가 압도되었다.

"그런 녀석들을 상대로 해서 아사쿠라 씨와 아저씨 둘이서 대체 뭘 할 수 있다는 거야! 그리고 자기 딸을 죽일 셈이야?"

"이건 내 개인 문제야. 그런 것 때문에 생판 남인 널 위험에 처하게 할 순 없어."

"그럼 왜 그 아저씨는 같이 껴주는 건데?"

"그 녀석은 그 녀석 나름대로 생각이 있어."

"그럼 나도 내 생각이 있어!"

아사쿠라를 노려보는 토다의 눈에 눈물이 고였다.

"우리 집은…, 내가 어릴 때부터 부부싸움이 끊이질 않았어. 싸움이 시작되면 난 그 불똥이 튀지 않게 모른 척할 수밖에 없었어. 내가 10살이 되었을 때 격하게 싸우던 어머니가 주방에 있던 부엌칼로 아버지를 찔러 죽였지. 어머니는 그 일로 감옥에 갔고 난 보육시설에서 자랐어."

"그게 왜?"

안타까운 이야기는 분명했지만, 토다가 하고 싶은 말이 무엇인지는 알 수 없었다.

"아사쿠라 씨의 아내…, 아니, 전처와 이야기를 나눴어. 전화였지만."

아사쿠라는 놀라지 않을 수 없었다.

"아사쿠라 씨가 유괴하지 않았다는 것을 확인하고 싶어서 전화를 했다고 하더라고. 그래서 내가 그간의 사정에 대해 이야기해 주었어. 무슨 일이 있었는지 모르겠지만 서로 오해가 있었나봐."

"그래서 어쨌다는 거야?"

아사쿠라는 갑자기 나오미의 이야기가 나와서 당황했다.

"난 아사쿠라 씨를 위해서 협력하는 게 아니야. 아사쿠라 씨 딸을 위해서 협력하는 거야. 만약 딸에게 무슨 일이 생기면 전처는 아사쿠라 씨를 증오하며 남은 일생을 보내게 되잖아. 그렇게 되면 딸도 제대로 눈이나 감을 수 있겠어?"

아즈사가 죽는다는 것은 상상하기도 싫지만 정말 그렇게 되었을 때의 광경이 머릿속을 스쳤다.

"난 이제 뭘 하면 돼?" 토다가 강렬한 눈빛으로 쏘아보며 말했다.

아사쿠라는 크게 한숨을 내쉬고는 토다에게 가방을 던졌다.

"이제 유괴범과 거래를 할 거야. 시부야 클럽거리로 오라고 했어."

"전처한테 시킨 것처럼 내가 아사쿠라 씨 근처에서 잠복하고 있다가 범인을 잡으려는 건가?"

아사쿠라가 고개를 끄덕였다.

"가방 안에 소형 카메라가 있어. 카메라를 헬멧에 붙여. 주위에 수상한 녀석이 없나 키시타니가 영상을 체크할 거야. 너도 주의 깊게 관찰해."

"알았어."

34

"이제 어떡하죠?"

그 말에 나오미는 발걸음을 멈추었다. 역 안을 오가는 사람들 속에서 잠시 치하루를 쳐다봤지만 딱히 방법이 떠오르지 않았다.

"모르겠어요…, 일단 집에 돌아가죠."

"그렇군요. 전 저쪽이라서 그럼 이만."

치하루는 반대쪽 네기시선 안내판을 가리키며 걸어나갔다.

"저기…."

나오미가 부르자 치하루가 다시 뒤를 돌아보았다.

"고마워요. 그리고…, 미안해요."

"미안하다는 말은 필요 없어요. 아사쿠라 씨의 진짜 모습을 알게 되셔서 정말 다행이에요."

오랜 시간 아내였던 나오미조차 몰랐던 아사쿠라의 모습을 치하루에 이끌리듯 알게 되었다.

나오미가 고개를 끄덕이자, 치하루는 다시 뒤돌아 걸어나갔다.

나오미는 치하루에게서 패배감 같은 것이 느껴져 입술을 깨물었다. 한참동안 치하루의 뒷모습을 보다가, 한숨을 내쉬고 승강장 계단을 내려갔다.

아사쿠라는 뇌물수수 혐의로 체포되기 전에 자신의 직무와는 무관한 사고를 조사하고 있었다. 시라이시 씨는 차량이 유치원생들을 덮치기 직전에 총소리가 들렸다는 증언을 들었는데, 만약 그것이 경찰이 발포한 것이었다면 아사쿠라가 갑자기 내근 업무를 맡게 된 것도 납득할 수 있었다. 경찰이 조직적으로 사건을 은폐하려고 했던 것이었다.

만약 그렇다면 믿을 수 없는 혐의로 아사쿠라가 체포된 것도, 아사쿠라가 처음엔 무죄를 주장하다가 재판에서는 갑자기 죄를 인정한 것도 이해할 수 있었다.

'우리는 3년 전을 끝으로 서로 함께해서는 안 되는 관계가 된 거야….'

아직까지는 전부 나오미의 추측에 지나지 않았지만, 아사쿠라는 자신이 알게 된 사건의 진상 때문에 나오미나 아즈사에게 위해가 가해지는 것을 염려했던 것이 아닐까. 그래서 모든 것을 자신이 끌어안고 가려 했던 것 같았다.

아사쿠라가 말한 유괴범의 요구사항은 무엇이었을까? 3년 전의 사고와 어떤 관련이 있는 걸까? 아사쿠라와 이야기를 할 수 있다면 머릿속의 모든 의문들을 물어보고 싶지만 이젠 연락을 할 수가 없었다.

그렇다고 경찰에게도 이야기할 수 없었다. 경찰은 조직을 보호하기 위해 자신들의 과오를 인정하지 않을 것이다. 따라서 아사쿠라가 유괴범이라는 혐의가 사라지지도 않고, 수사방침이 바뀌지도 않을 것이다.

어떻게 하면 좋을지 생각하다가 한 가지 아이디어가 떠올랐다.

'아버지에게 말해보자.'

오랜 시간 경찰 조직에 몸담았던 아버지가 나오미의 황당한 상상을 어디까지 받아줄지는 모르겠지만, 아사쿠라가 3년 전 사고에 의문을 품고 독자적으로 수사를 했다는 사실을 이야기하면 조금은 귀 기울여 주시지 않을까.

35

시부야 클럽거리 입구 왼편 기둥에 쓰여 있는 낙서 중에는 이런 메시지가 있었다.

'A씨, 가장 가까운 공중전화로!'

아사쿠라는 근처 약국 바로 앞에 있는 공중전화로 향했다. 아사쿠라는 과거에 놈이 했던 수법을 떠올려 전화기 밑을 살펴보았다. 정말로 핸드폰이 테이프로 붙어 있었다. 테이프를 벗겨내고 그 핸드폰을 주머니에 넣은 뒤, 공중전화 박스에서 나왔다.

건너편 인도에 있는 키시타니와 눈을 마주쳤을 때 주머니 속 핸드폰이 진동했다. 아사쿠라는 주위를 살피며 전화를 받았다.

"역시 눈치가 빠르시군요."

기계로 가공된 목소리가 들렸다.

"내가 보이는 모양이지?"

아사쿠라가 말하자 기괴한 웃음소리가 귓가에 울려퍼졌다.

"잘 보입니다. 헤어스타일이 달라졌군요."

"쫓기는 상황이니까."

아사쿠라는 귓속에 넣은 이어폰을 들키지 않기 위해 긴 가발을 쓰고 있다.

"그럼 빨리 20분 내로 신주쿠에 있는 아루타 쇼핑몰 앞으로 와주세요. 시간 맞춰 오지 않으면 그걸로 거래는 끝입니다. 그럼 이만…."

전화가 툭 끊기자, 아사쿠라는 재빨리 교차로 쪽을 보았다. 신호등이 깜빡이고 있었다.

아사쿠라는 길을 건너면서 주머니에 손을 넣어 리모컨으로 통화 버튼을 눌렀다. 키시타니가 전화를 받자, 20분 내로 신주쿠에 있는 아루타 쇼핑몰로 오라고 했다는 말을 작은 목소리로 전했다.

길을 건너는 도중에 신호가 빨간불로 바뀌는 바람에 경적을 울리는 차량들을 피하면서 시부야역으로 향했다. 개찰구 안으로 들어간 아사쿠라는 신주쿠 방면 승강장으로 빠르게 이동했다. 곧바로 전동차가 승강장에 도착하여 수많은 인파가 쏟아져 나왔지만 아사쿠라는 기어코 문이 닫히기 전에 전동차에 올라탔다.

키시타니는 아마도 이 전동차에 타지 못했을 것이다.

전동차가 지상 구간에 접어들어, 창밖을 보니 지하철과 경쟁하듯 엄청난 스피드로 달리는 오토바이 한 대가 보였다. 지금은 토다를 믿을 수밖에 없었다.

지하철이 신주쿠역에 도착하자, 아사쿠라는 재빨리 개찰구로 향했다. 이내 개찰구를 지나 역 밖으로 나오자, 신주쿠의 명물 아루타 쇼핑몰이 눈에 들어왔다.

숨을 헐떡이며 횡단보도를 건넜을 때, 또다시 핸드폰이 진동해서 아사쿠라는 전화를 받았다.

"제시간에 맞춰 오셨군요."

"이런 쓸데없는 짓은 이제 그만두고 내가 가진 걸 빨리 가지러 오면 어때? 난 맨손이야." 아사쿠라가 주위 빌딩을 둘러보며 말했다.

"안타깝게도 그럴 수 없습니다. 당신 곁에 있는 키시타니 씨를 배제하고 완전히 혼자가 되실 때까지는 거래를 할 생각이 없습니다."

그 이름을 듣고 놀랐다. 인형을 사물함에서 꺼낸 후 키시타니의 이름을 부른 적이 없었기 때문이었다. 그냥 '너'라고만 불렀다.

'어떻게 놈이 키시타니의 이름을 알고 있지? 설마 니시자와 일당은 지금도 계속 경찰과 정보를 공유하고 있는 건가?'

"7시까지 롯폰기힐스 사거리로 와주세요. 그 전에 히비야 선 롯폰기역 키타센쥬 쪽에 있는 개찰구 근처에 있는 공중전화 박스에 들러주세요."

"또 무슨 소리야?"

"가보시면 압니다."

그렇게 말하고 전화가 툭 끊어졌다.

36

문이 열리자 아버지가 카페에 들어왔다. 아버지는 가장 안쪽에 앉아있는 나오미를 발견하고 마실 것을 주문한 뒤 나오미에게 향했다.

"대체 어떻게 된 거야? 네가 연차를 내서 쉬고 있으면서 연락도 되지 않는다고 수사본부 사람들이 걱정하고 있어." 아버지가 나오미를 혼내듯 말했다.

"약속은 지켜주셨어요?"

나오미가 물음에 아버지는 못마땅한 표정으로 맞은편에 앉았다.

"그리고 왜 이런 일을 시키는 거니?"

아버지가 의아하다는 눈초리로 나오미에게 물었다.

나오미에게 연락을 받은 사실을 경찰에 알리지 않고 요코하마역 앞에 있는 카페로 와달라고 부탁했다. 경찰에 들키지 않고 직접 아버지에게 이야기하고 싶었다. 만약 그래도 아버지의 마음이 바뀌지 않는다면 아까 전에 만났던 시라이시나 쿠노 씨에게 데려가기 위해 약속 장소를 요코하마역으로 정한 것이다. 아버지도 시라이시나 쿠노 씨를 만나면 마음이 바뀔 것 같았다.

"경찰 사람들에게 알리고 싶지 않은 이야기예요."

나오미가 상체를 앞으로 내밀면서 말하자, 아버지의 표정은 더욱 심각해졌다.

"무슨 소리야?"

"아사쿠라는 유괴와 무관해요."

"넌 또 그런 소리를-."

"일단 제 이야기를 들어주세요."

나오미가 말을 자르며 말하자, 아버지도 어쩔 수 없다는 듯 입을 다물었다.

"아사쿠라 동료였던 타카하시 씨의 이야기에 의하면, 아사쿠라는 체포되기 직전에 갑자기 내근 업무를 맡게 돼서 정시에 퇴근했었대요. 하지만 집에 돌아오는 것은 항상 늦은 시간이었죠."

"여자랑 놀아났겠지."

"아니에요. 아사쿠라는 혼자서 어떤 사건을 조사하고 있었어요."

아버지는 나오미의 말을 전혀 이해하지 못한 채 고개를 갸우뚱거렸다.

"기억하시나요? 3년 전에 요코하마 시내에서 어떤 차량이 유치원생들을 덮쳐 7명이 사망한 사고요."

나오미가 사고 이야기를 꺼내자, 아버지는 아주 기분 나쁜 표정을 지으며 말했다.

"그래. 마약 복용을 한 환각 상태에서 운전을 한 것이 원인이 된 사고였지. 운전자도 사망했다지, 아마?"

"맞아요. 아사쿠라는 체포되기 직전까지 그 사건을 조사하고 있었어요."

"하지만 그 사고는 녀석 관할이 아니잖아."

"그렇죠. 하지만 아사쿠라는 분명히 그 사고를 조사했어요. 오늘 피해를 당한 자녀의 부모님들을 방문했었죠. 아사쿠라 사진을 보여주었더니 틀림없다고 했어요."

"녀석이 왜 그 사고를…?"

아버지가 이해할 수 없다는 듯이 중얼거렸다.

"피해자 부모가 사고 목격자로부터 들은 이야기인데요, 그 차량이 사고를 내기 직전에 뒤에서 어떤 차량이 추격을 하고 있었대요. 그래서 몇 번의 총소리가 들리고 그 다음에 사고가 났다고 했어요."

"무슨 소리야?"

"아사쿠라는 사고 현장에 와서 주변의 벽이나 가로수를 관찰했대요. 그게 뭘 의미하는지 아버지라면 아시잖아요?"

"총격으로 인해 사고가 났다는 거니?"

나오미가 고개를 끄덕였다.

"누가 권총을 쐈다는 거야? 조직폭력배들이 총기를 난사하는 바람에 쫓기던 차량이 사고를 냈다는 거니?"

"그렇다면 경찰은 그렇게 발표를 했겠죠."

나오미의 말에 아버지의 표정이 창백해졌다.

"그럼 설마 경찰이 발포했다는 거냐?"

"그렇게 생각하면 앞뒤가 딱 맞아요. 아사쿠라는 상사의 명령으로 내근 업무를 맡게 되고 나서도 계속 혼자서 그 사건을 조사했어요. 그 때문에 폭력조직 관계자로부터 뇌물을 받았다는 믿을 수 없는 혐의로 체포되었죠."

"말도 안 돼. 너 어떻게 된 거 아니니? 정말 경찰이 그런 짓을 했다고 생각하는 거야?"

"전부 제 망상일 수도 있어요. 하지만 그럴 가능성이 없다고는 할 수 없어요. 적어도 아사쿠라가 경찰 발표에 의문을 가지고 사고를 조사한 것과 그 직후에 체포된 것은 사실이니까요."

"아사쿠라가 범인이 아니라면 진범은 왜 아즈사를 유괴했다는 거냐? 아사쿠라가 범인이 아니라는 토다의 증언을 정말로 믿는다면, 몸값은 마약으로 바뀌었고 아사쿠라는 그걸 버렸다는 거지. 그리고 그 후에는 범인의 요구가 없었어. 아사쿠라는 범인의 요구를 들어주어야 한다고 했지만, 그게 대체 뭐라는 거야?"

"몰라요. 하지만 분명히 3년 전 그 사고와 관련이 있을 거예요. 아사쿠라는 범인한테 어떤 요구를 받았는지 평생 말하지 않을 거예요. 우리는 3년 전을 끝으로 함께해서는 안 되는 관계가 되었다고 했으니까요. 그리고 경찰을 믿지 말라고도요."

지긋이 나오미를 바라보던 아버지가 고개를 숙이고 팔짱을 낀 채 생각에 잠겼다.

"아버지는 지금 이야기한 내용을 어떻게 생각하실지 모르겠어요. 하지만 아사쿠라가 범인이 아닐 가능성도 고려해서 수사를 해달라고 수사본부에 이야기해주세요."

그제서야 아버지가 고개를 들었다. 여전히 고민하고 있는 표정이었다.

"경찰을 믿고 싶어요. 하지만 모든 걸 경찰한테 맡기면 우리는 평생 후회할 수도 있어요. 아버지, 부탁해요!" 나오미는 아버지를 쳐다보며 강렬하게 호소했다.

37

아사쿠라는 롯폰기역 개찰구를 지나 근처에 있는 공중전화로 향했다.

전화기 밑을 살피자 역시 테이프로 무언가가 붙어 있었다. 떼어 보니 사물함 열쇠였다. 바로 옆에 있는 동전사물함에 가서 열쇠로 열었다. 그 안에 검은색 서류가방이 있었다.

'이걸 가지고 롯폰기힐스 사거리에 오라는 건가.'

아사쿠라는 그 가방을 들고 역사 밖으로 빠져나왔다. 사거리 앞에 이르자, 또다시 핸드폰이 울렸다.

"수고하셨습니다."

아사쿠라는 기계로 가공된 목소리를 들으며 사거리 주위를 둘러보았다. 범인은 지금 자신을 보고 있을까? 아니면 인형 안에 숨겨둔 핸드폰의 GPS로 자신의 위치만 파악하고 있는 걸까?

"사물함에 있던 가방은 뭐야?" 아사쿠라가 물었다.

"그 속에 당신이 손에 넣은 증거를 넣어주세요."

아사쿠라는 약간 이상하게 생각하면서도 주머니 안에 있던 것을 가방 속에 넣었다.

"다음은 뭐야?"

"그 전에 잠시 이야기를 하죠. 아라이 일당이 가지고 있던 협박거리가 뭔지 이야기해주세요."

"무슨 뜻이야?"

"당신이 제가 원하는 걸 정말로 가지고 있는지 확인하자는 겁니다."

"증거는 니시자와와 여자의 지문이 묻은 마약 봉투와 편의점 영수증이야."

아케미의 방에 설치해둔 비디오 카메라 영상을 본 이와키는 아케미가 건넨 마약 봉투를 니시자와가 건네받은 다음, 자신이 가져온 마약을 하자고 제안했다는 사실을 알았다.

따라서 그 마약 봉투에는 아케미의 지문이 묻어 있다. 하지만 그것만으로 니시자와가 아케미의 죽음에 관여했다고 입증하는 것은 어렵다고 판단한 이와키는 니시자와가 아케미의 집에 두고 간 외투를 조사했다.

외투 주머니 안에는 아케미가 집에 들어가기 전에 편의점에서 물건을 산 영수증이 있었다. 실제 편의점에서 물건을 산 것은 아케미였으니, 집에 들어가서 니시자와가 그 영수증을 건네받고 아케미에게 돈을 주었다는 뜻이 된다. 즉, 편의점 영수증에는 아케미와 니시자와, 두 사람의 지문이 있다는 것이다. 영수증에는 날짜도 기록되어 있다. 아케미 집 근처에 있는 가게에서 산 영수증이니까 아케미가 죽은 시간대에 두 사람이 같이 있었다는 의심을 하게 만드는 것이었다.

"이딴 것을 빼앗기 위해 얼마나 많은 목숨을 희생한 거냐?" 아사쿠라가 토로하듯 말했다.

"피해를 당한 분들께는 죄송합니다."

"남 일처럼 말하지 마. 모든 것은 네 보스가 원흉이야. 그런 쓰레기 같은 남자를 위해 유괴까지 하다니 너도 참 대단한 녀석이다. 여차하면 그 여자처럼 너도 버려질 거다."

"수다 시간은 이것으로 끝입니다. 다음은 히비야선 아키하바라역 개찰구 근처에 있는 화장실로 가세요. 첫 번째 칸에 들어가 보세요."

다시 전화가 끊겼다.

아사쿠라는 핸드폰을 귀에 대고 이를 갈았지만, 결국 핸드폰을 주머니 속에 집어넣고 내달리기 시작했다.

38

토즈카역에 지하철이 도착하자, 나오미는 전동차에서 내렸다. 승강장 계단을 오르면서 헤어진 아버지의 표정을 떠올렸다. 헤어지는 순간까지 수사본부에 잘 말해달라고 호소했지만, 아버지의 반응은 시큰둥했다.

아버지는 나오미의 이야기를 도저히 믿을 수 없을 것이었다. 처음에 나오미가 그랬던 것처럼. 경찰이 조직적으로 사건의 진실을 은폐하고 그것을 조사하려던 경찰에게 누명까지 씌워 체포했다니.

그때 가방 안에서 핸드폰 진동음이 들려 나오미는 발길을 멈추었다. 이 핸드폰 번호를 아는 것은 토다와 치하루, 아버지뿐이었다.

핸드폰을 꺼내서 보니 집전화로 걸려와 이 핸드폰으로 연결된 전화였다. 나오미는 긴장하지 않을 수 없었다.

"여보세요…." 나오미는 경계하면서 전화를 받았다.

"오랜만입니다."

기계로 가공된 목소리가 들리자, 심장이 두근거렸다.

온몸이 격하게 떨려왔지만 미리 핸드폰에 깔아둔 녹음 앱을 켰다.

"여보세요…, 들리시나요?"

나오미가 잠시 대답을 하지 않았더니 상대방이 말했다.

"드, 들려요…." 나오미는 겨우 대답했다.

"새로운 거래를 하시죠."

"무슨 말씀이시죠?"

"아즈사를 돌려주기 위해 당신이 좀 해주셔야 할 일이 있습니다. 제가 시키는 대로 해주시면 오늘 밤에라도 아즈사를 만나실 수 있을 겁니다."

"뭘 하라는 거죠?"

"먼저 하셔야 할 일이 2가지 있습니다. 곧 도착하는 전동차를 타서 오오모리역으로 가주세요."

나오미는 반대편 승강장을 보았다. 이제 2분 후면 오오모리로 가는 전동차가 도착하는 상황이었다.

그리고 주위를 둘러보았다. 범인이 나오미가 지금 이 역에 있다는 사실을 알고 있다는 뜻이기 때문이었다. 승강장에 있는 사람들을 체크해 봤지만 지금 통화중인 사람은 없었다. 대체 어디서 자신을 지켜보고 있는지 알 수 없었다.

"도착하시면 그때와 똑같이 행동해 주세요."

다시 목소리가 들려 나오미는 정신을 차렸다.

"장애인용 화장실에 들어가란 말이죠?"

"맞아요. 아즈사를 돌려드리기 위한 규칙을 설명해드리죠. 저희들은 당신을 계속 지켜보고 있습니다. 수상한 행동은 하지 마세요. 그리고 앞으로 모든 이동은 지하철을 이용해주세요. 저번처럼 택시로 이동하시면 안 됩니다."

"알겠습니다."

"그럼 지금 그 핸드폰을 쓰레기통에 버려주세요. 바로 앞에 쓰레기통이 있지요?"

"핸드폰을요?" 나오미는 쓰레기통을 보며 말했다.

"네. 이쪽에서도 잘 볼 수 있게 핸드폰 끝을 잡고 20센티 정도 되는 높이에서 떨어트려 주세요. 그리고 핸드폰을 버리면 지하철을 타주세요."

전화가 끊어지자 나오미는 쓰레기통으로 향했다.

핸드폰을 버리면 누구와도 연락을 취할 수 없다. 하지만 어쩔 수 없었다. 나오미는 분한 마음에 입술을 깨물며 핸드폰을 버렸다.

그리고 성큼성큼 승강장 계단을 올라가 반대편 승강장으로 향했다. 그리고 도착한 전동차를 타고 차 안을 살폈다. 아무도 나오미를 신경 쓰는 것 같지 않았다.

나오미를 계속 보고 있다는 것은 범인의 허세일까? 승객 한 명에게서 핸드폰을 빌려 아버지나 치하루에게 연락을 할까도 생각해 봤지만 범인이 보고 있을 수 있다는 생각이 들자 도저히 그럴 수 없었다.

오오모리역에 도착하자 전동차에서 내려 개찰구로 향했다. 장애인용 화장실에 들어가서 세면대 밑을 살피자 테이프로 붙여 놓은 열쇠가 있었다.

나오미는 그 열쇠를 들고 화장실에서 빠져나와 곧바로 동전사물함으로 가서 사물함을 열었다. 그 안에는 핸드폰 한 대가 들어있었다. 그것을 들고 잠시 기다렸더니 전화가 걸려왔다.

"여보세요…."

"그럼 시작하죠. 먼저 알기 쉬운 장소가 좋겠죠? 저녁 8시까지 신바시역 앞에 있는 SL광장으로 와주세요."

전화가 끊어지자 바로 시계를 보았다. 7시 반이었다.

나오미는 다시 승강장으로 내려가서 지하철을 탔다. 주위를 둘러보았지만 자신을 관찰하는 듯한 사람은 없었다.

'범인은 대체 나한테 무슨 일을 시키려는 거지?'

아무리 생각해봐도 알 수 없었다.

신바시역에 도착하자마자 나오미는 곧바로 개찰구로 향했다. 그때 화장실이 눈에 들어왔다. 시계를 보니 아직 5분이 남아 있었다. 범인은 나오미에게 여러 요구를 했지만 화장실에 가지 말라고는 하지 않았다. 그래서 나오미는 화장실에 들어가 아버지에게 전화를 걸었다.

하지만 연결이 되지 않았다. 아니 아예 발신음조차 들리지 않았다. 몇 번을 걸어봐도 마찬가지였다. 아마도 핸드폰의 잠금 기능을 사용하여 착신 전용으로 해둔 모양이었다. 어떻게 해야 잠금을 해제할 수 있을지 알 수 없었다. 해제하려면 비밀번호가 필요할 것이다.

나오미는 방법이 없을까하고 핸드폰을 쳐다보았지만 달리 방도가 떠오르지 않았다. 그러다가 문득 한 가지 생각이 떠올랐다. 위급한 상황에는 잠금이 된 상태에서도 112 등의 긴급통화는 가능할 것이다.

112에 전화를 걸었더니 "네, 경찰입니다. 무슨 일 있나요?"라고 말하는 남성의 목소리가 들렸다.

"긴급상황이에요. 전 야스모토 나오미라고 합니다. 일주일 전에 딸을 유괴당했어요. 아까 범인에게서 저에게 연락이 왔습니다만 핸드폰을 사용할 수 없어서 수사본부와 연락을 할 수 없습니다."

"지금 거신 핸드폰은 당신 것이 아닌가요?"

"범인이 준 핸드폰입니다. 잠금 설정이 되어 있어서 긴급통화밖에 할 수 없어요."

나오미는 시계를 보며 필사적으로 호소했다.

지시를 받은 8시까지는 이제 1분밖에 남지 않았다.

"아즈사 유괴 사건을 맡고 있는 카나가와현 경찰서 특수수사팀에 이 핸드폰 번호를 전해주세요. 범인에게 감시를 받고 있어서 전화를 받을 수 없다고도 전해주세요. 부탁입니다!"

나오미는 강하게 호소하고 전화를 끊은 뒤 화장실을 빠져나왔다.

개찰구를 나왔을 때쯤 핸드폰이 진동했다.

"여보세요…."

나오미가 SL광장을 향해 달리며 전화를 받았다.

"꽤 여유가 있으시군요."

그 목소리에 나오미는 발걸음을 멈추었다.

"아, 네…."

무슨 의미인지 불안해하며 대답했다.

설마 화장실에서 한 긴급통화 내용을 들어서 그런 말을 하는 걸까?

"그럼 다음은 나카노역으로 가주세요. 지금부터 30분 내로요."

나오미의 불안을 모르는 듯 범인은 담담한 말투로 말했다. 아무래도 나오미가 경찰에 연락한 것은 들키지 않은 모양이었다.

나오미가 수사본부와 직접 연락을 취한 것은 아니었지만 이 핸드폰 번호를 조회하면 나오미의 위치를 추적할 수는 있을 것이었다.

"나카노역 어디로 가면 되죠?"

"1, 2번 승강장의 미타카 방면 끝에서 기다려주세요."

39

아사쿠라는 손에 든 서류 가방을 보면서 계속 미심쩍었다.

'범인은 굳이 왜 이런 큰 가방을 준비한 거지?'

협박을 위한 증거는 작은 봉투와 영수증이니까 지갑 크기의 가방이나 손가방으로도 충분했을 것이다.

'아니면 이 가방에 어떤 의미라도 있는 걸까? 아니…, 지금 생각해야 하는 것은 그게 아니야. 범인은 어떻게 이걸 손에 넣을 요량이지? 어디서, 어떤 방법으로?'

아사쿠라는 주머니에 손을 찔러넣고 리모컨으로 통화 버튼을 눌렀다.

"지금 어디에 있지?"

아사쿠라가 키시타니에게 물었다.

"당신과 좀 떨어져서 야마노테선을 타고 있어. 아마 메지로역에 도착하는 것은 8시 40분 정도일 거야."

아키하바라역 화장실에 'A씨'라는 낙서가 있었다. 8시 반까지 메지로역 승강장에 도착하면, 결혼식장 간판이 붙어 있는 곳 앞에서 기다리라는 내용이었다.

"토다는?"

"GPS를 보니 네가 있는 위치와는 많이 떨어져 있어."

아사쿠라는 터져 나오려는 한숨을 가까스로 참았다. 손목시계를 보며 맨 앞 전동차로 이동했다. 승강장 어느 부분에 결혼식장 간판이 붙어 있을지 모른다. 따라서 가장 앞 차량을 타고 있는 것이 장소를 빨리 파악하는 데 유리할 것이었다.

메지로역 승강장에 들어서자, 바로 결혼식장 간판이 보였다. 아사쿠라는 곧바로 그 간판 쪽으로 이동했다. 그래서 간판을 보고 있자니 핸드폰이 진동했다.

"여보세요…?"

아사쿠라가 전화를 받았다.

"결혼식장 간판을 보면서 이혼한 아내 분을 생각하고 계셨나요?"

농담 같은 그 질문에 아사쿠라는 아무 대답도 하지 않았다.

"3년 전 그런 행동을 하시지 않았다면 지금과 같은 일도 없으셨을 텐데요."

"그 사건을 수사한 게 잘못이라는 거냐?" 아사쿠라는 자신도 모르게 외쳤다.

"글쎄요. 3년 전의 행동을 후회하시나요?"

"난 그 일로 모든 것을 잃었어. 소중한 가족도, 긍지를 가지고 있던 직업도 전부 다 말이야. 하지만 내 행동에 후회하지는 않아."

"호오."

"내가 후회하는 것은 사고로 희생된 사람들과 그 가족들에게 진실을 알리지 못했다는 사실이야."

곧 다음 전동차가 도착한다는 안내방송이 흘러나왔다.

"좀 더 당신과 이야기를 하고 싶습니다만 그 지하철을 타주세요."

"어디로 가면 되지?"

"또 연락드리죠. 기대해주세요."

그렇게 전화가 끊어졌다.

아사쿠라는 다음 전동차를 타 문에 등을 기댄 채 창밖의 어둠을 바라보았다.

'기대해 달라는 게 무슨 뜻이지? 범인은 대체 뭘 하려는 거야?'

"다음 역은 신주쿠…, 신주쿠…."

안내방송과 함께 핸드폰이 진동했다.

"여보세요…."

아사쿠라는 다시 전화를 받았다.

"신주쿠에서 내리시면 기다리고 있을 사람에게 당신이 가진 것을 건네주고 맞은편 소부선을 타주세요."

'기다리고 있을 사람? 범인 일당이 기다리고 있다는 건가?'"그걸로 당신의 역할은 끝입니다. 다시 한번 말해두겠습니다만 당신 주위에는 제 동료들이 있으니 쓸데없는 행동은 하시 마시길!"

아사쿠라가 차 안을 둘러보는 사이 전화가 끊어졌다.

'어떻게 하면 되지? 바로 앞에 나타난 녀석을 잡으면 범인을 잡을 수 있다는 뜻인가.'

하지만 범인 일당이 직접 모습을 드러낼 것 같지 않았다. 저번처럼 또 미끼인 걸까?

전동차가 신주쿠역에 도착하자 문이 열렸다. 아사쿠라는 승강장에 발을 내딛고 그 앞에 펼쳐진 광경을 보자, 경악하지 않을 수 없었다.

나오미가 있던 것이다.

아사쿠라와 눈이 마주친 나오미도 눈을 부릅떴다.

'그런 것이군….'

범인은 아사쿠라가 순순히 증거를 내놓을 것이라 보지 않고, 나오미에게 증거를 넘기라고 한 것이었다.

아사쿠라는 재빨리 주위를 살핀 뒤, 왼손에 서류가방을 든 채 오른손을 주머니 속에 찔러 넣었다. 시선을 정면으로 돌린 상태에서 나오미에게 서류 가방을 전해주면서, 오른손에 든 GPS를 나오미의 핸드백에 넣었다.

그와 동시에 나오미가 뭐라고 숫자를 중얼거리는 소리가 들렸다. 그래서 아사쿠라는 나오미의 귓가에 대고 "괜찮아. 걱정 마." 라고 속삭였다.

잠시 후, 나오미는 불안한 표정으로 반대편 야마노테선 지하철을 탔다. 아사쿠라와 눈이 마주쳤지만 이내 전동차 문이 닫히고 출발했다.

아사쿠라는 승강장에 서서 분한 마음으로 입술을 깨물며 멀어져가는 전동차를 바라보았다.

나오미의 핸드백에 GPS를 넣었을 때 나오미가 중얼거린 11자리의 숫자…, 그것은 아마도 나오미가 지금 들고 있는 핸드폰 번호일 것이다. 연락을 취하고 싶지만 나오미가 증거를 운반하고 있는 지금은 범인이 나오미를 계속 감시하고 있을 가능성이 높다. 섣불리 행동하면 안 된다.

그때 주머니 안에서 핸드폰이 진동했다. 꺼내보니 메시지가 와 있었다. 제목은 '마지막 지시'였다. 아사쿠라는 마지막이라는 점을 의아하게 생각하면서도 내용을 확인했다.

'그대로 지하철을 타고 치바로 가주세요. 치바현 경찰서에 가서 따님을 유괴당한 이후 지금까지 있었던 일들을 숨김없이 이야기하세요. 물론 따님의 목숨과 맞바꾼 증거와 3년 전의 사고의 진실에 대해서도 전부 이야기해주세요. 그러면 따님을 놓아드리지요.'

그 내용을 보고 아사쿠라는 의아하지 않을 수 없었다. 아즈사가 유괴된 사실이나 증거를 경찰에 이야기하라는 것은 대체 무슨 심산이지? 그러면 자신들의 범죄가 경찰에 알려지게 될 텐데…. 게다가 유괴사건을 수사하고 있는 카나가와현 경찰서가 아니라 어째서 치바현 경찰서라는 말인가?

'노파심에 드리는 말씀이지만 당신을 계속 감시하고 있으니, 쓸데없는 행동은 하지 마시고 자신의 임무에 집중해주세요.'

아사쿠라는 시선을 핸드폰 화면에서 차 안으로 옮겼다. 혼잡한 지하철 안에서 몇몇 사람들이 핸드폰을 보고 있었다.

'이 안에 범인이 있다는 건가….'

아사쿠라는 재빨리 아까 나오미가 말한 핸드폰 번호를 눌렀다. 그리고 주머니에 핸드폰을 넣어 그 속에서 발신 버튼을 누른 다음 곧바로 끊어버렸다. 아사쿠라가 연락한 것이라고 알아채기를 기대하며, 나오미가 범인의 감시를 피해 연락해주길 기다릴 수밖에 없었다.

나오미에게 증거를 넘긴 사실을 키시타니에게도 알리고 싶지만 근처에 범인이 있을지도 몰라 연락할 수가 없었다. 이따가 승객이 별로 없는 칸으로 이동한다든지 해서, 지금은 나오미가 증거를 가지고 있다는 사실을 전하자.

'그건 그렇고…, 범인은 대체 무슨 생각인 거지?'

40

핸드백 속에서 진동이 딱 한 번 울렸다. 아마도 아사쿠라가 나오미의 의도를 파악하고 착신을 남겨둔 것이리라.

잠금이 되어 있어 직접 연락을 할 수는 없지만, 이제 아사쿠라의 번호를 알았으니 어떻게든 연락을 취할 수는 있을 것이다.

'그런데 이 서류가방에는 무엇이 들어있을까?'

나카노역 승강장에서 기다리고 있을 때 범인으로부터 연락이 왔다. 다음에 오는 지하철을 타고 신주쿠역으로 가서 승강장에서 있는 남자로부터 짐을 건네받은 다음, 바로 맞은편 시부야 방면의 야마노테선을 타라는 지시였다.

신주쿠역에서 내릴 때까지 나오미는 짐을 든 남자가 범인 일당이라고 생각했기 때문에 바로 앞에 나타난 아사쿠라를 보고 무척 혼란스러웠다.

범인은 나오미에게 아무 말도 하지 말고 짐만 받아서 곧바로 지하철을 타라고 했지만, 나오미는 아사쿠라에게만 들리도록 자신의 핸드폰 번호를 이야기했다. 그러자 아사쿠라도 나오미에게만 들리도록 "괜찮아. 걱정 마."라고 속삭였다.

요요기역에서 지하철이 멈추었을 때 또 다시 핸드폰이 진동했다.

"여보세요…."

핸드폰을 꺼내 전화를 받자 기계로 가공된 웃음소리가 들렸다.

"제가 너무 매정한 지시를 내렸군요. 오랜만에 남편 분…, 아니,

전 남편 분과 재회했는데….”

“이 가방은 대체 무엇인가요?” 나오미가 물었다.

“아즈사의 목숨과 맞바꾸기 위해 전 남편 분이 필사적으로 구한 소중한 물건입니다. 그것을 이제부터 당신이 옮겨주셨으면 합니다. 일단 오랜만에 아즈사를 위해 두 분께서 하시는 공동 작업이라고 해두죠.”

그 말을 들으며 나오미는 손에 든 서류가방을 쳐다보았다.

아사쿠라는 범인의 요구에 맞춰 이것을 손에 넣기 위해 지금까지 경찰로부터 도망치고 있었던 걸까.

“다음 지시입니다. 지하철로 쿠단시타까지 가주세요. 개찰구 앞에 공중전화가 있으니 거기로 가면 됩니다.”

그렇게 말하고 전화는 툭 끊어졌다.

슬쩍 통화 목록을 보니 범인의 것이 아닌 다른 번호가 하나 더 있었다. 그 번호가 아사쿠라의 번호인 것이 확실했다.

나오미는 유일한 생명줄인 그 번호를 외운 다음 핸드폰을 다시 핸드백 속에 집어넣었다.

41

요츠야역에 전동차가 멈추자 많은 사람들이 내려서 전동차 안에는 빈자리가 많이 생겼다. 아사쿠라는 주위에 사람이 적은 좌석에 앉았다. 머리를 감싸고 고개를 숙이는 척하면서 리모컨으로 통화 버튼을 눌렀다.

"증거를 나오미에게 건넸어."

작은 목소리로 말하자 그게 뭐하는 짓이냐고 따지는 키시타니의 목소리가 들렸다.

"범인의 지시야. 그 대신 나오미의 핸드백에 내 GPS를 넣어뒀어."

"그럼 지금 내가 쫓고 있는 것은 네 전처의 위치라는 거군?"

"그래."

"당신은?"

"치바행 소부선을 타고 있어. 요츠야를 지나고 있지. 이제 치바현 경찰서에 가서 딸이 유괴된 이후의 일을 솔직하게 이야기하라는 지시를 받았어. 그러면 딸을 돌려준다는군. 어떻게 생각해?"

"어떻긴…, 전혀 모르겠어."

키시타니라면 조금은 범인의 의도를 읽을 수도 있지 않을까 기대했지만 키시타니도 전혀 이해할 수 없는 지시였다.

"나오미는 지금 어디에 있지?" 아사쿠라가 물었다.

"시부야."

"난 범인한테 감시를 받고 있어 움직일 수 없어. 네가 어떻게든 나오미를 찾아줘. 그걸 빼앗기 위해 녀석들은 반드시 나오미한테 접근할 거야."

"알았어. 이대로 계속 추적하면서 나오미를 미행하지."

키시타니와의 통화를 끝낸 다음 아사쿠라는 크게 한숨을 쉬고 고개를 들었다.

'치바현 경찰서에 가서 따님을 유괴당한 이후 지금까지 있었던 일들을 숨김없이 이야기하세요….'

지하철 노선도를 보며 곰곰이 생각해 봤지만 도저히 범인의 의도를 읽을 수 없었다. 다만, 한 가지 새로운 가능성은 유괴범이 니시자와 쪽 사람이 아닐 수도 있다는 것이었다. 니시자와 쪽에서 사건을 은폐하기 위해 경찰과 결탁한 것이 아니라면, 대체 누가 증거를 얻으려고 이러는 것일까?

계속 추리를 하면서 차 안을 둘러보자, 전동차 옆 칸에서 이쪽을 보던 남자와 눈이 마주쳤다. 모자를 눌러쓴 20대 정도 남자가 곧바로 시선을 피하고 자리에서 일어났다.

"다음 정차역은 이다바시…, 이다바시…"

아사쿠라는 바로 일어나 남자가 있던 옆 차량으로 향했다.

짧은 순간이었기 때문에 확신은 없었지만 어디서 본 듯한 얼굴이었다. 옆 칸으로 이동하자 다시 옆 칸으로 이동하는 남자의 뒷모습이 보였다. 전동차가 이다바시역에 도착하자 승객들이 들어왔다. 아사쿠라는 승객들 사이를 헤치며 남자가 향했던 칸으로 따라갔다.

하지만 그 칸에는 남자가 없었다. 문이 닫히고 전동차가 출발하자 전동차 창문 밖으로 승강장이 보였다.

아사쿠라는 승강장 계단을 따라 올라가는 남자의 뒷모습을 보았다. 전동차가 앞으로 이동하면서 남자의 바로 옆을 지날 때는 고개 숙인 남자의 얼굴을 정면에서 볼 수 있었다.

분명 어디선가 본 적이 있는 얼굴이었다.

그때 아사쿠라의 머릿속에 섬광이 번쩍였다. 멀어져가는 남자의 모습을 보며 지금까지 의아하게 생각했던 점들이 하나의 가능성으로 귀결되기 시작했다.

'저 남자가 아즈사를 유괴한 범인이다…!'

어떻게든 지하철을 멈추고 싶어 주위를 둘러보았다. 전동차 벽에는 인터폰 같은 것이 있었다. 빨간 색으로 '긴급신고용'라고 쓰여 있었고, 비상시에는 버튼을 누르면서 마이크에 대고 이야기하라고 쓰여 있었다.

아사쿠라는 무작정 달려가서 신고버튼을 눌렀다.

"무슨 일이시죠?"

잠시 뒤, 남자 목소리가 들렸다.

"이 지하철을 당장 멈춰주세요."

아사쿠라가 마이크에 대고 말하자, 주위가 웅성거리기 시작했다.

"무슨 일이 있나요?"

"당장 지하철을 멈춰요! 전동차 안에서 불이 났어요!"

아사쿠라가 외치자, 주위의 웅성거림이 더 커졌다.

"안전 확인을 위해 정차합니다…."

안내방송이 들리고 지하철이 멈추자, 아사쿠라는 바로 옆에 있던 비상용 도어락 커버를 열었다. 그 안에는 핸들이 있어서 그것을 당기면 전동차 문을 수동으로 열 수 있다는 설명이 있었다.

아사쿠라가 핸들을 당겨 문을 열려고 하는 순간 두 명의 젊은 남자가 아사쿠라의 길을 가로막았다.

"당신, 무슨 짓이야! 불은 어디에도 안 났잖아!"

덩치가 좋은 데다가 팀명이 새겨진 옷가방을 들고 있는 걸 보니, 운동선수 같았다.

"미안하지만 지금 긴급상황이야." 아사쿠라가 젊은이들을 무시하고 문을 열려고 했다.

"잠깐 기다려! 이런 짓을 하면 위험하잖아. 경찰에 넘겨야겠어."

한 남자가 그렇게 말하고 아사쿠라를 잡으려고 하자, 아사쿠라는 곧바로 남자의 턱을 향해 주먹을 내질렀다. 남자가 쓰러지는 것을 보고 다른 남자가 달려들었지만 아사쿠라는 바로 정강이뼈를 차서 쓰러트렸다.

주위를 보니 승객들이 멍하니 이 광경을 보고 있었다.

"미안해."

아사쿠라는 쓰러진 남자들에게 사과를 하고는, 문을 열고 지하철 밖으로 빠져나갔다. 철로를 따라 승강장 쪽으로 달려가자, 뒤에서 귀를 찢는 듯한 굉음이 들렸다. 뒤를 돌아보니 엄청난 속도로 두 줄기 빛이 다가오고 있었다.

아사쿠라는 반대편에서 오는 지하철을 겨우 피했다. 타고 왔던 지하철 측면에 달라붙어 날아갈 것 같은 풍압을 견뎌낸 것이다. 반대편에서 온 지하철은 아사쿠라 옆을 엄청난 스피드로 통과하고 나서 승강장에 이르러서야 멈추었다.

아사쿠라는 선로와 선로 사이를 달려 승강장으로 향했다. 재빨리 승강장 계단을 이용해 개찰구를 빠져나와 역 앞에 나오니, 5차선 도로와 육교가 펼쳐져 있었다.

아사쿠라는 육교 위로 올라가 그 아래쪽을 지나가는 사람들을 관찰했다. 약간 떨어진 곳에서 수상한 인물을 발견하고 아사쿠라는 그쪽으로 내달리기 시작했다.

그 남자가 맞다고 확신하고 육교 계단을 성큼성큼 뛰어내려가고 있을 때, 흰 승합차 한 대가 남자 앞에 멈춰서더니 남자를 태우고 가버렸다. 가까스로 번호판을 보니, '요코하마'라는 글자만 보였다.

아사쿠라는 택시를 잡으려고 했지만 빈 차가 별로 없었다. 그러던 사이 이미 승합차는 시야에서 사라져버렸다.

"젠장!"

아사쿠라는 화가 나서 혀를 차면서 키시타니에게 연락했다.

"나오미는 어디에 있지?" 아사쿠라가 물었다.

"쿠단시타역에 있어."

도자이선에서 이다바시역의 바로 다음역이었다.

아사쿠라는 다시 지하철 계단으로 향했다.

"넌 어디에 있는데?"

계단을 뛰어내려가면서 물은 뒤, 곧바로 개찰구로 향했다.

"시부야야. 지금 지하철이 왔으니 10분이면 쿠단시타에 갈 수 있어. 넌 지금쯤 킨시 거리를 지났나?"

"이다바시야."

"왜 아직도 이다바시밖에 못 갔어?" 키시타니가 물었다.

"아무래도 우리가 엄청난 착각을 했나봐." 아사쿠라가 말했다.

"무슨 소리야?"

"이야기는 나중에 하고 일단 쿠단시타에서 만나자."

키시타니와의 통화를 끝내고 토다에게 연락했다.

"넌 어디에 있지?" 아사쿠라가 물었다.

"요요키 근처야. 아저씨가 쿠단시타로 가라고 했는데 20분은 걸려."

"일단 그쪽으로 가. 도착하면 그 주위에서 요코하마 번호를 단 흰색 승합차를 발견하면 알려줘. 도요타의 하이에이스야."

"왜?"

"범인의 차량이야."

"알았어."

아사쿠라는 도자이선 개찰구를 지나 승강장에 도착하자, 안내판을 보았다. 다음 전동차가 오기까지는 3분이 걸렸다.

3년 전에 그 남자를 몇 차례 보았다. 대화를 나눈 적은 없지만 전동차 속에서 발견했을 때 누구인지 바로 알 수 있었다.

왜 이딴 영수증과 봉지를 담는 데에 필요도 없는 그런 큰 가방을 준비했는지…. 왜 시간제한을 빠듯하게 두었으면서 이제 와서는 느긋하게 증거에 대해 이것저것 물었는지…. 왜 치바현 경찰서에 가서 아즈사가 유괴된 이후의 일을 이야기하라고 했는지…. 그 남자가 범인이라면 모두 납득할 수 있었다. 유괴범은 아라이가 어떤 증거를 가지고 협박을 하고 있는지 전혀 몰랐던 것이었다. 아마도 범인은 아사쿠라와 이와키의 대화를 도청하기 전에 미리 증거를 담을 가방을 사물함에 넣고 준비했을 것이다.

아사쿠라는 재빨리 승강장을 둘러보았다. 모자를 눌러 쓴 채 귀가 가려지는 커다란 헤드셋을 한 젊은 남자가 보였다. 다가가서 어깨를 툭 치자 대학생으로 보이는 남자가 아사쿠라를 쳐다보더니, 헤드셋을 벗고 무슨 일이냐고 물었다.

"50만 원을 줄 테니 그 모자와 헤드셋, 그리고 웃옷까지 주지 않겠나?"

젊은 남자는 아사쿠라를 미친 사람으로 보는 듯했다.

42

쿠단시타역에서 전동차를 내리자마자, 나오미는 서둘러 도자이선 개찰구로 향했다.

'범인은 나한테 뭘 시키려는 걸까? 어떻게 이 가방을 빼앗으려는 걸까?'

가방 안에 무엇이 들어 있는지도 모르겠지만 이대로 아즈사와 맞교환할 수만 있다면 그냥 건네줘도 상관없다. 하지만 그렇지 않으면 순순히 건네줄 수 없다.

주위를 둘러보자 범인의 말대로 공중전화가 보였다. 나오미는 이전에 범인이 시킨 방법을 떠올리며 이번에도 전화기 밑을 살폈다. 역시 테이프로 무언가가 붙어 있었다. 꺼내보니 IC교통카드였다.

이케부쿠로에서 IC교통카드로 몸값을 동전사물함에 넣게 했던 것을 떠올리고 곧바로 옆에 있는 동전사물함으로 향했다. 카드로 사물함을 여니 그 안에는 커다란 검은색 가방과 종이가 있었다. 종이에는 '옷을 갈아입은 다음, 서류가방의 내용물만 들고 무도관(1964년 도쿄 올림픽 유도 경기를 위해 만들어졌으나, 대중문화 공연장으로도 활용되고 있는 체육관 - 역자 주)으로 와주세요.'라는 글자가 프린트되어 있었다.

나오미는 방금 꺼낸 검은색 가방과 아사쿠라가 건넨 서류가방을 들고 화장실로 향했다. 빈 칸에 들어가 검은색 가방을 열어보았다. 그 안에는 흰색과 검은색 얼룩무늬 가발, 그리고 비즈가 여러 개 박힌 가죽자켓과 바지, 커다란 해골이 그려진 티셔츠가 있었다.

나오미 주위에 경찰이 있을 것을 경계해 완전히 다른 복장으로 수사관을 속이려는 걸까. 그건 그렇다 치고 정말 황당할 정도로 눈에 확 띄는 복장이었다.

나오미는 그 옷으로 갈아입고 가발을 뒤집어쓴 다음, 그제서야 아사쿠라가 준 서류가방을 열어보았다. 하지만 가방 안에는 아무것도 없었다. 다시 가방 안쪽 주머니를 열자, 그 안에 종이봉투가 들어있었다.

그것이 아즈사의 목숨과 맞바꿀 소중한 물건….

그것이 대체 무엇인지 확인하고 싶어서 다시 종이봉투 안을 열어보았다. 작은 비닐봉지 안에 영수증 한 장이 들어있었다. 나오미는 고개를 갸우뚱거렸다.

'이런 것을 대체 왜…?' 하는 심정으로 봉투를 뒤집어보니, 그 안에는 더 작은 비닐봉지가 들어있었다. 봉지 안에는 흰 분말이 들어있었다. 마약임을 직감했지만, 그 정도 소량으로는 겨우 몇십만 원밖에 하지 않을 것이다.

'고작 이런 것을 얻기 위해 아즈사를 유괴했다는 건가?'

범인의 의도를 이해하지 못한 채 일단 종이봉투를 자켓 주머니에 다시 넣었다. 핸드폰 이외의 짐을 커다란 검은색 가방에 넣고 세면대 앞으로 나왔다. 세면대에는 정장 차림의 여성이 립스틱을 바르고 있었다.

"실례합니다."

나오미가 말을 걸자 여성이 나오미를 보고 당황했다.

"급한 일이 있는데 핸드폰 좀 빌려주실 수 있을까요?"

최대한 정중하게 부탁했지만 나오미의 복장을 보고 경계했는지 "밖에 공중전화가 있잖아요!"라고 하면서 도망치듯 화장실을 나가버렸다.

나오미는 한숨을 쉬며 화장실을 나왔다.

안내판을 보고 무도관의 장소를 확인한 뒤, 계단을 오르려다가 가방이 무거워서 발걸음을 멈추었다.

'이걸 들고 있으면 비상시에 움직일 수 없겠어.'

나오미는 사물함으로 돌아가서 검은색 가방을 다시 넣은 다음 계단을 올랐다.

지상으로 나오자 많은 인파가 보였다. 보아하니 무도관에서 무슨 이벤트를 했었는지 돌아가려는 사람들로 붐볐다.

나오미는 인파를 헤치며 무도관 안으로 향했다.

43

쿠단시타역에 도착하자 아사쿠라는 모자를 더 깊게 눌러쓴 다음 전동차에서 내렸다.

범인이 자신을 알아볼 수 없도록 지금까지 하고 있던 긴 가발을 버려버린 다음 젊은 남자에게 받은 모자와 웃옷으로 갈아입었다. 게다가 키시타니와 연락수단인 귀에 낀 이어폰이 보이지 않도록 헤드셋까지 착용했다.

"나오미는 아직 쿠단시타역에 있나?"

아사쿠라가 마이크에 대고 말하자, 키시타니가 그렇다고 답했다.

"역 어디에 있는지는 몰라?"

"그건 모르지."

그 말을 들으며 아사쿠라는 개찰구를 빠져나왔다. 주위를 둘러보았지만 나오미의 모습은 보이지 않았다. 역 안내도를 보니 계단을 지나면 나카노 방면 개찰구가 있었다. 그리고 그 지하에 환승을 위한 한조몬선 개찰구가 있었다.

일단 나카노 방면 개찰구로 나갔지만 나오미는 없었다. 지상에서 많은 사람들이 쏟아져 들어와 역 안은 혼잡했다. 흰색과 검은색의 가발을 쓴 기묘한 복장을 한 일행들이 여기저기에 있었다.

"지금 쿠단시타에 도착했어. 어디야?" 키시타니의 목소리가 들렸다.

"난 네가 보여. 네가 있는 한조몬선 개찰구로 가지."

잠시 후, 아사쿠라는 한조몬선 개찰구 사물함 앞에서 키시타니를 만났다.

"상당히 젊어보이는 복장인데. 꽤 어울려."

"나오미는 아직도 이 역 안에 있는 거지?"

키시타니의 농담을 흘려들으며 키시타니 손에 든 태블릿을 보았다. 분명 화살표는 쿠단시타역을 가리키고 있었다.

"그런데 아까 하다만 이야기 말인데-."

"범인은 피해자 가족이야."

아사쿠라가 키시타니의 말을 자르고 단정짓자, 키시티나가 고개를 갸우뚱거렸다.

"사고로 죽은 아이 부모겠지."

3년 전에 사건을 수사했을 때 그 남자를 몇 차례 본 적 있다. 남자는 사고 현장에 꽃이나 주스 등을 놓고 슬픔에 잠긴 표정으로 합장을 하고 있었다.

"그런 인물이 왜 총리 후보를 협박할 증거를 원하는 거야?" 키시타니가 물었다.

"경찰 발표에 의문을 품고 사건의 진상을 알리고 싶은 거겠지. 근처에 사는 주민이 사고 직전에 총소리를 들었어. 하지만 경찰 발표에는 그런 내용은 전혀 없었지. 피해자 가족이 어디선가 그 이야기를 들었다면 경찰이 사고 원인을 은폐했다고 생각했을 거야."

"하지만 그렇다고 왜 당신 딸을 납치해?"

"난 계속 사고 조사를 했어. 그런 내가 체포되었지. 사건의 진상을 알았기에 체포된 거라고 생각했을 거야. 뉴스에서 내 사진과 이름이 보도되었고."

"정말 그럴까? 그 녀석은 네가 어떤 사람인지도 모르잖아. 또 놈은 어떻게 너한테 아이가 있다는 걸 알았지?"

그건 그렇다. 아사쿠라가 사고의 피해자나 유가족들에게 딸에 대해 이야기한 적은 없다.

또 하나 이상한 부분이 있다. 범인은 처음에 3년 전 아사쿠라가 아라이를 조사하게 된 계기가 된 제보자를 알려달라고 했다. '아라이를 조사하게 된 계기가 된 제보자'라는 표현이 신경 쓰였다.

아사쿠라는 사고 유가족들에게 사고현장이 자신의 관할이 아니라는 사실을 이야기한 적이 없었다. 자신에 대해 요코스카 경찰서 소속의 경찰이라고만 소개했었다. 어떻게 범인은 아사쿠라가 어떤 제보를 계기로 사건을 다시 조사하게 된 사실까지 알았던 걸까.

"하지만 틀림없이 범인은 피해자의 유가족들이야."

유괴범은 분명 사고를 수사하던 카나가와현 경찰이 아니라 치바현 경찰에게 모든 사실을 털어놓으라고 했다. 사건의 진상을 알리는 데 방해할 세력이 없는 다른 현 경찰서에 알린 다음, 자신이 손에 넣은 증거를 제출할 계획일 것이다.

"경찰에 신고할까? 사고 피해자의 가족이라면 범위를 확 좁힐 수 있잖아."

"아니…." 아사쿠라는 고개를 저었다.

"왜?"

"만약 범인이 경찰에 잡히기 전에 증거를 손에 넣는다면 범인의 신변이 위험해질 수도 있어. 범인은 그 인형 속에 들어 있던 핸드폰을 통해 니시자와가 마약을 함께 한 여자를 죽게 한 사실이

나 경찰이 그 사건을 은폐했다는 사실을 파악했어. 그리고 7명이 죽은 사고의 원인을 은폐했다는 사실까지도."

니시자와나 경찰 고위층이 모든 것을 은폐하기 위해 무슨 짓을 할지 모른다.

"당신 딸을 유괴한 놈들이야!"

키시타니가 유괴범을 보호하려는 아사쿠라를 믿을 수 없다는 듯이 말했다.

"어쨌든 나오미와 범인을 찾는 게 급선무야. 흩어져서 역 안을 찾아보자."

무엇보다 아즈사의 목숨이 소중하지만 아사쿠라는 어떻게든 범인을 설득해야겠다는 생각이 들었다. 소중한 사람을 잃었는데 자신의 인생까지 잃어서는 안 된다. 하물며 살인까지 하게 해서는 안 된다.

44

나오미는 무도관을 향해 가면서 범인이 왜 이런 복장을 하라고 했는지 그제서야 이해할 수 있었다.

무도관에서 행해졌던 이벤트는 아마도 헤비메탈 밴드의 라이브 공연이었을 것이다. 자신과 비슷한 가발을 쓴 기묘한 복장을 한 사람들이 여기저기 보였다. 경찰의 눈을 피하기에 정말 유효한 방법이었다. 다만, 나오미와 다른 점이 있다면 그 사람들은 얼굴에 팬더곰처럼 엄청나게 진한 화장을 했다는 점이었다.

무도관 앞에 도착하니 라이브의 열기가 아직 식지 않았는지 여기저기서 음악소리가 들리고 매점 앞도 소란스러웠다.

'이 안 어딘가에 범인이 있는 건가. 사람들 틈에 숨어 내게 접근한 다음 종이봉투를 넘기라고 하려는 속셈일까.'

나오미와 같은 복장을 한 사람들도 많았지만 그래도 평범한 복장을 한 사람들이 더 많았다. 그 중에 수사관이 숨어있어도 범인은 모를 것이다. 그런데 왜 이런 곳으로 불러냈을까?

그 이유를 생각하는 것보다 해야 할 일이 있었다. 나오미는 이동하면서 주위를 둘러보았다. 자신이 여기에 있다고 아사쿠라에게 연락을 해줘야 했다. 어딘가에서 범인이 나오미를 지켜보고 있을지 모르기 때문에 공중전화를 사용할 수는 없다. 핸드폰이 필요했다. 게다가 범인에게 들키지 않게 조심하면서.

벤치에 앉은 젊은 커플이 보였다. 핸드폰을 보던 여성의 어깨를 옆에 있던 남성이 치는 바람에 그쪽을 바라보았다. 하지만 핸드폰에 더 신경이 쓰였는지 다시 고개를 돌렸다. 남성은 계속 말을 걸고 있는 듯한데, 여성은 여전히 핸드폰을 만지작거리고 있었다.

나오미가 여성이 핸드폰을 벤치에 내려놓기를 기도하듯 쳐다보고 있자, 남성이 자신의 핸드폰을 손가락으로 가리켰다. 그러자 여성은 거기에 관심이 쏠린 듯 자신의 핸드폰을 옆에 내려놓고 남성의 핸드폰을 들여다보았다.

나오미는 벤치 뒤쪽으로 가서 조심스럽게 그 커플 뒤에 섰다. 그리고 조심스럽게 여성의 핸드폰을 자신의 주머니에 넣고 그대로 커플들로부터 멀리 떨어졌다. 그리고 전화를 할 수 있을 만한 장소를 찾았다. 공중화장실 앞에는 3명 정도가 줄을 서 있었다. 만약 범인이 보더라도 화장실에 가려는 것처럼 보일 것이다. 그 줄에 서서 빨리 자신의 차례가 오기를 기다렸다.

화장실 안에 있던 사람이 한 명 나왔을 때, 범인이 준 핸드폰이 진동했다.

"여보세요…." 나오미가 전화를 받았다.

"잘 어울리십니다."

기계로 가공된 목소리가 울리자, 나오미는 주위를 둘러보았다. 전화를 하고 있는 사람이 몇 명 보였지만, 그 중에 범인이 있을지는 알 수 없었다.

나오미는 전화 너머에 들리는 소리에 신경을 집중했다. 수화기 넘어서 반대편 귀에서 들리는 소음과 비슷한 소리가 들려왔다.

'범인은 분명 이 근처에 있어…!'

"마지막 지시입니다. 당신이 있는 화장실에서 30미터 떨어진 곳에 흡연실이 있습니다. 거기로 가주세요."

나오미는 줄에서 빠져나와 주위를 둘러보며 흡연실을 찾았다.

범인이 핸드폰을 귀에 대고 있으리라는 보장은 없었다. 이어폰과 마이크를 써서 나오미와 이야기하고 있을 가능성도 있었다.

잠시 걸어가자 흡연실이 나타났다. 흡연실 안에서는 5, 6명의 남녀가 커다란 재떨이를 둘러싸고 담배를 피우고 있었다.

"흡연실 안에 쓰레기통이 있죠?"

나오미가 살펴보니, 정말로 흡연실 안에 큰 쓰레기통이 있었고, 그 안에는 비닐봉지나 페트병이 들어있었다.

"거기에 그것을 버리고 바로 떠나주세요. 그 다음 지하철을 타고 시부야로 가셔서 역 표지판을 배경으로 자신을 찍어 보내주세요. 그러면 아즈사가 있는 곳을 알려드리겠습니다."

이케부쿠로에 있는 사물함에 돈을 넣었을 때와 똑같은 말이었다.

"그러면 당신이 아즈사를 무사히 돌려준다는 보장이 없잖아요!" 나오미는 범인의 요구에 저항했다.

"당신이 갖고 있는 것을 제 손에 넣으면 바로 아즈사를 돌려드리죠. 약속합니다."

"당신은 이미 한 번 약속을 어겼잖아요. 그런 당신을 믿을 수 없어요. 아즈사와 직접 교환하지 않으면 이걸 넘길 수 없어요."

"당신에게 선택권은 없습니다. 시키는 대로 하지 않으면 거래는 끝입니다."

전화가 툭 끊어졌다.

"여보세요…! 여보세요…!"

나오미는 핸드폰을 향해 외쳤지만 아무런 반응이 없었다.

주위를 둘러보았다. 어디에 있는지는 모르겠지만 분명 이 근처에 자신을 보며 비웃고 있을 범인의 얼굴이 보이는 듯했다.

'아즈사가 잡혀있는 이상 범인이 시키는 대로 할 수밖에 없단 말인가.'

분한 마음에 입술을 깨물며 핸드폰을 주머니에 넣은 다음, 종이봉투를 꺼내 쓰레기통 쪽으로 다가갔다.

'이걸 버리면 여기에 정말로 아즈사가 돌아오는 걸까.'

지금의 이 행동이 어떤 결과를 초래하더라도 나오미는 후회하지 않을 수 있을까. 그때 어떤 아이디어가 나오미의 마음속을 섬광처럼 지나갔다.

나오미는 흡연실 안에서 담배를 피고 있는 남성에게 다가가 말했다.

"실례지만 라이터 좀 빌릴 수 있을까요?"

나오미가 부탁하자 남성이 주머니에서 라이터를 꺼내 주었다.

나오미는 라이터를 켠 다음 종이봉투를 높이 들었다. 라이터를 빌려준 남자가 놀라서 나오미를 보았다.

나오미는 주위를 노려보면서 봉투 끝에 라이터를 갖다 대었다.

봉투 끝에 불이 붙어 살짝 타오르자, 곧바로 주머니에서 진동이 울렸다. 나오미는 봉투에 붙은 불을 끄고 핸드폰을 꺼냈다.

"알았습니다. 당신이 그렇게까지 하신다면 아즈사를 만나게 해드리죠. 아까 전에 온 길과 반대방향으로 가주세요."

나오미는 남성에게 라이터를 돌려주고 유괴범이 말한 대로 이동했다.

"당신의 이런 행동은 저도 예상하지 못한 것이네요. 방금 당신 행동에 사뭇 놀랐습니다. 지금 아즈사를 만난다는 것은 저희들의 정체를 알게 되신다는 뜻입니다. 두렵지 않습니까?"

당연히 두렵다. 나오미는 지금 발이 떨려서 제대로 걸을 수도 없는 상황이었다.

"이것만은 약속해주세요. 아즈사만은 무슨 일이 있어도 살려주세요."

"소중한 사람만은 어떻게든 지키겠다는 심정이십니까?"

너무나 당연한 말에 나오미는 아무 대답도 하지 못했다.

나오미는 공포에 떨며 겨우 발걸음을 옮기는 와중에도 어떻게든 범인을 찾으려고 애써보았다.

'범인은 근처에 있을까? 아사쿠라에게 연락을 해서 내가 여기에 있다는 것을 알리면 바로 들킬 위치에 있는 걸까?'

"소중한 아이를 지키지 못했던 부모의 심정을 생각하면 마음이 아픕니다. 분명 지옥과도 같은 고통일 것입니다."

어둑어둑한 공연장 속을 걷고 있자, 나오미 앞에 5, 6명이 주저앉아 있었다. 가까이 가보니 큰 목소리로 노래를 부르고 있었다.

"지금의 당신처럼 자기 몸을 내던지고 싶었을 겁니다."

핸드폰에서 들리는 소리가 이상했다. 수화기 너머로 바로 코앞에서 들리는 음악소리와 같은 소리가 들리고 있었다. 다만 소리가 너무 작았다. 아마도 범인은 나오미 근처에 있지만, 나오미보다는 공연장으로부터 멀리 떨어져 있는 것 같았다.

나오미는 재빨리 주머니에 있던 자기 핸드폰을 꺼내, 범인과 통화중인 핸드폰 마이크를 막고, 자기 핸드폰에 외우고 있는 번호를 입력했다.

잠시 뒤 "여보세요?"라는 목소리가 들렸다.

"지금 무도관에 있어요. 빨리 경찰을 불러요!"

나오미는 빠르게 말한 다음, 핸드폰을 통화중 상태로 놔둔 채 주머니속에 집어넣었다.

45

"여보세요…, 뭐라고? 다시 한번 말해줘."

아사쿠라는 핸드폰을 향해 외쳤지만 대답은 없었다.

처음 보는 번호에서 전화가 와서 받았더니 "바로 경찰을 불러요."라는 말이 들렸다. 나오미의 목소리라는 것은 알았지만 그 앞에 한 말을 주위 소음 때문에 듣지 못했다.

그런데 전화가 끊어진 것은 아니었다. 그래서 아사쿠라는 "여보세요…?"라고 다시 말하려다 입을 닫았다. 대답이 없다는 것은 범인이 나오미 바로 근처에 있다는 뜻일지도 모르기 때문이었다. 섣부른 행동은 좋지 않았다.

핸드폰 통화가 이어지고 있으니, 듣다보면 나오미의 위치를 알 수 있을지도 몰랐다.

"왜 그래?"

키시타니의 아사쿠라를 보며 물었다.

아사쿠라는 전화기 너머에 목소리가 전해지지 않도록 마이크를 손가락으로 막은 다음, 혹시 몰라서 녹음 버튼을 눌렀다.

"나오미에게서 연락이 왔어. 바로 경찰을 부르라고 했는데 그 앞쪽 말을 듣지 못했어. 응답할 수 없는 상황인가 봐."

"어디에 있대?"

아사쿠라는 고개를 저으며 핸드폰에 귀를 갖다 대었다. 노랫소리가 들렸다. 노랫소리치고는 상당히 시끄러워서 아사쿠라가 이해할 만한 곳이 아니었다.

아사쿠라는 주위를 둘러보았다. 헤드셋을 벗고 눈앞을 지나다니는 기묘한 복장을 한 젊은이들에게 다가갔다. 전부 진한 화장을 하고 있어 남자인지 여자인지도 알 수 없었다.

"이 곡이 무슨 곡인지 알고 있니?"

아사쿠라는 핸드폰에서 나오는 음악을 들려주었다.

"헤드로커의 노래예요."

"헤드로커?"

"아까까지 저기서 라이브 공연을 했어요. 첫 무도관 공연으로 엄청났어요."

그 말에 아사쿠라는 키시타니와 서로 눈을 마주쳤다.

"고마워."

아사쿠라는 바로 무도관을 향해 달렸다.

46

어둠 속을 걷고 있자 커다란 건물이 보였다.

"그 부근에 차가 주차되어 있죠?" 기계로 가공된 목소리가 말했다.

정말로 건물 앞에 승합차가 있었다.

"그럼…, 저 안에?" 나오미가 물었다.

유괴범의 그렇다는 답변과 함께 전화가 끊어졌다.

나오미가 차에 다가가 경계하면서 승합차 옆문을 드르륵 열었다. 그리고 뒷좌석에 있는 아즈사를 발견하자마자 곧바로 차 안에 들어가 아즈사를 끌어안았다.

"아즈사…, 아즈사…."

나오미가 아즈사를 흔들어 깨웠지만 반응이 없었다.

"수면제 때문에 잠들어 있는 것뿐입니다."

갑작스런 목소리에 나오미는 놀라서 주위를 둘러보았다. 웬 작업복에 모자를 눌러쓴 남자가 운전석에 앉아 있었다.

"물론 아이가 복용해도 문제없을 양이니 안심해 주세요."

그렇게 말하며 뒤를 돌아본 남자를 보고 나오미는 경악하지 않을 수 없었다.

'시라이시….'

"아이에게 해를 가할 생각은 애초부터 없었습니다. 일단 앉아주세요."

목소리는 온화했지만 그 눈빛에는 절박함이 있었다.

아즈사를 안고 이대로 도망치는 것은 어렵다고 생각한 나오미는 일단 승합차 뒷좌석에 앉았다.

"갖고 계신 그 봉투를 아까 그 쓰레기통에 버리기만 하셨다면 곧바로 아즈사를 돌려드릴 계획이었습니다."

시라이시가 그렇게 말하면서 승합차 옆문을 닫았다.

"시키는 대로만 하셨으면 서로 마주치는 일 없이 조용히 끝났을 텐데요."

나오미가 쓰레기통에 증거를 담은 봉투를 버리면, 시라이시가 청소부로 변장한 뒤 회수해올 계획이었다.

"어째서…, 어째서 당신이 이런 짓을…?"

나오미가 도저히 믿을 수 없는 심정으로 물었지만 시라이시는 말이 없었다.

"이건 대체 뭐예요? 왜 이런 것 때문에 아즈사를…?"

나오미는 봉투를 꺼내 흔들면서 물었지만 시라이시는 여전히 대답이 없었다.

"이제 우리를 어떻게 할 생각이에요?" 나오미는 갑자기 불안해져서 물었다.

"어떻게 할 생각은 없습니다. 다만, 이렇게 된 이상 당신은 저희 이야기를 들어주셔야 합니다. 그 후에 두 분을 집까지 모셔다드리죠."

시라이시는 그렇게 말하고 창밖을 보았다.

나오미도 그쪽을 보니, 누군가가 다가오고 있었다.

자신과 비슷한 복장을 한 인물이었다. 잠시 후, 문이 열리고 그 인물이 들어왔다. 그는 문을 닫고 나오미와 마주앉자, 가발을 좌우로 헤치며 나오미를 쳐다보았다. 진한 화장을 하고 있지만 여성이라는 사실을 알 수 있었다. 하지만 팬더곰 같은 화장이 너무 진해 누군지는 알 수 없었다.

"일단 출발하고 이야기하시죠."

그렇게 말하는 여자의 목소리는 분명 익숙한 목소리였다.

'누구지? 분명 듣던 목소리인데…?'

시라이시가 시동을 걸고 차량을 출발시키자, 여성은 가발을 벗고 자신의 단발머리를 손으로 긁었다.

"나오미 씨도 벗으시죠? 그런 가발을 쓰고 있으면 진지한 이야기도 농담처럼 되어버려요."

가발을 벗자 나타난 여성의 헤어스타일과 말투를 통해 어떤 인물이 나오미의 머릿속에 떠올랐다. 나오미는 심장이 요동치기 시작했다.

"타, 타카하시 치하루 씨…?" 나오미는 입을 쩍 벌린 채 치하루를 쳐다보지 않을 수 없었다.

47

끊어지지 않은 수화기 너머로 차량이 시동 거는 소리가 들려 아사쿠라는 재빨리 멈춰 서서 도로 쪽을 살펴보았다. 바로 앞에 있는 도로를 달리는 차 중에는 요코하마 번호판을 단 승합차가 없었다.

아마 지금 나오미가 있는 곳은 무도관으로 향하는 다야스몬 주변이 아니라 다른 장소인 듯했다.

"나오미 씨도 벗으시죠? 그런 가발을 쓰고 있으면 진지한 이야기도 농담처럼 되버려요."

수화기 너머로 어딘지 모르게 익숙한 여성의 목소리가 들렸다.

"타, 타카하시 치하루 씨…?"

이어서 당황한 나오미의 목소리가 들렸다.

나오미가 말한 타카하시 치하루라는 인물은 아사쿠라도 알고 있는 그 인물이란 뜻인가?

"왜 그래?"

발길을 멈춘 아사쿠라에게 키시타니가 물었다.

"나오미가 범인의 차를 타고 어디론가 출발했어. 지금 알아낸 것은 범인이 남자 1명과 여자 1명이라는 거야."

방금 전 수화기 너머로 들려온 나오미와 남자와의 대화를 엿들어 보니, 아즈사도 무사한 채 같은 차량에 타고 있는 듯했다. 유괴범이 위해를 가할 것 같지는 않았지만 그래도 상황이 절박해지면 어떻게 나올지 알 수 없었다.

아사쿠라는 주머니 속에서 진동이 느껴져 다른 핸드폰을 꺼냈다. 토다가 전화를 한 것이었다.

"무도관을 가는 도중에 아사쿠라 씨가 말한 차량과 지나쳐-."

"빨리 그 차량을 추적해!"

아사쿠라는 토다에게 그렇게 말하고 키시타니를 보았다.

"토다의 위치는 파악이 돼?"

"핸드폰 GPS를 추적하고 있으니까 파악할 수 있어."

키시타니가 태블릿으로 토다의 위치를 화면에 띄우면서 아사쿠라에게 건네주었다.

아사쿠라는 길가에서 택시를 잡기 위해 손을 흔들었다.

"나는 어떻게 하지?" 키시타니가 물었다.

"당신도 다른 택시를 타고 토다를 쫓아줘. 가능하면 나와 다른 루트로 가줘."

아사쿠라는 멈춰선 택시를 타면서 태블릿을 보았다. 화면 속 화살표는 히비야 방면을 향해 이동하고 있었다.

"일단 히비야로 가주세요."

택시가 출발하자, 아사쿠라는 아직 토다와 이어져 있는 핸드폰에 귀를 댔다.

"미행을 들키지 않도록 조심해줘. 그 차 안에는 아즈사와 나오미가 타고 있어."

"알았어…."

"어째서…, 어째서…? 당신이 내 딸을 유괴하다니…, 당신을 믿었는데…."

다른 쪽 핸드폰에서는 나오미의 비통한 목소리가 들려왔다.

"게다가 아즈사 사건의 수사관이면서…."

아사쿠라는 고개를 갸우뚱거렸다.

'아즈사 사건의 수사관이라면 경찰인 건가…?'

"설령 죄인이 된다고 해도, 해야 할 것은 해야 한다는 사명감이 있었습니다. 그것 때문에 저는 지난 3년간 특수수사팀에 들어가려고 부단히 노력했죠. 아사쿠라 씨를 체포해서 기소한 것이 특수수사팀이었어요. 뇌물수수죄를 특수수사팀이 담당한다는 것이 뭔가 이상하잖아요. 게다가 아사쿠라 씨가 절대로 그런 죄를 지을 사람이 아니라는 것은 당시 동료였던 제가 가장 잘 알고 있었고요."

수화기를 통해 마지막으로 들려온 말에 아사쿠라는 심장이 철렁 내려앉았다.

'내 동료였던 타카하시라면…. 설마….'

48

"특수수사팀에 들어가면 3년 전 사건의 진상을 알 수 있는 단서를 얻을 수 있지 않을까 기대했는데…, 실패했어요."

나오미는 그렇게 말하며 탄식하는 치하루를 쳐다보았다.

"하지만 당신이 왜 그 사건에 대해서…?"

나오미는 도저히 이해할 수 없었다.

"두 아이를 밀치고 사망한 미카미가 제 애인이었어요." 치하루는 입술을 깨물며 말했다.

차 안은 어두웠지만 치하루의 눈에 눈물이 고여 있는 것이 보였다.

"하지만 미카미 씨는 유치원에서 일하기 시작하기 전에…."

나오미는 그가 폭력조직에 몸담았던 사람이라는 사실을 떠올렸다.

"네. 제 직업상 가까워져서는 안 되는 관계였죠. 미카미는 제 소꿉친구였어요. 첫사랑이었다고 하면 될까요? 중학교 때에도 사귀었지만 저희 부모님이 이혼해서 이사를 가게 되는 바람에 헤어졌어요. 그런데 사고가 일어나기 2년 전에 요코하마에 있는 술집에서 우연히 만났죠. 그는 폭력조직의 조직원이고, 전 그들을 체포하는 조직범죄대책반 수사관이었죠. 그래서 우리들은 이어질 수 없는 관계라는 것도 잘 알았고, 그 사람도 저와 사귀는 것이 저에게 해가 된다는 것을 알고 저에게 고백하지 않았어요. 하지만…, 전 제 마음을 속일 수 없었어요."

"폭력조직에서 나온 것은 당신이 설득했기 때문이었군요?"

"그것도 맞아요. 하지만 원래 상냥한 성격이라 폭력조직에 오래 몸담을 사람은 아니었어요. 그는 저를 이용해 조직 내에서 성공할 수도 있었지만, 한 번도 수사 정보를 알려달라고 말한 적이 없었죠. 하지만 폭력조직에서 나오는 것이 쉽지 않아서 결국 1년 반이 넘는 세월이 필요했습니다."

미카미가 상냥한 성격이었다는 것은 단순히 연인이기 때문에 그렇게 느낀 것은 아닐 것이다. 자신의 몸을 던져 아이들을 구했다는 그의 마지막 행동이 그것을 입증하고 있었다.

"사고로 의식불명 상태에 빠졌다는 소식을 들었지만, 전 쉽사리 병문안을 갈 수 없었어요. 아무리 폭력조직을 탈퇴했다지만 나온 지 반 년밖에 안 되는 상황이었으니까요. 장례식에도 갈 수 없었죠. 전 적어도 기도라도 할 마음에 사고 현장으로 달려갔었죠. 그때 거기서 시라이시 씨를 만나게 된 것입니다."

나오미는 살짝 운전석을 보았다.

"시라이시 씨가 말씀하시길, 사고 차량이 사고를 내기 직전에 뒤에서 다른 차량이 쫓아왔고, 총소리를 들었다고 증언한 사람이 있다고 하셨어요. 미카미는 사고를 당했지만, 사고 장면을 유일하게 정면에서 목격한 인물이었죠."

쿠노 씨의 이야기에 의하면, 그런 중요 목격자인 미카미가 사고를 당한지 일주일 만에 생명유지장치가 벗겨지는 의료사고로 죽었다.

"그럼 설마 누군가 의도적으로 미카미 씨의 생명유지장치를 벗긴 것인가요?"

"그렇게 생각해도 전혀 이상하지 않죠."

"하지만…"

사고의 원인을 은폐하기 위해 경찰이 그렇게까지 하리라 상상할 수는 없었다.

"경찰이 사고 원인을 은폐한 것은 사실이에요. 그것을 위해 아사쿠라라는 존경스런 경찰관에게 누명을 씌운 것도요. 전 시라이시 씨가 봤다는 형사의 외모를 듣고, 아사쿠라 씨가 자기 업무도 아닌데 사고를 조사하고 다닌다는 사실을 알았어요. 전 아사쿠라 씨가 사건의 진상을 알고 있거나 아니면 누군가로부터 사고와 관련된 첩보를 입수했을 것이라고 직감했죠."

"그래서 아즈사를 유괴한 다음, 그이에게 그걸 알아내라고 요구한 거군요?"

나오미가 묻자 치하루가 강렬한 눈빛으로 나오미를 보면서 고개를 끄덕였다.

"3개월 전 오랜만에 시라이시 씨로부터 연락을 받았어요. 사고로 계속 혼수상태였던 아들이 죽었다고요. 전 장례식에 참석해서 시라이시 씨의 비통한 상황을 알게 되었어요. 시라이시 씨는 그동안 사건의 진상을 알기 위해 이리저리 뛰던 사이에 아내 분과 이혼하시고 주위 사람들은 거리를 두게 되었던 거죠. 그러다가 유일한 마음의 안식처였던 아들까지 잃게 되면서 마치 영혼이 빠져나간 사람처럼 되어 버린 거죠…"

나오미는 다시 운전석을 쳐다보았다. 룸미러로 시라이시의 침울한 눈빛을 보고 곧바로 시선을 피했다.

"전 마침 특수수사팀에 배치 받은 상황이어서 어떻게든 사건의 진상을 파헤치겠다고 시라이시와 아드님께 맹세했어요. 하지만 아무것도 알 수 없었어요. 분명 그 사고 뒤에 어두운 무언가가 있을 텐데도 아무리 노력해도 알아낼 수 없었죠. 전 시라이시 씨에게 아사쿠라 씨에 대해 이야기하면서 둘이 힘을 합쳐보자고 했어요. 그렇게 해서 시라이시 씨와 저는 나오미 씨와 나오미 씨 주변을 조사한 뒤 유괴 계획을 세우게 된 것입니다. 아무리 해도 열 수 없는 판도라의 상자를 열기 위해…."

"그 상자에 들어있던 것이 바로 이것인가요?"

나오미가 주머니에서 봉투를 꺼내 가리키자, 치하루가 고개를 끄덕였다.

"드디어 손에 넣었습니다."

팬더곰 같은 진한 화장을 한 채 해맑게 웃는 치하루를 보며 왜 시라이시가 무도관에서 이것을 받으려고 했는지 짐작할 수 있었다. 치하루는 특수수사팀 구성원과 모두 안면이 있으니, 치하루가 무도관 안에 있으면 자신은 진한 화장으로 얼굴을 감춘 채 나오미 근처에 수사관이 있는지 없는지를 확인할 수 있었을 것이다.

"이건 대체 뭐예요?"

나오미가 묻자 치하루가 승합차의 조수석 사물함을 열었다. 그 안에서 무언가를 꺼내 나오미에게 주었다. 녹음기였다.

"아사쿠라 씨가 목숨을 걸고 찾아낸 진실이에요." 치하루가 녹음기의 재생 버튼을 눌렀다.

"그때 우연히 갔던 룸살롱에서 니시자와 세이치로를 보았네."

남자 목소리에 이어서 "니시자와 세이치로?"라는 익숙한 목소리가 들렸다. 아사쿠라였다.

"그래, 민주자유당의 니시자와 세이치로야."

"그렇군요…. 설마 그 니시자와를…."

"원래 카나가와현의 도지사였기 때문에 요코하마에 그의 단골 술집이 있었어. 도쿄 내에서는 보는 눈이 많아 크게 즐길 수 없으니까 제대로 놀고 싶을 때는 요코하마에 왔던 거지. 자네도 혹시 알지 모르겠지만 입이 무겁기로 유명한 가게야."

"그럼 니시자와를 어떻게 협박하신 겁니까?"

나오미는 숨을 삼키며 녹음기에서 흘러나오는 음성을 들었다.

49

"하지만 이걸 손에 넣어서 어쩌려고 한 거죠?"

수화기 너머로 나오미의 목소리가 들렸다.

"카나가와현 경찰서가 아닌 다른 경찰서에 제출할 겁니다. 지금쯤 아사쿠라 씨가 치바현 경찰서에서 아즈사가 유괴된 이후에 발생한 모든 일에 대해 진술하고 있을 겁니다. 니시자와가 불법 마약을 했던 것을 숨기기 위해 여성을 죽게 한 일이나 그 사건을 경찰이 덮은 것, 니시자와를 협박한 아라이를 체포하기 위해 그의 차에 총을 쏴 사고를 일으킨 것, 그것들이 드러나는 것을 우려해 사고의 원인을 은폐한 것들까지 모두 다 말이에요. 아사쿠라 씨가 사고에 이르기까지의 모든 진실을 경찰에 진술하고, 그 원흉이 된 사건을 입증할 증거를 시라이시 씨에게 전하는 것이 아즈사를 무사히 돌려주기 위한 조건이었어요. 그러니, 지금 따님과 함께 있다고 안심하지 말아주세요. 그 조건이 충족되기 전까지 저는 두 분을 무사히 돌려보낼 수 없습니다."

아사쿠라는 치하루의 마지막 말에 초조함을 느끼며 태블릿을 보았다.

토다의 오토바이는 이 택시에서 100미터 정도 앞을 달리고 있었다.

"차와의 거리는 얼마나 돼?"

아사쿠라가 묻자 "3대 정도 뒤에서 달리고 있어."라고 토다가 말했다.

"절대로 놓치면 안 돼."

그렇게 말했을 때 옆 차선을 무서운 속도로 달리는 승합차 한 대가 보였다. 그리고 연이어 3대의 차량이 아사쿠라가 타고 있는 택시를 피해 엄청난 속도로 추월하더니, 앞서 가는 승합차 한 대를 따라갔다.

"아니, 왜들 저렇게 난폭하게 운전하지?"

운전기사의 말을 들으며, 아사쿠라는 요코하마 지역 번호판을 단 4대의 차량이 전속력으로 달려나가는 것을 지켜봤다.

50

'치하루의 말대로 아사쿠라는 치바현 경찰서에서 그런 사실들을 진술하고 있을까?'

아까 나오미가 핸드폰으로 아사쿠라에게 전화를 걸었을 때 아사쿠라는 분명 전화를 받았다. 취조를 받으면서 전화를 받을 수 있을까. 아니면 전화를 받은 사람이 아사쿠라가 아닌 다른 사람이었을까.

"타카하시 씨, 진정해요…."

나오미는 자기 눈앞에 내밀어진 칼날에서 치하루의 얼굴 쪽으로 시선을 돌리며 말했다.

"전 항상 침착해요. 일단 이런 것도 들고 있지만 쓸 생각은 없어요."

치하루는 담담히 반대편 손을 내밀었다. 그리고 나오미의 손에서 봉투를 빼앗고는 자신의 주머니에 넣었다.

"아사쿠라 씨가 저희와의 약속을 지켜주면 그걸로 충분해요. 이대로 치바현 경찰서로 가서 아사쿠라 씨를 기다릴 겁니다. 아사쿠라 씨가 경찰서에서 나오면 두 사람을 돌려보내드리죠."

"만약 그이가 조사한 것이 사실이라면 당신들의 심정도 이해는 가요. 하지만 이런 방법은 잘못되었어요."

"그럼 우리들이 어떤 방법을 취했어야 했죠?"

치하루가 몸을 앞으로 내밀며 외쳤다.

"나오미 씨는 아즈사가 똑같은 상황에 처해도 그렇게 말할 수 있나요!"

나오미는 치하루의 물음에 대답할 수 없었다.

"조직 안에서 혼자서 정의를 실현하려고 했던 아사쿠라 씨는 나락으로 추락했어요. 아사쿠라 씨조차 빼앗긴 인생을 되찾을 수 없는 빈 껍데기가 되어버린 거죠. 그런 조직에 맞서기 위해서는 이런 방법밖에 없어요!"

나오미는 마음속으로 치하루에게 반박했다.

아사쿠라는 절대 빈 껍데기가 아니었다. 아사쿠라는 나오미나 아즈사가 사건에 휘말리게 하고 싶지 않아서 진실을 묻어버린 것이 분명했다. 사랑하는 딸을 다시 못 보는 한이 있더라도.

그때 갑자기 뒤에서 시끄러운 사이렌 소리가 울려 퍼져 나오미는 뒤를 돌아보았다. 지붕에 빨간 사이렌을 올린 차량 3대가 나오미가 탄 승합차의 바로 뒤와 양 옆에서 추격하고 있었다.

"앞 차량은 정지해라…! 흰색 하이에이스, 당장 왼쪽 길가에 차를 세워…!"

"어떻게든 따돌려요!"

치하루가 절박한 표정으로 시라이시에게 외쳤다.

나오미는 치하루의 주의가 쏠린 틈을 타 칼을 든 치하루의 오른손을 잡았다. 놀란 치하루가 저항하면서 나오미의 손을 왼손으로 때렸다. 나오미도 필사적으로 치하루의 손을 내려눌렀다.

고개를 들자, 앞창문 유리 너머에 빨간불을 단 차량과 점점 가까워지는 것이 보였다. 하지만 나오미가 탄 차량의 속도는 줄지 않았다.

'위험해…!'

치하루에게서 손을 뗀 순간 차량 오른쪽에서 격한 충격이 전해지면서 오른쪽 창문이 와장창 깨져 흩날렸다. 나오미는 바로 옆에서 자고 있던 아즈사를 황급히 껴안았다. 그리고 나오미의 몸이 공중에 붕 뜨더니, 이내 복부에 충격이 전해졌다.

51

사이렌 소리가 들리며 '쾅' 하는 소리가 귀에 울렸다.

"나오미…! 무슨 일이야!"

아사쿠라는 핸드폰을 향해 외쳤지만 반응이 없었다.

빨간 신호등에 걸린 것도 아닌데, 아사쿠라가 타고 있던 택시보다 앞서 가던 차량들이 멈추었다. 아사쿠라의 택시도 멈췄다.

"토다, 들려? 무슨 일이야!" 아사쿠라가 핸드폰을 향해 외쳤다.

"갑자기 흰색 승합차 뒤에서 3대의 차량이 다가와서 그 차를 세우려고 했어. 승합차는 이리저리 피하면서 앞으로 가다가 사거리에 접어드는 순간 옆에서 돌진해온 트럭이랑 부딪쳐서…."

"나오미와 아즈사는 무사해?"

"차에서 나오지 않아서 알 수 없어."

아사쿠라는 요금을 지불하고 택시에서 뛰어내렸다. 핸드폰에 대고 나오미를 외치면서 사고가 발생한 사거리로 달리기 시작했다.

잠시 뛰어가니 토다의 오토바이가 보였다. 토다를 지나쳐 조금 더 앞으로 나가자 사거리가 보였다.

오른쪽 옆 창문이 깨지고 크게 구겨져버린 승합차와 앞쪽이 박살나버린 트럭이 보였다.

사거리 앞에서 멈춘 3대의 차량에서 5명의 수사관이 뛰쳐나와 승합차로 달려갔다. 그 중에는 가슴팍에서 권총을 꺼내는 카라키도 보였다.

52

대체 얼마나 시간이 지났을까. 나오미는 트럭과 충돌하고 나서 1초가 지났는지 1시간이 지났는지 가늠할 수 없을 정도로 감각이 둔해졌다.

나오미는 천천히 몸을 일으키면서 아즈사를 쳐다보았다. 아까 전과 다를 바 없이 잠에 빠져있다. 겉으로 보이는 상처는 없는 듯했다.

"정말 죄송해요."

치하루가 나오미의 팔을 붙잡더니, 나오미를 아즈사로부터 떨어뜨렸다.

"지금 붙잡힐 수는 없어요."

치하루는 나오미의 목에 칼을 들이대고 차 밖으로 나가려고 했다.

"움직이지 마…."

둘이 차에서 나오자마자, 그 앞에는 권총을 겨눈 카라키가 있었다.

치하루는 한 손으로 나오미의 목을 감고, 다른 한 손으로 칼로 나오미의 가슴에 겨누고 있었다.

나오미는 움직일 수 있는 범위 내에서 재빨리 주위를 확인했다. 나오미와 치하루는 사거리 중앙 부근에 서 있었고, 근처에 세워진 차량에서 사람들이 계속 나와 무슨 일인지 보려고 하고 있었다.

나오미는 저 멀리 아사쿠라와 눈이 마주쳤다. 이쪽으로 달려오고 있는 아사쿠라에게 오지 말라고 작게 고개를 흔들자, 아사쿠라는 그제서야 발걸음을 멈추었다. 나오미 주위에는 카라키를 포함해 5명의 수사관이 나오미를 포위하고 있었다.

"칼을 버려…!"

카라키가 외쳤다.

"총을 버리고 뒤로 수갑을 채워요!" 치하루도 외쳤다.

"넌 도망칠 수 없어!"

카라키가 치하루에게 권총을 겨눈 채 다가갔다.

나오미는 마음속에서 밀려오는 공포심을 겨우 참으며 카라키의 눈과 권총을 주의 깊게 보았다.

카라키의 눈빛이 약간 흔들리면서 총구가 나오미의 목 근처를 향하는 듯했다.

'치하루의 목을 노리고 있다….'

나오미가 곧바로 치하루의 몸과 함께 주저앉는 순간 총성이 울려퍼졌다.

나오미는 치하루와 함께 넘어지면서 온몸에 충격이 가해졌다. 수사관들에 의해 이리저리 밀쳐지다가, 나오미는 치하루로부터 떨어져 일으켜 세워졌다.

나오미는 머리에서 피를 흘리는 시라이시가 경찰차에 태워지는 것을 보았다. 치하루를 보니 3명의 수사관에게 붙잡혀 있었다. 수사관들은 격렬히 저항하는 치하루를 억눌러 수갑을 채웠다.

카라키가 치하루의 몸을 수색하는 것처럼 보였다. 그리고 주머니에서 봉투를 꺼내 일어나 그것을 자신의 주머니에 넣었다.

분한 듯 그것을 보는 치하루와 눈이 마주쳐 나오미는 자신도 모르게 시선을 피했다.

"팔을 다치신 모양이군요."

카라키의 목소리에 나오미는 오른팔을 보았다. 자켓의 오른쪽 팔뚝 부분이 찢어져 피가 흐르고 있었다.

"쓰러졌을 때 칼에 찔리신 모양이군요. 외상이 문제되지 않도록 처리할 구급팀을 부르겠습니다."

땅에 주저앉은 나오미의 행동을 꾸짖는 듯한 말투였다.

"일단 이걸 쓰시죠."

카라키는 손수건을 꺼내 나오미의 팔에 감은 뒤, 경찰차로 데려가려고 했다.

나오미는 이미 경찰차 뒷좌석에 있는 아즈사를 보고 눈물이 나올 뻔했다.

"둘 다 무사하셔서 다행입니다." 카라키가 경찰차 뒷좌석 문을 열며 말했다.

나오미는 아즈사 옆에 앉았는데, 카라키가 차 밖에서 허리를 숙여 나오미를 쳐다보고 있었다.

"어떻게 그 차에 제가 있다는 것을 아셨죠?" 묻고 싶은 게 많았지만 일단 그것부터 물었다.

"계속 당신을 추적했었습니다."

"112 경찰청 통합구조센터에서 연락을 받았나요?"

나오미가 묻자, 카라키가 고개를 저었다.

"나오미 씨 아버님께서 저녁에 연락을 주셨습니다. 누군가로부터 이상한 소리를 들었는지 나오미 씨가 헛소리를 한다고요."

요코하마역 내에 있는 카페에서 아버지를 만났을 때 나오미가 화장실을 간 틈에 연락을 한 건가.

"사실 며칠 전부터 타카하시 치하루의 동향에 수상한 점이 있어 은밀히 수사를 하고 있었습니다. 치하루가 모르는 수사관들을 긴급 소집해서 나오미 씨를 감시하게 했지요. 그때 아버님으로부터 이것을 전달받았습니다." 카라키가 조수석에 손을 뻗어 가방을 꺼낸 다음 나오미에게 주었다.

"뭐죠?" 나오미가 의아해하며 물었다.

"거기에는 1억 원이 들어있습니다. 아버님께서 짜오신 스토리는 이렇습니다. 나오미 씨가 유괴범에게 다시 1억 원을 요구받는 바람에 요코하마역에서 아버님으로부터 이 1억 원을 받기 위해서 아버님을 만난 것으로 정리하기로…"

나오미는 그 말을 이해하지 못한 채 되물었다.

"왜 그런 거짓말을 해야 하죠?"

"경찰서에서도 재판에서도 그렇게 진술하시면 모든 것이 깔끔하게 해결됩니다. 이제 나오미 씨와 아즈사를 위협하는 존재는 없으니까요."

"그런 거짓말을 할 수는 없어요." 나오미는 거절했다.

"경찰을, 아니, 아버님을 지키기 위해 그렇게 진술하시라는 것입니다."

그 말을 듣고 나오미는 얼굴에 핏기가 가셨다.

"무슨 뜻인가요?"

카라키가 차에서 내리려는 나오미를 다그치듯 막았다.

"아버지와 국회의원 니시자와 세이치로의 사건이 무슨 관계라도 있나요?" 나오미가 물었다.

"무슨 말씀이시죠?"

"니시자와가 불법마약을 했을 때 함께 있던 여성이 죽고, 그걸 경찰이 덮은 사건 말이에요."

카라키는 아무 말도 없이 나오미를 쳐다보았다.

"그걸로 니시자와가 협박을 받는 바람에 경찰이 협박범의 차에 발포해서 7명이 사망했다는데, 그게 사실인가요?"

카라키의 눈빛이 그 말에 반응하듯 짙은 어둠이 깔렸다. 그는 곧 괴로운 듯 입가를 찡그리며 말했다.

"그것을 파헤쳐서 뭘 어쩌시려는 겁니까?"

"진실을 알고 싶어요!"

그렇게 외치긴 했지만 아버지와 관련된 이야기가 나올까 봐 몹시 두려웠다.

"아버님은 니시자와와 알고 지내던 사이였다고 합니다. 함께 마약을 했던 여성이 죽게 되자, 당황한 니시자와는 아버님께 도움을 청했지요. 모든 것은 거기서 시작되었습니다."

카라키의 말에 나오미는 온몸에 힘이 빠졌다.

아버지가 그런 일에 가담했었다니 믿을 수가 없었다. 아사쿠라의 죄를 그렇게 비난했던 아버지가 그 사건을 덮고 7명이나 희생된 사고의 원인을 은폐했었다니.

"그래서 나오미 씨는 아버님을 위해서라도 조금 전에 말씀드린 대로 진술해야만 합니다. 아셨죠?"

카라키는 그렇게 말하더니 경찰차에서 내렸다. 그리고 옆에 있는 다른 경찰차로 뛰어갔다.

나오미는 눈물이 날 것 같아 창밖을 보았다. 그때 바로 옆 길가에 서 있는 아사쿠라와 눈이 마주쳤다. 아사쿠라는 나오미를 보며 핸드폰을 귀에 댄 채 신호를 보냈다.

나오미는 아사쿠라를 보면서 핸드폰을 꺼냈다.

"카라키의 이야기는 다 들었어."

핸드폰을 귀에 대자, 아사쿠라의 목소리가 들렸다.

"이제 어떻게 할까?"

아사쿠라의 질문에 나오미는 말없이 주위를 둘러보았다.

두 명의 수사관에 붙잡혀 경찰차에 태워지는 치하루가 보였다.

나오미는 견딜 수 없는 분한 마음에 눈을 감고 어금니를 꽉 깨물었다. 하지만 이내 다시 눈을 뜨고 아사쿠라를 쳐다보았다.

"우리 둘이서 정의를 구현하고 싶어요. 우리 아이에게 부끄러운 부모가 되지 않기 위해."

나오미가 말하자 아사쿠라는 고개를 끄덕인 다음 뒤에 세워져 있는 오토바이로 향했다.

53

카라키는 경찰차 운전석에 앉아 손을 내밀어 사이렌을 다시 집어넣더니 시동을 걸었다.

"오토바이를 빌려줘."

아사쿠라는 토다에게 가서 말했다.

"아사쿠라 씨, 면허는 있어?" 토다가 헬멧을 벗으며 말했다.

"학생 시절에 친구 오토바이를 빌려서 몇 번 헛짓거리를 했지."

"즉, 무면허라는 거잖아?"

아사쿠라는 고개를 끄덕이며 오토바이를 탔다. 그리고 헬멧을 쓴 다음 시동을 걸었다.

"비밀로 해줘." 아사쿠라는 헬멧의 쉴드를 내리고 출발했다.

핸들을 잡은 왼손에 고통을 느끼며 잠시 달리다가, 카라키의 차량을 발견했다. 그리고 빨간 신호에 걸려 정차한 카라키의 차량 바로 앞에 오토바이를 세웠다.

뒤를 돌아보며 쉴드를 다시 올리자, 카라키가 아사쿠라를 알아보고 크게 놀란 표정을 지었다. 그리고 바로 인상을 찡그리며 노려보았다.

아사쿠라는 핸드폰을 꺼내 카라키를 향해 들어올렸다.

'전부 여기에 들어있다….'

그렇게 입모양을 움직이자 의미를 알아챈 카라키의 표정이 바뀌었다.

신호가 파란불이 되자 아사쿠라는 오토바이로 냅다 달리기 시작했다. 백미러를 보니 카라키의 차량이 뒤에서 추격해오고 있었다.

카라키와 둘이서 이야기할 수 있는 장소를 찾으면서 계속 달리자, 잠시 후 인적이 드문 주차장이 보였다.

아사쿠라는 주차장에 들어간 다음 U턴을 해서 입구쪽을 향해 라이트로 비추며 오토바이를 세웠다. 아사쿠라가 오토바이에서 내리자 뒤이어서 카라키의 차량이 주차장으로 들어왔다. 카라키의 차량이 아사쿠라가 있는 곳에서 10미터 정도 앞에서 멈춰 서더니, 카라키가 차에서 내렸다.

아사쿠라는 헬멧을 벗어 왼손에 든 채 카라키와 대치했다.

"드디어 출두할 생각인가?" 카라키가 콧방귀를 뀌며 말했다.

"그래. 나에겐 공무집행방해 혐의가 있지. 그리고 무면허 운전도."

아사쿠라는 그렇게 말하고 슬쩍 오토바이를 쳐다본 다음 다시 카라키를 보았다.

"하지만 그 전에 너에게 묻고 싶은 것이 있다."

"뭔데?"

"사고를 당해 의식불명이던 유치원버스 운전기사의 생명유지장치를 벗긴 것도 경찰 쪽 인물이냐?"

"무슨 말도 안 되는 소리를 하는 거야?" 카라키가 황당하다는 듯이 말했다.

"하나 더 묻지. 아라이의 차량에 총을 쏜 게 너냐?"

카라키의 입꼬리가 올라갔다. 카라키는 몸을 약간 뒤로 젖혀 왼손으로 뒤통수를 긁적였다. 포커게임에서 카라키가 당황함을 숨기려 할 때 자주 하던 버릇이었다.

"임무 수행 중에 일어난 일이니 널 비난할 생각은 없어. 너도 아이가 있으니 나름대로 괴로운 삶을 살아왔겠지."

"다 안다는 식으로 말하지 마!"

아사쿠라는 주머니에서 핸드폰을 꺼내보였다.

"아까 전에 너와 나오미의 대화는 내 핸드폰에 모두 녹음되어 있어. 하지만 난 너에게…, 잠시나마 존경했던 동기이자 라이벌인 너에게, 너 스스로 정의로운 결과를 이끌어주기를 바라고 있어."

아사쿠라가 그렇게 말하자 헛웃음이 들려왔다.

"넌 아무것도 몰라. 나에게 정의란 경찰 조직을 지키는 거야. 경찰 조직 자체가 신뢰를 잃으면 시민의 협력도 얻을 수 없고 범죄 억제라는 본래의 기능도 수행할 수 없지. 보다 많은 범죄를 막고, 보다 많은 시민을 지키기 위해서는 무슨 짓을 해서라도 경찰 조직을 지켜야 해."

"그 때문에 죄 없는 사람이 희생되어도 말이냐?"

"그런 건 경찰 조직만의 문제가 아니야. 국회의원도 무슨 문제가 생기면 비서관들한테 죄를 뒤집어씌우잖아. 그건 국회의원이 신뢰를 잃으면 나라 전체가 제 기능을 다할 수 없기 때문이야. 지난주에 요코하마 해안에서 시체로 발견된 외무부 장관의 비서관도 마찬가지야. 장관의 뇌물을 전부 비서가 횡령했다고 뒤집어씌워져서 간단한 조사도 하지 않은 채 자살로 결론이 났지."

"넌 그게 옳다는 거야?"

"소중한 것을 지키기 위해서라면 어쩔 수 없는 거야."

"알았다. 그럼 이걸로 작별이다."

아사쿠라가 핸드폰을 주머니에 다시 넣는 동시에 카라키는 가슴팍에서 권총을 꺼냈다.

"무슨 이유로 날 쏘려는 거지?" 아사쿠라는 밀려오는 슬픔을 필사적으로 억누르며 말했다.

"이유라면 얼마든지 있지. 그리고 난 너와 달리 뒤를 봐주는 사람들이 많아. 하지만 그래도 동기인 널 쏘고 싶지는 않아. 그 핸드폰을 넘기고 빨리 꺼져."

"내 뒤를 봐주는 사람은 없을지 모르지만 날 지켜주는 사람은 있지."

카라키가 의미를 이해하지 못한 채 고개를 갸우뚱거렸다.

"이 헬멧에는 카메라가 붙어 있어서 지금 이 장면을 다른 곳으로 전송하고 있다!"

그렇게 말하자 카라키는 깜짝 놀란 듯 어깨를 부들부들 떨었다. 카라키가 창백한 표정으로 총을 자신의 머리에 갖다 대려는 순간 아사쿠라가 카라키의 머리를 향해 헬멧을 던졌다.

그 바람에 카라키의 권총을 든 손이 헬멧에 맞아 총알이 공중에 발포되었다. 아사쿠라는 당황해서 다시 총을 자신의 머리에 갖다 대려는 카라키에게 달려들어 함께 땅으로 쓰러졌다.

"죽게 해줘! 제발 이대로 죽게 해줘!"

아사쿠라는 아직도 고통스러운 왼손으로 울부짖으며 발버둥치는 카라키의 오른손을 몇 번 내려쳐서 권총을 놓게 만들었다. 동시에 온힘을 다해 오른주먹으로 카라키의 얼굴을 내려쳤다. 온몸에 힘이 빠져 쓰러진 카라키의 몸을 뒤로 돌린 다음 주머니에서 꺼낸 수갑을 채웠다.

"정말로 필요 없어…?"

아사쿠라가 묻자 운전석에 앉아있는 키시타니가 마지못한 표정으로 고개를 끄덕였다.

"그걸 가지고 있으면 너랑 계속 엮일 것 같아. 이번 일주일 동안 생각해봤는데 역시 너랑 나랑은 맞지 않아. 그리고 새로운 보물찾기가 날 기다리고 있으니까."

"새로운 보물찾기?" 아사쿠라가 물었다.

"비서를 자살로 내몬 외무부 장관 말이야. 철저하게 조사해봐야지. 애송아, 여기 붙을래?"

키시타니가 뒷좌석을 힐끔 보며 물었지만 토다는 필요 없다는 듯이 고개를 저었다.

"저기서 멈춰줘."

아사쿠라는 공원 앞에 서 있는 차량 한 대를 발견하고 말했다.

"여기서 기다릴까?" 키시타니가 물었다.

"아니, 넌 이대로 그냥 가. 나는 이 공원에서 장인어른과 잠깐 이야기를 나눈 다음, 경찰서에 가서 이걸 신고해야 하니까."

아사쿠라는 그렇게 말하면서 카라키로부터 빼앗은 권총이 든 주머니를 손으로 만졌다.

그리고 차에서 내려 문을 연 채 토다와 키시타니를 번갈아 보며 말했다.

"고마웠어. 너희들한테 답례를 언제 할 수 있을지 모르니까, 감사 인사는 지금 하는 거야."

"그러고 보니 그렇군. 넌 이제 공무집행방해죄로 감옥에 가나? 난 여길 벗어나 따뜻한 남쪽 섬나라로 갈 테니 이제 만날 일은 없을 거야."

"난 기다릴게." 토다가 말했다.

그 말에 아사쿠라는 토다를 보았다.

"오토바이 빌려준 값을 아직 못 받았거든."

그렇게 말하며 웃는 토다를 향해 아사쿠라는 가볍게 고개를 끄덕였다.

바로 앞에 있는 공원에 들어가자 벤치에 앉아 있는 마사타카가 보였다. 마지막으로 만난 3년 전에 비하면 등이 많이 굽은 것 같았다.

수사를 한숨 돌리고 자주 찾던 공원이었다. 여기서 캔커피를 마시며 마사타카에게 수사 방법을 전수받았었다.

아사쿠라가 온 것을 알아채고 마사타카가 고개를 들었다. 그가 천천히 다가오는 아사쿠라를 지긋이 쳐다보았다.

"나에게 할 이야기가 있다니 대체 뭔가?" 마사타카가 안색을 살피듯 물었다.

"3년 전 이야기입니다."

"3년 전?" 마사타카가 의아하다는 표정으로 말했다.

아사쿠라가 주머니에서 봉투를 꺼내 그것을 마사타카에게 건넸다. 마사타카는 여전히 의아해하면서 봉투를 열어 내용물을 꺼냈다. 그게 무엇인지 알아채고는 아사쿠라를 심각한 표정으로 쳐다보았다.

"7명의 목숨과 맞바꾼 것입니다." 아사쿠라는 마사타카를 보며 말했다.

"무슨 소리인지 전혀 모르겠군." 마사타카는 시선을 피했다.

"아즈사를 유괴한 두 사람은 둘 다 3년 전에 사고를 당한 희생자들의 유가족이었습니다. 한 명은 아들을, 다른 한 명은 연인을 잃었습니다. 사건의 진상을 알고 싶어서 저로 하여금 그걸 조사하게 하기 위해 아즈사를 납치한 겁니다."

마사타카가 놀란 듯 아사쿠라를 보았다.

"사건의 진상이건 뭐건…, 그건…."

"장인어른이 가장 지키고 싶었던 것은 무엇입니까?"

아사쿠라가 묻자 마사타카는 입을 다문 채 아사쿠라를 쳐다보았다.

"니시자와입니까? 경찰 조직입니까? 카라키입니까? 아니면 장인어른 본인입니까?"

"가족이야."

그렇게 말하고 고개를 숙인 마사카타를 아사쿠라가 지긋이 쳐다보았다.

"니시자와 씨에게는 아내 일로 신세를 많이 졌네. 자네도 알고 있지만 내 아내는 불치병에 걸려 오랜 투병생활을 했지. 니시자와가 돈이 부족할 때 무이자로 돈을 빌려준 적도 있어. 그러던 어느 날 갑자기 니시자와한테서 연락이 왔네. 내 관할 내에서 함께 마약을 하던 여성이 죽었다더군. 때마침 카나가와현 도지사에서 국회위원이 되었던 참이었네. 이런 사실이 알려지면 자신의 정치인생은 끝난다며 도와달라고 눈물을 흘리며 부탁했지."

"그래서 그 장소에 니시자와가 없었던 것처럼 위장을 한 거군요?"

"죽은 여성은 나중에 협박할 목적으로 그 방에 비디오카메라까지 설치해 뒀어. 그러니 니시자와도 잘한 것은 아니지만, 사건을 그렇게 덮은 것은 어쩔 수 없는 선택이라 생각했지."

"하지만 그렇게 끝나지 않았죠?"

마사타카가 고개를 끄덕였다.

"맞아. 니시자와가 그때 일로 계속 협박을 당하고 있다는 이야기를 듣고 난 경찰 고위층에 연락했지. 니시자와랑도 친했던 사람이야. 협박거리가 세상에 드러나면 경찰이 정치인을 위해 사건을 덮었다는 사실이 드러나게 돼. 난 그것만은 반드시 막아야 한다고 생각해서 특수수사팀에서도 극히 일부 인원만 소집해서 은밀히 공갈범을 잡으려고 했지."

"사고 원인을 허위로 발표한 것은 니시자와를 지키기 위해서입니까? 아니면 진실을 이야기하면 니시자와가 협박당했던 것이 드러나기 때문에요?"

"사고 원인을 제공한 사람 때문이었어."

"카라키군요?"

아사쿠라가 묻자 마사타카가 고개를 저었다.

"카라키가 아라이를 추격하던 차량을 운전하고는 있었지만 총을 쏜 건 카라키가 아니었어."

"특수수사팀의 다른 수사관이었습니까?" 아사쿠라가 물었다.

"카라키의 부하였네. 그런 참사를 일으켜 죄책감에 괴로워했지. 언제 자살해도 이상하지 않은 상황이었네. 결국 경찰을 그만두었지. 그리고 카라키도…, 그 사고가 있은 후부터 술에 빠져 가정을 돌보지 않았고, 결국 이혼해서 아이들과도 떨어지게 되었어. 전부 내 탓이네. 내 탓에 유능한 수사관을 2명이나 잃게 된 거야. 아니, 그 2명뿐만이 아니지." 마사타카가 아사쿠라를 쳐다보았다.

"경찰서에 가서 전부 이야기해주세요. 장인어른이라면 누구한테 이 이야기를 해야 제대로 수사를 해줄지 아실 겁니다. 나오미도 그걸 바라고 있습니다."

마지막 말을 듣고 마사타카의 눈빛이 공허해졌다.

"장인어른께 이 일이 무척 가혹하다는 것은 잘 압니다. 하지만 장인어른만이 지금 상황을 바꿀 수 있습니다. 제가 조직 내에서 고립무원이 되었을 때에도 유일하게 장인어른만이 제가 한 일이 틀리지 않았다고 격려해주셨습니다. 어떤 상황에서도 자신만의 기준과 정의를 세우라고 하셨죠. 그 말씀이 없었더라면 전 진작 경찰 조직을 그만두었을 겁니다."

"지금의 나에겐 그때의 신념 따윈 없네. 지금까지 나오미와 아즈사에게 자네를 나쁘게만 말했지. 자네가 우리들과 가까이 있는 게 괴로웠기 때문이라네. 자네가 옆에 있으면 내 죄책감이 생각이 나서 견딜 수 없었지. 자네는 지금 나를 정말 경멸하고 있을 거야."

"장인어른의 괴로운 심정을 이해는 할 수 있습니다. 지금 이 순간까지도 장인어른을 존경하니까요."

아사쿠라가 그렇게 말하자, 마사타카의 눈빛이 크게 흔들렸다.

"이젠 내가 모든 것을 잃을 차례로군." 마사타카가 말했다.

"비록 모든 명예를 잃는다 해도 가족과의 인연을 지킬 수 있다면 그것만으로도 충분히 살아갈 수 있습니다."

아사쿠라가 강하게 말하자, 마사타카가 작게 고개를 끄덕이고 일어났다.

아사쿠라는 공원 입구 쪽으로 나가면서 주머니에서 핸드폰을 꺼냈다.

"어디에 거는 건가?" 마사타카가 물었다.

"나오미에게 거는 것입니다."

"그만하게. 지금 내가 나오미한테 대체 무슨 말을 할 수 있단 말인가." 마사타카가 손을 흔들며 한 걸음 뒤로 물러섰다.

"그래도 전하셔야 합니다. 지금의 솔직한 마음을요. 그렇지 않으면 서로 괴로운 시간을 보내게 될 겁니다."

아사쿠라가 마사타카를 쳐다보며 호소하자, 마사타카도 아사쿠라를 쳐다보았다.

"제가 경험에서 배운 겁니다."

54

'대체 무슨 꿈을 꾼 걸까?'

나오미는 침대에서 자고 있는 아즈사의 머리를 쓰다듬으면서 생각했다. 나오미는 아즈사가 유괴되었다는 악몽에서 아직 깨지 않았는데도, 아즈사의 표정은 무척 평온했다.

진동음이 들려 나오미는 아즈사의 머리에서 손을 떼었다. 핸드폰을 꺼내 번호를 보니, 아직도 잊을 수도 없는 11자리의 숫자가 보였다.

"여보세요…." 나오미가 전화를 받았다.

"나야. 지금 어디지?" 아사쿠라의 목소리가 들렸다.

"병원이에요."

"아즈사는?"

"수면제로 잠이 들긴 했지만 괜찮아요. 상처는 없어요."

"그렇군."

깊은 한숨이 들렸다.

"당신은…."

"이제 장인어른과 경찰서에 갈 거야."

아사쿠라의 목소리를 듣고 나오미는 말문이 막혔다.

"아즈사와 이야기하고 싶죠? 깨울게요."

나오미가 목이 메어 겨우 그렇게 말한 다음 아즈사에게 손을 뻗었다.

"괜찮아. 그냥 자게 내버려둬. 장인어른을 바꿔줄게."

잠시 침묵이 이어진 뒤, "여보세요…"라는 목소리가 들려 나오미는 가슴이 저며왔다.

"나오미니?"

소리만으로는 느낄 수 없는 아버지의 절박함에 나오미는 아무 말도 하지 못했다. 아즈사의 머리를 쓰다듬으면서 계속 생각해 봤지만 아버지에게 할 말이 떠오르지 않았다.

"미안하다…, 정말로 미안해…. 앞으로 너나 아즈사가 괴로운 시간을 보내게 되었구나…."

아버지의 오열을 들으며 나오미는 눈물이 흘렀다.

"기다릴게요."

그 말이 자연스럽게 입에서 나왔다.

"그이에게도 전해주세요."

나오미는 그렇게 말하고 전화를 끊었다.

뿌옇게 흐려진 시야 너머에 핸드폰 대기화면에는 환하게 웃는 젊은 커플이 나타났다. 나오미는 그것을 보고 이 핸드폰을 빨리 돌려주어야겠다는 생각이 들었다.

다시 아즈사의 머리를 쓰다듬자, 아즈사가 천천히 눈을 떴다.

아즈사는 나오미와 눈이 마주쳐도 상황을 이해하지 못한 듯 주위를 둘러보았다.

"여기는…?" 아즈사가 물었다.

"병원이야."

"나…, 엄마한테 돌아왔네."

나오미가 고개를 끄덕이자 아즈사의 눈에도 눈물이 고였다.

"무슨 꿈을 꾸었니?"

나오미가 손을 뻗어 아즈사의 눈물을 닦으며 물었다.

“디즈니랜드에 갔었어.”

“친구들이랑?”

아즈사는 고개를 저었다.

“아침을 먹었더니 초인종이 울렸어. 엄마가 나가보라고 해서 문을 열었더니 아빠가 서 있었는데, 다같이 디즈니랜드에 간다고 했어. 꿈이었지만 즐거웠어.”

“꿈이 아니야….”

아즈사가 나오미를 보며 고개를 갸우뚱거렸다.

“꿈이 아니야….”

나오미는 아즈사에게 미소지으며 다시 말했다.

지금 나오미의 머릿속에는 명확하게 그 광경이 보였다.

나오미는 아즈사를 바라보며 앞으로 가족들과 함께 보낼 새로운 시간을 떠올렸다.

옮긴이 최재호

일본 출판물 기획 및 번역가. 중앙대학교 일어일문학과를 졸업하고, 동대학원에서 일본문화를 전공하였다. 센다이 도호쿠 대학에서 유학하였다. 번역작으로 《루팡의 딸》, 《형사의 눈빛》, 《그 칼로는 죽일 수 없어》 등이 있다.

초판 2021년 8월 26일 3쇄
저자 야쿠마루 가쿠
옮긴이 최재호
ISBN 978-89-98274-43-6 03830

출판사 도서출판 북플라자
주소 서울시 강남구 논현동 118-13 북플라자 5층
홈페이지 www.bookplaza.co.kr

영화 판권, 오탈자 제보 등 기타 문의사항은 book.plaza@hanmail.net으로 보내주세요.
잘못된 책은 구입하신 서점에서 교환해 드립니다.